Inhalt

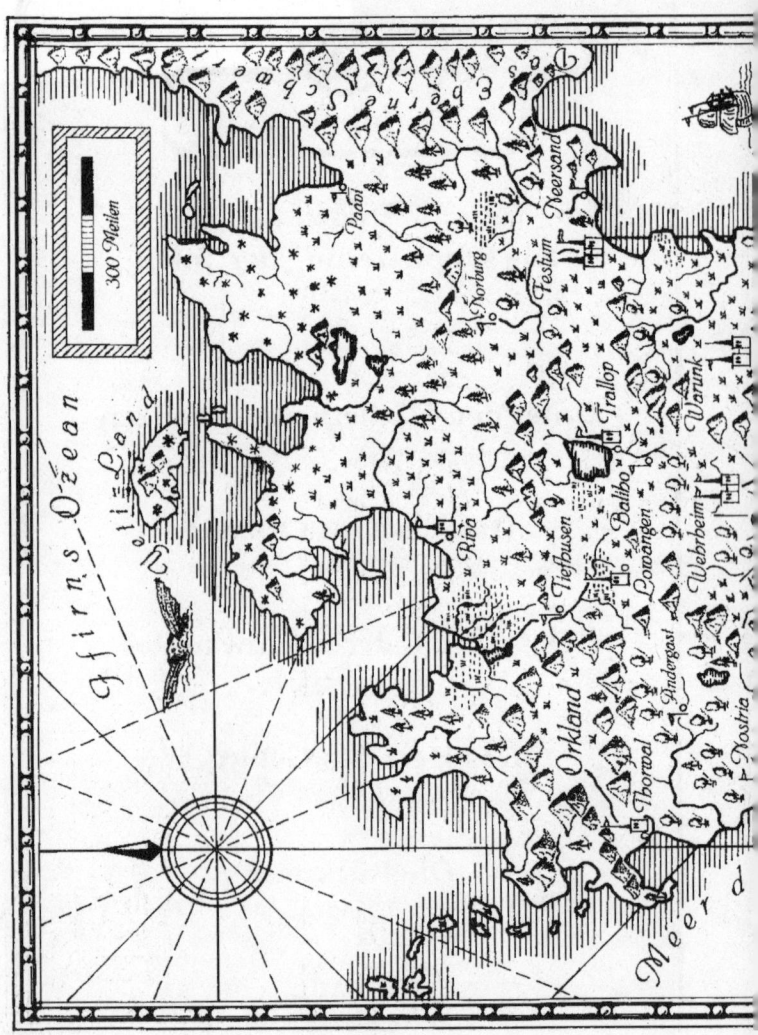

Das Schwarze Auge

BARBARA BÜCHNER

BLUTOPFER

Zweiundvierzigster Roman
aus der
aventurischen Spielewelt

begründet von
ULRICH KIESOW

Originalausgabe

WILHELM HEYNE VERLAG
MÜNCHEN

HEYNE SCIENCE FICTION & FANTASY
Band 06/6042

Redaktion: Friedel Wahren
Copyright © 1999
by Wilhelm Heyne Verlag GmbH & Co. KG, München
und Fantasy Productions, Erkrath
http://www.heyne.de
Printed in Germany 1999
Umschlagbild: Thomas Thiemeyer
Kartenentwurf (Seite 6/7): Ralf Hlawatsch
Umschlaggestaltung: Atelier Ingrid Schütz, München
Technische Betreuung: M. Spinola
Satz: Schaber Datentechnik, Wels
Druck und Bindung: Presse-Druck, Augsburg

ISBN 3-453-15627-7

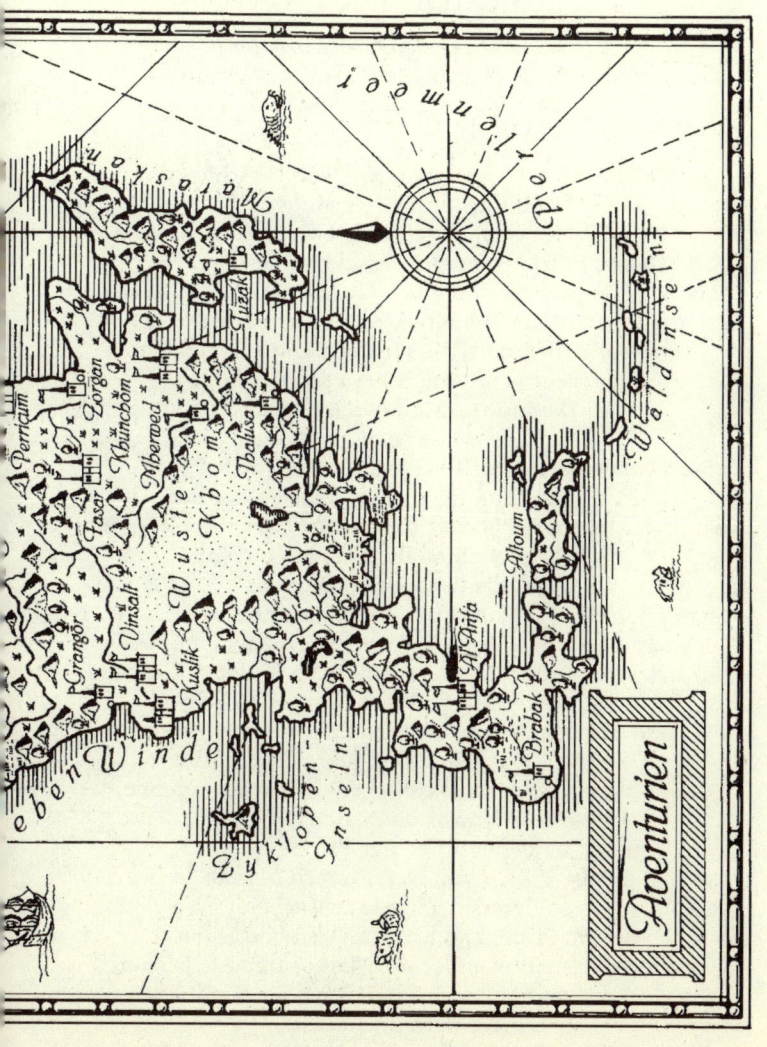

DIE SAGA VON
DER HEIMLICHEN PFORTE

(aus dem ›Liber nigrae peregrationis‹, dem Buch von der
schwarzen Wallfahrt, der Familienchronik der Nachtwandler)

Rastlos irret die Seele umher, denn verschlossen
sind ihr Borons, des Hüters,
von Schatten verhangne Gemächer.
Uthars Pforte wandelt verdeckt im verborgnen.
Türlos ist der finstere Himmel. Jammernd umschwärmen
die Schatten der Toten das Tor, das verschwundne.
Thargunitoth lauert, die finstere Herrin. Verlangen
treibt sie, die hilflose Schar zu verschlingen.
Da reute es Marbo, die Bleiche,
daß sie den Zugang verborgen,
und sie erbarmte sich herzlich der klagenden Toten,
riß eine Pforte auf, tief in den Wurzeln der Berge,
wo in der Finsternis pochet das feurige Herz des Gebirges.
Seufzend wallten die Schatten hinein
in die lichtlosen Schlünde,
fanden in Borons Hallen die Ruhe, die zitternd ersehnte.
Unbekannt lag die heimliche Pforte im Dunkeln, nur Seelen,
bleich und verblichen, durcheilten die düsteren Gänge.
Immerdar setzet Marbo Wächterinnen an Schwelle
und Tor der Versunkenen Stadt, erst die Zwergin
Thirzúla, die zweihundert Jahre dort wachte,
dann viele andre, den Wünschen der Göttin ergebne.
Letzte bislang war die Maid Orochmond
aus der Sippe der Wandler.
Alle Völker von Dere, sprach Marbo,
sollten den Zugang bewachen
eins nach dem anderen. Lehren und leiten
sollten die Nachtwandler sie, Marbos treueste Diener.
Gnadenlos rinnet der Sand durch die Sanduhr:
Wer wird die nächste?
Merke auf, Morgwyn Menschenkind: Schon hat Marbos
bleicher Finger deine Stirn bezeichnet...

Die Prophezeiung der Toten

Dumpfe Schritte hallten in der Tiefe des Berges, die seit Jahrzehnten kein menschlicher oder menschenähnlicher Fuß mehr betreten hatte. Heiser krächzende Stimmen murmelten durcheinander, während die Schritte tiefer und tiefer hinabstiegen in den fensterlosen Schlund. Von unermeßlichem Alter waren die Hallen, deren Bogengänge sich in labyrinthischer Folge einer in den anderen öffneten, und alt waren auch die Chimären, die in raschelnden schwarzen Kuttenmänteln in diese äußerste Tiefe hinabstiegen – älter als jedes andere Geschöpf auf Dere, es sei denn die Elfen. Wer ihre ausgemergelten Gesichter, ihre skelettartigen Hände sah, dem schien es kaum glaublich, daß sie lebten und starben wie andere Wesen, allein in viel größeren Zeitspannen – aber das Gewölbe, in das sie hinabstiegen, war ihre Begräbnisstätte.

Zu beiden Seiten ragte behauenes, zerbröckelndes Felsgestein düster auf. Die Finsternis war wie ein See, den die winzigen Nachen ihrer Lichter durchquerten. Vor und hinter ihnen schloß sich die immerwährende Nacht wie etwas körperlich Fühlbares.

Eine neben der anderen hingen dort, kunstvoll an den trockenen steinernen Mauern befestigt, die Mumien ihrer Vorfahren. Das schwache Licht der Gwen Petryl-Steine, die Besucher in Händen trugen, erhellte hier eine staubige Augenhöhle, dort ein raffzähnig grinsendes Mundloch. Schatten glitten halb durchsichtig über die zerzausten, räudigen Flügel und vom Alter unberührten Klauenfüße der Toten.

Die Besucher murmelten miteinander in einer Sprache, die selten ein menschliches Ohr gehört hatte. Satzfetzen flatterten von einem knöchernen Kiefer zum anderen. »Och... razim gurda... aisbelestath, mruchim, zand tellar efrenez...«

Schließlich, nach einem langen Zug durch die Katakomben, erreichten sie das tiefste und innerste der Grabgewölbe, in dem ihre Weisen und Heiligen bestattet wurden. Hier ruhte Omruchaz, der Älteste der Ahnen, der fast schon legendäre Urvater der Sippe im Firunswall. In einer polierten, mit einem Glasdeckel verschlossenen Vitrine hockte er auf einem hölzernen Sitz. Eine Krone schmückte seinen verschrumpelten braunen Kopf, in dem die Augen winzig wie Rosinen wirkten und lange gelbe Zähne unter lederartigen Lippen hervorgrinsten. Seine staubbedeckten Flügel überragten ihn. Um ihn herum lagen und saßen in ähnlichen Glassärgen andere bedeutende Vertreter der Sippe der Wandler.

Die kleine Gruppe der Besucher war unter Klauenscharren und Flügelrascheln hereingekommen und versammelte sich nun in feierlichem Halbkreis vor dem Glassarg Omruchaz' des Großen. Im bleichen Schein der Gwen Petryl-Steine begann ein sonderbares, von einer langlebigen Generation zur anderen überliefertes Ritual. Es dauerte lange, so lange, daß nur die Geduld der Nachtwandler es ertragen konnte, aber als es zu Ende ging, hatten sie einen Wahrspruch empfangen.

Einer der Geflügelten schrieb ihn in das Buch der Chronik, das Buch von der schwarzen Wallfahrt, in das sie die Ereignisse und Geheimnisse ihres Stammes eintrugen. Das Licht der Gwen Petryl-Steine glitzerte auf der Tinte, die in den langen, verschnörkelten Lettern einer altertümlichen Handschrift die Seite bedeckte.

So fiel durch Gericht und Wahrspruch der Alten an diesem 20. Efferd das Los auf Morgwyn Westak-Tiefhusen, Tochter des Königs Arion zu Tiefhusen, daß sie nach Abbadon gebracht und dort zubereitet werde, das schwere Amt der Wache zu übernehmen ...

»Wer holt sie?« fragte einer der Chimären mit der heiser krächzenden Stimme eines Raben. »Die Stadt ist hell und gefährlich, wir müssen listig vorgehen. Was sagst du, Barchon?«

»Ich werde sie holen«, versprach Barchon, »und unbeschadet hierherbringen.«

Die anderen nickten stummen Beifall, und ihre metallisch grünen Schwingen rauschten wie Zweige im Wind.

Die Nacht senkte sich über die Stadt Tiefhusen, als eine geflügelte Gestalt in den Dämmerschatten über dem Fluß auftauchte. Mit langsamen, majestätischen Flügelschlägen sank sie auf die Baumwipfel des Parks nieder, der das königliche Schloß umgab. Hornige Vogelfüße umklammerten den Ast einer hohen Ulme. Zusammengekauert, die Schwingen gefaltet, hockte das Wesen im Baum und richtete seine übergroßen dunklen Augen auf die Wege, die halb in den Schatten verschwanden. Intensive Gedanken bildeten sich hinter der beinernen bleichen Stirn, strömten aus, wurden zu Schlingen, die auf ihr Wild lauerten.

Und das Wild kam.

Die feinen Ohren des Nachtwandlers fingen eine Stimme auf, hell und kindlich, die in der Ferne rief: »Ich will nur noch den Enten auf dem Teich gute Nacht sagen, dann komme ich!«

Eine zweite, ältere Stimme widersprach: »Laßt das

bleiben, Prinzessin Morgwyn! Es ist schon fast finster, Ihr werdet fallen und Euch das Knie aufschlagen.«

Aber das kleine Wild hörte nicht. Mit fliegenden Haaren und flatterndem Kittel kam es den Weg entlanggerannt, ein zartes fünfjähriges Mädchen, das beim Laufen jauchzte und winkte.

Die Gestalt in der Astgabel regte sich. Plötzlich rauschten die Flügel, und im nächsten Augenblick hatte das Wesen das Kind erreicht und gepackt. Ein Schreckensschrei verhallte in den Lüften, als knochige Finger die Beute festhielten und starke Schwingen den Räuber davontrugen, den schneebedeckten fernen Bergen des Firunswalles entgegen.

Unter den Dächern
zu Lowangen

Kettet den Verurteilten an den Pranger!« Die Stimme des Henkers hallte laut über den Marktplatz von Lowangen, über dem der Praiosnachmittag seine sonnenglühenden Flügel ausbreitete. Es roch stark nach Pferdeäpfeln, den bratenden Würsten in der Küche des Wirtshauses *Hammer und Amboß* und dem Unrat, der in den Gossen gärte. Eine Menschenmenge umstand das Schafott und machte Bemerkungen über das Strafgericht, das dort seinen Lauf nahm.

Die Henkersknechte gehorchten eifrig dem Befehl ihres Meisters. Sie packten den armen Sünder – einen knochigen kleinen Mann mit einem pechschwarzen Haarzopf – und banden ihn an die rotgestrichene Säule. Kaum ein Jahr verging, in dem Raskal Grabensalb nicht mindestens einmal am Pranger stand. Zu vielfältig und zu dunkel waren die Geschäfte, die der kleine Mann machte – übrigens ein beinahe täglich gesehener Gast im *Hammer und Amboß*, in dessen Hinterzimmer er seine zwielichtigen Verhandlungen abwickelte.

Roisin Bellentor saß hoch zu Roß in der Menge, die gaffend den Pranger umdrängte. Die Leute rundum machten ihm ehrfürchtig Platz, damit er besser sehen konnte, denn der Sohn des reichen alten Händlers Grimjan Bellentor war ein geachteter Mann in Lowangen – wenn auch (wie sein Vater) kein sonderlich beliebter.

Zweiundzwanzig Götterläufe alt, war Roisin ein hochgewachsener, stattlicher junger Mann, der bei seinem faulen und bequemen Leben eine Menge Speck angesetzt hatte. Er war so fett geworden, daß die Ärmel seines weißen Hemdes spannten und der Gürtel tief in die überquellenden Hüften schnitt. Sein Gesicht unter der lockigen honigblonden Haarmähne, die bis weit über die Schultern hing, wäre hübsch gewesen, aber ein verdrießlicher Ausdruck saß wie eingemeißelt darauf und kerbte eine häßliche tiefe Falte in seine Stirn, die sich nicht mehr wegstreichen ließ.

Er war prächtig gekleidet, wie es einem wohlhabenden Bürger anstand, selbst wenn die Zeiten schlecht waren und der hohe Tribut an die Orken die Stadt ausblutete. Über seinem bauschigen weißen Hemd trug er eine Brokatweste, seine weißen Kniestrümpfe waren silbern durchwirkt, seine Pluderhosen aus feinster Seide. Ein Bauschmantel mit einem Seidenfutter, so purpurn rot wie ein Drachenschlund, hing ihm trotz der Hitze über die Schultern.

Die Falte in der Stirn hatte ihre Gründe. Roisin Bellentor war trotz seines Reichtums todunglücklich. Seine Mutter war schon bei seiner Geburt gestorben, sein Vater war ein geldgieriger alter Filz, der wie ein Drache auf dem Hort des Bellentorschen Vermögens hockte und den Jungen keinen Handgriff im Kontor tun ließ, aus Angst, Roisin könne ihm das Geschäft aus den Händen reißen. So hatte der junge Mann den lieben langen Tag nichts Besseres zu tun, als zu essen und Bier zu trinken, wobei er immer mürrischer und reizbarer wurde.

In der Meinung, seine üble Laune habe mit rahjanischen Nöten zu tun, hatten wohlmeinende Bekannte ihn zur Heirat gedrängt. Das hatte er auch getan und die schöne Thorwalerin Jule Swangardsdottir heimgeführt, aber obwohl er an den Freuden des Travia-bundes durchaus sein Vergnügen hatte, hatte sich sein verdrießliches Wesen nicht merklich geändert. Er langweilte sich, und da war noch mehr und anderes, das ihm das Leben zum Verdruß machte.

Roisin wandte sein Pferd und ritt davon. Der kurze Svelttaler Sommer hatte seinen Höhepunkt erreicht, es war glühendheiß, und der ranzige Geruch so vieler verschwitzter Menschen bereitete ihm Übelkeit. Roisin ließ sein Pferd für eine Weile ziellos durch die Gassen der Altstadt traben. Hier war es ruhig und kühl. Wilder Wein kletterte an den Mauern der Häuser hoch, und durch die geöffneten Türen sah man in dunkle Schankstuben und muffige Gewölbe. Die mächtige Feste, die auf einem kleinen nordwestlichen Inselausläufer im Svellt errichtet worden war, schien ihren Schatten über die ganze Stadt zu werfen.

»Kauft, edler Herr, kauft...« Ein zahnloser Trödler wies einladend auf den Plunder, der sich in seinem Verschlag stapelte. Ein Brezelweib mit einem Korb voll frischen Gebäcks trat an Roisin heran und hob ihm den Korb entgegen, daß ihm der Duft in die Nase stieg. »Riecht nur, wie sie duften, ganz frisch sind sie... kostet nur, Ihr werdet entzückt sein!« Roisin probierte tatsächlich und ließ sich zwei Brezeln aufschwatzen, die er im Weiterreiten aß.

Immer wieder wurde er angesprochen, während er im Schritt durch die Gassen der Stadt ritt und allmählich in weniger idyllische Gegenden geriet. Ein Tinkturenverkäufer wollte ihm ein Mittel gegen häusliches Ungeziefer andrehen, ein verwegen aussehender Bursche sprach ihn an, ob er ein Messer zu schleifen habe. Eine Hure, die auf der Schwelle ihrer Wohnung hockte, winkte ihm einladend zu. Sie war jung und hübsch. Roisin mußte an seine Frau Jule denken. Sie war beinahe mehr, als er bewältigen konnte – eine feurige junge Stute, schön, stolz und leidenschaftlich. Wenn sie nur nicht so unzufrieden gewesen wäre!

Zugegeben, es war eine schwierige Umstellung für sie gewesen, aus den freien, kriegerischen Gefilden von Thorwal in das behäbige Kaufmannshaus in Lowangen zu ziehen. Aber es war ein Jammer, daß sie sich so gar nicht eingewöhnen konnte. Immerzu lag sie Roisin in den Ohren, sie langweile sich. *Was soll ich bei den Frauenkränzchen? Mir mißfällt's, bei Muhme Aldersan ein Gläschen Wein zu trinken! Das öde Geschwätz macht mich krank! Ach, Roisin, wenn ich doch nur etwas erleben könnte!*

Der Gedanke an Jule erfüllte ihn mit zwei einander widerstrebenden Gefühlen: Groll über ihr ewiges Gejammer und eine plötzliche hitzige Lust beim Gedanken an ihren schönen, jugendlich prallen Körper. Roisin blieb stehen, dann wandte er sich langsam um und ritt zu dem schmutzigen Häuschen zurück, vor dem die Hure immer noch auf der Türschwelle saß und auf Kundschaft wartete. Er stieg vom Pferd und band es an einen eisernen Ring in der Hausmauer.

Wortlos trat er ein. Der Raum war so klein, daß gerade ein Bett und ein Tisch hineinpaßten, und als das Mädchen die Tür hinter ihnen schloß, wurde es dämmrig darin, denn statt eines Fensters gab es nur eine vergitterte Luke über der Tür.

Roisin öffnete hastig und ohne Vorgeplänkel seine Hose. Die Lust hatte ihn urplötzlich gepackt, und jetzt quälte und biß sie ihn, kein angenehmes Verlangen, sondern eine unerträgliche Spannung in den Lenden. Das Mädchen begriff sofort, daß er es rasch haben wollte, also kniete sie wortlos nieder und schlang die Arme um seine Hüften. Er schrie heiser auf, kaum daß sie angefangen hatte. Sein Körper zuckte, dann entspannte er sich langsam.

»Du hast nicht viel Arbeit mit mir gehabt!« bemerkte er sarkastisch, während er in seiner Geldkatze wühlte.

Die Hure nickte. »Das ist die Hitze … du bist heute nicht der erste, dem es so ergeht. Wir haben den heißesten Praios seit Jahren.«

Roisin beeilte sich, die schäbige Bude zu verlassen, und trat aufatmend auf die Gasse hinaus. Es stimmte, die Hitze war atemberaubend. Selbst hier, wo die Giebel der alten Häuser einander beinahe berührten, war es noch zum Ersticken heiß.

Eine Gasse weiter begegnete er einer Patrouille von Orken. Sie waren schwerbewaffnet und sahen grimmig genug aus, aber die Hitze machte auch ihnen zu schaffen. Lustlos und mit gesenkten Köpfen trotteten sie vorbei und warfen dem jungen Bürger keinen Blick zu. Roisin trieb dennoch sein Pferd an. Ihm graute vor diesen haarigen, krummbeinigen Gestalten, die einen strengen Tiergeruch ausströmten. Dabei waren die Schwarzpelze, die nach dem Orkensturm als Besatzungsmacht im Svellttal zurückgeblieben waren, bereits stark zivilisiert, ja, nach den Begriffen ihrer im Orkland lebenden Genossen sogar degeneriert. Manche hatten so alberne Sitten angenommen wie das Essen mit Messer und Gabel oder die Gewohnheit, verfilzte Pelze mit Wasser zu reinigen, statt einfach die Läuse zu knacken. Roisin wußte, daß diese vermenschlichten Orken das Gespött ihrer wilden Gefährten waren; dennoch erschienen sie ihm wie zweibeinige Wölfe, gefährlich, blutrünstig und böse.

* * *

Bald hatte Roisin die Gasse erreicht, in der das Kontor und das Wohnhaus der Familie Bellentor lagen. Ein prächtiges Gebäude war es, mit einem roten Ziergiebel, vielen hohen schmalen Fenstern mit Butzen-

scheiben und einem Eingangstor, durch das hoch-
beladene Fuhrwerke in den Hof fahren konnten. Der
junge Mann sprang vom Pferd und reichte dem her-
beigeeilten Burschen die Zügel, dann betrat er die
Einfahrt und wandte sich der Diele zu. Er atmete auf,
als er den gefliesten, getäfelten Raum betrat. Hier war
es kühl wie in einer Butterkammer.

Er stieg langsam die steile Treppe empor und öffnete oben eine der Türen, die vom Treppenabsatz
abgingen. Dahinter lag seine Wohnung. Die Räume
waren alle halbdunkel, denn die Mägde hatten die
hölzernen Läden geschlossen und die Vorhänge zuge-
zogen, um die Hitze draußen zu halten. Im Zwielicht
zeichneten sich die mächtigen Formen der seit vielen
Generationen vererbten Möbel ab. Die Schränke und
Kommoden waren seltsam und überreichlich mit
Säulchen und Giebelchen, Türmchen und Knäufen
geschmückt, so daß sie anzusehen waren wie winzige
Schlösser. Roisin schritt rasch durch die Räume und
pochte an die Zimmertür seiner Frau.

»Bist du es, Roisin?« rief eine angenehme Stimme
von drinnen. »Komm herein.«

Jule Bellentor, geborene Swangardsdottir, lag voll
angekleidet auf ihrem Ruhebett, Stiefel an den Füßen,
die Reitgerte in der Hand. Sie trug eine knielange
Leinenhose und ein Leibchen aus hellem Tuch mit
Silberknöpfen. Jule war die thorwalsche Schönheit
schlechthin: groß, athletisch, mit einer scharfen Nase
und funkelnden blaugrauen Augen. Ihr weizenblon-
des Haar breitete sich leuchtend über das Kissen aus.
Neben ihr auf dem Tischchen standen eine Flasche
Premer Feuer und ein mächtiger Humpen Ferdoker
Bier, und offenbar hatte sie beidem wacker zugespro-
chen, denn ihre Augen glitzerten feucht, und ihre
Worte stolperten ein wenig.

Roisin griff nach dem Humpen und ließ die prikkelnde, bitter-würzige Flüssigkeit in langen Zügen in den Hals rinnen. »Wenn du schon säufst wie eine Bürstenbinderin«, sagte er, »so gib mir wenigstens auch einen Schluck! Ich bin halb verdurstet.« Er rülpste hörbar, wischte sich mit dem Handrücken den Schaum vom Mund und stellte den halbleeren Humpen ab. Dann setzte er sich neben Jule auf den Bettrand. Seine Hand tastete spielerisch nach den Knöpfen an ihrem Leibchen. »Laß mich deine dicken Täubchen ansehen, Jule.«

Die Frau lachte und ließ bereitwillig zu, daß er ihr Leibchen aufknöpfte und die prallen Brüste liebkoste. Er beugte sich vor und drückte die Lippen darauf, nuckelte an den Brustwarzen. »Laß uns Rahja einen Dienst tun, mein Weibchen. Ich bin heiß wie ein Esel.«

Jule hatte nichts dagegen einzuwenden. Sie hatte in ihrer Hochzeitsnacht mit Verwunderung festgestellt, daß dieser dicke Pfeffersack ein ausgezeichneter Liebhaber war, und seither ließ er keinen Tag vergehen, ohne sie daran zu erinnern. Es störte sie nicht. Sie war eine kraftvolle und heißblütige Frau, und sie mochte Roisin gern, obwohl sie sein Geld geheiratet hatte.

Als er keuchend von ihr abließ und sich mit heraushängendem Hemd und offener Hose auf dem Ruhebett hinstreckte, reichte sie ihm den Bierhumpen. »Da, trink aus. Ich werde die Magd rufen, daß sie noch mehr bringt.« Sie lachte laut auf, als Roisin trank wie ein Verdurstender und dabei gierig schmatzende Laute ausstieß. »Wie du trinkst – wie ein Schweinchen! Aber komm her... leg deinen Kopf an meine Brust, und dann erzähl mir, was du in der Stadt getrieben hast.«

Er gehorchte bereitwillig, und sie kraulte sein dichtes braunblondes Haar, während er erzählte. »Nichts Besonderes... ich war beim Amtmann, um ihm Vaters Briefe zu überbringen, und als ich heimritt, wurde Raskal Grabensalb eben auf dem Markt an den Pranger gestellt.«

»Schon wieder?« wunderte sich Jule. »Ich dachte, ich hätte den kleinen Schurken erst vor ein paar Monaten am Pranger stehen sehen. Was stellt er eigentlich an, daß er so oft gestraft wird?«

»Unsaubere Geschäfte im *Hammer und Amboß*.« Roisin zuckte die Achseln. »Frag mich nichts Näheres. Er hat einen kleinen Trödelladen, von dem er zum Schein lebt ... aber wenn du einmal irgend etwas brauchst, das sehr schwierig zu beschaffen und sehr verboten ist, dann wende dich an Raskal.« Er rollte sich herum und vergrub die Nase zwischen ihren Brüsten. »Du riechst so wunderbar, Jule. Riechst du von selbst so, oder hast du dir Spezereien gekauft?«

»Ich war bei den Pferden unten und rieche nach Stall.« Sie zog ihn lachend am Ohr, während sie weiterredete. »Ich bin ein wenig ausgeritten ... es ist so eng hier in der Stadt, so dumpfig. Ich fühle mich wie in einem Gefängnis.«

»Du bist leichtsinnig. Überall wimmelt es hier von Orken –«

»Pah! Orken! Ich bin keins eurer aufgeputzten Gänschen, die schon in Ohnmacht fallen, wenn ein Ork sie angafft! Ich würde ihm eins auf die Nase hauen, diesem Ork, und seinen Skalp dem alten Eslam Eiderstein bringen, damit er ihn in seiner Schenke an die Wand nagelt! Roisin ... warum fahren wir nicht fort?«

»Wohin?« fragte er. Es erschien ihm als eine närrische Laune von Jule, daß sie unbedingt verreisen wollte. Er selbst war sein Lebtag nicht aus Lowangen hinausgekommen und hatte nicht das Gefühl, daß ihm etwas entgangen war.

»Irgendwohin«, bat sie sehnsüchtig. »Wir könnten

meine Verwandten besuchen... oder wir könnten nach Tiefhusen fahren.«

Roisin wälzte sich auf den Rücken und knöpfte allgemach seine Kleider zu. »Was sollen wir in Tiefhusen? Dort ist das Essen schlecht, und der König ist der Nachfahre eines Hochstaplers, der sich die Krone selbst aufs Haupt gesetzt hat. Ich habe keine Lust, nach Tiefhusen zu fahren.«

»Dann irgendwo anders hin.«

»Ich habe auch keine Lust, irgendwo anders hin zu fahren.«

Jule wurde ärgerlich. Sie kippte ein Glas Premer Feuer hinunter, das ihren ohnehin schon geröteten Wangen eine brennende Farbe verlieh, und schnauzte ihn an. »Ich langweile mich zu Tode in diesem alten Käfig. Niemand kümmert sich hier um mich, dein Vater wühlt in seinem Gold, und du...«

»Ich kümmere mich doch um dich.«

»Du wälzt dich auf meinem Bauch herum, das ist alles.« Sie versetzte ihm einen groben Schlag auf das Hinterteil und versuchte ihn wegzustoßen, aber er blieb liegen wie ein Klotz. »Ich hatte gedacht, wir würden reisen, uns die Welt ansehen – ach, wenn du die Schiffe in Olport gesehen hättest, die hohen Masten, die weißen Segel...«

»Dann hätte ich daran gedacht, daß ich seekrank werde.« Er lachte, aber Jule war jetzt ernstlich erzürnt.

Sie stand auf, nestelte ihre Kleider zu und ging im Zimmer auf und ab. »Ich verstehe nicht, wie du so leben kannst«, sagte sie zornig. »Du schläfst bis Mittag, frühstückst bis zwei, und dann gehst du in die Küche und naschst aus der Speisekammer, bis es Zeit zum Abendessen wird. So kannst du doch nicht leben, Roisin.«

»Warum nicht? Ich lebe ganz gut so.«

»Das tust du nicht«, sagte sie, plötzlich hart und nüchtern. »Du wälzt dich nachts in deinem Bett herum und redest im Schlaf, und du tust diese Dinge...«

»Welche Dinge?« Er hatte sich mit einem Ruck aufgesetzt, erstaunlich schnell für einen so schweren Mann, und starrte Jule argwöhnisch an. »Wovon redest du?«

Sie hielt ihm wacker stand. »Du hast mir immer gesagt, es sei das alte Haus... es sei das Knarren der Balken, und es sei die Spannung im Holz. Aber das glaube ich nicht mehr.«

»Was glaubst du dann?« Jetzt klang auch seine Stimme nüchtern und angespannt.

»Ich glaube, *du* machst es«, sagte sie entschieden. »Du machst diesen Lärm in der Wand und das Klopfen in den Schränken. Es hat noch nie geklopft, wenn du nicht da warst. Als du vier Tage lang bei deiner Muhme warst, da gab es keinen Laut, aber kaum warst du zurück, schlug's wie mit Fäusten an die Schranktür.«

Sie hielten unwillkürlich beide inne und lauschten, als erwarteten sie, dumpfe Schläge zu hören, aber alles blieb still. Jule fuhr herausfordernd fort: »Meinst du, ich habe so etwas noch nie erlebt? In Olport gab es auch ein Haus, in dem es klopfte und pochte, und alle wußten, daß Gundrid Liskolfsdottir den Lärm machte, weil sie unglücklich verliebt war. Du bist auch unglücklich.«

Roisin zuckte zusammen. Der Satz hatte ihn getroffen wie ein Schlag. Sie hatte recht... so verdammt recht. Aber was sollte er tun? Sein Vater herrschte im Haus wie ein Kaiser und ließ den erwachsenen Sohn gerade einmal einen Botendienst verrichten oder bei vornehmen Kunden Anstandsbesuche machen. Ansonsten behandelte er ihn wie einen dummen Jungen, und Roisin hatte das dumpfe, böse Gefühl, daß er nicht ohne Grund so behandelt wurde. Er *war* ein dummer Junge. Aber ihm fiel nichts ein, wie er das hätte ändern können.

Jule wußte, daß sein finsteres Schweigen ein Eingeständnis war, und fuhr eindringlich fort: »Wir sollten weggehen von hier, Roisin… dann würdest du aufhören, diesen seltsamen Lärm zu machen, und ich würde mich wieder wohl fühlen. Pfui über dich, daß du lebst wie ein alter Mann! Du wirst täglich fetter, bald wirst du vor lauter Bauch deinen Hahn nicht mehr sehen können, und dann ist der letzte Spaß vorbei.«

Roisin warf einen argwöhnischen Blick an sich hinunter und wandte dann schnell die Augen ab. Wiederum mußte er Jule zustimmen. »Was soll ich machen?« grollte er. »Die Dinge sind nun einmal so.«

Jule funkelte ihn erbost an. »Dann sieh zu, daß sie sich ändern, sonst mußt du dir eine andere Frau suchen. Ich halte es hier nicht mehr aus, Roisin. Ich fühle mich wie in Ketten. Und langsam möchte ich lieber wieder arm und frei sein, als in deinem und deines Vaters Gold zu ersticken.«

Der junge Mann starrte sie entsetzt an. »Du bist närrisch«, stotterte er. »Wir sind kein halbes Jahr verheiratet, und du – was sollen die Leute sagen?«

»Das ist mir gleich.«

Er war jetzt wirklich beunruhigt. Jule war kühn und starrsinnig, sie war durchaus imstande, Ernst zu machen und zu verschwinden. Rasch sagte er, um sie zu beruhigen: »Wir können morgen auf ein Fest in die Stadt gehen, Jule. Die Studiosi der Magierakademie werden zu Adepten ernannt, da gibt es ein Fest, und Tyndal Sandström wird auch dabei sein. Gefiele dir das denn nicht?«

»Doch«, sagte Jule. »Aber es ist nicht genug.« Ihr

Blick war jetzt ernst und traurig. »Ich brauche Luft zum Atmen, Roisin. Ich brauche Herausforderungen und Gefahren, ich brauche Erlebnisse ... ich brauche Leben. Vielleicht können eure Bürgertöchter in diesen goldenen Käfigen leben, aber ich kann es nicht. Und im Grunde kannst du es auch nicht. Aber du sitzt schon so lange in deinem Käfig, daß du die Welt vergessen hast.«

Sie wartete auf eine Antwort, aber er sagte nur mürrisch: »Laß mich in Frieden. Ich gehe.«

»Wohin gehst du?«

»In die Küche hinunter. Und sieh zu, daß du beim Abendessen nicht sturzbetrunken bist, Vater würde es merken.«

Er schlug die Tür hinter sich zu und stieg tatsächlich in die Küche hinunter, die jetzt leer und vereinsamt dalag. Die Köchin und die Mägde hatten sich zurückgezogen, bis es Zeit zum Tee war. Roisin öffnete die Tür der Speisekammer und begann, aus den Töpfen und Näpfen zu naschen, die dort aufgestellt standen, aber diesmal hatte er weniger Spaß daran als gewöhnlich.

Jule hatte ihn erschreckt. Sie war imstande, ihn zu verlassen. War sie denn wirklich so unglücklich? Und wie hatte sie herausgefunden, daß er selbst auch unglücklich war? Am schlimmsten war es, daß sie seine Lügen durchschaut hatte, was das Klopfen anging. Die Dienstboten glaubten an Kobolde und Geister im Haus, aber Roisin wußte längst, daß er selbst die Geräusche auslöste. Nicht absichtlich – sie kamen einfach, wenn er angespannt war. Sie begannen irgendwo und machten auf eigene Faust weiter, bis sich seine Laune gebessert hatte oder irgend etwas ihn ablenkte.

Verdrießlich und niedergeschlagen setzte er sich mit einem Topf Beerenmus auf dem Steinboden nieder und steckte den Zeigefinger ins Mus. Während er ihn langsam ableckte, überdachte er die Lage. Er mußte mit Tyndal sprechen – der konnte ihm vielleicht helfen. Diese Zauberer hatten immer mehr Einfälle als gewöhnliche Leute.

Aber verreisen würde er nicht, ganz gleich, wie Jule ihn unter Druck setzte. Reisen waren unbequem und gefährlich, und was sollte er auch anderswo? Wohin immer er führe, er würde dort dasselbe tun wie zu Hause: schlafen, essen und in der Haustür stehen, um die Vorübergehenden zu betrachten.

Insgeheim verstand er durchaus, daß Jule sich mit ihm langweilte. Sie unternahmen kaum je etwas; die meisten Abende ihres Ehelebens verbrachten sie damit, daß sie sich gemeinsam betranken. Kein Leben für eine abenteuerlustige junge Thorwalerin.

Aber dann, dachte er trotzig, hätte sie mich nicht heiraten dürfen.

*   *   *

Die Stadt Lowangen hatte schwer unter dem Orkensturm und der darauffolgenden Besetzung durch die Schwarzpelze gelitten, aber an diesem Windstag im Praios war nichts davon zu bemerken. Die Abgänger der *Akademie der Verformungen* feierten ihre Promotion zum Adepten, und die Stadt feierte, wie jedes Jahr, mit den jungen Magi und Magae.

Die Innenstadt war ein einziger Festplatz. Überall waren Fenster und Türpfosten mit grünen Girlanden und blühenden Blumen geschmückt, Tische und Sessel standen auf den engen Gassen, und an jeder Ecke des Marktplatzes wartete ein Faß Bier darauf, angeschlagen und zu Ehren der Adepten (die dabei fleißig mithalfen) leergetrunken zu werden.

Am frühen Morgen waren die acht jungen Leute im Beisein ihrer Verwandten und Freunde in einem feierlichen Akt im Festsaal der Akademie losgesprochen worden. Man hatte ihnen den Mantel um die Schultern gelegt und den Stab ausgehändigt, ein kurzer Götterdienst im Hesindetempel folgte, und nun ging es ans Feiern.

Überall zwischen den Fachwerkhäusern drängten sich Menschen. Das festliche Treiben hatte allerlei fahrendes Volk angezogen, das auf Gassen und Plätzen seine Possen trieb. Man sah Tänzer und Tänzerinnen, Schelme in greller, bombastischer Kleidung, Messerwerfer und Akrobaten, Leute mit dressierten Hunden und einen wild aussehenden Norbarden, der einen Tanzbären an der Kette hinter sich herführte. Man sah auch Leute wie den alten Mann, der mit ›Soscha dem wunderbaren Schwein‹ durch die Stadt zog und an den Straßenecken vorführte, wie Soscha – eine schon ziemlich bejahrte weiße Matrone, die ein rosafarbenes Halsband mit einem Glöckchen und einen kleinen Hut mit seidenen Buschröschen trug – auf den Hinterbeinen tanzen, auf ein Händeklatschen hin tot umfallen und mit dem Blechtellerchen Geld einsammeln konnte, auf dem ihre Bewunderer den Vers lasen:

> ›Soscha das wunderbare Schwein
> habt ihr gesehnt euch zu erfreun
> bedenkt jedoch, das gute Tier
> will eine kleine Gab dafür
> so gebt ihr lieben Herrn und Damen
> es dankt in sein und meinem Namen:
> Soscha‹

Selbst die Schwarzpelze hatten sich von der allgemeinen guten Laune anstecken lassen und genossen reichlich das Freibier, während sie schwerbewaffnet durch die Gassen patrouillierten. Sie waren zwar keine willkommenen Gäste, aber man hatte sich an sie gewöhnt und kümmerte sich nur wenig um sie, solange sie die Leute in Frieden ließen.

Roisin und Jule waren gekommen, um mit dem Adepten Tyndal Sandström zu feiern, einem Freund aus Jugendtagen. Tyndal und Roisin waren Milchbrüder gewesen. Als Roisins Mutter bei seiner Geburt starb, hatte Frau Sandström – die eben den kleinen Tyndal geboren hatte – den mutterlosen Jungen gesäugt.

Tyndal hatte schon in jungen Jahren von sich reden gemacht. Selten hatte man einen so schönen und klugen Knaben in Lowangen gesehen. Man sagte ihm allgemein eine ruhmvolle Zukunft voraus, und es wunderte niemand, daß er mit zehn Jahren in der Magierakademie aufgenommen wurde und bald als glänzender Student bekannt war.

Die Lowanger staunten manchmal darüber, daß zwei so ungleiche Charaktere so eng befreundet waren – der schöne und begabte Tyndal (der genau wußte, daß er schön und begabt war) und der mürrische, etwas unbeholfene Roisin, der früh zum Dickwerden neigte. Aber Tyndal hatte, obwohl er ein geselliger und freundlicher Mensch war, nur wenige gute Freunde. Er war zu erfolgreich, um wirklich beliebt zu sein. Roisin war vielleicht der einzige, der ihn weder um seine Schönheit beneidete, noch eifersüchtig auf seine Erfolge war, sondern ihn aus aufrichtigem Herzen liebte.

Jule Bellentor dachte insgeheim, daß der Magier aufgeblasen sei wie eine Balgpfeife, aber sie war, wie alle Thorwaler, abergläubisch und fand ihn ein wenig unheimlich; außerdem wollte sie ihren Mann nicht kränken, indem sie schlecht von seinem engsten Freund redete. Also stimmte sie Roisin zu, als er sich lang und breit über die Vorzüge seines Freundes ausließ.

»Er hat ein Buch geschrieben, stell dir das vor – ein Buch!« sagte Roisin.

»Worüber denn?« fragte Jule neugierig. Sie sah sehr hübsch aus, wie sie in leuchtendgrünen Jägerhosen und rotem Rock durch die Gassen schritt und ihr Haar hinter ihr her flatterte. Es war lang und dick wie der Schweif eines Pferdes, und mancher Vorübergehende hätte gern darübergestreichelt – was ihm freilich eine Ohrfeige der resoluten Thorwalerin eingetragen hätte.

»Worüber, das weiß ich nicht«, gestand Roisin ein. »Irgend etwas Magisches. Es wäre wohl ohnehin zu hoch für mich gewesen. Er ist so unglaublich gescheit. Hast du gehört, wie der Magister Elcarna ihn lobte?«

»Ja, das habe ich gehört«, sagte Jule und wich geschickt den Roßäpfeln aus, die ein vorübertrabendes Karrenpferd auf der Straße hinterlassen hatte. »Paß auf, hier sind – o Roisin, jetzt bist du voll hineingetappt! Warum bist du immer so ungeschickt?«

Roisin wischte sich die Roßäpfel von den Stiefeln, indem er mit den Sohlen über den vorspringenden Rand der Gosse fuhr. »Ich war in Gedanken«, entschuldigte er sich, und um seine Frau von seinem Mißgeschick abzulenken, fügte er rasch hinzu: »Schau, der Schelm dort mit seiner Schellenkappe! Wem er heute wohl einen Streich spielen wird?« Er wies auf einen sonnengebräunten Mann mit langen, sorgfältig gedrehten Locken und einem gelockten Bart, der geschmacklos in grelles Grün, Gelb und Scharlach gekleidet war und eine rote Samtkappe mit vier langen Zipfeln auf dem Kopf trug.

»Hoffentlich nicht uns«, sagte Jule. »Mir sind die Kerle nicht geheuer. Ich habe immer Angst, daß sie mir irgendeinen Unfug anhexen. Komm, wir wollen lieber sehen, wo Tyndal bleibt.«

Sie fanden ihn schließlich auf einem der kleinen, wie Laubengänge mit wildem Wein bewachsenen Plätze im Herzen der Stadt, wo einige Magier und Magierinnen mit ihren Freunden um einen dampfenden Wurstkessel und ein Weinfaß herumsaßen und wacker tranken und tafelten.

Tyndal Sandström nahm es ernst mit der Anordnung des weisen Sirdon Kosmaar, ein Magier solle seinen Stand jedermann kundtun. Wenn Tyndal auftauchte, wußte jeder, daß etwas Besonderes des Weges kam. Mit zweiundzwanzig Jahren war er ein hochgewachsener, schlanker junger Mann mit einem kantigen Gesicht, scharfen Augen, einer kühn gebogenen Nase und einem sinnlichen, etwas zu üppigen Mund.

Wie es die Sitte verlangte, trug er sein dunkles Haar offen. Glatt und schimmernd hing es ihm bis weit über den Rücken hinab. (Böse Zungen sagten dem eitlen Tyndal nach, er verschönere sein Haar mit dem Zauberspruch *Ohne Kamm und ohne Schere / meiner Locken Schönheit mehre!*) Ein bräunlicher Flaum auf Kinn und Oberlippe deutete einen Bart an. Anders als viele seiner Studienkollegen hatte Tyndal seine Zeit nicht nur in der Studierstube verbracht, sondern auch auf dem Fechtboden und in der Sporthalle, so daß er nun einen geschmeidigen, kraftvollen Körper besaß. Goldbraun getönte Haut spannte sich über festen Muskeln, und er hatte einen Hintern, mit dem man – wie Jule Bellentor zu sagen pflegte – Nüsse knacken konnte.

Obwohl traditionsbewußte Magi dergleichen nicht gern sahen, war er nach der neuesten Mode des Svelltlandes gekleidet. Zu seidenen Beinkleidern und Lederstiefeln trug er eine Bluse mit bauschigen weiten Ärmeln und ein ärmelloses geschnürtes Lederwams. Um die Schultern hing ihm ein Mantel aus flaschengrünem Bausch, mit Seide gefüttert, auf der in Gold und Silber arkane Symbole eingestickt waren. An der Seite trug er wie ein Vinsalter Stutzer ein leichtes Florett, mit dem er auch bestens umzugehen verstand.

Im Augenblick stand er auf einem Tisch und schmetterte, den Becher hoch erhoben, eine weithin hörbare Rede zu Ehren der Akademie und der frischgebackenen Magi, die mit ihren Weinkrügen in der strahlenden Sonne saßen und bereits das Stadium der Umnebelung erreicht hatten, in dem sie für Scherze und Possen überaus zugänglich waren. Roisin blieb stehen und hörte ihm zu, und auch die Vorübergehenden hielten inne, um das Schauspiel zu betrachten, das der prächtige junge Mann auf dem Tisch bot. Nur eine Gruppe von etwa zwanzig Angehörigen der weltabgewandten Lowanger Dualistensekte eilte, ohne aufzublicken, an den Feiernden vorbei, die Köpfe unter den schwarzen Hüten und gestärkten Hauben tief gesenkt.

Roisin sah, daß der Schelm mit der Schellenkappe wieder aufgetaucht war und in einiger Entfernung unter den Lauben stand. Sein Blick war starr auf Tyndal gerichtet. Nun machte er plötzlich eine abwinkende Bewegung mit der Hand, und im nächsten Augenblick geschah Erstaunliches: Tyndal warf erschrocken die Hände hoch, griff nach seinem Mantel, der sich von seinem Hals löste, haschte nach seinen Beinkleidern, hielt die Bluse fest – aber gnadenlos waren unsichtbare Finger am Werk, die die Verschlüsse öffneten, die Bänder lösten… der Mantel fiel, das Wams folgte, als würde es von Geisterhänden ausgezogen, der Gürtel schnellte davon wie eine Schlange, und dann rutschte die Hose.

Der verblüffte Magier bückte sich blitzschnell nach einem Brotfladen und hielt ihn vor die Lenden, aber zu spät – die Frauen der Lowanger Dualisten standen wie angewurzelt und starrten ihn unter den schmucklosen weißen Hauben hervor an, als wäre er geradewegs aus den Niederhöllen erschienen.

Tyndal erlangte freilich rasch die Fassung wieder. Er lachte laut auf und rief: »*Ich* habe mich nicht entblößt, meine guten Frauen, aber sagt dem Herrn Schelmen Dank, der euch diesen unvergleichlichen Anblick gewährt hat!«

Da waren die frommen Leutchen aber schon davongeflattert wie ein Schwarm erschrockener Krähen. Rundum brachen lautes Geschrei und Gelächter aus. Tyndal sprang vom Tisch und raffte seine Kleider auf, dann stürzte er auf Roisin zu und verbarg sich hinter ihm. »Leih mir deinen breiten Rücken, Freund, als Schutz und Schirm der Sittlichkeit«, bat er, während er in aller Eile in seine Kleider fuhr.

Roisin stand ein wenig unbeholfen da; er fand, daß Tyndal sich zuweilen allzu leichtfertig aufführte, und das beschämte ihn. »Du hast ausgesehen wie ein Narr«, mahnte er über die Schulter hinweg.

»Was kann ich dafür?« protestierte der Zauberer. »Du hast selbst gesehen, daß der Schelm mir diesen Streich gespielt hat. Geh zu ihm mit deinen Klagen.«

Aber der Schelm hatte es vorgezogen, sich in Windeseile davonzumachen.

»Kommt.« Tyndal, der sich wieder angezogen hatte, faßte die Freunde an den Armen. »Setzt euch zu uns … Heda, ihr Brüder und Schwestern am Kessel! Her mit einer Wurst und einem Stück Brot für meinen wackeren Freund und desgleichen für seine Frau!«

Sie setzten sich zusammen. Roisins Blick glitt bewundernd über die Insignien der neuen Standeswürde seines Freundes, den bestickten Mantel, den aus Schwarzdorn geschnitzten Stab, das blauglänzende Gildensiegel in der rechten Handfläche. »Schade«, sagte er wehmütig, »daß deine Eltern das nicht mehr erleben durften. Sie wären so stolz auf dich gewesen.«

Tyndal nickte, und seine Augen wurden einen Moment lang feucht. Seine Eltern waren bei einem Schiffsunglück auf dem Svellt zu Tode gekommen, als er eben elf Jahre alt gewesen war, und so war die Akademie dem verwaisten Knaben Vater und Mutter zugleich gewesen – mit ein Grund, warum er seine Lehrmeister, allen voran den berühmten Magister Elcarna, leidenschaftlich liebte.

Eine Weile saßen die drei in der Runde der feiernden Magi, aßen und tranken und lachten über die Scherze, die hin und her flogen. Der Schelm tauchte wieder auf. Mit vielen spöttischen Verbeugungen vor Tyndal näherte er sich der Gruppe, nahm eine Mandoline zur Hand, die er auf dem Rücken getragen hatte, und griff in die Saiten. Mit tiefer, volltönender Stimme sang er, wobei er nach jeder Strophe einen Luftsprung machte:

> Oh, wenn ich hätt, was ich nicht hab,
> und könnt, was ich nicht kann.
> Was wär – potztausend Element! –
> ich für ein wackrer Mann!
> Oh, wenn ich tät, was ich nicht tu,
> und wär, was ich nicht bin.
> Ich wär fürwahr der rechte Mann
> für eine Königin.
> Doch tu und kann und bin ich nichts,
> treib stets nur Schabernack,
> so bin ich nur Hans Möchtegern,
> ein dummer Lumpensack.

Die Leute lachten lauthals über das Lied, aber Roisin spürte, wie Verdruß in ihm hochkroch. Zu treffsicher hatten die Verse seine innere Stimmung beschrieben. War das nicht er selbst – Hans Möchtegern, dem es nie gelang, zu tun, was er wollte, ja überhaupt nur zu wissen, was er wollte? Er warf Jule einen raschen, argwöhnischen Seitenblick zu, ob sie ähnlich dachte wie er, aber anscheinend hatte sie das Lied nur als Spaß empfunden. Sie lachte und klatschte in die Hände, und ihre blaugrauen Augen funkelten vor Vergnügen.

Der Schelm blieb noch eine ganze Weile am Tisch stehen und machte sich über die Magier lustig, indem er mit theatralischen Gebärden allerlei possenhafte Zauberkunststücke vorführte – ein Ei in ein Küken verwandelte, einem vorbeieilenden Bürger ein Gold-stück aus der Nase zog und eine Kugel zwischen den Fingern wandern ließ. Die jungen Leute nahmen es aber nicht übel auf. Rot und heiß vom Wein, lachten sie über seine Scherze und klatschten ihm Beifall.

Tyndal, der schon ziemlich angetrunken war, tippte Jule auf den Arm. »Wie wäre es mit einer Runde Armdrücken, Jule? So unterhält man sich doch in Thorwal, nicht wahr?«

»Das tut man«, stimmte sie zu. »Aber ich möchte es dir nicht raten, dich mit mir anzulegen, du lägest schneller unter dem Tisch, als du einen Becher Wein austrinken kannst!«

Tyndal lachte höhnisch. »Hört, hört die Amazone!« Er schob Teller und Brotfladen beiseite und stützte den Arm auf den Tisch. »Komm, Jule, wag es gegen mich!«

Die Frau schnitt ein Gesicht, dann lachte sie eben-falls. »Es gilt! Aber worum sollen wir wetten?«

»Wer verliert, muß den anderen auf dem Rücken tragen – dreimal um den Tisch!« rief ein junger Magus dazwischen, der auch schon mehr als genug gezecht hatte. Die anderen stimmten johlend und klatschend ein. Wetten wurden abgeschlossen, während Jule Bellentor bedächtig den Ärmel hochkrempelte und den Ellbogen auf den Tisch stützte. Rasch wurden zwei Schiedsrichter gewählt, die sich hinter die Gegner stellten, und Roisin klatschte in die Hände und rief: »Los!«

Tyndal spannte seine starken Muskeln an, überzeugt, daß es ihm in kürzester Zeit gelingen würde, den Handrücken der Frau auf den Tisch zu drücken. Aber er hatte nicht mit Jules Kraft gerechnet – und der bemerkenswerten Geschicklichkeit, die sie sich in vielen Runden Armdrücken erworben hatte. Sie umklammerte seine Hand wie eine Eisenspange. Tyndals Muskeln begannen zu zittern. Er spürte, wie sein Ellbogen abrutschte. Irgendwie brachte er es fertig, sich wieder in die Ausgangsposition zu setzen, und er drückte mit aller Kraft Jules Arm zur Seite. Fast gelang es ihm, ihre Hand niederzuzwingen, aber sie widerstand ihm mit ungeahnter Kraft – und plötzlich verlor er das Gleichgewicht. Seine Hand schlug, mit dem Handrücken zuerst, hart auf dem Eichenholztisch auf. Jule setzte nach und hielt sie so fest nieder, daß er sich nicht mehr befreien konnte.

»Gewonnen!« rief sie, als alle rundum zu klatschen begannen. Freude funkelte in ihren Augen. »Du mußt mich huckepack tragen, Tyndal!«

Den Magier wurmte es, daß er unterlegen war, aber er war kein Spaßverderber, also ließ er Jule aufsteigen und trug sie huckepack dreimal um den Tisch herum. Sie lachte und trieb ihn an, indem sie ihn mit den Stiefelabsätzen hart in die Schenkel trat und mit der freien Hand auf die Hinterbacken schlug. »Lauf, Pferdchen!« rief sie. »Lauf, und ich flechte dir heute noch rote Bänder in deine Mähne!« So hart trieb sie ihn an, daß er nach der dritten Runde keuchend und atemringend am Tisch stehen blieb und die Hand auf das heftig pochende Herz preßte, während sie abstieg.

»Du hättest mich beinahe zu Tode geritten!« klagte er.

»Sei froh, daß ich Sporen und Peitsche nicht bei der Hand hatte, sonst hätte ich dich galoppieren gelehrt!« gab sie lachend zurück. »Aber komm, hier ist ein Becher Wein, trink, damit du wieder zu Kräften kommst!«

Tyndal stürzte den Wein hinunter, dann breitete er weit beide Arme aus und umarmte Roisin. »Du hast eine wunderbare, starke, wilde Frau, mein Freund. Gebt mir noch einen Becher Wein, dann will ich auf sie trinken!«

Roisin gab keine Antwort. Er hatte vorgehabt, an diesem Tag noch mit seinem Freund über allerlei Wichtiges zu reden, das ihm durch den Kopf gegangen war, aber Tyndal war so betrunken, daß er wohl demnächst unter den Tisch fallen würde.

* * *

Die ›Akademie der Verformungen‹ am Marktplatz von Lowangen war eines der schönsten Gebäude der Stadt. Reich mit Stuck und bunten Fresken verziert, übertraf es an Pracht sogar den danebenstehenden Hesindetempel. Tyndal Sandström stieg langsam die Stufen empor und trat durch die kostbar geschmiedete Türe.

Der Pförtner erkannte ihn und verbeugte sich. »Guten Morgen, Herr Adeptus. Seine Spektabilität, der Magister Elcarna, erwartet Euch in der Laube im Garten.«

Tyndal nickte und schritt eilig den marmorgepflasterten Flur entlang. Die Kühle und Stille im Haus taten ihm gut. Über all dem Jubel und Trubel am Vortag hätte er beinahe vergessen, daß heute morgen eine Audienz bei seinem obersten Lehrmeister angesetzt war, und am Morgen hatte er alle Hände voll zu tun gehabt, die Spuren des Gelages zu verwischen. Jetzt sah er wieder einigermaßen vorzeigbar aus. Sein Haar (auf das er sehr stolz war) war frisch gewaschen und gebürstet und schimmerte im Licht der Morgensonne wie Zobelfell. Seine Wangen waren frisch barbiert, nur den Flaum auf Oberlippe und Kinn hatte er stehen lassen. Er trug einen Rock aus blaugrauem Samt mit Silberknöpfen, eine lange Hose und weiche Stiefel, die um die Knöchel Falten schlugen. In der Hand hielt er seinen kunstvoll geschnitzten Stab. Den wüsten Rausch vom Vortag verrieten nur noch seine Augen, die weniger blank und strahlend als sonst in die Welt blickten.

Tyndal war trotzdem in Hochstimmung. Er fühlte sich sehr geschmeichelt, daß Elcarna ihn zu einem persönlichen Gespräch gebeten hatte, obwohl er noch nicht wußte, worum es ging. Aber zweifellos war es etwas Angenehmes... vielleicht ein Forschungsauftrag oder eine besondere Aufgabe, die der Leiter der Akademie nur seinem besten Schüler anvertrauen wollte.

Einen Augenblick lang blieb der junge Zauberer stehen, öffnete die Hand und betrachtete das Gildensiegel in seiner Handfläche. Unauslöschlich leuchtete es dort – die Krönung langer, mühevoller Jahre. Er war so glücklich, daß ihm die Augen feucht wurden.

Hinter der Akademie befand sich ein alter, von mächtigen Bäumen beschatteter Garten, in dem auf Elcarnas Anordnung hin allerlei Getier herumlief – zwei Pferde, Ziegen, Katzen und Hunde, ein Esel und ein zahnloser, eisgrauer alter Wolf. An ihnen sollten die Eleven das tierische Wesen studieren, um später die Verwandlung in ein Tier leichter bewerkstelligen zu können. Der Magister liebte die Tiere, und man sah ihn oft von mehreren weißen Katzen begleitet durch die Gänge der Akademie schreiten.

Jetzt saß er, von seinen Katzen umgeben, in einer Laube am Ende des Gartens. Er trug seidene graue Gewänder, die ihm bis auf die Füße hinab fielen. Auf seiner Brust schimmerte an einer goldenen Kette der vielbesungene Edelstein, jenes rätselhafte Juwel, um dessen Kräfte und Bedeutung sich viele Legenden rankten. Als er den jungen Mann erkannte, lächelte er freundlich und winkte ihm, näher zu kommen.

Tyndal ließ sich auf ein Knie nieder und küßte demütig die Hand des Magus. So stolz er sonst war, für den Magister Elcarna empfand er eine fast unterwürfige Verehrung, und sein Herz schlug laut vor Aufregung, daß der Meister ihn zu einer persönlichen Audienz geladen hatte. Er blieb auf den Knien liegen, bis der Ältere ihn an der Schulter berührte und ihm bedeutete, sich zu erheben.

»Setz dich, Tyndal Sandström.«

Der Adept wählte einen Schemel, der neben dem Schaukelstuhl des Meisters stand, und ließ sich darauf nieder. Sein Blick hing voll Ergebenheit und Bewunderung an den feinen Zügen des Mannes.

Der Magister Elcarna war erst fünfzig Götterläufe alt – einer der jüngsten unter den bedeutenden Magi Aventuriens –, aber sein feines, seidenweiches Haar war schneeweiß und fiel ihm in langen Locken auf die Schultern. Sein Bart war ebenfalls völlig weiß. In seinen graugrünen Augen jedoch leuchtete eine ewige Jugend; sie glänzten vor Eifer und Wißbegierde, und nun wandten sie sich liebevoll dem jungen Adepten zu.

»Du warst einer meiner besten Schüler, Tyndal«, sagte er freundlich. Seine Hand ruhte auf der Schulter des Jüngeren. »Du weißt, du hast uns allen Ehre gemacht mit deinem Traktat über die ... wie hieß es noch genau?«

Tyndal stieß eifrig hervor: »*Tractatus* über die Verwerfungen und Verwindungen der magischen Matrix unter dem Einfluß starker astraler Strömungen, dargestellt am Beispiel eines Praioswunders in der Stadt Lowangen.‹«

»So ist es«, bestätigte Elcarna. »Es war eine schöne Arbeit. Ich habe sie an Freunde geschickt, die weit fortgeschritten in der Kunst sind, und sie waren ebenfalls sehr angetan davon.«

Tyndal lächelte geschmeichelt.

»So angetan«, fuhr Elcarna fort, »daß sie dich gern persönlich kennenlernen würden.«

Tyndal spürte, wie sein Herz einen wilden Sprung tat. Er senkte den Kopf, um die freudige Röte zu verbergen, die ihm heiß in die Wangen schoß. »Das ehrt mich«, murmelte er.

»Tatsächlich, das ehrt dich sehr«, bestätigte Elcarna, »denn Herr Churchemon und seine Freunde sind so erfahren in der Kunst, daß selbst ich ihnen kaum das Wasser reichen kann.«

Das hielt Tyndal für sehr übertrieben, aber immerhin verstand er, daß Herr Churchemon ein Magus von beachtlichem Wissen und Können sein mußte. Es wunderte ihn nur, daß er von dieser bemerkenswerten Persönlichkeit noch nie etwas gehört hatte.

Als hätte er seine Gedanken gelesen, bemerkte Elcarna: »Er führt ein sehr zurückgezogenes Leben und tritt kaum jemals in die Öffentlichkeit. Du wirst eine weite Reise machen müssen, um zu ihm zu gelangen, aber es wird sich lohnen.«

»Wo wohnt er?« fragte der junge Mann. Ehrgeizig, wie er war, wäre er bereit gewesen, das Perlenmeer zu überqueren oder das Eherne Schwert zu überklettern, wenn ihn das in die persönliche Nähe eines

Meistermagus gebracht hätte. In Gedanken sah er riesige Bibliotheken vor sich, geheime Schätze an Wissen, die kaum jemals ans Tageslicht gehoben wurden, und das erregte ihn so sehr, daß seine Stimme ein wenig zitterte. »Wo wohnt er?« wiederholte er.

Elcarna antwortete: »In den hohen Bergen des Orklandes, die man den Firunswall nennt. Wenn du zu dieser Reise bereit bist, werde ich dir einen guten Führer und einen Söldner zu deinem Schutz mitgeben.«

»Ich bin bereit.« Tyndal hob den Blick zu seinem Meister, und seine Augen flammten in leidenschaftlichem Feuer auf. Schon jetzt sah er sich im Besitz von Erkenntnissen, die ihn weit über alle seine Jahrgangskollegen stellen würden. Sein Herz schlug rasch und laut, und er spürte, wie seine Achseln feucht wurden. Mit einer wilden Bewegung ergriff er die Hand des Magus und drückte die Lippen darauf. »Ich danke Euch, Meister.«

Elcarna befreite mit einer leisen Gebärde seine Hand. »Da ist noch etwas, Tyndal.«

»Sagt mir nur, was es ist, und ich will es tun!«

»Ich möchte, daß du deinen Freund Roisin mitnimmst.«

Tyndal war so verdattert, daß er Elcarna für eine ganze Weile mit offenem Mund anstarrte. »Roisin?« fragte er dann ungläubig. »Sagtet Ihr Roisin?«

»Ja, das sagte ich. Und ich habe meine Gründe dafür … sehr wichtige Gründe.«

Tyndal erholte sich allmählich von der Überraschung. Er schüttelte erst zaghaft, dann ganz entschieden den Kopf. »Wozu das, Euer Spektabilität? Roisin ist kein Magier –«

»Er ist ein Magiedilettant. Du selbst hast mir erzählt, daß er in seinem Haus Klopfgeräusche und Schläge an die Türen auslöst.«

»Ja, Herr, aber … er versteht überhaupt nichts von der Kunst, und obendrein würde er nie einen Fuß aus Lowangen hinaussetzen. Und … welchen Nutzen sollte das Ganze haben?« Tyndal war fassungslos. Allein die Vorstellung, mit Roisin bis ins Orkland zu reisen, erschütterte ihn. Und was, bei allen gehörnten Dämonen, hatte Roisin bei diesem Erzzauberer Churchemon verloren? Seine magische Kraft war verpatzt, er würde nie etwas anderes zustande bringen, als das Geschirr im Schrank zu zerschlagen und Äpfel über den Flur rollen zu lassen, wenn er sich ärgerte. Aufgestachelt von diesen Überlegungen, widersprach Tyndal seinem Meister mit einer Kühnheit, die er sonst nicht aufgebracht hätte. »Herr, das hat keinen Sinn. Er wäre mir nur ein Hindernis und eine Plage und eine Belästigung für Euren Freund Churchemon –«

Elcarna antwortete ungewohnt streng. »Sprich nicht über Dinge, von denen du nichts verstehst, Tyndal, oder du machst dich zum Narren.«

Der junge Mann erschrak über das Mißfallen, das sich auf dem edlen Gesicht abzeichnete. Er neigte den Kopf, bis seine Stirn das Knie des Meisters berührte, und stammelte: »Verzeiht mir meine törichten Worte. Aber ich verstehe nicht…«

»Das mußt du auch nicht verstehen. Herr Churchemon hatte einen sehr wichtigen Grund, deinen Freund einzuladen, ja, er hat es zur Bedingung gemacht, daß er dich begleitet, und ich habe ebenfalls einen sehr wichtigen Grund, dich zu bitten, ihn mitzunehmen. Höre, Tyndal.« Er faßte den Jüngling mit zwei Fingern unter dem Kinn und hob seinen Kopf hoch. »Du mußt deine Freundschaft in die Waagschale werfen, damit er mitfährt. Es ist wichtig. Herr Churchemon wird dir alles Nähere erklären.« Fast verschwörerisch setzte er hinzu: »Ich verlasse mich ganz auf dich, Tyndal.«

Der junge Mann starrte ihn an. Er fühlte sich hin- und hergerissen zwischen dem heißen Wunsch, dem verehrten Meister zu Diensten zu sein, und dem Wissen, daß Roisin sich gegen dieses Ansinnen mit Händen und Füßen sträuben würde. »Ich will es versuchen«, murmelte er.

»Es genügt, wenn du ihn hierherbringst. Dann werde ich mit ihm reden, und zu zweit werden wir ihn schon überzeugen.«

Tyndal seufzte unwillkürlich. Wie das klang – ›zu zweit‹! Als wären sie nicht Meister und Schüler, sondern Verschworene bei einer schwierigen Aufgabe! Zögernd sagte er: »Ich könnte mit seiner Frau reden. Sie ist eine abenteuerlustige Person, und eine Reise ins Orkland gefiele ihr bestimmt überaus gut. Aber ich weiß nicht…«

»Sprich mit ihr. Und wenn du kannst, bring Roisin hierher.« Elcarna strich mit der Handfläche über das Haar seines Schülers. Leise und lockend sagte er: »Du wirst bei Herrn Churchemon Dinge lernen, die du hier nie lernen könntest, nicht einmal von mir. Ich freue mich über deine Zusage.«

Als Tyndal den Garten verließ, fühlte er sich wie betäubt. Einerseits wallte Freude in ihm auf, wenn er an Herrn Churchemon und seine magischen Geheimnisse dachte, andererseits lastete der Gedanke an Roisin auf ihm.

Wie stellte sich Elcarna das vor? So träge, wie Roisin war, konnten sie ihn höchstens in einem Sack ins Orkland schaffen; freiwillig ginge er nie. »Ich hätte Beherrschungsmagie lernen sollen statt all dieser Verwandlungen«, murmelte der Adept vor sich hin, während er die Akademie verließ und auf die Straße hinaustrat. »Dann hätte ich vielleicht eine Hoffnung auf Erfolg.«

Die Praiosscheibe war höher gestiegen, und ihre Strahlen waren zu fühlen. Viele Fenster waren bereits geschlossen, um die Wohnungen kühl zu halten. Auf dem Marktplatz herrschte ein lebhaftes Gedränge, ein Stoßen und Feilschen, in das sich das Schnattern von Gänsen und das schrille Gezänk der Marktweiber mischten. Es roch köstlich nach hausgemachten Kuchen und frischen Broten. Am Westende des Platzes drängten sich die Gläubigen vor dem altertümlichen Travia-Tempel, der ältesten heiligen Stätte in Lowangen. Die Göttin der Gastfreundschaft und des Herdfeuers hatte den Charakter der Stadt entscheidend geprägt. Viele Flüchtlinge, darunter entlaufene Soldaten der Armee des Mittelreichs und Bauern, die die Schikanen ungerechter Landvögte satt hatten, hatten in der Vergangenheit in Lowangen Zuflucht gefunden. Die meisten Bürger waren Nachkommen solcher Flüchtlingsfamilien und brachten Travia bis in die Gegenwart zum Dank Opfer dar.

Plötzlich blieb Tyndal stehen. Die Frau da drüben in der enganliegenden Hose und dem Jägerrock – das war Jule! Welch ein Zufall, daß sie ihm so bald schon vor die Füße lief! Oder war es mehr als Zufall? War es eine Fügung der Götter?

Er lief hinüber und sprach Jule an, die eben einen Kranzkuchen gekauft hatte.

Sie bot ihm ein Stück davon an. »Wie geht es dir, Tyndal? Als ich dich gestern das letzte Mal sah, bist du unter dem Tisch herumgekrochen und hast den Damen die Waden geküßt. Aber heute, wie es scheint, bist du wieder nüchtern.«

Er nickte und setzte sich auf einen Prellstein, während er von dem Gebäck abbiß. Sein Blick wanderte über Jule. Sie war eine prächtige Frau, aber sie machte ihm angst – sie war zu wild, zu selbstbewußt. Roisin hatte ihm erzählt, daß sie Teller und Tassen an der Wand zerschmetterte, wenn sie schlecht aufgelegt war.

Jetzt sagte er: »Es geht mir fabelhaft. Ich habe eben eine Einladung von einem großen Magus bekommen, ihn zu besuchen und mir seine Bibliothek anzusehen. Er wohnt allerdings im Orkland.«

Wie er erwartet hatte, seufzte Jule sehnsüchtig. »Du Glücklicher... du kannst ins Orkland reisen. Was gäbe ich dafür, mit dir fahren zu können!« Als er sie vielsagend anblinzelte, fuhr sie ihn an: »Es ist nicht deinetwegen, Dummkopf. Ich führe sogar mit einem Oger, wenn er mich mitnähme. Ich möchte fort hier. Ich möchte hinaus.«

»Vielleicht kommst du hinaus«, erwiderte er listig. »Da ist nämlich noch etwas – Roisin ist auch eingeladen.«

Wie er erwartet hatte, starrte sie ihn verständnislos an. »Roisin? Ins Orkland? Zu einem Magier?«

»Ja. Das heißt, daß ihr beide gern mitkommen könnt; du brauchst ihn nur dazu zu bewegen.«

»Eher könnte ich eine Auster dazu bewegen, sich von ihrem Felsen zu lösen«, zischte sie gereizt. »Aber sprichst du im Ernst, Tyndal? Schwör mir bei deinem Stab, daß du mich nicht zum Narren hältst.«

Er umfaßte seinen Stab mit der Hand. »Ich meine es ernst. Und ich finde, wir sollten eine so hohe Einladung nicht ausschlagen.«

»Aber was will dieser Magier mit Roisin? Er hat doch keine Ahnung von Magie. Und wie kommt er überhaupt auf ihn?«

Tyndal faßte sie am Ellbogen und zog sie mit sich. »Komm, wir setzen uns ein paar Minuten in den *Hammer und Amboß* und trinken ein Glas zusammen, dann erzähle ich dir die ganze Geschichte.«

Jule lauschte aufmerksam, während sie an einem Gläschen Schnaps nippte und zwischendurch am Kuchen knabberte. »Das ist seltsam«, sagte sie, als er zu Ende gekommen war. »Wenn es nicht der Magister Elcarna wäre, der dir das erzählt hat, dächte ich an einen albernen Streich. Ich kann mir um nichts in der Welt vorstellen, was ein berühmter Magier von Roisin will ... es sei denn, er braucht jemand, der die Essensreste wegputzt. Aber ich würde zu gern ins Orkland reisen.« Sie atmete tief und seufzend ein. »Ehrlich gesagt, Tyndal, zur Zeit würde ich gern überallhin auf Dere reisen, wenn ich nur aus diesem dumpfen Nest hier herauskäme.«

Er streckte ihr die Hand über den Tisch hin. »Dann nehmen wir ihn in die Zange, einverstanden?«

»Einverstanden.«

* * *

Dumpfe Gewitterluft lag über Lowangen. Die Sonne strahlte, aber ihr Licht schien durch ein schmutziges Glas zu fallen. Hunde schliefen im Schatten der vorspringenden Häuser, und die wenigen Leute, die bei der Schwüle unbedingt unterwegs sein mußten, trotteten mißgelaunt durch die Gassen. Selbst die Patrouillen der Schwarzpelze schlurften mit schweren Schritten dahin, die breiten Krummsäbel mit der gezackten Klinge, Arbach genannt, an der Seite, die dornengespickten schweren Streithämmer, die Gruufhais, über der Schulter. Ihre Pelze waren schweißgetränkt, auf ihren abstoßend tätowierten Gesichtern standen Schweißperlen. Viele ließen wie hechelnde Hunde die Zunge heraushängen. Sie waren die Kälte des Orklandes gewohnt, der unvermutet heiße Praios machte ihnen zu schaffen.

Roisin achtete nicht auf sie. Er stieg mit schweren Schritten die Stufen zum Eingang der Akademie empor. Er trug seine Sonntagskluft, obwohl er in der Wärme schwitzte. Sein Kopf fühlte sich an, als hätte er zu lange geschlafen oder zuviel getrunken. Hundertmal hatte Tyndal ihm geschworen, daß er ihn mit der Einladung nicht zum Narren hielt, und doch konnte Roisin es kaum glauben. Aber wieso sollte ein fremder Magier am Ende der Welt darauf bestehen, daß er ihn besuchte?

Er warf einen Blick auf Tyndal, der an seiner Seite herlief wie ein Wachhund neben einem störrischen Schaf. Seit Tagen bedrängte der Freund ihn, bat, zürnte, argumentierte, alles nur damit er ihn auf dieser wahnwitzigen Reise begleitete. Ins Orkland! Warum nicht gleich in die Brecheisbucht oder zu den Echsensümpfen im Süden? Tyndal wollte unbedingt reisen – kein Wunder, alle Magier waren verrückt, wenn es darum ging, neue Geheimnisse in der Kunst zu entdecken. Und Jule wollte es ebenfalls. Aber Roisin Bellentor dachte nicht daran, auch nur einen Fuß in dieses wilde, gefährliche Land zu setzen. Ihm reichten die Orken, die in den Straßen patrouillierten.

Immerhin hatte er zugestimmt, mit Elcarna zu sprechen. Das konnte er nicht gut ablehnen, denn der Magister war nicht nur unter Zauberern eine wichtige Persönlichkeit, und die Akademie war ein guter Kunde des Handelshauses Bellentor. Aber er war fest entschlossen, auch diesem bedeutenden Mann Trotz zu bieten.

Elcarna empfing die beiden diesmal in seinem Arbeitszimmer, einem hohen, hellen Raum, in dem nur wenige kostbare Möbelstücke standen. Ein Wollteppich, der mit Früchten und Blumen bestickt war, hing an der Wand. Überall auf den Möbeln ruhten die weißen Katzen.

Tyndal kniete ehrfürchtig nieder, küßte seinem Meister die Hand und setzte sich dann auf einen Diwan. Roisin tat es ihm gleich, obwohl er kein Mitglied der Gilde und damit nicht zu dieser tiefen

Ehrerbietung verpflichtet war. Elcarna setzte sich ihnen gegenüber und wies auf ein Tablett mit drei Gläsern goldgelben Weins, das auf einem Beistelltischchen stand.

»Greift zu«, lud er sie ein. Dann wandte er sich an Roisin. »Ihr seid gewiß sehr verblüfft über meine Bitte, die Tyndal an Euch herangetragen hat, nicht wahr?«

»Das kann man sagen«, bestätigte Roisin. »Ich begreife gar nicht...«

»Seid versichert«, unterbrach ihn der Magier, »es ist weder ein Possenspiel noch eine müßige Laune, daß ich dieses Ansinnen an Euch stelle, von dem ich wohl weiß, wie zuwider es Euch ist. Es ist aber bittere Notwendigkeit, daß Ihr reist. Meine Freunde sind in Not, und Ihr seid der einzige, der ihnen helfen kann.«

Roisins Verblüffung wurde noch größer. »Ich?« rief er. »Aber Herr, ich bin ein einfacher Handelsmann, ich verstehe nichts von den Geschäften von Zauberern und möchte mich da auch gar nicht einmischen. Und wie könnte ich auch den Herren und Damen von Nutzen sein?«

»Ihr könntet wohl gar nichts«, sagte Elcarna ernst, »wenn Ihr nicht von höheren Mächten dazu bestimmt wärt. Doch eben das seid Ihr.« Er griff nach einem zusammengerollten Pergament, das auf seinem Schreibtisch lag, rollte es auf und las einen Absatz aus einem längeren Brief vor:

»Da wir nun nicht mehr wußten, wie wir uns des Unheils erwehren sollten, befragten wir in gewohnter Weise die Ahnen, und von ihnen kam der Orakelspruch: *Ein Ungeborener wird eure Hilfe sein.* So bitten wir Euch, nach einem solchen Ausschau zu halten, wie wir auch alle unsere anderen Freunde gebeten haben, und uns alsbald Nachricht zu geben...«

»Als ich über diesen Brief nachgrübelte«, fuhr Elcarna fort, »kam mir etwas in den Sinn, das Tyndal mir einmal erzählt hatte, als unter uns die Rede von seltsamen und außergewöhnlichen Dingen war. Er sagte mir, sein Freund – damit seid Ihr gemeint, Herr Bellentor – sei nicht auf natürlichem Wege von einem Weibe geboren, sondern aus seiner Mutter Leib geschnitten worden.«

Roisin starrte ihn an. »Ja, das stimmt«, murmelte er. »So erzählte man es mir auch. Meine Mutter starb, ehe sie mich gebären konnte, und ein kühner Medikus rettete mein Leben, indem er mich aus ihrem toten Leibe schnitt. Aber ich begreife immer noch nicht ...«

»Wartet. Als ich nun diesen Hinweis erhalten hatte, fragte ich näher nach Euch, und bald erfuhr ich, daß Ihr ein Mensch mit gewissen magischen Kräften seid – ist das so?«

Roisin zuckte unbehaglich die Achseln. »Ja. Aber ich kann nicht viel damit anfangen. Ich bringe bloß unnützen Lärm hervor, und manchmal stifte ich Schaden.«

»Dennoch tragt Ihr Kräfte in Euch, die vielleicht zu gegebener Zeit ihre Bedeutung haben werden. Nun, Herr Bellentor, ich will Euch nicht langweilen mit den Prüfungen und Berechnungen, die meine Freunde und ich anstellten, denn das Ergebnis ist eindeutig: Wer Ihr auch seid, Ihr seid dazu bestimmt, ihnen zu Hilfe zu kommen.«

Roisin atmete schwer. Er hatte plötzlich das Gefühl, mitten in einem Alptraum zu stecken. »Aber ... was soll ich tun?« stammelte er.

»Das weiß ich jetzt noch nicht, und auch Herr Churchemon und seine Freunde wissen es nicht – oder sie haben es mir nicht verraten. Aber zweifellos ist es so, daß Ihr mit Tyndal ins Orkland reisen müßt.

Wenn Ihr bei meinen Freunden angelangt seid, wird sich alles weitere ergeben.«

Der junge Handelsmann holte tief Atem. »Herr Magister«, sagte er mit entschiedener Stimme, »bei allem Respekt, das ist ein seltsames Ansinnen, und wenn es Euch auch erzürnen mag – ich will damit nichts zu tun haben. Gewiß sind Eure Berechnungen falsch, und Ihr meint einen anderen. Ich bin kein Held und kein Helfer, also nehmt es mir nicht übel, wenn ich entschuldigt sein will.«

Elcarna betrachtete ihn eindringlich. »Ich verstehe Euch gut, Herr Bellentor, und ich will es Euch nicht verargen, daß Ihr nicht die geringste Lust habt, diese Reise anzutreten, aber seht ... es muß so sein. Weder Ihr noch ich haben hier noch eine Wahl. Ihr seid von einem alten Schicksal vorherbestimmt, diese Tat zu tun, und Ihr werdet sie tun.«

Angst kroch in Roisin hoch und mit ihr der Trotz. »Und wenn Euch nun ein Lügendämon zum Narren gehalten hat? Wenn diese Vorhersage eine Lüge ist? Ich weiß nur, daß ich nicht will und nicht kann, und dabei müßt Ihr es belassen, nichts für ungut, edler Herr.«

Sie debattierten noch lange, aber Roisin blieb starrsinnig. Nichts konnte ihn bewegen, einer Reise ins Orkenland zuzustimmen. Schließlich verabschiedete er sich, erschöpft, aber triumphierend, von Elcarna. Der Magier hielt lange seine Hand, dann sagte er: »Läge es allein an mir, junger Herr, so wollte ich Euch gern gehen lassen, aber es ist nun einmal so beschlossen, daß Ihr die Tat tun müßt, und Ihr könnt nicht entfliehen. Besucht mich, wenn Ihr Euren Sinn geändert habt.«

»Da kann er lange warten«, bemerkte Roisin Tyndal gegenüber, als sie auf die Straße hinaustraten. Sein

Gesicht war rot und heiß, und seine Brust bebte vor Aufregung. »Ich denke nicht daran, ihm den Gefallen zu tun.«

Aber Tyndal schüttelte nur ruhig den Kopf. »Du mußt es tun, Freund«, sagte er leise. »Je rascher du dich in dein Schicksal ergibst, desto besser. Wenn du nicht freiwillig gehst, wird der Zwang höherer Mächte dich treiben.«

* * *

Roisin sollte sehr bald feststellen, daß Tyndal die Wahrheit gesagt hatte. Er focht einen kurzen, aber heftigen Kampf mit der enttäuschten Jule aus, die auf den Boden stampfte und ihm die Flasche nachwarf, dann ging er zu Bett. Der Schlaf kam jedoch spät und unwillig, und kaum war er eingeschlafen, wachte er wieder auf.

Sein Schlafzimmer lag im Mondlicht, so hell, daß die reichverzierten Möbel Schatten warfen. Als Roisin die Augen aufschlug, sah er am Fenster einen Mann stehen – einen Jüngling mit pechschwarzem Haar, der einen weiten nachtblauen Mantel trug. Sein Gesicht war sehr zart und vornehm, aber seine Augen lagen so tief in den Höhlen, daß sie wie bloße Schatten wirkten.

Roisin setzte sich erschrocken im Bett auf und tastete nach dem Knotenstock, der unter dem Kissen lag, aber im selben Augenblick wußte er auch schon, daß sein Besucher kein Einbrecher war. Die Gestalt des Fremden, der ein isabellfarbenes Gewand trug, war so schmal und zierlich, daß sie im Mondlicht verschwamm, und seine Füße ruhten nicht auf dem Boden.

»Wer bist du?« stammelte Roisin und ließ den Knotenstock fahren.

»Ich bin dein Schutzgeist«, erwiderte der Fremde.

»Warum widerstrebst du den Göttern, Roisin? Du wirst keine Ruhe finden, ehe du nicht gehorsam bist. Geh nach Nordwesten, so ist es dir bestimmt.«

Roisin fühlte, wie ihm der kalte Schweiß ausbrach. Der Geist hatte leise und mit sanfter Stimme gesprochen, aber das Drängen in seinen Worten war unverkennbar. »Aber warum ich?« stieß er heiser hervor.

»Das weiß ich nicht«, erwiderte der Geist. »Das wissen allein die Götter. Ich sage dir nur soviel: Ich kann dich nicht beschützen, solange du den Zwölfen trotzt. Unheil wird über dich kommen, und meine Hände sind gebunden. Geh, Roisin, geh nach Nordwesten.«

Damit verschwand er.

Das Unheil, das er vorhergesagt hatte, trat auch bald ein. Noch nie hatte Roisin soviel Pech gehabt wie in der nächsten Woche, gar nicht davon zu reden, daß Tyndal wütend auf ihn war, weil er ohne ihn nicht ins Orkland fahren konnte, und Jule ihn mit eisiger Verachtung strafte. Der Freund entzog sich ihm, seine Frau verweigerte sich ihm, und alle Welt schien sich gegen ihn verschworen zu haben.

Das Essen schmeckte seltsam staubig und strohig. Das Bier, das er trank, schien immer lauwarm und schal zu sein, auch wenn er es frisch aus dem Keller geholt hatte. Nachts war ihm zumute, als lägen Eisklötze an seinen Füßen und ein muffiges Tuch über seinem Gesicht. Er stolperte über jede Treppenstufe, rannte gegen jeden Pfosten, und jeder Köter in Lowangen schien es auf seinen Hosenboden abgesehen zu haben. Natürlich machte ihn dieser Zustand reizbar, und das führte dazu, daß es in seinem Haus pochte und hämmerte, als wäre ein Regiment Trommler am Werk. Die Küchenmägde flohen aus dem Spukhaus, und Jule verfolgte ihn mit Flüchen, sooft sie seiner ansichtig wurde.

Nach einer zermürbenden Woche erschien ihm der Schutzgeist von neuem. »Es hat keinen Sinn, Roisin«, mahnte er. »Du kannst nicht gewinnen.«

»Ich will nicht ins Orkland.«

»Niemand fragt dich, ob du willst. Es ist dein Schicksal. Die Götter werden dich zwingen.«

Roisin preßte stumm und trotzig die Lippen zusammen. Er konnte starrsinnig sein, wenn er wollte, und jetzt wollte er. Der Geist mußte unverrichteter Dinge verschwinden.

Am nächsten Tag allerdings geschah etwas, das Roisins Widerstand brach. Er saß mit einer mürrischen und betrunkenen Jule im vorderen Zimmer, und alle Zeichen standen auf Sturm: Über Lowangen zog ein Gewitter auf, das den Himmel wie ein Bleidach bedeckte. Der Wind pfiff in wilden Stößen durch die Gassen und rührte die dumpfe, schwüle Luft auf. In den Mauern und Balken des Kaufmannshauses pochte es wie ein Dutzend Totenuhren. Einmal klang es wie fernes Gehämmer, dann wieder wurden einzelne laute Schläge vernehmbar, als poltere jemand von innen an die Türen der mächtigen Mahagonischränke.

Und dann geschah es: In der dämmrigen Stube flackerte ein jähes Lichtlein auf, klein wie ein Kerzenflämmchen – und zwar geradewegs an der mit Walnußholz getäfelten Wand!

Jule schreckte aus ihrem Rausch auf, und beide starrten mit weit aufgerissenen Augen die Flamme an, die langsam aufblühte. Sie wurde erst spannenlang, dann loderte sie plötzlich armlang auf, und dann erstarb sie wieder wie von unsichtbaren Händen gelöscht. Schon aber war in einem anderen schattenverhangenen Winkel ein weiteres rotes Licht aufgeflammt. Wie eine glühende Zunge leckte es an der Täfelung entlang und griff nach dem flaschengrünen Vorhang vor dem Fenster. Roisin sprang mit einem erschrockenen Schrei auf, aber das Feuer fraß sich nicht weiter – es kletterte ein Stückchen an dem schweren Samt hoch und erlosch dann wieder.

Jule sprang plötzlich auf. »*Du* machst das, du!« schrie sie ihn an. »Es brennt deinetwegen! Die Duglumspest über dich, Roisin, willst du warten, bis du uns das Haus über dem Kopf angezündet hast?«

Er stand reglos da und starrte das spukhafte Feuer an, das jetzt da und dort aus den Mauern fuhr und drohend nach ihnen bleckte, ehe es wieder erlosch.

Jule war wie von Sinnen. »Geh zu Elcarna!« kreischte sie. »Geh zu ihm, bevor wir alle lebendigen Leibes verbrennen! Begreifst du denn nicht? Es kommt davon, daß du Widerstand leistest!«

Roisin rührte sich nicht, aber als plötzlich eine Flamme unmittelbar aus dem Dielenboden zu seinen Füßen hervorfuhr und ein Loch in den Teppich fraß, sprang er schreiend zurück. Plötzliche Todesangst überkam ihn. Jule hatte recht. Noch erlosch das dämonische Feuer, ehe es größeren Schaden anrichtete, aber wer wußte, was geschähe, wenn er noch länger in dieser nervenzermürbenden Spannung lebte? Ginge dann wirklich das Haus in Flammen auf?

»Lauf!« schrie Jule. »Lauf und sag ihm, daß du willig bist!«

Und diesmal lief Roisin. Tief geduckt, die Hände über den Kopf haltend, floh er aus dem eigenen Haus, hinaus auf die Gasse, durch die der Gewitterwind fegte, und hinüber zum Markt, zum Gildenhaus der Magier. Donner rumpelte über ihm dahin, als er die Stufen hinaufsprang und an das Tor hämmerte.

»Laßt mich ein!« schrie er. »Es brennt! Verflucht, es brennt mir das Haus nieder!«

Ein erschrockener Pförtner ließ ihn ein, und Roisin stürzte in wilder Panik in die Gemächer des Magisters. »Sagt ihnen, sie sollen einhalten!« schrie er. »Ich will's ja tun! Bei allen gehörnten Dämonen, ich will's ja tun, nur sollen sie mir nicht das Haus in Brand stecken!«

* * *

Zwei Tage später waren Tyndal, Roisin und Jule zu Elcarna geladen, der ihnen ihren Führer und den Söldner zu ihrem Schutz vorstellen wollte. Beide überraschten die Gefährten, denn der Führer durch das wilde Orkland war kein anderer als Herr Raskal Grabensalb, der in seinem schönsten Gehrock dastand und ihnen unterwürfig entgegengrinste. Der Söldner aber war eine Frau, die einen Blaufalken auf der Schulter trug.

Auf den ersten Blick machte Fiana Timerlan den Eindruck einer durchaus gewöhnlichen jungen Frau: Sie war mittelgroß und sehr schlank, fast hager, weder schön noch häßlich, und wirkte reichlich farblos mit ihrem aschblonden Haar und ihren eisgrauen Augen. Beim zweiten Blick erkannte man freilich, daß dieses Gesicht von einem einzigen alles in sich verschlingenden Ausdruck geprägt war: dem eines unbeugsamen Willens. Sie stand sehr steif und würdevoll in ihrer enganliegenden Lederrüstung da und nickte nur kurz, als Elcarna sie vorstellte: »Eine tapfere und rondragefällige Dame, der ihr euch unbesorgt anvertrauen könnt.«

»Zu euren Diensten«, sagte sie und musterte die drei mit einem Blick, der herablassend, ja beinahe verächtlich war. Der Ton der Frau war barsch, und ihre Stimme klang so hart wie die eines jungen Mannes. Vor allem Tyndal schien ihr Mißfallen zu erregen. Sie kniff die Lippen zusammen, als sie seinen Stab und den bestickten Mantel sah, machte aber keine Bemerkung.

»Und dieser hier« – Elcarna schob den beflissen grinsenden Raskal nach vorn – »wird euer Führer und Berater sein. Herr Grabensalb spricht ausgezeichnet Ologhaijan und kennt sich bestens im Orkland aus; er wird euch sicher an euer Ziel bringen.«

Die drei tauschten Blicke, aus denen Zweifel an Herrn Raskals Zuverlässigkeit und Treue sprachen, aber Elcarna sagte: »Seid unbesorgt, ihr könntet keinen Besseren finden.«

»Tatsächlich, das könntet ihr nicht«, bestätigte Raskal, während er die mageren Schultern hin und her schob. Seine Stimme klang rauh und weich zugleich, als fahre man mit der flachen Hand über Samt. Er war ein kleiner, zart gebauter Mann, aber seine straffen Züge und vor allem seine pechschwarzen, eifrig in den Höhlen rollenden Augen sprachen von Härte und List. Sein Haar, länger als das so mancher Frau, hing ihm in einem glänzenden Zopf über den Rükken; eine einzelne Strähne war von der Schläfe abwärts zu einem zweiten, dünneren Zöpfchen geflochten, das auf seiner Schulter hin und her wieselte wie ein lebendiges Wesen.

Roisin betrachtete ihn zweifelnd. Er hielt nicht viel von Leuten, die ausgezeichnet Ologhaijan sprachen und sich bestens im Orkland auskannten. Das hieß doch nichts anderes, als daß dieser zwielichtige Bursche mit den Orken zu tun hatte, und welcher anständige Svellttaler hätte sich mit den Schwarzpelzen abgegeben? Gewiß trieb er heimlich Handel mit ihnen!

Elcarna lud sie ein, an einem eichenen Tisch Platz zu nehmen, und breitete auf der glänzenden Platte eine Landkarte aus. »Ich habe euren Weg eingezeichnet«, sagte er. Sein langer weißer Zeigefinger glitt über die Linien auf der Karte. »Ihr fahrt mit dem Schiff nach Tiefhusen, wo ihr Maultiere kaufen solltet... Maultiere, keine Pferde, denn hinter Tiefhusen steigt das Gelände steil zum Hochland an, und ihr werdet viel zu Fuß gehen müssen...«

* * *

»Du willst *was?*« Vielleicht zum ersten Mal in seinem Leben nahm der alte Grimjan Bellentor seinen Sohn wirklich wahr. Er glotzte ihn fassungslos aus seinen kleinen Triefaugen an. »Hältst du mich zum Narren?«

Roisin stand trotzig vor Grimjans Schreibtisch und erwiderte dessen Blick. »Ich halte dich nicht zum besten«, antwortete er knapp. »Ich will tun, was ich sagte: mit Tyndal ins Orkland reisen, um dort einen Magier zu besuchen.«

Der alte Mann beugte sich vor. Sein unförmig fetter Körper in dem schwarzen Wollgarngewand bewegte sich langsam, schlug Falten wie ein halbvoller Sack. Er trug eine Mütze mit lang herabhängenden Seitenteilen, die jetzt neben seinem Mondgesicht pendelten wie riesige Ohrläppchen. Mit einer schwerfälligen Bewegung stützte er die tintenfleckigen Hände auf die Marmorplatte des Schreibtischs. »Du bist verrückt«, schnaubte er. »Was sagt Jule dazu?«

»Sie fährt mit.«

»Dann ist sie auch verrückt. Glaub nicht, daß ich dir diesen Irrwitz bezahle.«

»Ich habe ein Anrecht auf fünfhundert Silbertaler, die meine Mutter für mich beiseite gelegt hat. Du mußt sie mir auszahlen.«

»Ich denke nicht daran.«

Es gab einen heftigen Streit zwischen Vater und Sohn, in dem Grimjan Bellentor seinen Roisin von einer ganz unerwarteten Seite kennenlernte. Der sonst so gefügige Junge kämpfte wie ein Löwe um das Geld, das ihm zustand. Er ließ sich auch nicht von seiner Absicht abbringen, obwohl sein Vater ihm mit dem Kloster der Noioniten drohte.

Roisin selbst fühlte sich merkwürdig, als er sich so die Mittel erstritt, ins Orkland reisen zu dürfen. Erst hatte er nur aus Angst und Not gehorcht, so widerwillig wie ein Maultier, das sich unter der Peitsche seines Herrn duckt – aber nun fühlte er manchmal zu seiner eigenen Verwunderung, daß er tatsächlich ins Orkland reisen *wollte*. Er hatte keine Ahnung, wie es dort aussah oder was ihn erwartete, aber manchmal überkam ihn ein Gefühl wie Sehnsucht. Das erschien ihm so seltsam und peinlich, daß er mit niemandem darüber redete, nicht einmal mit Tyndal.

»Dieser närrische Tyndal hat dich beschwatzt«, schnarrte sein Vater. »Warum läßt du ihn nicht allein reisen? Ich brauche dich hier.«

»Du brauchst mich überhaupt nicht.« Groll wallte in Roisin auf. »Ich bin hier so überflüssig wie eine Hure in einem Praioskloster.«

Der Streit flammte von neuem auf. Er dauerte ein paar Stunden, und als Roisin mit feuerroten Wangen und keuchender Brust das Kontor seines Vaters verließ, hatte er ihm fast alles gesagt, was er ihm schon längst einmal hatte sagen wollen. Der Alte hatte unter Verwünschungen die fünfhundert Silbertaler herausgerückt, und Roisin warf den Beutel vergnügt von einer Hand in die andere, während er den holzgetäfelten düsteren Flur entlangschritt.

Jule empfing ihn mit einem Jubelschrei, als sie das Geld sah. »Mein Schweinchen! Nun hast du's doch geschafft! Im Ernst, das hätte ich dir nicht zugetraut.«

»Sag nicht ›mein Schweinchen‹ zu mir«, murrte Roisin. »Laß uns lieber nachdenken, was wir für die

Reise einkaufen müssen. Was braucht man im Orkland alles?«

Jule schob sich an ihn heran und küßte ihm die immer noch erhitzten Wangen. »Darüber brauchst du dir gar keine Gedanken zu machen. Fiana und Raskal kaufen alles Notwendige ein. Du brauchst nur ins Schiff zu steigen. Übrigens erklärte mir Fiana, ihr Falke Pippin werde uns auf der Reise mit frischem Fleisch versorgen.«

Das erleichterte Roisin. Der Gedanke, wie es mit dem Essen bestellt sein mochte, hatte ihn mehrfach beschäftigt. »Sie ist sehr tüchtig und geschickt, was?« fragte er, während er den Arm um die Hüften seiner Frau legte und sie auf die Nasenspitze küßte. »Nun ja, es ist ihr Beruf. Wenigstens brauchen wir uns nicht den Kopf zerbrechen. Und Tyndal?«

»Bleib mir mit Tyndal vom Leibe! Er faselt nur noch von geheimen Bibliotheken und magischen Thesen und solchem Zeug. Offenbar ist er überzeugt, daß er als einer der sieben Verhüllten Meister aus dem Orkland zurückkehren wird. Aber ich habe ihn zum Abendessen eingeladen, damit er sich beruhigt.«

Roisin stellte fest, daß seine Frau recht hatte. Tyndal war so aufgeregt, daß er kaum einen Bissen von den guten Speisen aß. Dafür trank er reichlich, während er mit heißen Wangen und blitzenden Augen von den magischen Geheimnissen phantasierte, die in den Tiefen des Orklandes auf ihn warteten. Roisin hörte ihm geduldig zu, aber schließlich bemerkte er: »Der Meister Elcarna berichtete uns, seine Freunde seien in Not ... aber er verriet uns nicht, worin ihre Schwierigkeiten bestehen. Ich mache mir schon eine ganze Weile Gedanken darüber.«

Tyndal stutzte, dann rollte er nachdenklich den silbernen Becher zwischen den Handflächen. »Du hast recht. Das hat er uns nicht gesagt... und er hat uns auch nicht gesagt, wer dieser Herr Churchemon eigentlich ist. Er muß ein Erzmagier sein, vielleicht gar einer der Verhüllten Meister, aber ich habe noch nie auch nur ein Wort über ihn gehört. Er steht auch nicht in der *Encyclopaedica Magica* verzeichnet. Wenn es nicht Elcarna selbst wäre, der von ihm gesprochen hat, dächte ich an einen üblen Streich. Aber so... es muß ihn geben!«

»Aber natürlich gibt es ihn«, fiel Jule ein, die ständig Angst hatte, Roisin könne es sich vor der Abreise noch einmal anders überlegen. »Und es wird genauso kommen, wie der Magister es dir gesagt hat, Tyndal, du wirst viel lernen und magische Einsichten gewinnen...«

Damit waren sie wieder beim Thema.

Am nächsten Tag ritt Roisin durch den Stadtteil Eydal, ohne genau zu wissen, was er dort wollte, als ihm plötzlich ein kleiner Laden ins Auge stach. Es war der Laden eines thorwalschen Tätowierers. Vor der Tür standen und hingen Tafeln mit bunten Ornamenten – Schiffen, Totenköpfen, Blumen, Drachen, Dolchen und heiligen Zeichen. Es war eins dieser Zeichen, das Roisins Aufmerksamkeit gefesselt hatte. Das Bild zeigte den Gott Phex als einen tanzenden Fuchs, der sich ein Lattichblatt zur Tarnung über den Kopf hielt –, eine beliebte Darstellung, die sich so mancher Streuner und Bandit auf den Arm stechen ließ.

Nun fühlte Roisin sich so hingezogen zu der Zeichnung, daß er einen ungewöhnlichen Entschluß faßte. Er band sein Pferd an einen Baum und betrat den Laden.

Die Kunst des Tätowierens hatte in Lowangen beträchtlichen Aufschwung genommen, seit die Schwarzpelze die Stadt besetzt hatten. Obwohl sie keine andere Körperfläche als das Gesicht hatten, die sich zum Tätowieren eignete, waren die Orken ganz wild darauf. Man sah keinen Krieger und Häuptling, der nicht blauschwarze Spiralen, Wellenlinien oder Punktmuster zur Schau getragen hätte, wodurch ihre ohnehin wenig ansprechenden Züge noch wüster wirkten.

Im Laden roch es scharf nach der Orkengalle, dem starken, minderwertigen Schnaps, den der Tätowierer verwendete, um die Haut zu säubern. Der Künstler, ein alter Thorwaler mit zwei langen weißblonden Zöpfen, hockte auf seinem Schemel und sah den jungen Bürger nicht ohne Neugier an. »Was wünscht der Herr?«

Roisin zögerte. Für gewöhnlich wäre er nie auf den Gedanken verfallen, sich tätowieren zu lassen, aber der tanzende Fuchs lachte und blinzelte ihm zu, und er war überzeugt, es werde Glück bringen, ihn immer bei sich zu haben. »Ich habe ... mir gefällt dieser Fuchs auf der Tafel draußen«, stammelte er. »Ich möchte gern, daß Ihr ihn mir stecht.«

»Dann zieht das Hemd aus und setzt Euch her.«

Roisin gehorchte, und der Meister begann zu werken. Er hatte eine riesige Flasche Premer Feuer neben sich stehen, aus der er immer wieder einen Schluck nahm, um sich zu stärken, und Roisin wandte den Kopf ab, als er ihm den Alkoholdunst ins Gesicht blies. Er bekam Angst, der Mann könne sich betrinken und seine Arbeit verpfuschen, aber obwohl der Thorwaler aus jeder Pore Alkohol zu schwitzen schien, blieb seine Hand ruhig und sein Auge klar.

Es wurde eine schmerzhafte Prozedur: Immer wieder drang die Nadel – die wie eine Schusterahle aussah – unter Roisins Haut, immer wieder wurden Farben in die winzigen Wunden gerieben. Sein Oberarm

fühlte sich bald heiß und geschwollen an, aber das
Werk wuchs sichtbar, und Roisin fühlte, daß er eine
gute Entscheidung getroffen hatte.

Plötzlich fragte der Thorwaler neugierig: »Ihr habt
einen besonderen Grund, daß Ihr Euch dieses Bild
stechen laßt, nicht wahr?«

Roisin nickte. »Ja. Ich muß eine gefährliche Reise
unternehmen und möchte den Segen des Herrn Phex
darauf herabflehen.«

»Das wird Euch sicherlich gelingen, der göttliche
Fuchs liebt es, wenn man sein Bild auf der Haut trägt.
Stellt Euch vor, erst kürzlich habe ich einem reisenden Händler ein solches Bild gestochen, und als
seine Karawane wenig später von Räubern überfallen
wurde, war er der einzige, der unbeschadet entkam…«

Drei Stunden dauerte es, bis der Künstler fertig
war. Roisin tat mittlerweile der ganze Arm weh, aber
dafür prangte nun der Fuchs knapp unter seiner
Schulter, genauso, wie er ihn draußen auf der Tafel
gesehen hatte. Zufrieden und seltsam beruhigt bezahlte er den Mann und ritt nach Hause.

* * *

Zwei Tage später trafen sich die Reisenden im Haus
der Familie Bellentor, um den Aufbruch vorzube-
reiten. Raskal und Fiana hatten Vorräte, Zelte und
Ausrüstungsgegenstände gekauft und alles zu dicken
Packen geschnürt, so daß die anderen nur noch ihren
persönlichen Besitz und ihre Waffen mitnehmen
mußten.

Jule hatte ihre heimatliche Tracht angelegt und
eine ›Krötenhaut‹ – eine nietenbeschlagene schwere
Lederjacke – angezogen; am Gürtel trug sie einen
Säbel. Roisin betrachtete sie von der Seite und stellte

voll Staunen fest, wie sie sich verändert hatte. Aus dem mürrischen, stets halbbetrunkenen Zankteufel war binnen Tagen eine strahlende junge Frau geworden, mit blitzenden Augen und lächelnden Lippen, die vor Vorfreude von einem Bein aufs andere sprang.

Roisin hatte nicht gewußt, was er anziehen sollte; schließlich hatte er die schwere lederne Fuhrmannskleidung angelegt, die er trug, wenn er den Wagen kutschierte. An seinem Gürtel hing eingerollt eine zwei Schritt lange Schweinslederpeitsche, die er bei solchen Gelegenheiten als Waffe mitnahm; dazu trug er einen Wanderstab, der gleichzeitig als Schlagstock diente. Wie viele seiner Landsleute war Roisin überaus geschickt im Umgang mit der Peitsche, wenn auch nicht ganz so geschickt wie die berühmte Fuhrfrau Lederhaut-Gratt aus Tirrakis, von der man erzählte, daß sie mit ihrer Peitsche sowohl einen Kürbis zerschmettern als auch einen Sperling aus der Luft fangen konnte – ohne das Tier zu verletzen!

Herr Raskal war in grüner Jägerkleidung erschienen, einen Bogen über der Schulter und ein langes Jagdmesser an der Seite.

Fiana trug ihre lederne Rüstung, ein Schwert und einen Spieß mit bedrohlich scharfgeschliffener Spitze. Sie hatte den Blaufalken auf der Schulter sitzen, der unter seiner Kappe döste.

Tyndal trug eine lederne Hose und ein geschnürtes Lederwams; seine Stiefel waren mit langen Lederbändern geschmückt. Stolz hielt er seinen Zauberstab in der Hand – einen langen Schwarzdornstab, der am oberen Ende in eine Frauenhand auslief, die eine kleine graue Kristallkugel hielt. Um seine Schultern breitete sich der prachtvoll bestickte Mantel, auf dem Kopf trug er eine zwiefach gehörnte Kappe. Das lange Haar hing ihm schimmernd über den Rücken.

Bei jeder Bewegung liefen funkelnde Lichtreflexe darüber.

Fiana betrachtete ihn abschätzig. »Habe ich Euch nicht gesagt, daß wir ins wilde Land ziehen, gelehrter Herr? Was wollt Ihr unter den Bäumen, gekleidet wie ein Vinsalter Stutzer?«

»Ein Magier bleibt auch in der Wildnis ein Magier«, erwiderte Tyndal stolz. »Meinen Stand kann und will ich nicht verleugnen, und wenn mir die Dornen den Mantel zerreißen, so lasse ich mir einen neuen machen.«

Fiana zuckte die Achseln. »Wie es beliebt.« Dann begann sie damit, Kleidung und Waffen der Reisenden zu überprüfen, ob auch alles angemessen und in Ordnung sei. Es dauerte seine Zeit, bis sie nickte und sagte: »Es ist gut so, wir können aufbrechen.«

Die Reise ins Orkland

Roisin kauerte am Rand des breiten Floßes, das aus Steineichenbohlen gefertigt war und die Reisegesellschaft nach Tiefhusen bringen sollte. Außer ihnen waren noch sechs weitere Personen an Bord, Kaufleute aus Lowangen, die geschäftlich nach Svellmia, Tiefhusen, Hilvalla oder sogar bis ins ferne Norhus und Tjolmar unterwegs waren. Roisin warf einen abschiednehmenden Blick auf die Stadt, die sich grau und trutzig hinter ihnen erhob. Dann glitten auf beiden Seiten des Flusses die Kuhweiden dahin, die Lowangen umgaben. Neulowangen zog vorbei. Die Straße, die bislang neben dem Fluß verlaufen war, wandte sich scharf nach Westen und führte nach Ansvell. Bald kamen die letzten Ausläufer des Finsterkamms ins Blickfeld, und der wilde Finstere Svellt ergoß sich in seinen großen Bruderfluß.

Der erste Streit zwischen Tyndal und Fiana brach bereits aus, als sie noch keine drei Stunden unterwegs waren. Da sie sich bei der eintönigen Floßreise langweilten, hatten die Passagiere angefangen, Paschok zu spielen, und die Söldnerin erwies sich als überaus geschickt dabei. Man spielte das Würfelspiel in der Svellttaler Variante, bei der es nicht nur auf Glück, sondern mindestens ebenso auf Ausstrahlung und Überzeugungskraft ankommt: Dabei würfelte jeder verdeckt und sagte seinen Wurf an, dessen Höhe von den anderen bezweifelt werden konnte; doch wer zu voreilig Zweifel anmeldete, mußte Strafe zahlen oder auch das Spiel verlassen. Es dauerte nicht lange, da hatte Fiana alle ihre Partner um mehrere Dukaten erleichtert.

Tyndal, der sich über den Verlust des Geldes (noch mehr aber über die Geschicklichkeit der Frau) ärgerte, zahlte sie aus und bemerkte spitz: »Hoffentlich kämpft Ihr so gut, wie Ihr Würfel spielt.«

Fiana sah auf und musterte ihn mit einem hochmütigen Blick. »Keine Sorge, schöner Magier. Bei mir seid Ihr sicher.«

»Ich weiß mich selbst zu schützen«, knurrte Tyndal und griff nach seinem Magierflorett.

»Ja«, sagte sie und zeigte lachend die weißen Zähne, »man sagt, die Schwerter der Magier seien behext und kämpften von selbst, nicht wahr? Denn daß *Ihr* damit kämpfen könnt, das nehme ich Euch nicht ab.«

Tyndal, der sich einiges auf seine Fechtkünste einbildete, sprang empört auf die Füße. »Und ob ich damit kämpfen kann! Wollt Ihr es ausprobieren?«

Sie lachte ihn aus, und er wurde so zornig, daß er das Florett aus der Scheide riß. »Auf«, rief er, »zieht blank!«

»Ach wo«, meinte Fiana gelassen. »Es wäre doch schade um Euch. Da habt Ihr eine so feine glatte Haut, die will ich Euch nicht aufritzen.«

Die anderen sprangen auf und bemühten sich, den Streit zu schlichten, denn Tyndal war jetzt ernsthaft wütend. Seine Wangen brannten, und der flaumige Bart schien sich zu sträuben. Es dauerte eine Weile, bis er sich beruhigen ließ, und selbst dann wandte er seinen Freunden brüsk den Rücken und zog sich an das rohe hölzerne Geländer zurück, wo er stand und mürrisch über das Wasser hinaus starrte.

Jule setzte sich neben Fiana. »Ihr solltet ihn nicht ärgern«, mahnte sie freundschaftlich. »Er ist jähzornig und … nun, und außerdem kann er wirklich mit dem Florett umgehen. Ihr müßtet schon sehr gut sein, um seine Attacken zu parieren.«

Die Söldnerin warf ihr einen Seitenblick zu. »Ich *bin* sehr gut, sonst wäre ich nicht mehr am Leben. Und ich habe nun einmal keine sehr hohe Meinung von Magiern.«

»Tyndal ist unser Freund.«

»*Euer Freund*, ja. Für mich ist er ein Auftraggeber. Außerdem war er bloß wütend, weil er drei Dukaten an mich verloren hat.« Sie klimperte herausfordernd mit dem Geld in der Jackentasche und stand auf. »Sagt ihm, er soll nicht mehr schmollen. Dann ärgere ich ihn auch nicht mehr.«

Roisin mißfiel die Flußfahrt aufs äußerste. Er hockte verdrossen auf den Bohlen des Floßes und starrte die eintönige sumpfige Gegend zu beiden Seiten des Flusses an, die man die Altsvellsümpfe nannte. Ihnen schloß sich weiter im Norden die Große Öde an, die ihren Namen nicht umsonst trug – eine Steppe, auf der nur niedriges Gras und Buschwerk wuchsen, kaum genug, einem Tier Nahrung zu bieten. Dann tauchte ein Wäldchen auf, das Roisins Aufmerksamkeit auf unbehagliche Weise fesselte. So klein dieses Wäldchen auch war, so düster war die Atmosphäre, die es umgab. Die Bäume standen so dicht nebeneinander, daß man nur wenige Schritt weit zwischen ihnen hindurchsehen konnte. Schößlinge und Unterholz, Stechpalmen und Efeu wucherten so dicht, daß alles zu einem einzigen Gestrüpp verstrickt war. Undurchdringlicher Nebel schien sich in dem Wald festgesetzt zu haben.

Roisin wandte sich an einen der Floßleute. »Was ist das? Dort – das Wäldchen, meine ich. Es sieht so unheimlich aus.«

Der Mann nickte und warf einen Blick hinüber. »Ich möchte ihm auch nicht näher als nötig kommen. Man nennt es den Grauen Wald, und er hat keinen guten Ruf.«

Roisin nickte und kauerte sich wieder auf seinem Platz zusammen. Er war erleichtert, als Jule an ihn herantrat und ihm von hinten die Ohren kraulte. »Wie geht es meinem Schweinchen?« fragte sie zärtlich. »Ist es nicht herrlich hier? Riech nur, die frische Luft! Und wie das Sonnenlicht auf dem Wasser glänzt!«

Roisin knurrte nur. Er fand, daß die frische Luft nach Sumpf roch, und das Sonnenlicht brannte ihm auf den unbehüteten Kopf. Er wagte jedoch nichts zu sagen. Jule war so glücklich, Lowangen entronnen zu sein, daß sie noch mitten im Ödenmoor freudig herumgesprungen wäre, und er wollte diese Stimmung nicht stören, aus Angst, sie könnte wieder mürrisch und zänkisch werden. Außerdem war sie um drei Uhr nachmittags immer noch stocknüchtern – eine außergewöhnliche Seltenheit.

»Gibt es etwas zu essen auf diesem herrlichen Fluß?« grollte er.

»Aber gewiß. Ich habe Bierküchlein und Schinken für dich eingepackt. Schmeckt das meinem Schweinchen?«

»Sag doch um alles in der Welt nicht andauernd Schweinchen zu mir, Jule.«

Sie kniff ihm zärtlich in die runden Backen. »Du siehst aber genau wie ein Schweinchen aus, so rund und rosig, wie du bist. Sieh mal! Tyndal und Fiana liegen sich schon wieder in den Haaren.«

Roisin warf einen Blick auf die beiden, die mit gedämpften Stimmen heftig aufeinander einredeten, und blickte hilfesuchend zu Jule auf. »Was ist los? Warum geraten sie andauernd aneinander?«

Jule biß sich auf die Lippen. »Ich glaube, Fiana hat Angst, Tyndal könnte ihr den Oberbefehl streitig machen. Deshalb versucht sie ihn zu demütigen. Und Tyndal ist keiner, der sich gern demütigen läßt.«

Eine Weile hockten sie nebeneinander auf dem Boden und sahen zu, wie die kleine Siedlung Ansvell auftauchte und vorüberglitt. Im Süden war jetzt eine von Steppen, Wiesen und kargen Äckern umgebene niedrige Hügelkette zu erkennen. Roisin aß seine Bierküchlein mit Schinken. Vom Essen wurde er allmählich schläfrig, und ohne sich um die anderen zu kümmern, streckte er sich in der Länge aus und döste ein.

Als er erwachte, dämmerte der Abend, und das Floß hatte Svellmja erreicht. Der Fluß war beträchtlich breiter geworden und trug nun Lastflöße und Schiffe in Richtung Tiefhusen.

»Hier machen wir für die Nacht fest«, erklärte der Bootsmann den Reisenden. »Wir ankern im Fluß, damit wir vor Räubern und Tieren sicher sind.« Sie hatten eine kleine Insel im Fluß angesteuert, an der das Floß nun vertäut wurde. Bald loderten mehrere kleine Lagerfeuer am Ufer auf, und die Reisenden öffneten ihre Schnappsäcke, um sich ein Abendessen zuzubereiten.

Jule, die ihren Roisin kannte, hatte sorgfältig darauf geachtet, ihn in dieser ersten Nacht in der Fremde mit heimatlicher Kost zu versorgen. Sie hatte außer Bierküchlein und Schinken auch einen halben Beerenkuchen, Wurst und Käse, eingelegtes Gemüse und ein Rad Brot mitgenommen, vor allem aber eine Flasche Premer Feuer, um ihm das Einschlafen zu erleichtern. Roisins Stimmung besserte sich beträchtlich, als er die Eßwaren und die Flasche sah, und er wurde beinahe gutgelaunt, obwohl er andauernd nach den Schnaken

schlagen mußte, die in Schwärmen über die Reisenden herfielen.

Die Nacht verbrachten sie in dem Zelt, das mitten
auf dem Floß stand. Es war kühl und windig, und die
dichtbewachsene Insel atmete eine faule, sumpfige
Luft aus, aber sie waren müde vom Reisen – und vom
Premer Feuer – und schliefen, bis der Bootsmann sie
weckte.

Jule begrüßte den neuen Tag mit Begeisterung. Je
weiter sie sich von Lowangen entfernte, desto fröh-
licher schien sie zu werden. Sie aß mit herzhaftem
Appetit ihr Frühstück, während Roisin verschlafen
neben ihr hockte und die Stellen zählte, an denen ihn
die Schnaken gestochen hatten. Sein Hintern war voll
blauer Flecken, wo sich die kantigen Bohlen des
Floßes durch die dünne Bodenmatte hindurch in sein
Fleisch gedrückt hatten. Er beneidete Tyndal, der das
harte Lager offenkundig unbeschadet überstanden
hatte (obwohl er viel weniger gut gepolstert war als
Roisin), und sogar den kleinen Herrn Raskal, der sich
erstaunlich locker in die neuen Lebensumstände zu
fügen schien.

Bald waren sie wieder auf dem Wasser unterwegs.
Der Strom wurde schneller, ließ Wälder zu beiden
Seiten und einige Berge hinter sich. Im Westen waren
schon deutlich die Bergketten zu erkennen, die das
Orkland begrenzten. Von Westen her führte der
Orkval dem Strom seine klaren Gebirgswasser zu.

Der zweite Tag der Reise verlief nicht viel anders
als der erste. Wieder machten sie abends am Ufer
Halt, zündeten ihre Lagerfeuer an und bereiteten sich
ein Essen. Wieder verbrachte Roisin – der inzwischen
voll blauer Flecken war – eine ungemütliche, von
blutgierigen Schnaken geplagte Nacht. Er begriff
nicht, wie die anderen ihre Freude an dieser elenden

Reise haben konnten, aber er wagte ihnen nichts zu sagen. So hockte er den Tag über auf dem Floß und starrte trübsinnig in das graue Wasser des Svellt. Er sah kaum auf, als Tyndal vorbeikam und sich zu ihm setzte.

»Wir kommen unserem Ziel näher«, bemerkte der Magier.

Roisin nickte nur düster. Die Berge im Südwesten sahen so finster und drohend aus, daß er wünschte, er könnte auf der Stelle umdrehen und nach Lowangen heimkehren.

* * *

Es dunkelte bereits, als sie in Tiefhusen anlegten, so daß sie von der Stadt nichts weiter sahen als ein paar Hafenschenken, über deren Türen trübe Funzeln brannten, und ein Türmchen – wohl einen Burgturm –, in dem eine helle orangerote Flamme leuchtete. Der Nachtwind, der über den Fluß strich, roch nach feuchtem Holz und gesalzenen Fischen. Die Schiffsknechte trieben die Reisenden an Land wie eine Herde Vieh und stellten ihr Gepäck achtlos auf den Kai, denn die wackeren Männer konnten es nicht mehr erwarten, in die Schenken zu kommen, die rundum lockten.

Roisin wurde grob über die Laufbrücke geschoben, und ein Kerl mit einem roten Bart warf ihm seine Gepäckstücke nach, als wäre er ein Hausknecht, der einen unerwünschten Gast vor die Tür setzt. Den anderen erging es um nichts besser, und so standen sie gleich darauf inmitten ihrer Packen und Säcke auf dem finsteren Kai und sahen sich ein wenig hilflos nach allen Seiten um.

In Tiefhusen schien man mit den Hühnern schlafen zu gehen, denn die schmalen, krummen Gassen lagen verlassen da, und auch in den Häusern brannte kaum noch ein Licht. Eine Patrouille berittener Orken auf struppigen Ponys zog die Straße entlang, mit breitblättrigen kurzen Wurfspeeren und Kurzbogen bewaffnet. Im Licht der beiden Lampen, die die Landebrücke erhellten, schimmerten die metallenen Brustscheiben, Armbänder und Schmuckgürtel über ihren ledernen Rüstungen. Sie trugen ihr Haar rot gefärbt und zu Hahnenkämmen aufgestellt. Als sie die Reisenden sahen, befahlen sie ihnen mit bellenden Zurufen und heftigen Armbewegungen, sie sollten verschwinden.

»Das nenne ich einen herzlichen Empfang«, murrte Roisin, während er der davonreitenden Patrouille nachsah. Der Nachtwind war kühl und feucht, und ihn fröstelte ein wenig. Außerdem war er müde und sehnte sich nach einem Bett. Jule schmiegte sich an ihn und schlang beide Hände um seinen Arm. Auch sie wirkte müde und verdrossen von der langen Schiffsfahrt.

Raskal faßte sich als erster wieder. »Kommt mit«, sagte er. »Die Schenke dort drüben, *Zum Nordlicht*, ist ein sauberes Haus, in dem reisende Magier gern absteigen.«

Das gefiel Tyndal, aber Fiana bemerkte schnippisch: »Ein anderes als das Haus der Zauberer findet Ihr nicht?«

Roisin warf ungeduldig ein: »Ich bin müde und will ein Bett unterm Hintern, seht zu, daß wir eines kriegen. Alles andere kümmert mich nicht.«

Jule und Tyndal waren ganz seiner Meinung, und so führte Raskal sie zu der Schenke hinüber – die tatsächlich einen sauberen, wenn auch sehr bescheidenen Eindruck machte – und fragte beim Wirt um ein Zimmer an.

»Es gibt keine Zimmer mehr, nur noch Lager«, entschuldigte sich der Wirt, ein kleiner Mann, der eine

Zipfelmütze auf dem Kopf trug. »Wir sind ziemlich voll heute, und die Herrschaften kommen spät.« Er lächelte sie mit gelben Zähnen an. »Aber wir haben ein gutes, sauberes Lager, ohne den winzigsten Floh und mit frischen Laken... gerade richtig für fünf Herrschaften.«

Den müden Reisenden war alles recht, nicht zuletzt wegen des geringen Preises. Der alte Hausknecht führte sie eine enge, wurmstichige Treppe hinauf in den ersten Stock des Fachwerkhauses. Die Deckenbalken waren dort so niedrig, daß sie sich bücken mußten, und auch das Zimmer, in das sie geführt wurden, war klein und obendrein krumm wie ein Vogelhaus. Aber das breite Kastenbett auf dem Boden war mit sauberem Stroh gefüllt, wie der Wirt versprochen hatte, und die Kissen und Laken sahen frisch aus.

»Gute Nacht, die Herrschaften«, sagte der Knecht und wandte sich zur Tür.

Tyndal sprang ihm nach. »He, Bursche! Die Kerze!«

»Das Licht ist teuer, und die Herrschaften brauchen keines mehr, alldieweil sie sich nur noch auskleiden und ins Bett kriechen müssen«, antwortete der Alte mürrisch. Im nächsten Augenblick war er zur Tür hinaus und hatte sie dem Zauberer vor der Nase zugeschlagen.

»Da soll mich doch ein gehörnter...!« rief Tyndal im Finstern aus. Es gab ein kurzes Gestoße und Gedränge, als jeder sich seinen Platz suchte, und mitten in das Gerempel hinein klang Fianas klare, metallische Stimme: »Dem ersten, der mich ungebührlich anfaßt, haue ich alle fünf Finger ab!«.

Tyndal lachte. »Steckt die Hände in die Taschen, Herr Raskal, sie meint es ernst!«

Schließlich hatten sie sich alle ihrer Stiefel und Oberkleider entledigt und krochen in der pechschwarzen Nacht im Hemd auf dem Bett herum, um ihre Plätze zu finden. Fiana legte sich, das blanke Schwert neben sich, der Tür am nächsten. Hinter ihr kam Jule, dann Roisin, hinter ihm Tyndal und zuletzt Raskal, der sich in den Winkel drängte. Pippin fand seinen Platz auf der Stuhllehne, unmittelbar neben Fiana.

Roisin rekelte sich behaglich. Er fand, daß er einen sehr angenehmen Schlafplatz hatte – an seinen Rücken kuschelte sich Tyndal, warm und muskulös und nach den seltenen Räucherwürzen duftend, mit denen seine Kleider getränkt waren; vor seinem Bauch lag Jule, ebenfalls warm und süß duftend. Er grunzte zufrieden, rollte sich ein und vergrub die Nase in Jules Haar. »Schlaft, Freunde«, murmelte er. »Morgen brauchen wir unsere Kräfte.«

Bald darauf lagen sie auch wirklich in wohligem Schlaf. Bishdariel meinte es gut mit ihnen und schenkte ihnen süße, willkommene Träume. Fiana Timerlan träumte, daß sie die ihr Anvertrauten strafexerzieren ließ, Tyndal am schlimmsten von allen.

* * *

Roisin erwachte, als die ersten Karren durch die Straßen ratterten und in den Hinterhöfen die Hähne krähten. Er schlug die Augen auf, schloß sie wieder und lag noch ein Weilchen still. Tyndal war in der Nacht sehr nahe an ihn herangerückt und hielt ihn mit Armen und Beinen umschlungen, und Jule hatte ihr Hinterteil aufs angenehmste gegen seinen Schoß gedrückt. Er wünschte, er könnte Jule in aller Behaglichkeit einen schnellen kleinen Rahjadienst tun und dann aufstehen, üppig frühstücken und einen Humpen Bier trinken. Statt dessen erlebte er, wie Fiana die Augen aufschlug, sich aufsetzte, mit allen zehn Fin-

gern durchs Haar fuhr und schmetterte: »Aufge-
wacht, allseits! Zeit zum Aufstehen!«

Rundum fuhren alle erschreckt aus dem Schlaf,
und ein allgemeines Rekeln, Schnauben und Haa-
rekratzen setzte ein, bis alle hinreichend wach waren.
Raskal lief die Treppe hinunter, um schon einmal
Frühstück zu bestellen. Roisin maulte: »Warum müssen wir so verdammt früh aufstehen? Wir haben
heute den ganzen Tag Zeit, um Reittiere und alles andere zu kaufen ...«

»Der Tag beginnt, wenn es hell wird«, widersprach
Fiana fröhlich. Sie war bereits am Waschtisch und
spülte sich das Gesicht mit zwei Händevoll kalten
Wassers ab. Dann fuhr sie in ihre Stiefel. »Auf, wascht
Euch den Schlaf aus den Augen und kommt, ich rie-
che schon den süßen Brei in der Küche!«

Es roch tatsächlich anheimelnd nach heißer Milch
und Honig, und so waren bald alle fünf aus dem Bett
und unterwegs in die Küche. Dort brannte bereits ein
helles Feuer, das allen gelegen kam, denn vor Tau
und Tag war es kühl, und der Wind wehte feuchtkalt
vom Fluß herüber. Über dem Feuer brodelte in einem
Kessel der Frühstücksbrei. Der Wirt begrüßte sie alle,
während er ihre Näpfe voll schöpfte und reichlich ge-
riebene Nüsse, getrocknete Früchte und Leinsamen
darüberstreute. Ein Klacks Honig obendrauf, und die
Mahlzeit konnte beginnen.

»Die Herrschaften haben Glück«, plauderte der
Wirt, während er Tee zubereitete und saure Wurst mit
Brot auf den Tisch stellte. »Heute ist nämlich Trödel-
markt in Tiefhusen, da findet man leicht ein hübsches
Schnäppchen für die Damen oder vielleicht ein selte-
nes Buch für den Herrn Adeptus ...«

Er erzählte ihnen, daß alle vier Wochen ein Trödelmarkt abgehalten wurde, an dem die gesamte Bevölkerung mit Begeisterung teilnahm. Jeder warf seinen

Kram auf den Markt, von der Hausfrau angefangen, die ihre löchrigen Töpfe und Pfannen noch mit Gewinn losschlagen wollte, bis zu den königlichen Dienern, die Livreen und Perücken (und allerlei kleine Beutestücke aus dem Schloß) verkauften. Der gesamte Hohe Markt verwandelte sich in einen riesigen Trödelplatz.

Keiner der Reisenden konnte dieser Verlockung widerstehen, und so schlenderten sie über den Markt, während es allmählich wärmer wurde und die Strahlen der Praiosscheibe über den kalten Morgenwind siegten. In der ganzen Stadt herrschte eine fröhliche Stimmung. Der Trödelmarkt hatte Gaukler und Quacksalber, Söldner und reisende Scharlatane angezogen, die alle ihre Künste darboten und auf ein gutes Geschäft hofften. Die Reisenden kamen an einem buntbemalten Planwagen vorbei, auf dem in goldgesäumten Lettern die Aufschrift prangte: ›Doctor Hierosebia Damicilia Pantalogereon – Medicynische Behandlungen & Wunderwirckende Elixire‹. Eine Frau in grellbunten Kleidern pries laut schreiend ihre Wundermittel an. Sie schien blendende Geschäfte zu machen, denn die Leute standen Schlange vor ihrem Wagen.

Inmitten einer Gruppe von Schwarzpelzen ritt auf einem Pony ein fast menschengroßer Ork vorbei, der einen hohen Rang einnehmen mußte: Sein Gesicht war mit groben blauen Mustern tätowiert und mit silbernen Nasen- und Ohrringen sowie Zahnaufsätzen für die unteren Hauer geschmückt, sein Haar orangerot gefärbt und mit Honigwasser zu einem mächtigen Kamm gestärkt. Über einer hesindigoblauen Schärpe trug er eine Unzahl von Schmuckstücken, wie die Orken sie schätzten: geflochtene bunte Bänder, Fuchsschwänze, Bernsteinstücke und einen scheußlich anzusehenden Schrumpfkopf, der von seinem Gürtel baumelte. Roisin ging es durch den Kopf, daß dieses Ungeheuer sicher der Traum jeder Orkenfrau war – nicht zuletzt wegen der zwei Spannen langen silbernen Schafthülse, die unter der Schärpe hervorragte.

Auf einem kopfsteingepflasterten, von knorrigen Linden umstandenen Platz hatte sich ein Bänkelsänger niedergelassen. An einer Schnur, die zwischen zwei Bäumen gespannt war, hing eine Leinwand. Darauf waren die Ereignisse gemalt, die er besang. Zwei buntgekleidete Gesellen begleiteten ihn mit Fiedel und Balgpfeifen, während er mit heiserer Stimme seine Moritat hervorbrachte und bei jedem Vers mit einem Zeigestab auf die entsprechenden Bilder wies. Er sang:

»Kommt her, ihr Bürger, hört die grause Kunde,
was sich an diesem Ort einst zugetragen hat,
als ein Gespenst zu mitternächtger Stunde
des Königs Töchterlein entführen tat.
Sie war ein schönes Mädchen, noch in zarten Jahren,
von ihren Eltern ward sie sehr geliebt,
doch war sie reichlich jung und unerfahren,
wußt nicht, was es auf Dere Böses gibt.
Ein gräßlich Schicksal war ihr auserkoren,
und es geschah am dritten Traviatag,
zum Park hinunter lief sie unverfroren,
obwohl der schon zum Teil im Dunkeln lag.
Jung Morgwyn lief voll Freud und Ungestüme
von Baum zu Baum in raschem frohem Lauf,
als sie gepackt ward von dem Ungetüme,
und flugs entführt sie's in die Luft hinauf.
Das arme Kind, es ward nicht mehr gesehen
und starb wohl jämmerlich in dieser Nacht,
so ist's wahrhaftig hier am Ort geschehen,
wovon ich euch hier diese Kund gebracht.

»Welch schreckliche Geschichte!« rief Jule mitleidig aus.

»Ja, und eine wahre dazu«, stimmte ihr ein altes Weiblein zu, das hinter einem Tisch voll Strickwaren saß. »Das arme Kind! Kein Mensch hat jemals wieder etwas von ihr gehört. Ich bin gewiß, dieses Scheusal hat sie zerrissen und gefressen.«

Roisin kaute langsam an einem dick mit Salz und Pfefferkörnern bestreuten Brezel und starrte die Leinwand an, auf der ein grausiges Ungetüm gemalt war – schwarz wie die Niederhöllen, mit Krallen wie eine Harpyie, langen Flügeln und einem gräßlichen Gesicht. »Wann ist das geschehen?« fragte er.

»Vor sieben Jahren jetzt, junger Herr. Die Erzieherin, Fräulein Schröterdink, wurde damals öffentlich ausgepeitscht, weil sie auf das Kind nicht aufgepaßt hatte ... aber das hat die Kleine auch nicht wieder zurückgebracht.«

Inzwischen drängte Fiana darauf, sich um die Maultiere zu kümmern. Sie zogen also weiter zum Pferdemarkt, den schon von weitem der strenge Geruch nach Pferdeobst und Juchtenschmiere ankündigte. Fiana und Raskal übernahmen die Verhandlungen mit den Viehhändlern, während die drei anderen müßig herumstanden und von den Süßigkeiten naschten, die fliegende Händler anboten.

Tyndal kaute schon eine ganze Weile an einem Stück des mit Nüssen gewürzten klebrigen Brabaker Honigs. Als er es endlich hinuntergewürgt hatte, bemerkte er: »Diese Fiana ist gar keine häßliche Frau, aber sie ist ein Drache. Und was für einer! Ein Purpurwurm sähe zahm aus neben ihr!«

»Man muß ein Drache sein, um von euch Männerpack mit Achtung behandelt zu werden«, zischte Jule. »Wenn sie sanft und freundlich wäre, hättet ihr alle keine Achtung vor ihr. Aber sie gefällt mir so, wie sie ist, sie läßt sich nichts sagen und weiß, was sie will. Ich bin froh, daß Elcarna sie für uns ausgewählt hat.«

Tyndal wurde ernst und neigte unwillkürlich den Kopf, als spüre er die Gegenwart seines Herrn. »Ja, der Meister hat es gewiß richtig gemacht. Ich wollte auch nicht respektlos sein. Aber heute morgen hat sie mich geweckt wie eine Militärposaune, und nach dem Frühstück hat sie mich abgekanzelt, weil ich bei den gehörnten Dämonen geflucht hatte.«

Jule ergriff lächelnd seine Hand und schwang sie hin und her. »Es wird dir nur guttun, früher aufzustehen und weniger zu fluchen.« Dann deutete sie auf die Vorübergehenden. »Sieh nur, Roisin, wie ihn die Mädchen anhimmeln. Ihre Augen werden glänzend wie Sterne, wenn sie ihn sehen.«

Roisin lächelte befriedigt. Er war so stolz auf die Schönheit des Freundes, als wäre es seine eigene, und er genoß es, wenn andere Menschen Tyndal bewunderten. »Ja, sie starren dich an«, stimmte er zu. »Sie bestaunen dein langes Haar, deine feurigen Augen, deine schmalen Hüften.«

Tyndal hörte es nicht ungern, wenn seine Vorzüge aufgezählt wurden. Er legte freundschaftlich den Arm um Roisins Schultern und drückte ihn an sich. »Was habe ich von all den schönen Mädchen, wenn ich doch keine mitnehmen kann?« seufzte er. »Wart's ab, wir bekommen jetzt wochenlang nichts weiter zu sehen als Orkweiber und ein paar Harpyien.«

Roisin blickte ihn ängstlich an. »Du meinst doch nicht im Ernst, daß wir Harpyien treffen? Ich habe gehört, sie lassen sich von Männern, die sie entführen, begatten und werfen sie dann aus dem Horst… und ihre Nester sind ziemlich hoch droben.«

Er wußte nicht genau, ob Harpyien wirklich existierten, aber er hatte in den Schenken von Lowangen von ihnen erzählen gehört – riesigen Vögeln mit

Frauenköpfen, dolchscharfen Krallen, unreinem Leib und Augen, aus denen Wahnsinn und Hunger loderten. Sie kamen von den Bergen herab und besudelten das Land mit ihrem üblen Gestank; kreischend verschlangen sie alles, was ihnen vor die Krallen kam. Vor allem aber, so hieß es, waren sie ungehemmt brünstig.

Tyndal zuckte die Achseln. »Ich hoffe, daß wir ihnen nicht begegnen, und wenn es doch geschieht, dann haben wir ja unsere Militärperson dabei, die uns beschützt. Ich sehe sie schon vor mir, wie sie eine Harpyie mit ihrer langen Pike aufspießt und sie uns zum Abendessen brät.«

»Und wenn sie das tut«, sagte Jule schnippisch, »wirst du ihr zum Dank zu Füßen fallen, weil du nicht im Horst einer Harpyie gelandet bist. Auf lüsterne Böcke wie dich sind die Ungeheuer besonders scharf.«

»Wahrscheinlich gäbe Fiana mir einen Tritt, wenn ich ihr zu Füßen fiele«, murmelte Tyndal. »Nichts für ungut, aber mir widerstehen diese Rondragefälligen. Kein Zweifel, sie sind tapfer und treu, kühn und ehrlich, aber sie sind so lustig wie ein Boronkloster im Winter. Und diese hier hat es besonders auf mich abgesehen. Sooft ich nur den Mund öffne, schaut sie mich an, als wolle sie mich stäupen lassen.«

Dann schwieg er eilig still, denn Fiana kam auf sie zu, ein schönes grauweißes Maultier am Zügel führend. Dahinter folgten in einer Reihe sechs weitere Tiere, alle strotzend vor Kraft und Gesundheit. »So«, sagte die Söldnerin, »das hätten wir. Jetzt müssen wir sie nur noch beladen, und dann können wir aufbrechen.«

Roisin blickte sie verdutzt an. »Heute schon? Ich dachte, wir bleiben zumindest bis morgen hier.«

»Wozu?« erwiderte Fiana barsch. »Wir würden hier

nur unsere Zeit vergeuden. Also auf, zurück zur Herberge, dort wollen wir rasch zu Mittag essen und dann losziehen.«

Jule stimmte ihr zu, aber Roisin murmelte seinem Freund ins Ohr: »Ich bin ganz deiner Meinung, was die Rondragefällige angeht. Sie ist wirklich ein Purpurdrache.«

Sie gehorchten jedoch alle den Anweisungen der Söldnerin. Sobald sie zu Mittag gegessen hatten – geschmalzenes Gemüse und Schwarzbrot, dazu wäßriges Bier –, bestiegen sie ihre fünf Maultiere und führten die beiden schwerbeladenen Packtiere am Zügel mit. Die Kinder liefen ihnen neugierig nach, als sie unter den überkragenden Geschossen der Fachwerkhäuser vorbei zum Fluß zogen und dort ein Fährboot bestiegen, das sie auf die andere Seite brachte.

Roisin stand neben seinem Maultier und fühlte die warme, feuchte Schnauze in der Hand, während er auf den Fluß hinaus starrte. Zwischen ihm und Tiefhusen lag bereits ein breiter Streifen Wasser, und bald würde der ganze Fluß zwischen ihnen liegen. Dann waren sie drüben – in der Wildnis, im Orkland, wo tausend unbekannte Gefahren auf die Reisenden lauerten.

Unwillkürlich tasteten seine Finger ins Innere des Ärmels und berührten die kleine Tätowierung auf dem Oberarm. Er meinte beinahe, das Fell des Fuchses zu fühlen. Der Gedanke an Phex, der die Würfel seines Schicksals in der Hand hielt, gab ihm wieder Kraft und Vertrauen. Der göttliche Fuchs würde ihn nicht im Stich lassen. Er würde ihn sicher über alle Hindernisse hinweg und um alle Fallen herum führen. War er nicht auch der Gott der Abenteurer, der Verwegenen und der Glücksritter?

»Erhöre mich, o Phex«, flüsterte Roisin unhörbar

vor sich hin. »Bislang war ich ein Händler, jetzt bin ich ein Abenteurer. Spende mir auch weiterhin Deinen Schutz! Wenn ich auf dieser Reise etwas gewinne, so soll der zehnte Teil davon an Deinen Tempel gehen. Aber hilf mir und laß vor allem nicht zu, daß wir Harpyien begegnen. Ich danke Dir.«

Sein Blick wanderte zu den anderen Reisenden hinüber, und er sah, daß sie alle stillstanden und gedankenvoll vor sich hinblickten. Wahrscheinlich beteten sie alle zu ihren Göttern – Tyndal zu Hesinde, Jule zu Swafnir, Fiana zu Rondra, Raskal zu Phex. Und während das goldenbraune Wasser hinter ihnen immer breiter wurde, näherte sich mit beklemmender Geschwindigkeit das andere Ufer – das Ufer des Orklands.

* * *

Das Land am Ufer des breiten Flusses war sumpfig. Roisin behielt diesen ersten Teil der Reise in unangenehmer Erinnerung, weil ihm die Mirbelfliegen um den Kopf tanzten und die Schnaken ihre Stachel in sein fettes Fleisch senkten. Aber bald stieg das Gelände an, die Fliegen und Schnaken blieben hinter ihnen zurück, und die Nachmittagssonne warf ihre Strahlen durch lichten Laubwald. Wider Willen mußte Roisin zugeben, daß es nicht übel war, so dahinzureiten, die warme Luft im Gesicht und den Duft des Waldbodens in der Nase. Kleine Vögel sangen ohne jede Scheu vor den Menschen. Einmal hörte Roisin sogar das charakteristische helle *Düdlio* eines Pirols aus dem Chor heraus.

Die anderen ritten gemächlich dahin. Tyndal schaukelte lässig auf seinem Reittier und brachte es fertig, selbst auf einem Maulesel noch elegant zu wirken. Der kleine Herr Raskal in seinem grünen Jägerkleid hielt sich erstaunlich gewandt im Sattel, und Roisin bekame eine Ahnung davon, daß mehr in ihm steckte, als man auf den ersten Blick sah. Jule, die trotz ihrer thorwalschen Herkunft eine ausgezeichnete Reiterin war, saß ebenso ruhig auf ihrem Maultier wie Fiana. Die Söldnerin erzählte sehnsüchtig von dem starken und treuen Roß, das sie in Lowangen hatte zurücklassen müssen. Es hieß Falmen und schien Fiana mehr zu bedeuten als jeder Mensch auf Dere.

»Mein Falmen«, sagte sie zu Jule, »das ist, als ritte ich auf einem Menschen. Er versteht jedes Wort, das ich ihm sage, und seine großen braunen Augen sprechen zu mir wie mit Worten... kein Vergleich zu diesem vierbeinigen Gestell da.« Sie klopfte ihrem Maultier nicht ohne Zärtlichkeit den Hals. »Trotzdem«, fügte sie dann etwas lauter hinzu, »erwarte ich, daß alle sorgsam mit den Tieren umgehen. Übrigens werden wir bald Rast machen, damit wir noch bei Tageslicht kochen können.«

Roisin horchte auf. »Was kocht Ihr?« fragte er.

Fiana warf ihm einen vernichtenden Blick zu. »Ich bin als Eure militärische Bedeckung mitgekommen, mein Herr, nicht als Euer Küchenmädchen. *Ich* koche nicht.«

»Habt keine Angst, Roisin«, mischte sich Raskal ein. »Ich bin es, der kocht, und es wird Euch nicht übel schmecken, das verspreche ich Euch.«

Er behielt recht. Etwa eine Stunde später schlugen sie ihr einfaches Lager abseits der Straße auf, am Ufer eines der zahlreichen Bächlein, die hier laut und fröhlich plätschernd von der Hochebene zu Tal stürzten. Raskal machte mit flinken Bewegungen Feuer, hängte sein Kesselchen an zwei gegabelte Stöcke und stellte die Pfanne auf die Steine, zwischen denen die Flammen flackerten. Roisin kauerte sich in der Nähe nieder und beobachtete, wie der Agent dies und jenes aus den Packen auf den Maultieren hervorkramte und in die Pfanne warf, aus der bald ein verführerischer Duft aufstieg.

Mittlerweile hatte Fiana ihren dicken Handschuh angelegt und den Falken von seinem Lederpölsterchen auf der Schulter genommen. Sie zog ihm die Kappe ab und warf ihn hoch, und es dauerte nur wenige Minuten, bis sie ein frisch getötetes Kaninchen einholen konnte. Pippin bekam sein Teil davon ab: Fiana fütterte ihn mit rohen Fleischbrocken, und er nahm sie so zart mit seinem krummen Schnabel, daß kein Ritz auf ihrer Haut zurückblieb.

Im milden Abendlicht saßen sie um das Feuer herum und verzehrten das Gericht aus geschmortem Kaninchenfleisch und Zwieback, das Raskal zubereitet hatte. Rundum breitete sich Stille aus, die nur vom Plätschern des Flüßchens unterbrochen wurde. Die Maultiere grasten, von Reitern und Lasten befreit, mit zusammengekoppelten Vorderbeinen am Ufer und tranken gierig das kristallklare kalte Wasser. Es war eine friedliche Szene, und doch spürte Roisin, wie ihn leise Beklemmung überkam. In dieser Nacht würde er zum ersten Mal unter freiem Himmel schlafen ... ohne Strohsack und ohne Kissen, mit seinem Mantel als Decke. Er seufzte leise. Der Gedanke mißfiel ihm, aber er wagte nichts zu sagen.

Wenigstens, dachte er, ist das Gras weich. Sie hatten sich in einer Mulde am Waldrand niedergelassen, zwischen einigen alten Holunderbäumen, die ein knorriges Dach über ihnen bildeten. Dahinter drängten sich die Stämme des Laubwalds, und Roisin sah, daß es zwischen ihnen bereits dämmrig wurde. Er schluckte das Unbehagen hinunter und widmete sich wieder seinem Essen.

Die Dämmerung sank rasch. Sie hatten gegessen und die Pfanne am Bach ausgespült (eine Arbeit, die

Roisin übernommen hatte). Nun tranken sie Tee und kauten genießerisch die zähen Dörrfrüchte, die Raskal austeilte.

»Mein Kompliment, Herr Raskal«, sagte Tyndal. »Ich wußte nicht, daß ein Koch in Euch steckt.«

»Oh, in mir steckt noch einiges mehr«, antwortete der Agent ohne falsche Bescheidenheit. »Man muß eine Menge können, um im Leben seinen Weg zu machen.«

»Euer Weg führt aber ziemlich oft am Pranger vorbei«, bemerkte der Magier bissig.

Raskal zuckte die Achseln. »Ich mache die Gesetze nicht. Da sie nun einmal so sind, wie sie sind, verursacht mir das gelegentlich Kosten. Aber wenn ich dann meine Bilanz ziehe, bin ich doch in den schwarzen Zahlen.« Er grinste mit blendendweißen Zähnen, die an das Gebiß eines Frettchens erinnerten.

»Was springt für Euch eigentlich dabei heraus, wenn Ihr uns begleitet?« verlangte Roisin zu wissen.

»Oh, Erfahrung und neue Verbindungen und natürlich das Silber, das der Magister Elcarna mir dafür bezahlt«, gab Raskal bereitwillig Auskunft. »Außerdem sehe ich den Herrn Churchemon immer gern wieder.«

»Ihr kennt ihn?« fragte Tyndal, ebenso begierig wie erstaunt.

Raskal zögerte. »Nun ja … wie man eben einen hohen Herrn so kennt«, schwächte er ab. »Er ist nicht eben gesellig. Und alle seine … Freunde bleiben auch lieber für sich.«

»Dann lebt er also nicht allein?«

»Nein nein, es sind mehrere Herren und Damen. Alle sehr bewandert in der Kunst. Ihr werdet Eure Freude daran haben.« Raskal grinste so befriedigt, als wäre dies sein persönliches Verdienst. »Allein die Bibliothek ist gewaltig, ja, gewiß, das ist sie.«

Tyndal stürzte sich sofort auf diese Bemerkung, aber der Agent war plötzlich nicht mehr so mitteilsam und wechselte geschickt das Thema. Roisin hatte den Eindruck, daß er den Magier absichtlich hinhielt – vielleicht weil er mehr gesagt hatte, als er wollte, vielleicht aber nur um dessen Neugier zu reizen. Jedenfalls wandte sich das Gespräch rasch anderen Dingen zu, und kurz darauf sagte Fiana: »Wir gehen jetzt schlafen. Ich übernehme die erste Wache.«

Da es mittlerweile stockfinster geworden war und auch das Feuer niederbrannte, erhob niemand Einspruch. Es war so warm, daß sie die Zelte – die sie in den höheren Regionen schon bald brauchen würden – eingepackt ließen. Fiana setzte sich mit untergeschlagenen Beinen an den Rand der Mulde, während die anderen sich um die schwache Glut herum zum Schlafen hinlegten.

In seinen Mantel eingerollt, lag Roisin dicht an Jules Seite. Die Gegenwart seiner Frau tröstete ihn ein wenig. Er hatte Trost bitter nötig. Die Nacht rundum, die nur hoch oben am Firmament von winzigen Sternchen durchlöchert wurde, machte ihm angst. Der Gedanke kam ihm, daß er in dieser Finsternis nicht einmal Wasser lassen gehen konnte, ohne in den Bach zu fallen oder über eine Wurzel zu stolpern. Und da waren noch andere Gedanken, die ihn bedrängten. Wilde Tiere hausten in diesen Wäldern – und wer wußte schon, welche Waldgeister und Nachtungeheuer?

Jule schien nichts dergleichen zu befürchten. Sie gab ihm einen Kuß auf die Wange, murmelte »Schlaf schön« und war eingeschlafen, als läge sie daheim in ihrem Bett. Tyndal tätschelte ihm die Schulter und schlief dann ebenfalls ein. Roisin lag still, schlang die Arme um den Leib und würgte an seiner Angst wie an einem dicken grauen Brocken.

Irgendwann mußte er dann doch eingeschlafen sein, denn er fuhr hoch, als jemand an seiner Schulter rüttelte. Es war Tyndal. »Auf, Schlafmütze!« raunte er ihm ins Ohr. »Du bist mit Wachen dran.«

Roisin blickte verwirrt um sich. Die Nacht war schon sehr weit fortgeschritten. Über der Ebene im Osten hing ein grünliches Licht, das vom nahenden Morgen sprach. Fröstelnd kroch der junge Mann hoch, nahm seine Peitsche und den Stock mit sich und ließ sich auf dem Platz nieder, wo er Fiana sitzen gesehen hatte. Hinter ihm wühlte sich Tyndal in seinen Mantel und wälzte sich ein paarmal schnaubend herum, ehe er eine letzte Mütze voll Schlaf nahm.

Die Welt um Roisin war still und grau. Er hockte da, eng in seinen Mantel gewickelt, und versuchte zu erkennen, ob irgend etwas Gefährliches sich aus diesem schweigenden Halbdunkel heraus näherte. Aber ihm war klar, daß er etwas *wirklich* Gefährliches wohl erst bemerkt hätte, wenn es ihm schon an die Kehle gesprungen wäre.

Eine gute Stunde saß er so da, in düstere Gedanken versunken. Dann beobachtete er, wie das Grün im Osten erst gelb und dann rosafarben wurde. Ein leiser Wind erhob sich und raschelte in den taufeuchten Büschen. Fiana murmelte im Schlaf, kratzte sich hinter den Ohren und schlug die Augen auf. Mit Erleichterung hörte Roisin ihre klare, entschiedene Stimme: »Aufwachen! Der Tag ist da!«

Raskal wickelte sich als erster aus seinem Mantel und machte sich sofort daran, das Feuer anzufachen. Roisin half ihm dabei, nicht zuletzt weil er Hunger hatte und das Frühstück nicht erwarten konnte. Bald dampfte ein Getreidebrei mit Trockenfrüchten in der Pfanne, und als sie alle ihre Löffel hineinsteckten, war Roisins Welt wieder heil. Er fühlte sich geradezu gelassen, als er dem neuen Tag entgegenblickte.

Allerdings nicht lange, denn während sie beim Frühstück saßen, deutete Raskal mit seinem Löffel auf das Gebirge im Südwesten und bemerkte: »Die Zacken dort drüben nennt man die Blutzinnen... früher wohnten hier die Zholochai, die wildesten aller Orks. Für alle Fremden ist es überaus gefährlich, diese Berge zu betreten, in denen lange Zeit einer der bedrohlichsten und blutrünstigsten aller Orkenstämme hauste. Zwar sind die meisten Zholochai fortgezogen, größeren Zielen entgegen, aber die Orkenhorde, die ihnen nachgefolgt ist, ist auch nicht gerade menschenfreundlich.«

Roisin warf einen angstvollen Blick auf die drohenden Gipfel. Als er die wild zerklüftete Bergkette im Schein der Morgensonne betrachtete, hatte er tatsächlich den Eindruck, das Gebirge selbst strahle eine stumme Warnung aus. »Wir müssen doch nicht über diese Berge, oder?« fragte er beklommen.

Raskal schüttelte den Kopf. »Nein, zum Glück nicht. Wir ziehen jetzt westwärts weiter, bis wir auf den Hilval stoßen, und folgen dann seinem Lauf, bis wir das breite Tal zwischen den Blutzinnen und Ogerzähnen auf der südlichen und dem Firunswall auf der nördlichen Seite erreichen. Wir kommen gar nicht ins Gebirge. Trotzdem steht uns heute ein harter Marsch bevor, denn von jetzt ab steigt das Land rasch zur Hochfläche an, und wir werden einen Gutteil des Weges die Maultiere führen müssen.«

Es wurde ein schöner, praiosgoldener Tag. Sie ritten eine Waldstraße entlang – jedenfalls war auf dem Boden eine ausgetretene Spur zu erkennen, und zwischen den Bäumen war genug Platz, um zwei Maultiere nebeneinandergehen zu lassen. Roisin fragte sich gerade eben, ob das Orkland wirklich so gefährlich sei, als Fiana einen zischenden Laut ausstieß und von ihrem Maultier sprang. Die anderen hielten auf ihre Gebärde hin an und stiegen ebenfalls ab.

»Da ist etwas unterwegs«, flüsterte die Söldnerin. »An die Waffen!«

Roisin stand mit klopfendem Herzen da und umklammerte den Griff seiner schweren schweinsledernen Peitsche. Sein Blick wanderte ängstlich hin und her, aber er sah nur die Stämme des Waldes und das schmale Band der Straße vor sich. Zur Linken breitete sich eine Wiese mit hohem Gras aus.

Jule schob sich an ihn heran. »Siehst du etwas?« hauchte sie.

Er schüttelte stumm den Kopf.

Aber da tauchte etwas zwischen den Bäumen auf, so plötzlich, daß Roisin einen Schrei ausstieß und rückwärts sprang, mitten in die Wiese hinein. Er stolperte und stürzte auch prompt, und während er im Gras saß, hörte er die Entsetzensrufe der anderen. Offenkundig waren sie ebenso erschrocken wie er.

Vorsichtig rappelte er sich auf und spähte in ungläubigem Schrecken das monströse Haupt an, das sich langsam, mit tastenden Fühlern, zwischen den Stämmen hervorschob … ein flaches, braunes, zangenbewehrtes Haupt, aus dessen knochenüberbuckelter Stirn riesige Insektenaugen hervorstarrten.

»Ein Großer Schröter!« rief Fiana. Das Schwert in der Hand, stand sie angespannt da. »Wartet! Vielleicht zieht er seines Weges, ohne anzugreifen!«

Der kalbsgroße Käfer bewegte sich vorsichtig auf seinen sechs klauenbewehrten Füßen voran. Roisin sah mit Entsetzen, wie die Kugelaugen ihn anglotzten, und wollte schon die Flucht ergreifen, aber die Augen wandten sich wieder ab. Anscheinend wußte das Ungeheuer nicht, was es angesichts dieser Menschenansammlung auf der Straße unternehmen sollte. Es wackelte unsicher mit den Fühlern und Zangen, trat von einem Bein aufs andere und bewegte den Leib in seinem glänzenden braunen Panzer hin und her.

Tyndal lachte plötzlich laut auf. »Wartet!« rief er. »Laßt mich das erledigen!« Noch während er sprach, schlüpfte er aus den Stiefeln und riß sich das Wams auf.

Fiana warf ihm erst einen ärgerlichen, dann einen verblüfften Blick zu. »Was soll die Narretei?« rief sie, denn Tyndal warf seine Kleidung nach allen Seiten von sich und kauerte sich nackt auf der Wiese nieder.

Er bedeutete ihr mit einer Handbewegung, sie möge schweigen, dann konzentrierte er sich. Seine Lippen flüsterten eine Formel. Fast augenblicklich begann die Luft um ihn zu flirren wie über einem Feuer; ein leichter Nebel bildete sich.

Roisin sah erstaunt, wie der nackte Körper des Mannes in diesem Nebel verschwamm. Seine Umrisse wurden undeutlich, das Weiß der Haut dunkelte. Die Schultern schienen sich hochzuwölben, während der Kopf tiefer sank. Dann überzog eine trübe Schicht die Gestalt, und während Roisin ihn noch blinzelnd anstarrte, verwandelte Tyndal sich vor seinen Augen in einen prächtigen wolligen Widder.

Mit den Hufen scharrend, das machtvolle weiße Gehörn gesenkt, stand das Tier am Straßenrand und gab ein angriffslustiges Blöken von sich.

Fiana stand entgeistert da und merkte gar nicht, daß sie die Hand vor den Mund geschlagen hatte.

Jule, die beim Anblick des Schröters hinter einem Baum in Deckung gegangen war, sprang auf und klatschte in die Hände. »Los, gib's ihm, Tyndal!«

Der Bock stürmte los und rammte den Schröter ohne Vorwarnung von der Seite. Das Ungeheuer geriet ins Schwanken und wäre beinahe umgekippt. Gerade noch rechtzeitig kam es wieder auf seine sechs

Beine zu stehen. Nun senkte es drohend den Kopf. Die braunen Zangen öffneten und schlossen sich. Der Widder sprang zurück, bevor sie ihn am Kopf packen konnten, sauste ein Stück davon, holte Schwung und krachte von neuem in den Panzer, der die Eingeweide des Untiers umhüllte.

Wiederum schwankte der Schröter, aber diesmal war er schneller, und als der Widder sich abwandte, um wieder Anlauf zu nehmen, packten ihn seine Zangen am Hinterteil. Der Bock blökte vor Schmerz schrill auf und riß sich los, wobei die Wolle in Büscheln davonflog.

Diesmal setzte ihm der Hirschkäfer nach und Roisin sah besorgt, wie schnell das Tier auf seinen klauenbewehrten Beinen dahineilte. Tyndal nahm Anlauf, schoß auf den Schröter zu und duckte sich dann plötzlich, als wolle er unter seinen Beinen hindurchrennen. Unmittelbar unter seinem Bauch jedoch riß er den Kopf hoch. Es krachte dumpf, als die beinerne Stirnplatte des Bocks auf den Panzer prallte. Der Hirschkäfer machte einen erschreckten Sprung, und dann schien es ihm plötzlich zu reichen – er machte kehrt und verschwand in höchster Eile zwischen den Stämmen.

Der Bock blökte ihm triumphierend nach. Dann kam er langsam zurückgetrippelt, senkte den Kopf und rupfte ein Büschel Gras ab.

Fiana starrte ihn immer noch atemlos an. »Warum verwandelt er sich nicht zurück?« fragte sie argwöhnisch.

»Als Bock kann er nicht zaubern«, erwiderte Raskal. »Er muß warten, bis die Zeit verstrichen ist, die er vorher für die Verwandlung festgelegt hat. Es wird aber nicht lange dauern.« Er kramte in den Packtaschen der Maultiere und holte eine Möhre hervor. »He, gelehrter Herr, wie schmeckt Euch das?«

Der Widder kam mit erfreutem ›Bäh‹ angetrottet und nahm die Möhre aus Raskals Hand. Es knirschte und knackte, als er sie zwischen seinen langen Zähnen zermalmte.

Er war noch mitten im Kauen, als die Verwandlung eintrat. Die Luft flimmerte wieder, die schwarze Gestalt krümmte und streckte sich, wurde heller und schmaler, während ein regenbogenfarbiger Schimmer um sie herumwirbelte. Als das Schimmern verblaßte, hockte Tyndal Sandström auf den Fersen am Straßenrand, splitternackt und mit einer halben Möhre im Mund.

Die Gefährten beklatschten laut seine Kunstfertigkeit, nur Fiana fuhr ihn unfreundlich an: »Schämt Ihr Euch nicht? Statt wie ein Mann mit dem Monster zu kämpfen, treibt Ihr solche albernen Possen!«

»Ich wünschte, ich hätte einen Zauber gelernt, der herrischen Weibern den Mund verschließt«, murmelte Tyndal, während er aufstand.

Fiana trat an ihn heran, packte ihn ohne lange Reden am Arm und drehte ihn um. »Euer Hintern hat ganz schön was abgekriegt«, bemerkte sie. »Legt Euch auf den Bauch, damit ich Euch verarzten kann.«

Jetzt sahen es auch die anderen: Eine der Zangen hatte Tyndals linke Hinterbacke schlimm erwischt, das Fleisch war gequetscht und aufgerissen, und Blut sickerte hervor. »Ich kann es mit einem Spruch heilen«, protestierte der Magier, aber Fiana achtete nicht auf ihn. Sie holte einen kleinen Lederkoffer aus dem Gepäck, nahm ein Fläschchen heraus und übergoß die wunde Hinterbacke mit einer Tinktur, die beißend scharf sein mußte, denn Tyndal stieß einen leisen Schmerzensschrei aus.

»Jammert nicht herum«, wies sie ihn zurecht, während sie auf den Fersen neben ihm kauerte und die Verletzung in Augenschein nahm. »Ihr habt Glück gehabt … er hätte Euch einen Brocken Fleisch aus dem Hintern reißen können, und dann stündet Ihr dumm da. Achtung, jetzt tut es noch einmal weh.« Sie rieb die Stelle mit einem blutstillendem Schwamm ab, und Tyndal biß von neuem die Zähne zusammen. Nur ein leises Zischen ließ er hören.

»So, jetzt zieht Euch wieder an, aber flugs«, befahl Fiana. »Wenn Ihr schon solche unziemlichen Possen treibt, dann bekleidet Euch wenigstens dabei! Wer will schon Euren Hahn sehen?«

»Oh, ich kenne einige, die ihn gern gesehen haben«, gab Tyndal zurück, während er hastig in seine Kleider schlüpfte.

Fiana hatte es gehört, und sie sandte ihm einen letzten Pfeil nach, während sie zu ihrem Maultier zurückging. »Es wundert mich nicht, daß Ihr Euch in einen lüsternen Bock verwandelt habt! Ihr *könnt* Euch in gar nichts anderes verwandeln!«

Als sie weiterzogen, fiel Roisin auf, daß der erst so muntere Tyndal einen müden und verdrießlichen Eindruck machte. Er trieb sein Maultier an dessen Seite und fragte leise: »Was ist dir?«

»Nichts«, murmelte Tyndal.

»Ich sehe doch, daß es dir nicht gutgeht«, widersprach Roisin. »Was ist?«

»Schscht!« Tyndal bedeutete ihm heftig, er möge die Stimme dämpfen. »Ich möchte nicht, daß die Rondragefällige mithört; sie würde nur wieder zu zanken anfangen. Ich habe in meinem Übermut eine Dummheit gemacht, Roisin. Meine verfluchte Eitelkeit! Der Magister Elcarna würde mich heftig schelten, wenn er davon erführe.«

»Was meinst du?« flüsterte Roisin.

Tyndal neigte sich zu ihm, damit er möglichst leise sprechen konnte. »Ich habe diesen Zauber nur vollbracht, um euch zu beeindrucken – euch zu zeigen, was ich in der Akademie alles gelernt habe. Aber es hat mich viel Kraft gekostet. Wenn uns jetzt etwas begegnete, bei dem mein Zauber wirklich gebraucht würde, hätte ich nicht mehr genug *essentia*. Verstehst du? Um vor euch zu prahlen, habe ich mich völlig verausgabt, und das in einer Situation, in der meine Zaubermacht dringend gebraucht werden könnte!«

Roisin verstand. Tatsächlich, da hatte der Freund eine Dummheit begangen. Aber er hatte ihn viel zu gern, als daß er ihm das vorgehalten hätte. »Mach dir kein Kopfzerbrechen«, tröstete er. »Bald geht der Tag zur Neige, dann kannst du dich ausruhen und kommst wieder zu Kräften.«

Tyndal nickte beschämt.

Danach zogen sie friedlich und ungestört weiter, bis sich die Sonne nach Westen neigte. Der Pfad wurde zusehends steiler. Immer wieder mußten sie absteigen und die Maultiere am Zügel führen, wenn der Pfad sich im Zickzack durch Wald und über grasige Rücken hinaufwand. In der Dämmerung stießen sie auf den Hilval, der die Luft mit seinem lärmenden Geplätscher erfüllte.

Sie schlugen im Schutz einer Felswand ihr Nachtlager auf. Pippin besorgte ihnen einen Hasen zum Abendessen, den Raskal kunstvoll briet und mit Wildkräutern anrichtete, die er unterwegs gesammelt hatte.

Tyndal lehnte mit breit gespreizten Beinen am Felsen und bürstete sein Haar. Jule kauerte sich neben ihm nieder.

»Wie geht es deinem werten Hinterteil?« fragte sie leise.

Tyndal blinzelte ihr verschwörerisch zu. »Ich habe es mit einem *Balsamsalabunde* geheilt, aber sag dem

Purpurdrachen nichts davon. Sie soll glauben, ihre garstige Tinktur hat es gesund gemacht.«

Jule nahm ihm die Bürste aus der Hand und fuhr durch eine lange Strähne, die in ihrer Hand knisterte. »Sie hat es gut gemeint, Tyndal. Und du solltest nicht ›Purpurdrache‹ zu ihr sagen.«

Er seufzte. »Ich weiß. Aber sie reizt mich absichtlich. Sie legt es darauf an, mich zu ärgern.«

Da hatte er recht, und Jule konnte nur die Achseln zucken.

Beim Abendessen erzählte Raskal ihnen die Geschichte von Kupfermond, der geheimnisvollen Orkin, die mit ihrer kleinen Schar von Anhängern an einem Zufluß des Hilval im Gebirge wohnte. »Diese Priesterin des Rikai, des orkischen Pflanzengottes«, erklärte er, »ist wohl die einzige Orkfrau, die sich einen eigenen Namen und eine gewisse Bedeutung errungen hat. Wie ihr vielleicht wißt, achten die Orken ihre Frauen so gering, daß sie ihnen nicht einmal Namen geben. Sie nennen sie ›Tiere, die Orken gebären‹. Kupfermond jedoch erlernte die Geheimnisse der Rikaipriester und fand schließlich in einer verlassenen Siedlung der Echsen einen blauleuchtenden Kristall und einige Eidechsenschuppen, die heilkräftige Wirkung besitzen. Mit diesen Gegenständen hat sie sich den Ruf einer Medizinfrau geschaffen, zu der Orken und sogar Menschen pilgern, um Heilung zu suchen. Sie kann Zauber wirken, die eine gewisse Ähnlichkeit mit den Heilungszaubern *Balsamsalabunde* und *Ruhe Körper, ruhe Geist* haben.«

Tyndal, der sich lang im Gras ausgestreckt hatte, bemerkte selbstgefällig: »Ja, aber sie ist völlig von ihrem Krimskrams abhängig, habe ich gehört. Ein richtiger Zauberer übt die Kunst auch ohne blaue Kristalle und Eidechsenschuppen.«

Roisin saß in seinen Mantel gewickelt am Feuer

und hörte zu, wie Herr Raskal allerlei Wissenswertes über die Schwarzpelze erzählte. Es wunderte ihn, daß der Agent von diesen Kreaturen beinahe so sprach, als handle es sich um Menschen. Für Roisin Bellentor waren die Orken immer Tiere gewesen, die sich den Menschen nur insofern annäherten, als sie eine Sprache hatten. Nun hörte er überrascht, daß sie in streng hierarchisch gegliederten Gesellschaften lebten, eine ausgeprägte Religion hatten und ihre Sprache, das Ologhaijan, als die edelste Sprache überhaupt betrachteten.

Jule lauschte aufmerksam, dann begann sie plötzlich mit klarer Stimme zu singen:

»Im Binnenland lauerten viele Gefahren,
wo gewaltige Berge streben empor,
so mancher Sohn Hjaldings sein Leben verlor
an Riesen und schwarzpelzige Scharen.«

Als die anderen sie neugierig ansahen, erklärte sie: »Das ist aus dem Jurgalied, der 87. Sang – wahrscheinlich die älteste Erwähnung des Orklandes überhaupt. Ihr seht, wir Thorwaler waren wieder einmal die ersten!«

Als es ans Schlafen ging, stellten sie die Zelte auf. Sie hatten eine Höhe erreicht, in der es zwar tagsüber noch sommerlich warm war, wo nachts jedoch eisige Luft von den Gipfeln herabwallte. Die beiden Frauen teilten sich ein Zelt, die drei Männer ein anderes. Roisin war etwas verdrießlich, weil er Jules nächtliche Nähe vermißte. Er fragte sich, wie es mit den gewohnten Rahjadiensten aussehen würde, wenn sie den ganzen Tag über auf gefährlichen Wegen unterwegs waren und nachts nach Geschlechtern getrennt schliefen. Und außerdem mißtraute er dem innigen Einverständnis, das sich zwischen Jule und Fiana entwickelte.

Die Reisenden hatten Glück: Während der nächsten Tage blieb das Wetter trocken, und die spürbare Kühle der Luft machte ihnen nichts aus. Ein weites Grasland, in dem nur gelegentlich in blauen Dunst gehüllte Wälder auftauchten, öffnete sich vor ihnen – das rauhe Trogtal zwischen den Gebirgen.

Hier machten sie gleich am ersten Tag einen unerfreulichen Fund. Direkt neben dem Weg – wenn man den kaum sichtbaren Pfad im Gras einen Weg nennen konnte – lagen die Kadaver von zwei Orken, beide bereits von Raubvögeln angefressen. Es waren armselige Exemplare, mit verfilzten Pelzen, ohne jeden Schmuck, als Waffen nur zwei grobe, dornenbesetzte Stöcke, die ihnen auch nicht viel genützt hatten: Sie waren offensichtlich mit scharfen Hiebwaffen erschlagen worden.

»Zwei Yurach«, sagte Raskal, nachdem er einen langen Blick auf sie geworfen hatte. »Ausgestoßene der orkischen Gesellschaft ... Kommt, laßt uns weiterreiten.«

Während sie sich von den beiden stinkenden Kadavern entfernten, erzählte er ihnen von dem strengen Kastensystem der Orken, nach dem diejenigen zum Scheitern verurteilt waren, die ihre Mannbarkeitsprüfung nicht bestanden hatten oder ihren Stämmen entflohen waren. Roisin erfuhr erstaunt, wie kompliziert dieses Kastenwesen war. Er mußte widerwillig zugeben, daß die Orken nicht ganz so tierhaft waren, wie er gedacht hatte. Ihre Gesellschaftsordnung war vielleicht nicht besonders sympathisch, aber immerhin bewährte sie sich und schien durch lange Tradition geheiligt.

Roisin gewöhnte sich von Nacht zu Nacht mehr daran, in seinen Mantel gewickelt im Zelt zu schlafen und zwischendurch Wache zu halten, obwohl er es noch immer nicht schätzte, wenn er in stockfinsterer

Nacht am Rand des Lagers sitzen mußte. Er war überzeugt, daß er vollkommen unnütz als Wächter war. Aber was blieb ihm anderes übrig, als trotzdem seine Pflicht zu tun?

In der dritten Nacht ihrer Reise mußte er kurz nach Mitternacht seine Wache antreten. Im blassen Mond- und Sternenlicht kauerte er reglos im Gras und starrte in die Schatten rundum, als ihm plötzlich etwas auffiel. Auf einem der schemenhaft erkennbaren Hügel, über die sie erst kürzlich geritten waren, flackerte ein Licht, klein und rot – offenbar ein Lagerfeuer. Es war so fern, daß er es nicht für nötig hielt, Fiana zu wecken. Statt dessen beobachtete er das Feuer, bis es nach einer halben Stunde erlosch, und erzählte ihr erst am Morgen beim Frühstück davon.

Sie zog die Nase kraus, als spüre sie einen üblen Geruch, und bemerkte zweifelnd: »Wahrscheinlich war es das Feuer eines Fallenstellers … hier im Land sind einige unterwegs. Aber laßt uns wachsam bleiben.«

»Es könnte auch ein Kopfgeldjäger sein«, warf Raskal ein. »In letzter Zeit ist ihre Zahl enorm angestiegen. Wenn wir einem von ihnen begegnen, dann greift zur Waffe! Es sind habgierige Schurken, die nicht nach Schuld oder Unschuld fragen, sondern einen erst erschlagen und dann nachsehen, ob man einem Steckbrief ähnelt.«

»Ja«, stimmte Fiana zu. »Man sagt, daß die Kopfgeldjäger bald zu einer ebensolchen Landplage werden könnten wie die Verbrecher, denen sie nachstellen. Ich habe einmal im Leben Rik Tarlanen gesehen und sage euch, ich möchte nicht noch einmal von seinem geschlitzten wolfsgelben Auge angestarrt werden! Es war, als schaute einen ein Dämon an!«

»Wer ist Rik Tarlanen?« fragte Roisin mit unbehaglicher Neugier.

»Ein Kopfgeldjäger«, erklärte ihm Raskal. »Er ist Nivese und der härteste und kälteste Schurke in seinem blutigen Gewerbe, sagt man. Es heißt, daß er kaum eine andere Freude kennt, als sich auf die Spur eines gesuchten Verbrechers zu setzen wie ein Bluthund auf eine Fährte. Man nennt ihn das Gelbe Auge, weil er im Kampf mit einem Raubmörder ein Auge verlor. Seither trägt er eine Augenklappe mit aufgemaltem Adlerauge, wodurch sein starres bleiches Gesicht unter der fettverschmierten roten Haarmähne noch abstoßender wirkt. Man sagt, ein Menschenleben gilt ihm nur soviel, wie auf dem Steckbrief steht.«

»Ein übler Bursche muß das sein!« rief Jule. »Nun, wenigstens ist er leicht zu erkennen, und wir werden uns vorsehen, wenn er uns über den Weg laufen sollte!«

Die Gefährten zogen los. Von einem Weg war bald nichts mehr zu sehen. Sie mußten sich an Raskal halten, der mit der Sicherheit eines Raubtiers dem kaum erkennbaren Orkenpfad durch das Grasland folgte.

Gegen Mittag brachen die ständig schwelenden Streitigkeiten zwischen Fiana und Tyndal hitzig aus, und die beiden gerieten so hart aneinander wie nie zuvor. Dabei hatte alles mit einem harmlosen Gespräch der beiden Frauen angefangen. Sie hatten über Waffen gesprochen, und Fiana hatte Jule erklärt: »Wenn Ihr eine neue Waffe zum ersten Mal zieht, so müßt Ihr damit kämpfen, bis Blut fließt, sonst springt sie eines Tages von selbst hervor und greift Euch an! Ihr müßt Eure Waffen auch von Zeit zu Zeit segnen lassen, denn die Seelen der Gefallenen sammeln sich darin und werden Euch zum Feind.«

Tyndal hatte über die Schulter hinweg bemerkt: »Man muß ganz schön einfältig sein, um soviel Aberglauben zu schlucken.« Damit hatte es angefangen, und bald wurde der Streit so böse, daß Tyndal rief: »Hütet Euch vor mir! Ihr solltet mich Euch nicht zum Feind machen!«

»Ach ja? Und was ist so gefährlich an Euch?« fragte Fiana mit aufreizender Lässigkeit.

»Ich könnte Euch mit einem Wort und einer Handbewegung töten«, stieß der Magier erbittert hervor.

»Gewiß wohl – wenn Ihr von hinten an mich herankämt wie ein Feigling«, erwiderte Fiana unerschrocken. »Kämt Ihr aber von vorn, so läge Euer Kopf zwischen Euren Füßen, noch bevor Ihr Eure Hexensprüche über die Lippen gebracht hättet!«

Tyndal wollte antworten, aber Raskal mischte sich mahnend ein: »Gelehrter Herr, tapfere Dame, wir haben hier Feinde genug, ohne daß unter uns die Rede vom Tothexen und Kopfabschlagen geht. Es gibt genügend Feinde, die dies Geschäft für uns besorgen wollen, also achtet auf euch selbst und haltet Frieden.«

»In Ordnung, Raskal«, antwortete Fiana steif. »Ich werde mich von dem Possenreißer nicht mehr ärgern lassen.«

Tyndal setzte erneut zu einer Antwort an, überlegte es sich jedoch anders und schloß den Mund. Seine Lippen waren eine harte Linie, und auf seinen vorspringenden Wangenknochen brannten rote Flecken.

Roisin lenkte sein Maultier an seine Seite und versuchte ihn zu beruhigen. »Was ist los mit dir, Tyndal? Was hat sie dir angetan?«

Der Freund funkelte ihn an. »Ich habe mir verbeten, daß sie meine Magie andauernd als ›Hexerei‹ bezeichnet. Wenn sie zu dumm ist, den Unterschied zu kennen, dann soll sie doch den Mund halten.«

»Warum zankt ihr beide euch immer? Seit wir losgeritten sind, liegt ihr euch in den Haaren.«

Tyndal warf die Hände hoch. »Ich halte sie nicht aus! Sie ist starrsinnig, anmaßend und zänkisch!«

»Du mußt sie wohl aushalten«, mahnte Roisin sanft. »Wir haben nämlich noch eine lange Reise vor uns, und wenn wir angekommen sind, geht es erst richtig los. Vertragt euch.« Er griff schmeichelnd nach Tyndals Arm. »Du bist der klügere von euch beiden. Du solltest duldsam sein.«

Zur selben Zeit versuchte Jule, Fiana ins Gewissen zu reden, bekam aber die Antwort, der Magier sei nicht zum Aushalten – starrsinnig, anmaßend und zänkisch!

Endlich gelang es den vereinten Bemühungen, die beiden Streithähne halbwegs wieder zu versöhnen. Fiana versprach, Gildenmagie nicht mehr als Hexerei zu bezeichnen, und Tyndal gelobte mehr Langmut. Aber alle wußten, daß es ein brüchiger Friede war, den die beiden Gegner da geschlossen hatten.

Sie querten eben eine Lichtung in einem schütteren kleinen Wald, als ein Geräusch sie innehalten ließ – ein fernes, aber bedrohlich klingendes Schnauben wie von einem gewaltigen Tier. Das knackende Unterholz im Wald verriet, daß ein Lebewesen von beträchtlicher Größe sich näherte.

Und dann war es da, erstaunlich schnell für seine gewaltige Masse: Ein Wollnashorn, ein voll ausgewachsener Bulle mit mächtigem Horn und dickem braunen Fell, betrat die Lichtung. Noch hatten seine kleinen roten Augen sie nicht erspäht, aber seine Hufe scharrten gereizt den Boden, und er witterte von einer Seite zur anderen. Die blauen Madenpicker auf seinem Rücken flatterten, erschreckt von seinem Zorn, in die Höhe.

Fiana stieß einen warnenden Schrei aus. »Auf die Bäume mit euch!« schrie sie. »Rasch!«

Roisin hätte nie gedacht, daß es ihm gelingen würde, so schnell auf einen Baum zu klettern – kaum hatte er Fianas Zuruf gehört und den Nashornbullen gesehen, saß er auch schon im knorrigen breiten Geäst einer Föhre. Jule folgte ihm, und hinter ihr schwang sich Tyndal elegant in den Baum. Raskal war wie eine erschrockene Katze in den Ästen eines anderen Baumes verschwunden.

Tyndal saß rittlings auf einem Ast, ließ die Beine baumeln und lachte laut. »Roisin, mein guter Freund!« rief er. »Du warst schneller als Difar. Wer hätte gedacht, was in dir steckt?«

Roisin – der sich auf einem knarrenden Ast zwei Schritt über dem Boden alles andere als wohl fühlte – knurrte: »Meinst du, ich lasse mir von diesem Ungeheuer den Hintern aufreißen? Schau nur an, wie es schnaubt und scharrt!«

Das tat es wahrhaftig. Es hatte Fiana entdeckt, die mit ausgelegtem Spieß breitbeinig auf der Lichtung stand, und seine blutunterlaufenen Äuglein funkelten Verderben.

Tyndal rief hinunter: »Kommt auf den Baum, Fiana! Gegen das Vieh kommt ihr nicht an! Das ist ein wandelnder Wehrturm!«

»Kümmert Euch um Euren eigenen Kram, Magier«, knirschte die Söldnerin zwischen den Zähnen hervor. Ihr aufmerksamer Blick hing an dem Ungetüm, das sich zum Angriff bereitmachte.

Tyndal griff sich an die Stirn und verdrehte die Augen, mußte aber zugeben: »Mut hat das verrückte Weib.«

»Wir müssen ihr helfen!« rief Jule. »Wir müssen…«

Der Nashornbulle hatte seinen Entschluß gefaßt und stürmte über die Lichtung, genau auf Fiana zu. Sie wartete, bis er nahe herangekommen war, dann sprang sie blitzschnell beiseite und versuchte, ihm den Spieß in den Hals zu rammen. Die Spitze traf, aber an dem zottigen dicken Pelz und der zolldicken Haut des Ungeheuers prallte die Waffe schadlos ab.

Das Vieh wendete und stürmte zurück, und Fiana versuchte es noch einmal. Furchtlos sprang sie dem herandonnernden Koloß entgegen und ließ ihn geradewegs in die Speerspitze laufen, in der Hoffnung, er werde sich durch sein eigenes Gewicht aufspießen. Aber das Nashorn schleuderte den Speer beiseite wie einen dürren Ast, und dann hätte es beinahe Fiana überrannt, die sich im letzten Moment mit einer blitzschnellen Rolle rückwärts rettete.

Jule stieß einen lauten Schrei der Bewunderung aus, aber Roisin kniff die Augen zusammen. Er fürchtete, jeden Augenblick mit ansehen zu müssen, wie die Hufe Fiana unter sich zertrampelten und ihren Körper in eine blutige Masse verwandelten.

Wieder stürmte das Ungeheuer heran. Fiana machte einen letzten tollkühnen Versuch, ihren Spieß zurückzuholen und von neuem anzugreifen, aber dann begriff sie, daß sie gegen dieses Bollwerk aus Leder und Horn hoffnungslos unterlegen war. Sie schüttelte wütend die Fäuste gegen das Vieh, dann sprang sie auf Raskals Baum zu und turnte blitzartig in die Äste hinauf.

Der Nashornbulle sah sich um und wartete, daß jemand von den Bäumen herunterkäme, damit er ihn zertrampeln konnte.

»Wie lange wird er da unten herumlungern?« erkundigte sich Roisin zaghaft.

Raskal auf seinem Ast grinste schief. »Wahrscheinlich zwei oder drei Tage. Sie sind rachsüchtig, und er hat ja sonst nichts zu tun.«

»Zwei – drei Tage?« rief Roisin entsetzt. »Aber ... aber was sollen wir ... und was wird aus unseren Maultieren?«

Das schienen sich die Maultiere ebenfalls zu fragen, denn sie standen dicht aneinander gedrängt unter einem Baum und sahen sich hilfesuchend nach allen Seiten um.

Fiana wußte auch keine Antwort, und so saßen sie im Geäst, baumelten mit den Beinen und beobachteten den Nashornbullen, der hin und her stampfte und gelegentlich ihren Zufluchtsort mit der Schulter rammte, bis die Äste zitterten. Roisin spürte, wie das knorrige Holz sich in sein Gesäß drückte und ihm die Muskeln weh taten vom verkrampften Sitzen. Er fragte scheu: »Fällt keinem von euch etwas ein?«

»Wir müssen warten«, gab Fiana mürrisch zurück, aber Tyndal sagte: »Ich kann euch helfen.«

»Oh, schon wieder Hex… Ich meine Magie!« rief Fiana verächtlich. »Wollt Ihr das Ungeheuer in eine Maus verwandeln?«

»Ich werde *Euch* in eine Maus verwandeln, wenn Ihr nicht bald aufhört mit Euren Gegenreden!« rief Tyndal drohend hinüber. »Und jetzt schweigt still! Ich muß mich konzentrieren.«

»Was willst du tun, Tyndal?« fragte Jule. »Verwandelst du es wirklich in eine Maus?«

»Nein. Ich werde versuchen, es zu versteinern. Den Spruch kann ich, nur … ich habe keine Ahnung, wie hoch die Magieresistenz dieser Bestien ist. Wahrscheinlich hole ich mir Kopfschmerzen bei der Sache.« Er setzte sich in Positur und wartete, bis der Nashornbulle auf seinem Rundgang von Baum zu Baum in seine Nähe gekommen war, dann schlug er mit der rechten Faust in die linke Handfläche und rief laut: *Parole-Paralein, starr wie Stein!*

Der Bulle hielt mitten in der Bewegung inne, schauderte und schnaubte und glotzte dann aus roten Augen den Magier an, als wüßte er, wer ihm zu schaden versuchte.

»Sehr versteinert sieht er nicht aus«, bemerkte Fiana. »Seid Ihr sicher, daß Ihr den Spruch richtig gesagt habt?«

Tyndal starrte sie an und öffnete und schloß lautlos die kräftigen Finger, als würge er etwas Unsichtbares.

»Ja, schon gut!« rief sie. »Stellt Euch nicht so an. Versucht es lieber noch einmal.«

Tyndal war wütend, und die Wut steigerte seine Energie. Er richtete den Blick starr auf das Ungeheuer, bündelte seine Kraft und rief den Spruch noch einmal.

Und diesmal wirkte er.

Der Bulle erstarrte von innen heraus, verwandelte sich innerhalb weniger Lidschläge in eine Skulptur von diamantener Härte und stählerner Festigkeit. Seine Beine ruhten auf dem Boden wie erzene Säulen. Der Pelz sah aus, als hätte die Hand eines Meistersteinmetzen ihn geschaffen – eine zottige Locke neben der anderen lag reglos da, unbewegt vom frischen Wind, der durch das Wäldchen blies. Das mächtige Haupt gesenkt, stand er mitten auf der Lichtung wie ein altertümliches Standbild.

Tyndal warf triumphierend den Kopf hoch. »Na? Ist er Euch jetzt versteinert genug?«

Fiana gab widerwillig zu, daß der Zauber gewirkt hatte.

Tyndal sprang von seinem Ast hinunter, lief zu dem Bullen hinüber und klopfte ihm mit der Faust auf das Horn. »Ihr könnt herunterkommen!« rief er. »Der krümmt euch kein Haar mehr.«

Einer nach dem anderen kletterten sie aus dem Geäst und näherten sich mehr oder weniger vorsichtig der monströsen Gestalt.

»Wir sollten zusehen, daß wir hier wegkommen«, schlug Roisin vor. »Irgendwann wird er ja wieder aufwachen, oder?«

»Irgendwann schon«, gab Tyndal zu. »Aber bis dahin sind wir längst über alle Berge.« Er legte den Arm um Roisins Schulter und rieb mit einer kindlichen Gebärde die Stirn an seinem Hals. »Du mußt mir den Kopf massieren, ich habe nämlich wirklich Kopfschmerzen von der Anstrengung bekommen.«

Roisin versprach es, und dann machten sie, daß sie weiterkamen, denn ganz geheuer war das versteinerte Nashorn keinem von ihnen.

Sie brachten einige Meilen Abstand zwischen sich und den Bullen, ehe sie sich auf einer Wiese zum Abendessen niedersetzten. Während Raskal ein Feuer entfachte und kochte, streckte Tyndal sich im Gras aus und legte den Kopf in Roisins Schoß, um sich die Stirn massieren zu lassen. Er hatte tatsächlich Kopfschmerzen, und der Zauber hatte ihn so stark ermüdet, daß ihn die letzten Meilen sauer angekommen waren – aber vor allem wollte er sich geborgen fühlen.

Viele Leute fragten sich, was Tyndal an Roisin fand, aber nur Tyndal allein wußte es. Roisin gab ihm, was alle Gelehrsamkeit und selbst die Zuneigung seiner Lehrmeister ihm nicht geben konnten: Er liebte ihn – bedingungslos und ohne jede Selbstsucht. Und Tyndal Sandström, der soviel Bewunderung einheimste, brauchte dringend einen Menschen, der ihn liebte.

Er hatte sich bereits als Knabe angewöhnt, bei Roisin Zuflucht zu suchen, wenn er sich einsam und ein wenig wehleidig fühlte. Schon damals hatte es ihn getröstet, wenn der plumpe, hausbackene Junge ihn in die Arme nahm, ihn liebkoste und küßte. Am liebsten war es ihm gewesen, wenn er bei seinen Besuchen im Bellentorschen Haus in Roisins Bett schlafen durfte. Diese Nächte waren für den verwaisten

Tyndal der Inbegriff von Zuwendung und Geborgenheit gewesen.

»Du machst das wunderbar«, murmelte er, als Roisins Hände seine Ohren erfaßten und sanft daran rieben. Die Augen geschlossen, lag er da und genoß die warme, zärtliche Berührung.

Roisin kraulte ihn in den Haaren. »Geht es dir besser?« fragte er mitleidig.

»Ja, aber hör noch nicht auf. Das tut so gut.«

Roisin schob bereitwillig die gespreizten Hände ins Haar des Freundes und massierte die Haut unter den knisternden Strähnen. Tyndal wünschte plötzlich, sie könnten zusammen unter einen Mantel kriechen und einander einfach nur umschlungen halten – stundenlang. Er sehnte sich beinahe schmerzhaft nach der Nähe des Freundes. Niemand außer ihm wußte, wie sehr er Roisin brauchte, wie abhängig er von seiner Nähe und seiner ergebenen Zuneigung war. Von jäher Dankbarkeit erfüllt, griff er nach hinten, umschloß die Hände des Freundes und drückte sie zärtlich.

Fiana, die eifrig an ihrem Schwert putzte, bemerkte: »Ich habe noch nie gesehen, daß ein Mann einen anderen kost wie ein Weib. Man könnte denken, wir wären hier in Mengbilla!«

Tyndal bemerkte, ohne die Augen zu öffnen: »Ihr scheint Euch in der Stadt der Laster gut auszukennen.«

Fiana errötete und erwiderte sehr steif: »Ich bin ein ehrbares Mädchen.« Dann stand sie auf und entfernte sich ein Stück, um Pippin noch einmal fliegen zu lassen.

Als sie gegessen hatten, überraschte Raskal sie mit einer unerwarteten Mitteilung. Er ließ Tyndal wissen, daß er etwas für ihn habe. Dann wühlte er lange und feierlich in seinem Packen herum und überreichte

dem Zauberer schließlich einen gesiegelten Briefum-
schlag.

»Das ist Elcarnas Siegel!« rief Tyndal erstaunt. »Ein
Brief von ihm! Warum gebt Ihr ihn mir erst jetzt?«

»So lauteten die Anweisungen des Meisters«, rechtfertigte sich Raskal. »›Gebt ihnen den Brief, wenn ihr
drei oder vier Tage in der Wildnis unterwegs seid‹, so
sagte er zu mir. Nun, wollt Ihr nicht lesen, was darin-
nen steht?«

Die anderen beugten sich neugierig vor, als Tyndal
das Siegel erbrach und das mehrfach gefaltete Pa-
pier aus dem Umschlag nahm. Die Seiten waren
mit einer schönen, kunstvollen Gelehrtenschrift
bedeckt. Bald saßen die Reisenden um das Feuer
herum und lauschten, während Tyndal ihnen mit seiner klangvollen Stimme vorlas. Es war beinahe, als
säße Elcarna selbst in ihrer Runde und spräche zu
ihnen.

»Liebe Freunde,
nehmt es mir nicht übel, daß ich Euch jetzt erst mit der
ganzen Wahrheit bekanntmache – zu groß war meine
Sorge, Ihr könntet von Furcht und Grauen erfaßt wer-
den, wenn ich Euch alles auf einmal mitteilte, und vor
der Reise zurückscheuen. Doch bedenkt, daß das Selt-
same noch lange nicht das Böse ist, und begegnet mei-
nen edlen Freunden ohne Furcht, auch wenn sie – das ist
es, was ich Euch verschwiegen habe – keine Menschen
sind. *Herr Churchemon und seine Freunde gehören dem*
alten und vornehmen Volk der Nachtwandler an.

Es ist ein kleines Volk, nicht einmal zahlreich genug,
um eine Stadt zu füllen, und seine Angehörigen sind
scheue und zurückgezogene Wesen. Die Menschen be-
gegnen ihnen ob ihrer eigentümlichen Gestalt oft mit
Mißtrauen, doch versichere ich Euch, es besteht kein
Grund dafür. Wohl sehen sie befremdlich aus, da sie Vo-

gelfüße und lange Flügel haben, doch sind sie friedfertig, klug und gerecht – und, wenn auch auf ihre eigene Weise, gütig. Fürchtet also nichts von ihnen.

Ich vertraue Euch allen, vor allem Dir, mein lieber Tyndal, daß Ihr den kindischen Aberglauben beiseite laßt und Euch furchtlos in das Schloß meiner Freunde begebt. Ihr werdet dort wohlwollend empfangen werden. Mit dem Gruß des Friedens, Elcarna.«

Roisin starrte in die flackernden Flammen. Er sagte nichts, aber er dachte: Dieser Magister Elcarna ist doch ein Schelm, auch wenn er ein noch so vornehmer Zauberer ist! Das hat er gewußt, daß ich nie ins Orkland gegangen wäre, wenn er gleich mit den Vogelfüßen und Flügeln herausgerückt wäre ... aber jetzt ist es zu spät, und wir können nur weiterziehen!

* * *

Den ganzen Abend und den nächsten Tag hindurch drehte sich das Gespräch um nichts anderes als die Nachtwandler, vor allem weil man herausfand, daß Herr Raskal sehr gut Bescheid wußte. Er war, wie er eingestand, schon zweimal auf ihrem Schloß zu Gast gewesen – was er dort getan hatte, verriet er allerdings nicht. Nun stürzten sich alle auf ihn und verlangten Näheres zu erfahren.

»Es ist doch nichts Dämonisches daran?« wollte Fiana besorgt wissen. »Sonst kehre ich nämlich gleich wieder um.« Sie sah sich um, als suche sie bereits den Pfad zurück nach Tiefhusen. Aber der wäre schwer zu finden gewesen, denn der Tag war trüb und dunstig, die bleigrauen Wolken hingen tief und Nebel wallten zwischen den Bäumen. Sie hatten einen Wald erreicht, der ihnen anfangs licht und schütter erschienen war, aber der Forst war unvermutet dichter geworden und hatte bald ein düsteres und feindseliges Aussehen angenommen, so daß sie unwillkürlich den Blick nach allen Seiten schweifen ließen. Um die Stämme der Bäume schlangen sich Efeu und schwarze Lianen, vielfach lagen morsche Bäume vom Sturm gebrochen zwischen ihren lebenden Geschwistern. Das Unterholz war dicht und dornig und strömte einen Geruch nach faulenden Pflanzen aus.

»Der Meister Elcarna hat nichts mit Dämonen zu schaffen«, widersprach Tyndal mit brennenden Wangen. »Schämt Euch, so dumm und schändlich daherzureden!«

»Und warum haben sie dann Vogelfüße und lange Flügel?« fuhr Fiana auf. »Ist das etwa anständig?«

»Und wenn sie Zangen und acht Beine hätten!« rief Tyndal leidenschaftlich. »Wenn mein Meister mich zu ihnen schickt, so sind es göttergefällige Wesen, und wir schulden ihnen Ehrerbietung und Respekt, wie sie auch aussehen mögen! Ich gebe nichts auf Euren törichten Aberglauben!« Seine Augen blitzten, und er atmete schwer. »Ich vertraue Elcarna. Ihr etwa nicht?«

Fiana zögerte. Dann bemerkte sie mürrisch: »Nun ja ... man möchte doch wenigstens vorbereitet sein. Daß er uns so ganz im dunkeln tappen ließ ... Nun rückt aber heraus, Herr Raskal, was wißt Ihr von den Geschöpfen?«

Der Agent wirkte geschmeichelt, als aller Augen an seinen Lippen hingen. Er strich seinen langen Zopf zurück und begann mit seiner seltsam rauhweichen Stimme zu erzählen, während er sein Maultier im Schritt gehen ließ.

»Die Nachtwandler – sie selbst nennen sich in ihrer Sprache die Morghulai – sind äußerst scheue und zurückhaltende Wesen, deshalb weiß man auch so wenig von ihnen. Ihr Stamm – von einem Volk kann man kaum sprechen, da es sich höchstens um dreihundert Personen handelt – lebt verstreut in Höhlen, Grüften und Ruinen im nordwestlichen Aventurien, rund dreißig wohnen in ihrem Schloß Abbadon in einem ehemaligen Zwergenbergwerk. Woher die Nachtwandler eigentlich kommen oder wie sie entstanden sind, ist ihr Geheimnis. Manche Gelehrte zählen sie zu den Chimären, aber sie unterscheiden sich von den anderen Zwittergeschöpfen durch ihre edle Gesinnung und ihren festen Charakter. Ein Gerücht behauptet, sie seien ursprünglich menschliche Gefangene gewesen, die Fran-Horas der Blutige so lange in einem lichtlosen Kerker schmachten ließ, bis sie sich in Schreckgestalten verwandelten. Und erschreckend ist ihr Anblick tatsächlich ...«

»Haben sie denn wirklich Vogelfüße?« fragte Jule neugierig.

»Ja, das haben sie. Auf dem Rücken tragen sie lange schwarzmetallische Flügel, anstelle der Füße haben sie Vogelkrallen. Sie sind etwa zwei Schritt groß und von äußerst abgemagerter, skeletthafter Erscheinung. Ihr Haar lassen sie ihr Leben lang wachsen, jedoch haben sie keinen Bart. Ihre Augen, die an die Augen eines Nachtschmetterlings erinnern, sehen sehr gut im Finstern, sind aber bei Tageslicht blind. Überhaupt vertragen sie das Sonnenlicht schlecht – es tötet sie zwar nicht, verursacht ihnen aber Unpäßlichkeiten.«

»Das klingt, als wären es Vampire«, murmelte Roisin.

»Nein, keineswegs«, widersprach Raskal lebhaft. »Im übrigen bin ich ganz Eurer Meinung, Herr Tyndal – wir haben nichts von ihnen zu befürchten. Nachtwandler sind absolut friedfertig und kommen mit allen Geschöpfen Deres gut aus, sogar mit den Orken, mit denen sie Handel treiben. Menschen gegenüber sind sie scheu; allein den Boronpriestern fühlen sie sich verbunden.«

»Wie das?« rief Jule.

»Zur Zeit der Friedenskaiser wurden sie von einem Borongeweihten, Bodin dem Furchtlosen, missioniert und nahmen freudig den Glauben an Boron an. Vor allem aber verehren sie seine Tochter Marbo, der sie mit inniger Liebe anhängen.«

»Nun«, seufzte Fiana erleichtert, »das klingt schon besser. Wenigstens verehren sie einen anständigen Gott.«

»Pst, laßt Herrn Raskal weitererzählen«, fiel Roisin ein.

Der Agent fuhr fort: »Es sind alles sehr gelehrte Herren und Damen. Obwohl sie kaum je außer Haus gehen, sind sie stets ungewöhnlich gut unterrichtet. Jede Katze, jede Krähe und Elster und vor allem jede Fledermaus im Umkreis stehen in ihren Diensten, um sie ständig mit Nachrichten zu versorgen. Ihre einzige Beschäftigung besteht nämlich darin, zu lernen und andere zu unterrichten. Die Boroni sind ihnen willkommene Lehrmeister in spirituellen Fragen; von Magiern, die auf Schloß Abbadon zu Gast waren, haben sie die Gildenmagie erlernt. Sie verfügen auch über einen reichen Schatz an satuarischem und druidischem Wissen und sind ausgezeichnete Ärzte.«

»Oh«, sagte Tyndal mit einem tiefen Seufzer, »ich kann es nicht erwarten, dort hinzukommen!« Dann fragte er: »Aber wovon leben sie dort in der Einsamkeit? Sie bauen und pflanzen doch nicht?«

»Nein, aber im Tausch für ihre Tränke und Tinkturen erhalten sie von den Orken Fleisch, auch Fische schätzen sie sehr. Außerdem halten sie kleine Herden von Gruftasseln als Schlachtvieh. Im übrigen ernähren sie sich von Baumflechten und -schwämmen, Schnecken, Würmern und Insekten, die sie mit ihren krallenbewehrten langen Fingern aus der Erde wühlen oder aus der Baumrinde klauben. Ihr Nahrungsbedürfnis ist jedoch sehr gering. Sie können wochenlang fasten, ohne Schaden zu nehmen.«

»Und was werden sie uns vorsetzen, wenn wir ihre Gäste sind?« fiel ihm Roisin argwöhnisch ins Wort. »Doch nicht etwa Würmer und Baumschwämme oder gar Gruftasseln?«

»Nein«, beruhigte ihn Raskal. »Sie haben einige Menschen in ihren Diensten, die die Gäste bedienen. Das Essen ist einfach, aber gut.«

Roisin atmete auf.

»Übrigens ist es seltsam«, berichtete Raskal weiter, »daß man im Schloß keine Kinder sieht ... darauf ist wohl der Aberglaube zurückzuführen, die Nachtwandler entstünden aus den Schatten. Sie haben aber durchaus Frauen und Kinder, obwohl man sie nicht leicht unterscheiden kann, denn die Frauen sehen, wenn sie bekleidet sind, genauso aus wie die Männer. Als Kinder erkennbar sind nur die allerjüngsten, denn mit einem Jahr sind sie so groß wie ein siebenjähriges, mit zwei Jahren wie ein vierzehnjähriges, mit drei Jahren haben sie ihre volle Größe erreicht. Sie gelten dann als erwachsen und gleichen im Aussehen vollkommen den älteren Sippenmitgliedern. Es gibt zuweilen auch Halbwandler, denen die Vogelfüße und Flügel fehlen; das sind Kinder aus Verbindungen mit Menschen- oder Elfenfrauen.«

Jule mischte sich plötzlich mit gerunzelter Stirne ein. »Ich muß immerzu an dieses Ungeheuer denken, das der Bänkelsänger auf seine Leinwand gemalt hatte – ihr wißt schon, das Gespenst, das die arme kleine Prinzessin entführte. Es sah mir ganz so aus, wie Ihr mir jetzt diese Nachtwandler schildert, Herr Raskal. Sagt ehrlich ... war es einer von ihnen? Dann bin ich entsetzt, daß sie eine so grause Tat tun können, und ich glaube nicht, daß sie Freunde des edlen Magister Elcarna sind!«

»Nur gemach«, mahnte Raskal. »Ihr habt teilweise recht … leider ist es tatsächlich so, daß Nachtwandler zuweilen Kinder stehlen und entführen. Sie tun das jedoch nicht aus bösem Willen, sondern aus ihrem übermäßigen Drang heraus, jemanden zu erziehen. Am liebsten holen sie Menschen-, Elfen- und Zwergenkinder, doch zur Not tut's auch ein Orkenjunges.«

»Die armen Kinder!« rief Jule betroffen. »Und die armen Eltern!«

Raskal schüttelte den Kopf. »Es ist nicht so, wie Ihr meint, Frau Jule. Oft nehmen die Eltern die Entführung stillschweigend hin, schließlich erhält ihr Kind bei den finsteren Einsiedlern eine Erziehung, wie sie sich kein Fürstensohn erträumen dürfte. Diese Kinder erlangen gewaltige Weisheit … da sie aber auch die Menschenscheu ihrer Lehrmeister annehmen, tauchen sie kaum jemals in der Öffentlichkeit auf, sondern verbringen ihr Leben als stille Gelehrte.«

Jule ließ sich aber nicht so rasch besänftigen. »Sie können doch nicht einfach Kinder stehlen!« rief sie aus. »Wollt Ihr etwa sagen, die arme Prinzessin sitzt jetzt auf Schloß Abbadon gefangen und muß mit diesen schrecklichen geflügelten Einsiedlern leben?«

»Nun … äh, es ist möglich«, gab Raskal zu. »Aber wir sollten uns in diese Angelegenheit nicht einmischen. Wir sind schließlich Gäste.«

Tyndal kam ihm unerwartet zu Hilfe. »Ja«, sagte er, »vielleicht ist es gar nicht so schlimm, daß diese Prinzessin dort ist, Ihr sagtet ja, sie lernt eine Menge dabei. Und wir sollten die Herren nicht verärgern.«

Jule starrte ihn empört an. »Du Unmensch!« rief sie aus. »Du findest das nicht so schlimm? Ein zartes Kind, das in die finsterste Wildnis geschleppt wird, um in einem Zwergenbergwerk eingekerkert zu leben?«

Tyndal verteidigte sich. »*Ich* hätte als Kind nichts dagegen gehabt, geraubt und von beinahe allwissenden Erzmagiern unterrichtet zu werden. Denk nur, was ich heute alles wüßte! Und vielleicht ist die Prinzessin ja ein wißbegieriges Kind. Nein, wir brauchen uns keine Sorgen um sie zu machen. Es sind gute und göttergefällige Wesen, sie werden schon das Rechte tun.«

»Hoffentlich irrt Ihr Euch da nicht«, murmelte Fiana, die bislang schweigend zugehört hatte. »Ein Zauberer mag an solchen Wesen sein Gefallen finden, aber ich werde in diesem Schloß mit meinem Schwert an der Seite schlafen.«

Dann stockte die Diskussion plötzlich, denn die Gefährten sahen etwas vor sich, das sie nicht erwartet hatten: einen Menschen. Noch dazu einen höchst erstaunlichen Menschen!

Zwischen den Baumstämmen war eine schwerbewaffnete Frau aufgetaucht, klein und rund wie ein Faß, mit daumenbreit gestutztem rostroten Haar. Sie war in weichgegerbtes braunes Leder gekleidet, darüber aber trug sie – zum fassungslosen Erstaunen der ganzen Reisegesellschaft – ein arg verschlissenes Brokatkleid, das einst zur Prunkgarderobe einer Hafenhure gehört haben mochte. Es war einmal wadenlang gewesen, aber mit groben Schnitten auf Schenkellänge gekürzt worden.

Um den Hals trug die sonderbare Erscheinung eine Bärenzahnkette, im Band ihres Schlapphutes steckten rundherum die Ohren von Bären, darunter sogar einige weiße – ein Zeichen, daß die Jägerin auch den Zusammenstoß mit dem Firunsbären nicht scheute. Ihr auf den Fersen folgte ein zottiger grauer Hund; am Zügel führte sie einen vollbeladenen Esel.

»Den Zwölfen zum Gruß!« rief sie ihnen mit heiserer Stimme entgegen. »Dient ihr ihnen, so seid mir willkommen; verachtet ihr sie, so habe ich euch nicht gegrüßt!«

Tyndal wollte antworten, aber Fiana drängte sich vor und trieb ihr Maultier nahe an die seltsame Person heran. Der Hund bellte warnend und fletschte die Zähne. »Wir sind zwölfgöttergläubig und ehrbare Leute«, antwortete sie. »Ich bin Fiana Timerlan aus Lowangen, die Beschützerin dieser Reiter hier. Und wer seid Ihr?«

Die Dicke nickte ihr freundlich zu. »Willkommen im Orkland, Fiana Timerlan, und willkommen seien auch Eure Freunde. Ich bin Bären-Benja – schon einmal von mir gehört? Nein? Man sieht, Ihr seid nicht aus der Gegend ... Ihr treibt Euch in einem gefährlichen Gebiet herum, wißt Ihr das?«

Die anderen hatten mittlerweile ihre Maultiere angehalten und waren zusammengerückt, so daß die Bärenjägerin in der Mitte eines Kreises stand. »Was ist hier so gefährlich?« fragte Jule. »Wir sind bewaffnet.«

»Das wird euch wenig nützen«, erwiderte Bären-Benja. »Denn den Wimmerlaik schreckt keine Waffe, und kein Schwert kann ihn hintanhalten – auch kein Gildenzauber«, fügte sie mit einem wissenden Blick auf Tyndal hinzu.

»Den Wimmerlaik?« rief Roisin aus. »Wer ist das?«

»Ich weiß nicht, ob er ein Wer ist oder ein Was«, erwiderte Benja. »Sicher ist, daß er diese Gegend heimsucht, vor allem im Praios und im Rondra, und daß er schon viele in seine Gewalt gebracht hat. Wenn ihr es in den Baumwipfeln pfeifen hört, so müßt ihr euch rasch niederwerfen und an etwas anklammern, sei es auch nur ein Grashalm, sonst packt er euch und schleppt euch davon ... Er hat schon viele unvorsichtige Reisende überfallen, und sie sind verschwunden, als hätte der Limbus sie verschluckt. Wenn sie dann wieder auftauchten, waren sie wahnsinnig.«

Tyndal fiel mit seiner wohlklingenden Stimme ein, »Wollt Ihr mit uns Mittagsrast halten, Frau Benja? Wir sind sehr dankbar für Eure Warnung, aber wir möchten gern Genaueres wissen. Setzt Euch zu uns und haltet mit bei allem, was wir haben.«

Die Frau warf ihm einen neckischen (und ziemlich unverschämten) Blick zu, schüttelte jedoch den Kopf. »Ich muß mich beeilen, meine Hütte zu erreichen, schöner Magier. Es sind noch einige Stunden bis dorthin, und ich will nicht in die Dunkelheit geraten. Hört, ich warne euch: Hier nennt man es den Schwarzen Wald, und hier verschwinden Menschen... die Götter mögen wissen, wohin sie verschwinden, denn wenn sie zurückkehren, können sie es nicht sagen. Man kann sie nur noch der Obhut der Noioniten übergeben.«

Die besorgten Gefährten versuchten durch Fragen Genaueres herauszufinden, aber die Frau wiederholte immerzu ihren krausen Bericht und verabschiedete sich schließlich ziemlich abrupt. »Es war eine Freude, ehrbare Reisende zu treffen«, sagte sie, »und einen schönen Mann habe ich schon lange nicht mehr gesehen. Ihr seid eine Augenweide, Magier.« Dabei tätschelte sie ungeniert Tyndals Schenkel, und es fehlte wenig, daß sie ihm an seine Levthansfrüchte gefaßt hätte. »Aber jetzt muß ich zusehen, daß ich in meine Hütte komme.« Sie winkte ihnen noch einmal zu und zog mit Esel und Hund davon.

Als sie weiterritten, sagte Fiana: »Sie ist wohl wunderlich geworden in der Einsamkeit. Was meint Ihr, Herr Raskal? Habt Ihr je von diesem Wimmerlaik gehört?«

Der Agent nickte. »Ja, aber unglücklicherweise kann ich euch auch nicht mehr sagen als Bären-Benja, denn die den Wimmerlaik gesehen haben, können nicht mehr davon reden. Sie kehren oft erst nach Tagen zurück, mit schlohweißen Haaren und wirren Augen, und ein übler Gestank hängt an ihren Kleidern und Leibern, als wären sie durch die eisigen Niederhöllen gefahren.«

»So ist es denn ein Dämon? Da sei Rondra vor!« rief Fiana erschrocken aus.

»Ich weiß nicht, ob es ein Dämon ist... eher ist es einer der zahllosen bösen Windgeister, die an den Nordhängen des Firunswalls hausen. Vielleicht ist es auch jener bösartige fliegende Halbgott, von dem die Echsen des Orklandes erzählen, daß er seine Opfer zum Himmel trägt und sie hinabstößt. Wer weiß? Ich habe nur gehört, daß es eine Kraft und eine Erscheinung ist, die Menschen verschleppt und in den Wahnsinn treibt, und daß nichts dagegen hilft, als sich irgendwo festzuklammern.«

»An einem Grasbüschel?« fragte die Söldnerin argwöhnisch.

»Vielleicht sogar an einem Grasbüschel. Aber die Orken machen es anders – wenn sie durch den Schwarzen Wald ziehen, so knoten sie nachts ihre Gürtel aneinander, bis sie, zwanzig oder mehr, aneinanderhängen. Den letzten binden sie an einen Baum, so kann der Wimmerlaik sie nicht fortführen. Ich habe es bei meinen Reisen auch so gemacht, und wie ihr seht, bin ich unbeschadet geblieben.«

»Und habt Ihr etwas gesehen?« fragte Jule neugierig. »Oder etwas gehört?«

»Ich weiß nicht so genau«, sagte Raskal. »Ich will euch auch lieber nichts erzählen, sonst seht ihr nachts alle möglichen Spukgestalten vor euch. Hätten wir die Pelzjägerin nicht getroffen, so hätte ich euch die ganze Geschichte beim Abendessen erzählt, das wäre früh genug gewesen. Jetzt werdet ihr wohl alle mißlaunig sein.«

Genau so war es. Vor allem Roisin fühlte sich elend. Er warf ein ums andre Mal ängstliche Blicke um sich und lauschte, ob er ein unheimliches Pfeifen in den Baumwipfeln hörte. Je mehr der Tag zur Neige ging, desto besorgter wurde er, und zum ersten Mal seit Tagen hatte er wieder Angst vor der Nacht. Es tröstete ihn wenig, daß die anderen sich ebenfalls nicht wohl fühlten – sie ritten alle mit gesenkten Köpfen und schweigsam dahin.

Die Sonne schien noch golden durchs Geäst der Bäume, als Fiana befahl, das Nachtquartier aufzuschlagen. Sie suchten sich einen bequemen Platz unter den traschbärtigen Bäumen und entzündeten ihr Lagerfeuer. Bald brutzelte eines von Pippins Beutestücken in der Pfanne, aber niemand hatte so richtig Lust zum Essen. Sie alle mußten an die Unglücklichen denken, die man dem Wahnsinn verfallen und mit diesem seltsamen Gestank an den Kleidern aufgefunden hatte.

Raskal kramte in seinem Packen und kam schließlich mit zwei Längen starker Schnur zum Lager zurück. »Das hier wird unser Schutz«, erklärte er. »Wenn wir schlafengehen, binden wir uns mit diesen Schnüren aneinander, und das Ende schlingen wir um diesen Baum dort.«

»Und Ihr meint, das reicht?« fragte Roisin besorgt.

»Die Orken sind überzeugt, daß es reicht, und etwas Besseres haben wir nicht«, antwortete Raskal kurz angebunden.

Fiana fragte, ob das unheimliche Wesen auch Tiere entführe, und da sie sich um die Maultiere sorgte, band Raskal die Tiere mit einer Länge Schnur an den

Hinterbeinen zusammen. Fiana war deutlich erleichtert, als sie die Tiere in Sicherheit wußte.

»Ich bin das so gewöhnt, von der Reiterei her«, erklärte sie. »Ich war früher bei der Lowanger Garnison, ehe ich mich selbständig gemacht habe. Da ist ein Tier eben nicht nur etwas zum Daraufsetzen, sondern der treueste Freund und Gefährte, jemand, mit dem man spricht wie mit einem Menschen...«

Tyndal bemerkte ungewohnt friedfertig: »Der Magister Elcarna spricht mit seinen weißen Katzen, und fast meine ich, daß sie ihm Antwort geben.«

»Gewiß tun sie das«, sagte Fiana mit fester Überzeugung. »Nehmen wir nur einmal mein Pferd Falmen...«

Roisin döste, den Kopf auf den Armen. Der würzige Geruch des Feuers stieg ihm in die Nase, während er zuhörte, wie Fiana Wunderdinge von ihrem Pferd berichtete. Rundum hing die Nacht bedrohlich in den Baumwipfeln. Er streckte einen Arm aus und legte ihn um Jules Schulter. »Komm her, mein Weibchen«, flüsterte er. »Ich halte dich fest, damit dir nichts geschieht.«

Jule schmiegte sich an ihn und versteckte den Kopf unter seinem Arm. Roisin spürte, wie auch Tyndal den Arm um seine Mitte schlang, und hörte die Stimme des Freundes: »Ich halte mich an dir fest, Roisin, du bist der Schwerste von uns. Dich wird das Ding nicht so leicht fortschleppen.« Dabei lachte er, aber Roisin spürte, daß der Magier auch nicht so übermütig war wie sonst.

Nach einer Weile fragte Jule: »Ihr habt zuerst von einem Gott der Echsen gesprochen, Herr Raskal, aber hier im Orkland gibt es doch gewiß keine Echsen. Es ist ja viel zu kalt! Ich dachte, diese Wesen leben nur in den warmen Sümpfen im Süden?«

»O nein«, widersprach Raskal. »Es mag überraschen, aber es gibt tatsächlich einige kleine Stämme von Echsenmenschen hier im Norden. Sie kennen keine Kältestarre. Den eisigen Winter allerdings verbringen sie in einem Winterschlaf. Die meisten von ihnen leben in der Nähe des Bodir, vor allem in seinem sumpfigen Quellgebiet, wo sie sich vom Fischfang ernähren.«

Roisin war erleichtert, als er hörte, daß die Echsen wenigstens nicht in unmittelbarer Nähe ihres Reisewegs hausten. Von all den absonderlichen Kreaturen Deres, von denen er schon gehört hatte, waren ihm die Echsen am widerlichsten. Er konnte sich nicht vorstellen, daß sie auch nur das geringste Menschenähnliche an sich hatten; eher stellte er sie sich vor wie Schlangen, eiskalt, tückisch und gefräßig.

»Man sagt«, fiel Fiana ein, »daß sie gräßliche Götter verehren.«

»Ja, das stimmt wohl«, nickte Raskal. »Sie kennen eine gefährliche Schlangengöttin, einen heimtückischen Gott in der Gestalt einer Wasserviper, einen riesenhaften Zermalmer in Drachengestalt und eben jenen Gott der Lüfte, der vielleicht mit dem Wimmerlaik gleichzusetzen ist ... es gibt aber auch eine Legende von einer wunderschönen ›Stadt der Schlangen‹, die an der Quelle eines ungenannten Flusses liegen soll. Ihre kreisrunde Stadtmauer, so heißt es, ist aus grünen Edelsteinen gefügt, und im Herzen der Stadt liegt ein Tempel der Heiligen Schlange.«

»Alle grünen Edelsteine Deres könnten mich nicht locken, mich einer Echse zu nähern«, sagte Fiana entschieden, und die anderen waren ganz ihrer Meinung.

Als sie in die Zelte krochen, folgten sie Raskals Rat und banden sich die Schnur unter den Armen um die Brust. Das freie Ende knoteten sie an einen Baum. Roisin fragte sich besorgt, was er tun sollte, wenn er nachts Wasser lassen mußte. Sich losknoten und riskieren, daß der Wimmerlaik zugriff? Oder Raskal und Tyndal erklären, daß sie ihn begleiten mußten – ganz zu schweigen von den Frauen, die das Rucken am Seil aufwecken würde?

In dieser Nacht stellten sie keine Wache auf, denn die Gefahr, daß ein einzelner Wächter von dem unheimlichen Wesen verschleppt wurde, erschien ihnen größer als die Gefahr eines nächtlichen Überfalls.

* * *

Sie schliefen trotz der Unbequemlichkeit tief und ruhig. Der Tag begann wie gewohnt: Wecken beim ersten Dämmerlicht, Waschen in einem nahen Bach, Haarebürsten und dann Frühstück. Sie saßen eben zufrieden und hungrig um die Pfanne mit dem Getreidemus herum, als aus den Morgennebeln zwischen den Bäumen jenseits der kleinen Lichtung ein Einhorn hervortrat – so ruhig und selbstbewußt, daß die fünf Menschen es eine zeitlang anstarrten, ehe ihnen zum Bewußtsein kam, daß sie etwas Ungewöhnliches sahen. Erst als das schneeweiße Tier langsam auf sie zu schritt und die erste Morgensonne auf seinem rotgoldenen Horn aufblitzte, sprangen sie auf.

»Was will es von uns?« fragte Roisin mit leiser, besorgter Stimme. Das spitze Horn sah bedrohlich aus, und die Augen des Tieres sprachen von menschengleicher Klugheit.

»Es tut uns nichts«, beruhigte Raskal ihn im Flüsterton. »Es ist *ihretwegen* da.« Er deutete mit einer kleinen Handbewegung auf Fiana. »Es wittert Jungfrauen meilenweit.«

Fiana stand ganz still. Ihre Wangen glühten rosig, in ihren Augen schimmerte ein Licht, wie sie es nie zuvor an ihr gesehen hatten. Langsam, mit ausgebreiteten Händen ging sie auf das Zaubertier zu, murmelte zärtliche Worte. Das Einhorn wieherte leise, lief ihr mit leichten Schritten entgegen und legte die Nase auf ihre Schulter.

»Es ist wunderschön«, flüsterte Tyndal atemlos. Unwillkürlich ging er einen Schritt darauf zu, aber Raskal hielt ihn warnend am Arm fest.

»Bleibt hier. Es würde Euch mit seinem Horn spießen. Ihr seid ein Mann, und Ihr seid nicht mehr unberührt.«

»Ihr Götter!« hauchte Tyndal. »Wenn ich gewußt hätte, daß mir eines Tages ein Einhorn über den Weg läuft, wäre ich keusch geblieben.« Seine Augen glänzten feucht vor Staunen, und seine Lippen bewegten sich in geflüsterten Zärtlichkeiten, während er unbeweglich das schöne Tier ansah.

Fiana hatte sich ins Gras gesetzt, und der weiße Hengst stand vor ihr und berührte ihre Wangen mit seiner weichen rosa gefütterten Nase. Die Jungfrau streichelte und küßte ihn, rieb ihm die Backen zwischen den Handflächen und flüsterte ihm tausend zärtliche Worte zu. Ein Ausdruck höchster Wonne malte sich auf ihrem Gesicht; ihre Augen waren halb geschlossen, ihre Zähne blitzten hinter den ekstatisch geöffneten Lippen.

Roisin dachte, daß sie genauso aussah wie Jule in den Augenblicken höchster Lust, aber er hätte nie gewagt, das zu sagen. Er spürte, daß Fiana ihm entsetzlich böse gewesen wäre. So stand er nur da, hielt Jule an sich gedrückt und beobachtete die Söldnerin und das Zaubertier, wie sie Zärtlichkeiten austauschten.

Etwa eine halbe Stunde ging vorüber, dann trat das Einhorn einen Schritt nach hinten, rieb noch einmal das Maul an Fianas Wange und kehrte dann mit leichten, grazilen Bewegungen in den Wald zurück.

Fiana erhob sich taumelnd. Langsam und wortlos ging sie auf ihr Maultier zu, stieg auf, befahl den anderen mit einer stummen Handbewegung, ihr zu folgen, und ritt davon.

Den ganzen Tag ritten sie dahin, ohne viel miteinander zu sprechen. Es war ungewöhnlich warm und drückend. Roisin vermißte die frische, würzige Luft des Hochlandes. Am Horizont krochen wie fette Schlangen braune Wolken herum.

»Was meint Ihr – wird es ein Unwetter geben?« wandte Tyndal sich schließlich an die schweigsame Söldnerin.

Fiana nickte kurz. »Ich fürchte ja. Ich bin schon auf der Suche nach einem geschützten Ort; die Zelte allein werden nicht genügen, wenn es hier wirklich stürmt. Haltet die Augen offen, ob Ihr irgendwo eine Höhle oder Grotte seht.«

Eine Stunde später hatten sie Glück: Unmittelbar am Wegrand klaffte ein hoher Spalt in den Felsen, tief und breit genug, um mitsamt den Maultieren darin Zuflucht zu finden. Obwohl es erst knapp nach Mittag war, befahl Fiana, hier haltzumachen. Ihr Blick wanderte besorgt über den Himmel. »Mir gefällt diese Dunkelheit nicht«, sagte sie. »Das ist kein gewöhnliches Gewitter. Ich fürchte, hier treiben böse Geister ihr Unwesen.«

Zu Roisins Überraschung machte der Magier keine abfällige Bemerkung dazu, sondern nickte. »Irgend etwas Böses ist hier im Wind, das spüre ich auch. Kommt, rasch in die Höhle! Außerdem tut uns eine zusätzliche Rast gut.«

Sie beeilten sich, Feuerholz zu sammeln und sich im Schutz des Felsspalts zu verkriechen. Die Stille wurde immer unbehaglicher, und Roisin ertappte sich dabei, wie er zum Himmel hinaufschielte, als wären die Wolken lebendige Wesen, die sich herabstürzen und ihn davontragen konnten. Er atmete auf, als sie ein hinreichendes Bündel dürres Holz beisammen hatten und sich in den Spalt zurückzogen.

Fiana war jetzt überaus besorgt, so sehr, daß sie sogar vergaß, mit Tyndal zu zanken. Sie führte die Maultiere in den hintersten Teil der Höhle und befahl den Menschen, sich mit dem Strick aneinanderzubinden, während sie ums Feuer herumsaßen. Niemand widersprach. Die braune Farbe des Himmels, in deren Ritzen gelegentlich ein giftiges Schwefelgelb aufleuchtete, der unnatürlich warme Wind und ein seltsamer, muffiger Gestank, den dieser Wind mit sich brachte, hatten sie eingeschüchtert. Gehorsam band sich jeder die Schnur um die Knöchel und sie befestigten das Ende an einem Felszacken.

»Ich habe so etwas noch nie erlebt«, murmelte Fiana. »Bären-Benja hatte recht, es gibt hier böse Dinge, die auf dem Wind reiten. Ich fürchte, wir werden dem Wimmerlaik begegnen.« Und ungewohnt kleinlaut fragte sie Tyndal: »Habt Ihr keine Weisheit in dieser Sache?«

Er schüttelte niedergeschlagen den Kopf. »Ich habe nur die Magie der Verwandlungen gelernt, keine Beherrschungsmagie – und außerdem müßte es schon ein gewaltiger Zauberer sein, der einen Elementargeist bannen könnte. Wir können nichts weiter tun, als auf diesen Strick zu vertrauen und zu warten, bis alles vorüber ist.«

Raskal suchte sie zu trösten, indem er allerlei Süßes und Leckeres aus den Packtaschen zu Tage förderte und einen Brei mit Dörrfrüchten und Honig kochte, aber die Stimmung blieb niedergeschlagen. Alle spürten jetzt deutlich, daß etwas Unbehagliches sich vorbereitete. Keiner der vielen Vögel, die sonst im Hochland trillerten und zwitscherten, war mehr zu hören. Eine bleierne Stille hatte sich über die Landschaft gebreitet, die nur das träge Rauschen des Windes unterbrach.

Roisin sah sich, da er weiter nichts zu tun hatte, in der schmalen Höhle um und entdeckte zu seinem Staunen, daß sie bearbeitet worden war. Man sah deutlich, wo Hammer und Meißel vorstehende Felszacken abgeschlagen und die Wände geglättet hatten. Er machte eine Bemerkung darüber, und Raskal nickte.

»Ja, das habe ich auch schon bemerkt. Es ist wohl eine der Grotten, in denen die Tiefzwerge Zuflucht suchten, wenn sie ihre heimatlichen Stollen verlassen mußten.«

»Was sind Tiefzwerge?« fragte Jule neugierig. »Leben denn nicht alle Zwerge in der Tiefe?«

»Das ja, aber hier im Orkland hat sich ein besonderes Volk erhalten«, erklärte Raskal. »Nachdem die Bergwerke hier am Firunswall von den Orken erobert und geplündert worden waren, gelang es einigen Nachkommen aus Aboralms Stamm, in tiefen Höhlen und Stollen zu überleben – freilich um welchen Preis! Von allen Verwandten abgeschnitten, oft auf wenige Meilen Tunnel eingeschränkt, führten diese Unglücklichen ein elendes Dasein und fielen nach und nach dem Stumpfsinn anheim. Diese Tiefzwerge, wie man sie späterhin nannte, sind noch kleiner als ihre Vettern, leiden stark unter dem hellen Tageslicht und sollen – wie abscheulich! – haarlos und bartlos sein.«

Fiana stieß einen Laut des Ekels aus. Raskal nickte ihr zu, dann erzählte er weiter. »Blöde geworden, bohrten sie ihre Tunnel ohne Sinn und Verstand in den Fels, gerade wie Wühlschrate – ja, manche behaupten, sie hätten sich in ihrem dumpfen Dunkelsinn mit diesen niedrigen Wesen vermischt oder sie seien es gar, von denen diese Kreaturen abstammten. Die meisten Angroschim verabscheuen ihre verkommenen Vettern und würden am liebsten jede Verwandtschaft leugnen und jeden Kontakt meiden. Doch die Tiefzwerge scheinen noch eine Reihe von Artefakten und Schätzen aus alten Tagen zu besitzen, denen sie heute keine Bedeutung mehr beimessen und die sie leichten Herzens tauschen oder verschenken.«

»Erzählt man sich nicht«, mischte Tyndal sich ein, »daß einst hier im Orkland die vielbesungene Zwergenstadt Umrazim lag, die ein so schreckliches Ende nahm?«

»Ja«, antwortete der Agent. »Sie war das größte aller Zwergenbergwerke und eine riesige Stadt dazu; aber das ist alles freilich schon Tausende von Jahren her.«

Jule meldete sich zu Wort. »Erzähl uns von Umrazim, Herr Raskal.«

Der Agent hatte seine Freude daran, wenn er gebeten wurde, die Reisenden an seinem reichen Wissen teilhaben zu lassen; er lächelte geschmeichelt, wickelte sein dünnes Schläfenzöpfchen um den Finger und setzte sich bequem zurecht. »Oh«, sagte er, »es gibt da einige Legenden ... aber ob sich alles tatsächlich so zugetragen hat, das weiß niemand.«

Und er erzählte:

»Einst stand in den Steppen des Orklandes die gewaltige Stadt und Festung Umrazim, die man die Goldene nannte. Unzählige Zwerge lebten hier, geschickte Schmiede, Baumeister und Juweliere aus dem Volk des Aboralm. Am fähigsten aber waren sie als Goldsucher und Goldgräber, denn diese Kunst war seit eh und je bei diesem Zwergenvolk am stärksten vertreten. Deshalb war der Besitz der Zwerge von Umrazim auch größer als der aller anderen Völker. In ungezählten Stollen und Minen im ganzen Orkland gruben sie nach den Schätzen der Erde.

Mit der Zeit aber wurden die Kinder Aboralms hochmütig und stolz und liebten ihr Gold zu sehr. Nur unwillig dachten sie an die Forderung ihres Gottes Ingerimm, ihm seinen Teil seiner Schätze zurückzugeben, und im Verlauf der Jahre und Jahrzehnte wurden sie immer habgieriger. Der Stolz auf das Werk ihrer Hände überstieg ihre Frömmigkeit bei weitem, und statt dem Gott für seine Gaben zu danken, grollten sie ihm – bis sie schließlich alles Gold in ihren Schatzkammern speicherten und nichts mehr in die feurigen Opferschächte warfen.

Zuerst, so heißt es, versuchte es der Gott mit einer Warnung und nahm den besonders feinen Spürsinn der Kinder Aboralms von ihnen. So standen sie bald wie blind in den tiefen Schächten der vielen Bergwerke und ahnten und spürten nicht mehr, wo das Gold zu finden sei. Statt aber sich die Warnung zu Herzen zu nehmen, gingen sie zu einem der mächtigsten Druiden ihres Volkes und baten ihn, er solle ihnen Abhilfe schaffen. Viele Tage und Nächte, Wochen und Monde lang wirkte der Diener Sumus Zauber um Zauber und spann feine Rituale, schließlich aber zeigte er ihnen sein Werk: Ein kostbar geschliffener Smaragd war es, durch dessen Linse man in die Tiefen der Erde sehen und alle Schätze der Tiefe erblicken konnte. Die Zwerge von Umrazim aber jubelten, nun sei die Macht des Ingerimm gebrochen, sein Zorn könne ihnen nichts mehr anhaben, und erneut wurde die Arbeit in den Stollen aufgenommen. Das ›Goldauge‹ aber, wie sie den Smaragd nannten, wurde zum Staatsheiligtum erklärt.

Eine Zeitlang sah Ingerimm diesem Treiben zu, dann aber wandte er sich ganz von den Zwergen in Umrazim ab. Nun dauerte es nicht mehr lange, und der Reichtum der Zwerge erregte den Neid der Orken, die ringsum wohnten, während der Hochmut des Kleinen Volkes zugleich ihren Haß schürte. Eines Tages rotteten die Schwarzpelze sich zusammen und zerstörten eine Mine nach der anderen. Die Stadt Umrazim aber schlossen sie ein und belagerten sie unermüdlich. Lange währten die Kämpfe, doch Haus um Haus, Kammer um Kammer drangen die Orks mit unendlicher Geduld vor. Die Zwerge riefen nun in ihrer Angst Ingerimm um Hilfe an, doch der Gott schwieg. Als schließlich die wenigen überlebenden Zwerge die Waffen streckten und nackt und mittellos abziehen durften, lebten nur noch wenige hundert von den einst fünftausend Kindern des Aboralm.«

»Und was wurde aus ihrem Gold?« fragte Roisin neugierig.

Raskal zuckte die Achseln. »Einen Teil davon hatten sie selbst in den Stunden der Not in die Feuerschächte gestürzt, dem Ingerimm als Opfer, ein Teil fiel in die Hände der Orken. Aber man sagt, daß in den tiefsten Stollen heute noch unermeßliche Reichtümer liegen.«

Raskal dachte einen flüchtigen Augenblick lang an seinen Vater und was er wohl zu dem Gerücht gesagt hätte, daß in den Ruinen von Umrazim riesige Horte lagerten. Wahrscheinlich hätte er sich höchstpersönlich in die finstersten Schächte gestürzt, um etwas davon heraufzuholen.

Sie sprachen noch eine Weile über Zwergenminen, und Raskal erzählte ihnen, daß auch Schloß Abbadon einst eine solche Mine gewesen war, wie die Zwerge viele in den erzreichen Gebirgen des Orklandes angelegt hatten. Er fuhr fort: »Die Mine Abbadon wurde mit der Zeit ebenfalls verlassen, und auch in ihren Tiefen sollen noch die kunstvollen Artefakte der Zwerge liegen, die von dort fliehen mußten. Sie ist jedoch nicht allein ihrer Schätze wegen bedeutsam – es befindet sich dort auch die heimliche Pforte.«

»Was meint Ihr?« fragte Jule neugierig.

»Ihr wißt«, erklärte der Agent, »daß die Seelen der Abgeschiedenen durch Uthars Pforte in Borons Hallen gelangen. Nun erscheint Uthar aber nur sechs Wochen während seiner zweimonatigen Umdrehung am Firmament, zwei Wochen lang bleibt die Pforte verschlossen. Zu dieser Zeit öffnet sich auf Geheiß der milden Marbo, der die irrenden Seelen leidtun, eine andere Pforte, und dieses heimliche Tor befindet sich, wie man sagt, in Abbadon. Die Nachtwandler hüten es – und welch bessere Wächter könnte Marbo sich wünschen!«

Fiana schauderte. »So gelangen wir an die Grenze des Todes, wenn wir das Schloß betreten«, murmelte sie. »Wirklich, ich wünschte, der Magister Elcarna hätte uns rechtzeitig auf alle diese Dinge aufmerksam gemacht!«

»Hätte er das getan, so wärt Ihr jetzt nicht hier«, erwiderte Raskal achselzuckend. »Wir haben eine Pflicht zu erfüllen, wir alle, ob es uns nun gefällt oder nicht.«

»Woher wißt Ihr alle diese geheimnisvollen Dinge?« erkundigte sich Tyndal, den es ärgerte, daß der Agent mehr von den Geheimnissen der geflügelten Zauberer wußte als er selbst.

»Daran ist nichts Geheimnisvolles«, erwiderte Raskal achselzuckend. »Als ich den Magister Elcarna nach Abbadon begleitete, habe ich davon erfahren und das Buch selbst gesehen.«

»Welches Buch?« riefen drei Stimmen gleichzeitig.

»Sie nennen es das *Liber nigrae peregrationis*, das Buch von der schwarzen Wallfahrt. Es ist die Chronik der Nachtwandler. Viele seltsame und geheimnisvolle Dinge stehen darin verzeichnet, und ich hätte wochenlang darin lesen mögen, aber sie schlugen es rasch wieder zu, nachdem sie es uns gezeigt hatten.«

»Ihr steht hoch in der Gunst des Magister Elcarna«, bemerkte Tyndal und bemühte sich keineswegs, seine schlechte Laune zu verbergen. »Ihr müßt ihm große Dienste erwiesen haben.«

»Das mag sein«, gab Raskal zur Antwort und warf ihm einen unverschämten Blick mit seinen schwarzen Augen zu. »Aber wenn Ihr einen hellen Kopf und flinke Augen habt, so werdet Ihr auf Schloß Abaddon bald genausoviel erfahren haben wie ich.«

Das beruhigte den Magus ein wenig, und er wandte sich wieder dem Essen zu.

Roisin – der über das geheimnisvolle Schloß nachgedacht hatte – schreckte aus seinen Gedanken auf, als Jule mit unbehaglich gepreßter Stimme sagte: »Wie dämmrig es wird!«

Und tatsächlich, es war draußen finster geworden wie vor einem schweren Gewitter. Im Rauschen des Windes klang zuweilen ein anderer Laut mit, ein hohles Pfeifen, das den Zuhörern kalte Schauer über den Rücken trieb.

»Tut doch etwas«, wandte Fiana sich gereizt an den Magier. »Sonst könnt Ihr Euch nicht genug brüsten, und jetzt laßt Ihr uns im Stich. Zieht einen Zauberkreis – oder etwas dergleichen.«

Tyndal hob beide Hände. »Tapfere Dame«, sagte er, »meine Zauberkunst ist gegen diese Bedrohung so machtlos wie Euer Schwert. Mir wäre auch wohler, wenn ich einen guten Schutzzauber wüßte.«

»Viel Nützliches habt Ihr anscheinend nicht gelernt auf der Akademie«, murrte Fiana halblaut, während sie durch die Höhlenöffnung hinausspähte.

Tyndal tat, als spucke er aus, dann schlang er mit einer Geste der Hilflosigkeit die Arme um den Leib und rückte näher an das niedrig brennende Feuer.

Der Wind draußen frischte auf, und ein Donnerschlag dröhnte. Blitze fuhren auf die Gipfel der Blutzinnen herab. Fiana schien trotz des Lärms etwas gehört zu haben, denn plötzlich zuckte sie hoch und griff nach dem Schwert. »Da kommt jemand«, zischte sie.

Sofort griffen alle anderen nach ihren Waffen. Jetzt hörten sie auch die eiligen Schritte, die den Pfad entlangkamen. Im nächsten Augenblick bog eine in zerlumpte Gewänder gehüllte Gestalt um die Biegung und stürmte in die Höhle, gerade als draußen der Regen losplatzte. Gleichzeitig entdeckte der Fremde auch schon, daß die Höhle nicht wie erwartet leer war. Er stieß einen dumpfen, aber durchaus menschlichen Schrei aus und griff nach einem gefährlich aussehenden Messer, das an seinem Gürtel hing.

»Haltet ein!« rief Raskal laut, und dann noch einmal auf Ologhaijan: »*Kruzmoch durk*!«

Der Fremde sprang zurück und starrte die Reisenden argwöhnisch an, die Hand immer noch auf dem Messergriff. Er war ein kleiner, o-beiniger Mann mit enorm breiten Schultern und einem abstoßenden Gesicht, das halb unter einem langen grauen Bart versteckt war. Gekleidet war er in eine kurze braune Tunika, Fellstiefel und einen dicken ledernen Mantel.

»Friede, Friede!« rief Raskal Grabensalb beschwörend und grinste den Neuankömmling mit übertriebener Freundlichkeit an. »Wir sind nur Reisende, die Schutz vor dem Unwetter gesucht haben, wie Ihr es zweifellos auch tut.«

Der Mann ließ langsam die Hand vom Messergriff sinken. »Reisende«, sagte er mit tiefer, rauher Stimme. «Und wohin geht die Reise?«

»Wer fragt?« antwortete Fiana keck.

Der Mann streifte seine Kapuze zurück. »Tsathalan bin ich, das muß euch genügen. Und wer seid ihr?«

»Und was tut Tsathalan hier in der Wildnis?« fragte Fiana, die nicht gewillt war, sich ausfragen zu lassen.

»Ich lebe hier«, antwortete der Mann. Wie zum Beweis zog er aus dem Beutel, den er umgehängt trug, einen frisch erlegten Hasen. Dann wandte er den Blick gierig der Pfanne zu, in der immer noch ein erklecklicher Rest süßen Breis klebte. »Teilt eure Mahlzeit mit mir, so will ich die meine mit euch teilen.«

Die anderen stimmten zu. Roisin beobachtete mit einigem Widerwillen, wie der Fremde über den Brei herfiel und sich die Süßigkeit – die er sonst wohl nur selten zu schmecken bekam – händevoll in den Mund stopfte. Der Bursche sieht aus, als wäre er mehr ein halber Ork, dachte er mit einem Blick auf die grob behaarten Hände und die weit vorspringende untere Kinnlade, die selbst der Bart nicht ganz verbergen konnte. Trotzdem scheint er ganz manierlich zu sein… immerhin hat er uns seinen Hasen angeboten.

Raskal war schon dabei, das Tier abzuhäuten und auszuweiden. Tsathalan putzte die Pfanne so leer, daß sie blinkte, dann griff er nach der Flasche mit Premer Feuer und nahm ohne Einladung einen langen Schluck.

»Wohin reist ihr?« fragte er schließlich noch einmal.

»Zu den Nachtwandlern in den Firunswall.«

Tsathalan blickte auf und zog die buschigen, in der Mitte zusammengewachsenen Augenbrauen hoch. »Da habt ihr seltsame Freunde«, bemerkte er. »Was wollt ihr von ihnen?«

»Sie haben mich eingeladen, bei ihnen zu lernen«, mischte sich Tyndal ein.

Tsathalan nickte und sagte wie zu sich selbst: »Ein Magier.« Dann fuhr er fort: »Wenn Ihr Wissen bei den Nachtwandlern sucht, seid Ihr gut beraten, sie sind die klügsten Geschöpfe auf Dere. Aber wehe Euch, wenn Ihr Gold sucht! Immer wieder gibt es Narren, die aufbrechen, um die Schätze von Abbadon zu rauben oder zu stehlen. Keiner von ihnen ist jemals wiedergekehrt.«

»Wir sind nicht auf der Suche nach Gold«, erwiderte Tyndal, gereizt, daß man ihm einen so niedrigen Beweggrund zutraute. »Wir wollen nur…«

Ein Donnerschlag unterbrach ihn, so laut, daß selbst Tsathalan – der offenkundig an die Wildnis gewöhnt war – zusammenschreckte. Die breiten Nasenlöcher des Mannes blähten sich, als er in den Wind witterte. »Böses ist unterwegs«, murmelte er. Dann, mit einem Blick auf die Schnur, die jeder um seinen Knöchel gewunden hatte: »Ich sehe, ihr habt gute Ratgeber gehabt. Ich wette, heute nacht ist der Wimmerlaik los und wird sich ein Opfer suchen… Wagt es nicht, auch nur einen Schritt vor die Höhle zu tun!« Damit griff er von neuem nach der Flasche, die ihm nicht gehörte, und nahm einen weiteren tiefen Schluck.

Raskal deutete mit den Augen, man solle ihn gewähren lassen. Roisin hatte ohnehin nicht daran gedacht, einen Streit mit diesem finsteren Waldläufer anzufangen; lieber gab er das Premer Feuer verloren!

Und bald hatte er an anderes zu denken, denn draußen brach ein Getöse los, daß ihnen angst und bange wurde. Über die Donnerschläge und das Zischen der Blitze hinweg heulte und johlte es, bellte und kreischte, als tobe ein ganzer Heerzug vorüber. Inzwischen war es stockdunkel vor der Höhle geworden, nur die ständig herabfahrenden Blitze tauchten die Landschaft in bleiches, schwefliges Licht.

»Seht! Seht, was ist das?« rief Jule plötzlich.

Zwischen den Büschen, deren Blattwerk abwechselnd schwarz und silbern glänzte, bewegte sich etwas Weißes. Bei der Entfernung und dem trügerischen Licht war es schwierig, Größe und Umfang des weißen Wesens zu schätzen. Es konnte ein streunender Wolf sein, eine jagende Wildkatze, aber ebensogut auch nur ein Vogel, der sich in den dornigen Ästen verfangen hatte und freizukommen versuchte. Zudem war es andauernd in Bewegung, in schwankender, unsicherer Bewegung, und es schien sich in irgend etwas verheddert zu haben, das es nachschleifte, denn obwohl es immer besser zu sehen war, hatte es keinen eindeutigen Umriß – und bald kamen den Beobachtern auch Zweifel, ob es nicht auch seine Größe beträchtlich veränderte. Einmal dachten sie sogar, es könnte ein Mensch sein, teils hell, teils dunkel gekleidet, denn da schien es ihnen, als hätten sie einen Kopf gesehen, viel zu groß für einen Wolf oder Luchs. Aber seinen Bewegungen nach lief es auf allen vieren.

Unwillkürlich verstummten alle.

Der weiße Schemen fuhr mit seinen seltsam hopsenden Bewegungen fort, wie ein Tier, das aufzuspringen oder ein Mensch, der benommen aufzustehen versucht – und dann, ganz plötzlich, kam es frei und schoß quer über die Lichtung davon. Sie sahen es gespenstisch im Halblicht springen, umfallen, aufspringen und, etwas langes Helles hinter sich herschleifend, hügelabwärts verschwinden.

»Was war das?« flüsterte Jule.

Aber keiner von ihnen wußte eine Antwort. Tsathalan sagte nur: »Hier im Schatten der Blutzinnen gibt es viel Seltsames. Manches davon ist gefährlich, anderes nicht… aber hört! Hört ihr den Wimmerlaik pfeifen?«

Und tatsächlich, über dem mißtönenden Lärm war jetzt ganz deutlich ein Pfeifen zu vernehmen, ein hohles, heimtückisches Geräusch, als nutze ein Wesen den Lärm der wilden Jagd, um sich anzuschleichen. Mit raschen Bewegungen griffen alle nach der Schnur

und überprüften, ob sie auch fest am Felsen angekno-
tet war.

»Wißt Ihr mehr darüber, wer oder was dieses
Wesen ist?« fragte Tyndal neugierig.

Tsathalan schüttelte erneut den Kopf und sagte
dasselbe wie Bären-Benja: »Die ihn gesehen haben,
konnten nichts mehr berichten ... ihre Füße, sagt man,
waren blutig und verbrannt, als seien sie mit niederhöllischer Geschwindigkeit gelaufen. Ihre Augen
waren voll Wahnsinn, und sie hatten schlohweißes
Haar. Rührt euch nicht, wenn ihr dieses Schicksal
nicht teilen wollt!«

Roisin kauerte dicht am Feuer, die Arme um den
Leib geschlungen. Keine zehn Pferde hätten ihn hin-
ausgebracht zu diesem unsichtbaren pfeifenden Ungeheuer! Und dennoch schien ihm plötzlich, daß dieses Pfeifen an ihm zog wie ein Wirbelsturm, daß es
ihn wider Willen zwang, sich halb aufzurichten – da
war es wieder, wie der Klang einer bösen hypnoti-
schen Flöte! Ohne zu merken, was er tat, richtete er
sich auf alle viere auf und starrte angespannt in das
tobende Zwielicht draußen. Wunderliche Gedanken
kreisten in seinem Kopf. Es schien ihm, daß er fliegen
würde, wenn er jetzt hinausliefe, daß es ihn bis zum
Mond und zu den äußersten Sternen tragen würde,
wenn er der Musik nachgäbe. Etwas wartete da
draußen, bereit, ihn in die Arme zu nehmen und mit
ihm zu laufen, mit einer so rasenden Geschwindigkeit, daß seine Stiefel zerfielen und seine Fußsohlen
rauchten ...

»He, holla! Junger Herr!« rief da Tsathalan und
packte ihn grob mit seiner behaarten Hand. »Wohin
wollt Ihr denn? Sitzengeblieben, sonst schnappt es
Euch!«

Roisin schreckte hoch, und das Trugbild zerplatzte.

»Da, nehmt einen guten Schluck.« Tsathalan bot

ihm die Flasche an. »Und hört nicht hin, wenn es dort draußen pfeift und singt!«

Das Premer Feuer rann beißend durch Roisins Kehle, aber es wirkte. Die Faszination des Pfeifens war gebrochen. Es klang ihm jetzt nur noch als ein absonderlicher Mißton in den Ohren.

»Ich danke Euch, Tsathalan, Ihr seid ein guter Freund«, murmelte er und sah, wie das bärtige Gesicht des Mannes sich freudig aufhellte.

Danach schwiegen sie alle und lauschten dem gräßlichen Lärm, in den sich immer wieder dieses hinterhältige Pfeifen mischte. Es schien aber nicht näher zu kommen, sondern wurde allmählich immer leiser, und dann hörte auch das Toben der Unsichtbaren auf. Die Blitze fuhren seltener zur Erde, und der Donner rumpelte nur noch in weiten Abständen.

Als der Regen nachließ, sprang Tsathalan auf und warf sich den Mantel um. »Es ist an der Zeit, daß ich mich wieder auf den Weg mache. Lebt wohl und achtet auf euch!«

Damit verschwand er zur Höhle hinaus. Sie horchten noch eine Weile, bis kein Schritt und kein Rascheln mehr zu vernehmen waren, dann sagte Jule: »Dieser Lump hat die Flasche mitgenommen.«

»Vergeßt die Flasche!« mischte Raskal sich ein. »Wir haben noch eine. Dafür könnt ihr von euch sagen, daß ihr Tsathalan kennengelernt habt, den Halbork.«

»Dachte ich mir's doch, daß er etwas von einem Ork an sich hat«, bemerkte Fiana. »Aber da er sich so manierlich benahm ... erzählt, Herr Raskal! Ihr wißt wohl einiges über ihn, und heute haben wir Zeit zum Geschichtenerzählen, denn wir rasten hier bis morgen früh.«

»Es ist eine sehr traurige Geschichte«, sagte Raskal. »Tsathalan entspringt einer wahrhaft schaurigen Verbindung. Seine Mutter war eine junge Menschenfrau aus dem Svellttal, die bei einem Orkenüberfall von einem der Unholde geschändet wurde. Sie ließen sie liegen, da sie sie für tot hielten, und die Arme konnte sich zu Verwandten retten, wo sie schließlich bei der Geburt des Kindes, eines Sohnes, starb. Ihre Verwandten waren fromme Leute, ergebene Anbeter der Göttin Tsa, die das Leben des kleinen Halborks schonten und ihn nach ihrem Glauben erzogen. Als Tsathalan allerdings älter wurde, entfremdete er sich seinen Zieheltern und Geschwistern immer mehr, denn sie betrachteten ihn als eine Art Ungeheuer. Auch lastete die Schuld seines unbekannten Erzeugers schwer auf ihm. Als er dann noch in Liebe zu einer seiner Ziehschwestern entbrannte, fürchtete seine Familie Böses und jagte ihn fort.

Seitdem wandert Tsathalan heimatlos durch das Svellttal und sucht nach Frieden, immer wieder von Schwermut und Zweifeln geplagt, voll Angst, er könne nichts weiter sein als ein widernatürliches Monstrum – eine Angst, die er immer öfter im Schnaps zu ertränken versucht. Er meidet die Gesellschaft der Menschen, sein Kontakt mit anderen Zweibeinern beschränkt sich gewöhnlich darauf, sich bei Expeditionen ins Orkland als Waldläufer und Kundschafter zu verdingen. Ich denke, es hat ihn gefreut, unser Gast zu sein.«

»Der arme Mann!« sagte Fiana mit unerwartetem Mitgefühl. »Welch schreckliche Geschichte! Aber jetzt kommt, wir wollen uns alle zur Ruhe legen und die Pause genießen. Morgen stehen wir früh auf und ziehen weiter.«

* * *

In den nächsten zwei, drei Tagen gelangten sie aus der Enge zwischen den Bergen in offenes Land und sahen zum ersten Mal die Berge vor sich, unter denen ihr Ziel lag.

Bis zu zweitausend Schritt hoch ragten sie vor ihnen auf, die Gipfel und Spitzen des Firunswalls, der das Orkland nach Norden hin vor den schlimmsten Auswirkungen der eisigen Nordlandwinter schützte. Roisin starrte beeindruckt die majestätischen Berge an. Nie hatte er etwas dergleichen gesehen.

»Zahllose Namen trägt dieser Gebirgszug«, sagte Raskal. »Firunswall heißt er nur bei den Menschen, die Orken nennen ihn Schneegebirge, Bärenfelsen, Winterbote oder Erzbringer. Er ist die Heimstätte von zahlreichen Ungeheuern. Im Innern der Berge hausen raubgierige Bären und andere schreckliche Tiere, aber hier wohnen auch die Orken vom Stamme der Korogai, die von der Schmiedekunst leben. Wenn man nur Geduld hat, kann man im Innern des Firunswalles jene Erzadern finden, die auch die Angroschim hierherlockten. Es gibt eine Sage, daß viele dieser alten Höhlen mit Schätzen angefüllt sind – aber wehe dem Vorwitzigen, der sich hineinwagt! Den Korogai sind diese Höhlen heilig, sie töten jeden, ob Mensch oder Zwerg, der sich ihnen nähert.«

Den ganzen Tag über hatten die Reisenden die gewaltigen Flanken der Berge vor sich. An ihren Hängen erhoben sich nur wenige hohe Bäume, denn in dem kalten Klima gediehen keine Baumriesen. An ihrer Stelle wuchsen verkrüppelte Kiefern und Birken, einzelne Krummeichen und hin und wieder eine Weißtanne. Stellenweise fand man überhaupt nur karge Flechten und Moose. Ein scharfer Wind pfiff von den Felsen her und jaulte schauerlich in den tiefen Schluchten. Roisin spürte, wie ihm der Mut sank. Die Berge sahen zum Fürchten aus, und die Aussicht auf die verlassene Zwergenmine, in der nun die gruseligen Nachtwandler hausten, war nicht weniger angsteinflößend.

»Nun«, sagte Raskal leise, »bald sind wir am Ziel unserer Reise angelangt.«

Roisin seufzte brunnentief. »Ja«, murmelte er, »und dann geht es erst so richtig los.«

»Ihr habt Angst, nicht wahr?« fragte Raskal mitfühlend.

Roisin nickte. »Ich bin kein Abenteurer wie Ihr, Herr Grabensalb, und mich locken keine Geheimnisse wie meinen Freund Tyndal. Ich bin hier, weil mich die Götter gezwungen haben, und ich grolle ihnen deswegen.«

»Wenn die Götter Euch hierhergeführt haben«, erwiderte Raskal, »so werden sie Euch wohl auch auf die Sprünge helfen, wenn Ihr selbst nicht mehr weiterwißt. Sie lassen nichts halb getan.«

Roisin trieb sein Maultier näher an den Agenten heran. »Sagt«, fragte er in beinahe verschwörerischem Ton, »Ihr wißt doch soviel ... Ihr wißt nicht etwa auch, was den Nachtwandlern Sorgen macht? Ich meine, warum haben sie uns zu sich gerufen?«

»Die Frage kann ich Euch nicht beantworten«, erwiderte Raskal mit echtem Bedauern. »Der Magister Elcarna hat mir nichts erzählt – und wenn Ihr mich fragt, so weiß er selbst auch nichts Näheres. Die Herren lieben es, ein wenig geheimnisvoll zu tun. Aber es wird jetzt nicht mehr lange dauern, bis Ihr es aus ihrem eigenen Munde erfahrt.«

Damit mußte Roisin es gut sein lassen.

Je länger sie nun dahinzogen, desto öfter stießen sie auf Anzeichen, daß die öde Gegend einmal sehr belebt gewesen war. Da und dort entdeckten sie behauene Steinplatten, wie man sie zum Pflastern von Straßen verwendet, dann wieder ragte ein Fundament ein oder zwei Fuß hoch aus dem wilden Gras.

»Wohnt denn hier gar niemand mehr?« fragte Roisin, als er diese Zeichen einstiger Besiedelung sah.

Raskal zuckte die Achseln. »Vielleicht doch, aber dann sind es Menschen, denen wir besser nicht begegnen sollten. Wer sich so weit draußen in der finstersten Einsamkeit versteckt, hat gemeiniglich einen Grund dafür.« Er lachte häßlich, als er das sagte, und Roisin hatte keine Lust, ihn weiter zu fragen.

Tatsächlich stießen sie keine Stunde später auf einen Menschen. Seit längerer Zeit waren sie an besser erhaltenen Überresten vorbeigezogen, an Mauern, die mannshoch aufragten, von Geißblatt und wildem Wein überwuchert. Da stand er plötzlich vor ihnen – ein hagerer Jüngling von siebzehn oder achtzehn Jahren, mit strähnigem braunen Haar und einem Gesicht, an dem als erstes ein grausiges rotes Feuermal auffiel, das von der Stirn entlang der Nase bis zum Kinn verlief. Er gaffte sie an, und die eine Hälfte seines verunstalteten Gesichts zuckte, als gewittere es darin; er verzog auf scheußliche Weise den Mund, so daß er halb zu lachen, halb zu weinen schien. Gekleidet war er in ein zerschlissenes olivgrünes Hemd und eine schwarze Kniebundhose; die ehemals weißen Strümpfe waren heruntergerutscht und schlugen Falten um die Knöchel. In der Hand hielt er eine Schlinge und das tote Kaninchen, das er darin gefangen hatte.

Ein paar Lidschläge lang starrte er die Reisenden an, dann stieß er einen heiseren Schrei aus und sprang auf der Stelle wie jemand, der nicht weiß, ob er sich freuen oder fürchten soll. Erst als Fiana ihn barsch anrief, wandte er sich zur Flucht – aber die Söldnerin war schneller, sie trieb ihr Maultier an, schnitt ihm den Weg ab und setzte ihm das Eisen der Pike auf die Brust, so daß er schreiend zurückwich. Ein paar Schritte torkelte er rückwärts, dann stieß er mit dem Rücken an einen Mauerrest und blieb stehen, die weit aufgerissenen Augen auf die Frau gerichtet.

»Wer bist du?« rief Fiana scharf.

Anscheinend gab der Bursche Antwort, aber was aus seinem schiefen Mund kam, war nur ein panisches Gebrabbel. Er schien weitaus mehr Angst vor den Reisenden zu haben als diese vor ihm.

»Reiterin Fiana«, mischte Tyndal sich ein, »seid nicht zu hart mit ihm; ich meine, er ist nichts als ein Schwachsinniger.«

Fiana tat, als hätte sie nichts gehört, und bedeutete dem Gefangenen, das Kaninchen zu Boden zu werfen. »Wenn du Waffen trägst, leg sie nieder«, befahl sie.

Er gehorchte widerwillig und greinte wie ein Kind, als er das Kaninchen loslassen mußte – offenbar bangte ihn um den Braten.

Fiana ließ die Pike fallen, griff aber nach ihrem Schwert, als sie auf ihn zutrat und ihn nach Waffen abtastete. Gleich darauf zog sie triumphierend einen Dolch heraus, der im Hosenbund unter dem Hemd gesteckt war. Mit einem bedeutungsvollen Blick auf Tyndal warf sie die Waffe ins Gras. »Der Bursche mag schwachsinnig sein«, sagte sie kalt, »aber ich wette, er ist der Bundesgenosse von Räubern und Mordbrennern. Ihr glaubt doch nicht, daß er allein hier in der Wildnis gelebt hat, oder?« Sie versetzte dem Gefangenen einen kräftigen Stoß in die Rippen. »Heraus damit – gehörst du zu einer Räuberbande?«

Der junge Mann starrte sein Kaninchen an und jammerte noch lauter und unverständlicher.

»Bei den Göttern, Fiana«, sagte Tyndal barsch, »laßt den Narren laufen. Was soll er uns tun?«

»Nun«, erwiderte Fiana prompt, »er könnte beispielsweise zu seinen Spießgesellen laufen und ihnen melden, daß hier fünf wohlbestallte Reisende daherkommen. Nicht wahr, Junge?« Damit stieß sie den Mann von neuem an. Er schüttelte heftig den Kopf und legte bittend die Hände zusammen.

Unter den fünf Reisenden brach eine lebhafte Diskussion aus, was mit ihm geschehen solle. Fiana blieb eisern dabei, daß er gewiß ein Mitglied einer Räuberbande sei, Raskal stimmte ihr zu, Jule und Tyndal hielten dagegen, und Roisin wäre mit allem einverstanden gewesen, was ihnen den Burschen vom Halse schaffte. Er hatte Angst vor Krüppeln und Narren.

Eine Weile stritten sie hin und her, während der Mann mit dem Feuermal um sein Kaninchen jammerte; dann gab Fiana mit einem mürrischen Achselzucken nach. »Meinetwegen, Herr Magier, aber gebt nicht mir die Schuld, wenn er uns ein Dutzend Mordbrenner auf den Hals hetzt.« Sie bückte sich, hob das Kaninchen auf und warf es dem Mann zu.

Er fing es auf, und sein Greinen verstummte sofort; er lachte vor Freude, während er das Tier erst an sich preßte und dann fröhlich an den Ohren schwenkte. Offenbar war seine Welt wieder heil.

Den Dolch gab Fiana ihm nicht zurück. Sie rief: »Verschwinde von hier!« Dann versetzte sie ihm einen heftigen Schlag auf das magere Hinterteil. Er stürmte in einem seltsamen halb springenden, halb laufenden Trab davon, und war gleich darauf hinter den Mauerresten verschwunden.

Ein allgemeines Aufatmen ging durch die kleine Gesellschaft. Raskal sagte, als müßte er das Auftauchen des Menschen entschuldigen: »Manchmal wohnen Leute hier in der Wildnis, die von ihren Familien verstoßen wurden ... Es mag sein, daß man ihn von zu Hause weggejagt hat. Er ist wohl schwachsinnig, und die Abergläubischen sind überzeugt, daß ein Feuermal das Zeichen der Siebenten Sphäre ist.«

»Ja, da stimme ich Euch zu«, sagte Fiana, die sich immer noch ärgerte. »Und wovon leben diese Leute dann? Von Überfällen auf Reisende.«

»Wie es aussah, lebte er eher von Kaninchen«, mischte Jule sich ein.

Tyndal lachte, als hätte sie einen klugen Scherz gemacht, und bald wandte sich die Aufmerksamkeit der Reisenden wieder anderen Dingen zu. Sie wußten alle, daß ihre Reise sich dem Ende näherte. Es konnte nicht mehr lange dauern, bis das unheimliche Schloß aus dem Schatten des Berges auftauchte.

Das Schloß der
Nachtwandler

Am nächsten Erdtag standen sie vor Schloß Abbadon. Öde und kerzengerade erstreckte sich vor ihnen die alte verfallene Straße, die früher zum Haupttor geführt hatte. Auf beiden Seiten war sie von niedrigen steinernen Pfeilern gesäumt, die verhüten sollten, daß ein Fahrzeug zu nahe an den Sumpf geriet. Unmittelbar hinter den Pfeilern am Straßenrand fiel der Abhang steil zum Kalten Bruch ab, wie Raskal die feuchte Mulde nannte, die sich vor dem Gebäude ausbreitete.

Der Mond war kurz zuvor aufgegangen; sein Licht warf einen metallischen Glanz auf die Wolken, die sich zu phantastischen Türmen, Zinnen und Arkaden zusammenklumpten, als wolle der Himmel den öden Steinhaufen darunter nachäffen – diese ungeschlachte, glänzende Architektur, die einem krummen Spiegel entsprungen schien. Schwarze Mauerblöcke. Zyklopische Stufen. Kapellchenartige Vorbauten an den Ecken der mächtigen Stufen. Die vielgestaltige Silhouette zeichnete sich pechschwarz, ohne ein Fünkchen Licht auf den Mauern, vom dunstigen Firmament ab. Grüne Wolkenfelder fleckten den Nachthimmel über der Mine, lose treibend wie die tückischen Moorinseln im Wasser. Zur Linken und noch weiter nordwestlich dehnte sich, von tiefem Zwielicht bedeckt, die finstere Fläche des Kalten Bruchs.

Stumm und tief beeindruckt blieben die Gefährten

stehen. Roisin fühlte, wie düstere Beklemmung nach seinem Herzen griff – zu unheimlich war der Anblick des altertümlichen Bauwerks, und die Fledermäuse, die um die Zinnen schwärmten, machten es nicht eben heimeliger.

»Sie haben uns schon gemeldet«, sagte Roisin, auf die Fledermäuse deutend, die über ihren Köpfen wirbelten. »Man wird uns empfangen. Kommt, wir wollen zum Tor gehen.«

»Ja, kommt«, sagte Tyndal mit heiserer Stimme. Er stand da wie betäubt. Seine Augen hingen gebannt an den Türmchen des Schlosses, diesem Schatzhaus magischer Geheimnisse.

Roisin fühlte, daß der Freund nach diesen Geheimnissen gierte wie ein Säufer nach seinem Trunk. Besorgt griff er nach Tyndals Arm. »Du begehrst zu sehr«, mahnte er leise. »Fasse dich. Denk an den guten Magister.«

»Er war es, der mich hierhergesandt hat«, flüsterte Tyndal. »O Roisin, du ahnst nicht, welches Entzücken in der Wissenschaft liegt … in den Formeln, den Thesen, all den wunderbaren Konstruktionen des Geistes … komm, ich kann es nicht mehr erwarten.«

Roisin sah, daß der Freund unansprechbar war, und so ritt er schweigend neben ihm her, als sie sich dem Schloß näherten.

»Wie seltsam und unheimlich dieses Gemäuer aussieht!« flüsterte Roisin, als sie dicht herankamen.

Raskal, der dicht an seiner Seite ritt, nickte. »Es gibt viele Gerüchte über Schloß Abbadon, Gerüchte über unbegehbare Treppen und schiefwinkelige Räume in seinem Innern, über gewaltige Stiegenhäuser, in denen treppenlose Rampen immer höher empor spindeln und zuletzt in der Mauer verschwinden, von Galerien ohne Anfang und Ende, die nur ein fliegendes Lebewesen betreten könnte, von bodenlosen

Schächten und Plattformen, in deren metallene Böden seltsame Zeichen graviert sind ... aber ich habe nie etwas dergleichen gesehen. Freilich kenne ich nur jenen Teil des Schlosses, den sie den Gästen vorzeigen; ich bin überzeugt, sie bewahren ihre Geheimnisse.«

Beklommenen Herzens ritten sie auf das spitzbogige hohe Tor zu. Keine Fackel brannte darunter, kein Licht fiel aus den Nischen der Wächter.

Dennoch war die Pforte besetzt. Aus dem Schatten des Eingangs trat eine Gestalt auf sie zu. »Willkommen«, sprach eine krächzende Stimme. »Willkommen im Hause der Morghulai.«

Roisin war zu Mute, als wäre er in einen jener grotesken Träume geraten, die ihn zuweilen nach einem allzu üppigen Abendessen heimsuchten. Er starrte atemlos das Geschöpf an, das sich nun im Halbdunkel zeigte. Es war gute zwei Schritt groß und so knochenhager, daß seine bodenlangen Gewänder an ihm hingen wie an einer Hopfenstange. Auf dem Rücken trug es metallisch glänzende Flügel, so lang, daß sie ein gutes Stück über den Kopf emporragten. Zottige schwarze Locken hingen bis weit über die Schultern herab und umrahmten ein spitzes elfenbeinweißes Gesicht, in dem die Augen so tief und dunkel waren, daß sie wie finstere Höhlen wirkten. Die weißen Zähne blinkten im Zwielicht wie die eines Totenkopfs. Ein merkwürdiger Geruch strömte von dem Wesen aus, als es an Roisin herantrat – ein Geruch nach alten Büchern und alchimistischen Tinkturen, ein wenig beißend, aber nicht unangenehm. Roisin fühlte sich an die Apotheke in Lowangen erinnert.

Ach, Lowangen! dachte er. Wie fern war die Heimat in diesem Augenblick!

»Folgt mir«, bat der Nachtwandler. Seine Stimme

klang rostig wie das Knirschen einer alten Türe, so als benutze er sie nur selten. Die Vogelkrallen scharrten auf dem Pflaster des Hofes, als er ihnen voran durch das Tor schritt.

Vorsichtig folgten ihm die Reisenden. Dem Nachtwandler kam es nicht in den Sinn, ein Licht zu entzünden, offenbar dachte er, sie könnten genausogut im Zwielicht sehen wie er selbst; also stolperten und tasteten sie hinter ihm her, so gut sie konnten, und führten ihre Reittiere am Zügel. Roisin nahm undeutlich einen Innenhof wahr, in den zahllose Arkaden herabblickten. Er atmete auf, als ihnen ein Stallbursche entgegenkam und ihnen die Tiere abnahm.

Der Nachtwandler deutete auf einen zweiten Eingang und schritt ihnen voran. Sie tasteten sich eine finstere breite Steintreppe hinauf und dann einen Flur entlang, in den hin und wieder bläuliches Mondlicht durch ein spitzbogiges hohes Fenster fiel. Die Säulen und Fenster waren alle sehr reich geschmückt, wie es Zwergenart ist, aber Roisin fühlte sich höchst unbehaglich, als alle diese verschnörkelten Fratzen ihn anstarrten. Er wünschte, irgend jemand möge Licht machen.

Neben sich hörte er Tyndal laut atmen. Der Magier war so erregt, daß er förmlich schnaufte, sein Blick wanderte gierig nach allen Seiten. Zweifellos waren seine Gedanken bei riesigen Bibliotheken voller Zauberbücher. Herr Raskal glitt durch die Finsternis wie eine Fledermaus. Fiana schritt vorsichtig aus, die Hand auf dem Schwertgriff. Jule stolperte halbblind dahin.

Sie wurden durch eine Flucht von Gemächern geführt, in denen da und dort ein Gwen Petryl-Stein leuchtete und ein schwaches grünliches Licht spendete. Roisin stellte fest, daß die Nachtwandler alles andere als ordentlich waren; er mußte vorsichtig die

Füße setzen, um nicht über Stapel von Büchern oder einen Korb voll alchimistischer Geräte zu stolpern.

»Folgt mir«, bat der Nachtwandler erneut und öffnete eine getäfelte Tür am Ende eines langen Saales. »Die Herrschaften werden euch empfangen.«

Roisin hörte sein Herz in den Ohrmuscheln pochen. Die Wesen waren zweifellos Chimären, und diese Zwittergeschöpfe hatten keinen guten Ruf. Meistens waren sie böse, grausam und zudem halb irre. Er rief sich in Erinnerung, was der Magister Elcarna über die Morghulai gesagt hatte – daß sie friedfertig und gerecht und sogar in gewisser Weise gütig waren. Dennoch hämmerte ihm das Herz vor Furcht, als er durch die Tür trat und sich einer ganzen Versammlung von Nachtwandlern gegenübersah.

Sie traten in einen hohen Saal mit getäfelter Decke, der von mehreren Gwen Petryl-Steinen mit einem blassen Licht erfüllt wurde. Am entfernten Ende befand sich eine Anzahl steinerner Würfel, die als Sitzgelegenheiten dienten, und dort drängten sich gute drei Dutzend Nachtwandler. Sie schienen überaus neugierig und erregt zu sein, denn ihre Flügel schlugen, daß ein Wind durch den Saal fuhr, und in ihren tiefen Augenhöhlen blitzte es auf wie Glühwürmchen.

Einer kam rasch auf sie zu und streckte ihnen die Hand entgegen. Zu Roisins Erleichterung hatte er weder Vogelfüße noch Flügel. »Mein Name ist Charmion«, stellte er sich vor. Seine Stimme klang so krächzend wie die seines Gefährten, der sie im Hof empfangen hatte, aber er sprach ein gut verständliches Garethi.

Roisin musterte ihn neugierig.

Herr Charmion war ein Wesen von völlig unbestimmbarem Alter. Aufgrund des langen Haars und der schmalen, fast zerbrechlichen Statur wirkte er sehr jugendlich, sein ausgemergeltes Gesicht hingegen sehr alt. Mit seinen hohlen Wangen, seinen tief in ihre Höhlen eingesunkenen Augen und seiner elfenbeinernen Blässe machte er einen unheimlich halbverdursteten, ausgetrockneten und geradezu staubigen Eindruck. Er schien aber keineswegs kränklich zu sein; seine Haltung wirkte aufrecht, seine Bewegungen waren von einer geschmeidigen Eleganz. Seine Fingernägel waren weiß und so schrecklich lang, daß Roisin Widerwillen davor empfand, ihm die Hand zu geben. Sein Gesicht war sehr fein geformt, aber der Schnitt der schmalen Nase und des strichgeraden, schmallippigen Mundes ebenso wie der Ausdruck der übergroßen Nachtfalteraugen zeugten von düsterer Strenge.

Die Schönheit, die Roisin einen Augenblick lang zu sehen geglaubt hatte, erlosch wieder, als sein Blick sich auf das strähnige, unfrisierte und ungewaschene Haar richtete, auf die wächserne Haut und die dunklen Ringe unter den Augen.

Fiana trat vor, knickste vor dem Nachtwandler und stellte sich vor. »Ich bin Fiana Timerlan, und das sind meine Gefährten: der Magier und sein Freund, den Ihr zu Euch gerufen habt, und ihre Begleiter.«

Herr Charmion nickte. »Wir wissen schon seit einer Weile, daß ihr kommt. Erlaubt, daß ich euch den anderen vorstelle.«

Roisin stand benommen da und reichte, ohne richtig zu merken, was er tat, einer Skeletthand nach der anderen die Rechte. Rund um ihn zischelte und raschelte es – die Sprache der Nachtwandler klang, als schlurfe jemand mit den Füßen durch trockenes Laub. Auch die Namen, die sie nannten, klangen sonderbar: Barchon, Sedrach, Ormion, Burach, Darchin, Erion, Emaron, Marnion, Orochmond, Urchar. Er fragte sich, ob einige davon Frauen waren – wenn ja, sahen sie um nichts anders aus als die Männer. Sie waren alle ungemein neugierig, und Roisin mußte es hinnehmen, daß er ungeniert betastet wurde. Krallenbewehrte Hände glitten über seine bartlose Wange, befühlten sein Haar, strichen ihm über Arme und Schultern. Offenbar waren die gespenstischen Wesen gewohnt, sich auf ihren Tastsinn zu verlassen, obwohl sie im Finstern gut sehen konnten.

Er hörte den Höflichkeiten, die ausgetauscht wurden, halb im Traum zu und wachte erst auf, als Herr Charmion sagte: »Ihr seid zweifellos hungrig. Ein kleiner Imbiß ist vorbereitet worden, damit ihr euch sättigt, ehe ihr zu Bett geht. Ihr seid wohl müde von der langen Reise.«

Man führte sie in ein Zimmer, das im Unterschied zu den anderen mit Fackeln beleuchtet war. In der Mitte stand ein Tisch aus dunklem Holz. Roisin stellte erfreut fest, daß er appetitlich gedeckt war: Da gab es gebratenes Huhn, Wildkräutersalat, Brotfladen, wilden Honig und eingelegte Beeren, dazu frisches Quellwasser und einen klaren Schnaps. Seine Stimmung besserte sich schlagartig, als er feststellte, daß die Speisen so gut schmeckten, wie sie aussahen. Er hatte sich während der Reise – trotz Raskals gegenteiliger Versicherungen – mehr als einmal Sorgen gemacht, was die Nachtwandler ihm wohl vorsetzen würden.

Herr Charmion leistete ihnen Gesellschaft, obwohl ihn das Fackellicht sichtlich störte, denn er blinzelte in einem fort und hielt oft die Hand vor die Augen. »Wir freuen uns ungemein, daß Ihr gekommen seid, Roisin Bellentor, und Ihr auch, Tyndal Sandström. Wir hatten schon Sorge, die Fährnisse des Weges würden euch hindern.« Er wandte sich lächelnd an

Tyndal. »Ich hörte, Ihr seid begierig, unsere Bibliothek zu sehen.«

Der Magier errötete vor Aufregung und schluckte rasch einen Bissen Huhn hinunter. »Ja, edler Herr. Es verlangt mich so sehr danach, von Euch zu lernen, wie es Euch danach verlangt, mich zu unterrichten.«

Der Nachtwandler nahm die Bemerkung sehr wohlwollend auf. »Das habt Ihr sehr schön gesagt. Ja, Ihr werdet hier viel lernen. Morgen, wenn Ihr Euch erfrischt habt, wollen wir über das alles sprechen. Jetzt werde ich Euch die Zimmer zeigen, und dann wünsche ich eine gute Nacht.«

Roisin fühlte, wie sein Unbehagen verschwand, als er den Nachtwandler so höflich und manierlich reden hörte. Vielleicht sahen die Geschöpfe tatsächlich nur seltsam aus und waren weit menschenähnlicher, als ihr Äußeres vermuten ließ.

Erfreut stellte er fest, daß ihm und Jule ein gemeinsames Schlafzimmer zugewiesen wurde – ein weiter, fast unmöblierter Raum, in dem sich nur ein Kastenbett und ein paar Stühle befanden. Auch hier stapelten sich Bücher und Pergamentrollen. Neugierig beugte er sich nieder und schlug eines der Bücher auf, einen mächtigen Folianten im brüchigen Ledereinband. Im Fackelschein las er laut:

»»Der Rote – gleich Feuer und Blut, zugeordnet den heftigen Krankheiten, der Raserei, Aufruhr, Rebellion, Massakern und Bränden,
der Schwarze – gleich Vernichtung, Tod und Grausamkeit, zugeordnet der Pest, der Ausrottung von Völkern und den Schreckensherrschaften,
der Gelbe – gleich Lüge und Verstellung, zugeordnet der Täuschung, der Verführung durch falsche Botschaft, den verderblichen Gedanken und dem tödlichen Irrtum,

der Graue – gleich Schwermut, Sklaverei und Trübsal, zugeordnet dem traurigen Wahnsinn, den schleichenden Krankheiten, der langen Gefangenschaft und dem Selbstmord.‹«

Mit einem unheimlichen Gefühl schlug er das Buch wieder zu und wandte sich an Jule, die bereits dabei war, die Kleider über den Kopf zu ziehen. »Was sagst du, Jule? Ist es hier nicht seltsam?«

Sie zuckte die Achseln. »Seltsam schon, aber sie scheinen weder unfreundlich noch gefährlich zu sein. Dieser Herr Charmion macht einen sehr angenehmen Eindruck. Und ihr Beerenschnaps ist nicht der schlechteste.« Sie lachte auf und klopfte Roisin auf die Schulter. »Hast du immer noch Angst, du würdest hier verhungern?«

»Nein, sie haben uns bestens bewirtet.« Er zog sich ebenfalls aus und kroch im Hemd ins Bett. Statt mit Stroh war es mit federnden Fichtenzweigen ausgelegt, die eine angenehme Unterlage boten. Die Decken waren schwer und warm, ein guter Schutz gegen die nächtliche Kälte des Hochlandes, aber sie waren staubig. Roisin nieste, als er sie hochzog.

Er schlief erstaunlich rasch ein, wurde aber schon nach wenigen Stunden wieder geweckt. Die Fenster hatten keine Vorhänge, und als das Madamal auf seinem Weg über den nächtlichen Himmel den Fleck erreichte, der seinem Fenster gegenüber lag, und durch die unverhüllten Scheiben auf ihn niedersah, weckte er ihn aus seinem ohnehin seichten und unruhigen Schlaf. Als Roisin die Augen aufschlug, blickte er geradewegs in die von einem klaren blauen Hof umlohte milchigweiße Scheibe. Und nicht nur das Mondlicht drang von draußen herein, sondern auch ein dünner wispernder Laut, fast wie ein kaum hörbares Schluchzen.

Eine Weile wälzte Roisin sich im Bett herum, halb wach, halb schlafend, dann stand er auf und warf einen Blick aus dem Fenster. Ein Teil des verfallenen Hofes lag unmittelbar darunter. Sein Blick blieb an einem Bildwerk hängen: eine Sphinx mit hohen Flügeln, deren Pranken auf zwei Totenschädeln ruhten. Die Skulptur erhob sich aus einem seichten, mit Wasserlinsen halb bedeckten Becken, dessen Rand weitere Fabelwesen zierten. Überall auf den steil zum Wasser abfallenden Mauern kroch aus Stein gemeißeltes und aus Bronze gegossenes Gezücht herum. Auf dem glatten Steinrand des Beckens lagerten Chimären, die aus den übelsten Abfällen der Schöpfung zusammengestückelt erschienen: blähbäuchige Kröten mit erschreckend menschlichen Köpfen, Fische mit Händen und Füßen, Harpyien mit langem Menschenhaar und Wasserpferde mit schwimmhäutigen Hufen, die melancholisch in die leblose Flut starrten. Der Steinfraß hatte an den Steinen des Beckens genagt; sie waren porös, ausgehöhlt und verkrustet, als wachse Salpeter darauf.

Jetzt war das Schluchzen deutlich zu hören. Es drang aus dem Hof herauf – aber dort war niemand zu sehen. Nur ein paar Nebelschwaden wogten um das Becken.

Roisin sah ihnen eine Weile zu, dann wurde ihm bewußt, daß dieser Nebel sich auf eine höchst eigentümliche Weise bewegte. Immer wieder schob er sich zum Schloß vor, zuckte zurück und waberte in kläglichen Fahnen um den Teich herum. Es sah aus, als versuchten körperlose Gestalten in das Schloß zu gelangen, schreckten aber immer wieder zurück. Was fürchteten sie? Welche Gefahr hielt sie ab?

Und dann, ganz plötzlich, kam ihm in den Sinn, was Raskal ihm erzählt hatte: daß sich in Abbadon eine heimliche Pforte befand, durch die die Seelen der Toten in die äußeren Sphären gelangten!

Er stand noch da und starrte hinunter, als etwas geschah, das ihn heftig erschreckte. Aus dem Schatten der Schloßmauer sprang unvermutet ein menschliches Wesen vor und fuchtelte mit den Händen, wobei es wie ein Kind, das Vögel aufscheucht, lauthals schrie: »Kusch! Weg da! Geht weg!«

Die Schatten fuhren tatsächlich erschreckt auseinander. Der Nebel löste sich auf, als hätte ein scharfer Windstoß hineingeblasen. Der Mensch, der sie verscheucht hatte, blieb stehen, hob das Gesicht dem Mond entgegen und lachte in kindischer Bosheit.

Über seine Wange zog sich, deutlich sichtbar im Mondlicht, ein zackiges Feuermal.

Ein eisiger Schauder lief Roisin den Rücken hinab. Ohne noch einen Blick in den Hof zu werfen, eilte er zurück zum Bett und zog sich die Decke über die Ohren.

* * *

Als Roisin erwachte, stand die Praiosscheibe bereits hoch am klaren Himmel des Orklandes und warf breite Bahnen durch die Fenster. Er setzte sich mit einem Ruck auf, fuhr sich mit gespreizten Händen durchs Haar und kämmte seine verfilzten Locken aus. Im hellen Tageslicht wirkte der Raum, in dem er sich befand, unordentlich und vernachlässigt. Spinnweben hingen in den Ecken. Ein sonderbarer Kontrast herrschte zwischen dem reichen Schmuck, mit dem die Zwerge einst den Raum versehen hatten, den Ornamenten der Decke, den kunstvoll gemeißelten Pfeilern, dem reichen Maßwerk der Fenster, und der lieblosen Unordnung, mit der die Nachtwandler darin gehaust hatten. Sie schienen alles – Bücher, Kleider,

Geräte – überall stehen und liegen zu lassen, wo es ihnen gerade aus der Hand fiel.

Roisin zuckte die Achseln, während sein Blick zu der schlafenden Jule hinüberwanderte. Plötzlich wurde ihm bewußt, wie lange er sie schon nicht mehr geliebt hatte, und er stieß einen gicksenden kleinen Laut der Vorfreude aus, während er unter die Decke zurückkroch und sich an sie heranschob.

Sie hatten gerade noch Zeit genug für einen Rahjadienst, ehe an der Tür gepocht wurde und ein Diener den Kopf hereinsteckte. »Das Frühstück für die Herrschaften steht bereit«, meldete er, ehe er sich rasch und scheu wieder zurückzog.

Das Frühstück war im selben Raum aufgetischt wie das Abendessen am Vortag. Weder Herr Charmion noch ein anderer Nachtwandler waren zu sehen, dafür saß ein fremdes Mädchen am Tisch.

Roisin, der als erster den Raum betreten hatte, betrachtete die Kleine angespannt. Sie mochte etwa zwölf Jahre alt sein – ein spindeldürres kleines Ding mit einem kurzen dunklen Pagenschnitt, in ein etwas formloses rostbraunes Hemdchen gehüllt. Auf ihrer Schulter saß ein kleiner weißer Drache, der bei Roisins Eintreten hochfuhr und ihn aus grünglänzenden Perlaugen anstarrte.

»Besuch!« schrie er mit einem dünnen, aber durchdringenden Stimmchen.

Das Mädchen blickte auf, erhob sich wohlerzogen und machte einen Knicks. »Guten Morgen«, sagte sie. »Ich bin Morgwyn, und das hier ist Zito.«

»Morgwyn Westak-Tiefhusen?« fragte Roisin. Er hatte zwar erwartet, die entführte Prinzessin hier vorzufinden, aber jetzt war er dennoch überrascht.

»Ja«, sagte sie freundlich. »Aber setzt Euch doch … eßt. Es ist wirklich nicht schlecht.« Sie wies auf das

Angebot an Brot, Honig, Beeren und Schnaps auf dem Tisch.

In diesem Augenblick trat Jule ins Zimmer, und hinter ihr kamen die anderen, und es gab ein allgemeines Vorstellen und Begrüßen. Roisin stellte rasch fest, daß die Kleine sich hier offenbar nicht als Gefangene fühlte; ganz im Gegenteil, sie machte sich wichtig mit ihrer Anwesenheit auf der Burg und tat, als wäre sie die eigentliche Herrin hier. Während die Reisenden sich zum Frühstück setzten, plapperte der Drache auf ihrer Schulter pausenlos – hauptsächlich Unsinn, wie es die Art der Meckerdrachen ist.

»Willst du das Gespräch nicht uns überlassen?« fragte Roisin schließlich gereizt, als das Tier in einem fort schwatzte.

Der winzige weiße Drache beobachtete Roisin ein paar Lidschläge lang aus seinen Perlaugen, wobei er den Kopf auf die Seite neigte, dann rief er mit einem schrillen, weithin hörbaren Stimmchen: »Bei den Göttern, mein Herr, was seid Ihr beleibt! Man könnte zwei aus Euch machen! Ich wette, Ihr trinkt zum Frühstück schon einen Eimer Wein und verschlingt ein sechspfündiges Brot dazu. Und Ihr« – dabei kugelte er seine runden hellen Augen herum, bis sie Tyndal ansahen –, »potztausend, wenn Ihr kein verdrehter Bruder seid! Ihr seht genau wie ein solcher aus. Was habt Ihr nur mit Eurem Haar gemacht, daß es so weich und glänzend ist? Hat man Euch von hinten noch nie für ein Weib gehalten? Hütet Euch, schöner Herr, es könnte einer, der Euch von hinten sieht, leicht einer Täuschung erliegen, und dann würde er Euch…«

»Das ist nun aber wirklich genug, Zito«, schalt Morgwyn. Sie zog ein Lederkäppchen hervor – wie ein übergroßer Fingerhut sah es aus – und stülpte es dem Drachen trotz seiner Gegenwehr über das

Schnäuzchen. Er flatterte erbost mit den Flügeln, ergab sich aber in sein Schicksal und begnügte sich damit, die Besucher spöttisch anzufunkeln.

»Kommt, ich will euch das Schloß zeigen«, schlug Morgwyn vor, als sie alle gesättigt vom Tisch aufstanden. »Es gibt viel Seltsames und Besonderes hier zu sehen.«

Sie klingelte mit einem Glöckchen, das auf dem Tisch stand, und befahl dem eintretenden Diener, zwei Gefährten mit Fackeln zu holen. »Die Herren und Damen schlafen um diese Zeit«, erklärte sie, »wir wollen sie nicht stören ... sie stehen immer erst auf, wenn es draußen dämmert. Wir müssen uns tagsüber selbst unterhalten.«

Roisin folgte ihr und den beiden Fackelträgern neugierig. Er verstand nichts vom Handwerk der Zwerge, aber Bewunderung überkam ihn, als sie die aus nacktem Fels gehauenen Flure und Treppen entlanggingen und ihm überall die Zeugnisse ihrer Kunst vor Augen kamen. Die Angroschim hatten sich nie damit begnügt, einen geraden Pfeiler, eine schmucklose Treppe zu meißeln; alles, was ihre Hände geschaffen hatten, war aufs seltsamste und in überreichlichem Maß verziert, von Ornamenten angefangen bis zu ganzen Gruppen von Statuen. Diese Statuen stellten zuweilen Zwerge dar, öfter aber groteske Fabeltiere. Vieles davon war zerfallen, da fehlte ein Kopf, dort war eine Pranke abgebröckelt, so daß die Figuren noch um vieles absonderlicher aussahen, als sie ursprünglich gewesen waren.

In einem beträchtlichen Teil des Schlosses – jenem Teil, der unmittelbar aus dem Berg gehauen war – gab es keine Fenster. Endlose Flure folgten aufeinander, Fluchten dunkler Zimmer, die sich wiederum in Zimmer öffneten, Nischen und Wölbungen. Morgwyn leuchtete mit ihrer Fackel überallhin und

erklärte alles. Schließlich blieb sie unter einem Tor-
bogen stehen und hob die Fackel, so daß ihr unruhi-
ges Licht auf ein Flachrelief des Schlußsteins fiel.

»Früher«, sagte sie, »noch bevor die Nachtwandler
kamen, lebten hier die Füßler ... so nannte man sie jedenfalls. Außer dem Namen weiß man jedoch kaum
noch etwas über sie.«

Roisin starrte das groteske, krakenhafte Geschöpf auf dem Stein an und war froh, daß das
seltsame Volk längst im Zwielicht der Zeit verschwunden war.

Jule war schweigend durch die düsteren, nur vom
Licht der Fackeln erleuchteten Gänge geschritten. Es
war ersichtlich, daß sie in Gedanken ganz woanders
gewesen war als bei der Geschichte des Schlosses.
Jetzt blieb sie abrupt stehen, als müsse sie Mut fassen,
und sagte mit entschiedener Stimme: »Kleines Mädchen ... ich möchte dich etwas fragen.«

»Ja bitte?« fragte Morgwyn höflich und neigte den
Kopf zur Seite, um die blonde Frau besser zu sehen.

Jule stieß die Worte förmlich hervor. »Ich möchte
wissen ... ob du wirklich gern und freiwillig hier bist.
Wenn du es nämlich nicht bist ... wenn du nach
Hause willst, zu deinen Eltern und deinen Untertanen ... ich täte alles, um dich zu befreien.«

»Das ist sehr freundlich von Euch«, antwortete
Morgwyn mit gezierter Höflichkeit, »aber es geht mir
hier wirklich sehr gut.«

»Besser als zu Hause?« fragte Jule argwöhnisch.

»Viel besser.«

»Du sagst das doch nicht etwa nur deshalb, weil du
Angst vor den Nachtwandlern hast?«

»Ich habe keine Angst vor den Herren und Damen«, protestierte die Kleine. »Sie sind gut und
freundlich zu mir. Sie haben mir alle ihre Schätze und
ihre geheimen Künste gezeigt, und es ist hier viel

schöner als bei dem albernen Fräulein Schröterdink im Schloß!«

Jule sah etwas verblüfft aus, als Morgwyn sich so entschieden äußerte. »Meinst du wirklich?«

»Ja«, sagte Morgwyn und stampfte mit dem Fuß auf, um ihre Worte zu bekräftigen. »Ich will niemals wieder hier weg. Und außerdem wißt Ihr doch, daß ich auserwählt bin.« Ihr kleines Gesicht setzte eine feierliche Miene auf. »Ich bin die Hüterin der Pforte, wißt Ihr das nicht?«

»Du? Ein kleines Mädchen wie du?« mischte Fiana sich mit leisem Spott ein.

»Ich bleibe ja nicht immer klein«, widersprach Morgwyn energisch. »Ich werde bald eine Jungfrau wie Ihr und erwachsen genug sein, um die Pforte zu hüten.«

»Da mußt du schon noch eine Weile Brei essen, bis du erwachsen bist«, gab die Söldnerin schnippisch zurück. Dann jedoch wandte sie sich an Jule: »Ich glaube, sie ist wirklich freiwillig hier.«

Tyndal war hinzugetreten. »Sagte ich es nicht?« bemerkte er, während er liebevoll die Hände auf die Schultern des Mädchens legte. »Sie ist ein wißbegieriges Kind, wie ich eines war, und fühlt sich viel wohler hier unter weisen Lehrern als zu Hause, wo das alte Fräulein Schröterdink ihr nur Sticken und Nähen beigebracht hat.«

Morgwyn nickte heftig zu diesen Worten. »Das stimmt!« rief sie. »Das stimmt genau!«

»Nun ja, wenn das so ist…«, gab Jule nach. »Ich kann es zwar kaum glauben, aber …«

Tyndal griff zu und hob die Kleine samt der Fackel hoch, bis sie auf seinem Arm saß. »Wir beide wissen, wovon wir reden, nicht wahr, Morgwyn?« fragte er lächelnd. »Wir wollen lieber klug und weise werden, als sticken zu lernen.«

»Da stimme ich Euch zu.« Morgwyn gab die Fackel an einen der Diener zurück und schlang beide Arme um den Hals des Zauberers. »Es ist wunderbar hier. Anfangs war ich wohl sehr erschrocken, weil die Herren und Damen so wunderlich aussehen, aber sie sprachen freundlich mit mir und lehrten mich viele Geheimnisse ... und ich liebe die Seelen.«

»Was meinst du – die Seelen?« fragte Jule.

»Die Seelen der Verstorbenen, die vor der Pforte warten. Die Nachtwandler können mit ihnen sprechen, und sie haben mich gelehrt, es auch zu tun. Ich muß die Seelen oft trösten, denn sie sind ängstlich und verstört, seit die Pforte geschlossen ist ... sie warten und können nicht weiter, und ich höre sie oft des Nachts klagen. Dann spreche ich mit ihnen und suche sie zu trösten.« Sie verzog mißbilligend den Mund. »Ninian ist häßlich zu ihnen, er jagt und erschreckt sie. Ich habe es ihm verboten, aber er tut es immer wieder.«

Roisin fragte sich, wer Ninian wohl sein mochte. Dann fiel ihm ein, daß er den Mann mit dem Feuermal des Nachts dabei beobachtet hatte, wie er den Nebelstreif mit einem Händeklatschen erschreckt hatte.

Als sie weitergingen, fragte Tyndal: »Wirst du uns die Bibliothek auch zeigen?«

Morgwyn schüttelte den Kopf. »Die Bibliothek befindet sich in dem Teil des Schlosses, den jetzt niemand mehr betreten kann, weil das Böse darin herrscht ... aber davon werden Euch die Herren erzählen, ich will mich da nicht einmischen. Fragt sie; heute abend werden sie alle Eure Fragen beantworten.«

Roisin spürte, wie ihm ein Schauder über den Rücken lief. *Der Teil des Schlosses, den jetzt niemand mehr betreten kann, weil das Böse darin herrscht* ... Was meinte das Kind damit? War das etwa eine Anspielung auf die Schwierigkeiten, derentwegen die Nachtwandler sie gerufen hatten?

* * *

Selten hatte Roisin so begierig und doch zugleich voll Schaudern darauf gewartet, daß es Abend wurde. Immer wieder blickte er durch die spitzen schmalen Fenster hinaus, ob die Praiosscheibe sich schon dem Horizont näherte, und immer wieder stellte er enttäuscht fest, daß sie stillzustehen schien. Tyndal war kaum weniger ungeduldig. Er brannte darauf, mehr über die geheimnisvolle Bibliothek zu erfahren, in der alle Wissenschätze der Nachtwandler gespeichert lagen. So war er Roisin kein Trost, im Gegenteil, er steckte ihn noch weiter mit seiner Ungeduld an, bis sie es beide kaum noch aushalten konnten.

Sie wollten nicht in ihren Zimmern warten, aber auch nicht den Eindruck erwecken, daß sie im Schloß herumspionierten; also schlenderten die fünf Gefährten in den halbverfallenen Höfen des Schlosses herum und genossen die warme Sonne, die aus dem klaren Himmel des Orklandes leuchtete.

Roisin blickte zu den gruseligen Wasserspeiern auf, die von der Fassade des Schlosses herabglotzten. »Es ist alles sehr seltsam hier«, sagte er mit beklommener Stimme. »Ich wünschte, ich wäre wieder in Lowangen.«

Tyndal schüttelte nur lachend den Kopf. »Nun sei kein Kind, Roisin! Wenn die kleine Morgwyn sich hier nicht fürchtet, was hast du dann zu fürchten, ein starker und mutiger Bursche wie du? Die Herrschaften sehen wohl ein wenig ungewöhnlich aus, aber du siehst doch, wie fein und wohlerzogen sie sind. Wir haben gewiß nichts Böses von ihnen zu befürchten.«

Roisin seufzte. Das bedrückte ihn doch gar nicht!

Er hatte keine Angst, die Nachtwandler könnten ihm etwas antun. Er hatte einfach Angst, weil alles hier so altertümlich und geheimnisvoll war, von dem verfallenden Schloß angefangen bis zu seinen Bewohnern. Es wehte ihn an wie ein Eishauch aus einem finsteren Schlund, wenn er an die unermeßliche Zeit dachte, die dieses schwarze Schloß schon in der Wildnis stand, erbaut von einem Volk, das keine Spur in der Geschichte hinterlassen hatte. Man wußte nicht einmal mehr, wie diese Füßler ausgesehen hatten. Kein Ton ihrer Gesänge, kein Wort ihrer Dichtungen war erhalten geblieben; niemand wußte, woher sie gekommen waren oder warum sie so spurlos vom Angesicht Deres verschwunden waren.

»Es ist alles so alt hier«, sagte Roisin unglücklich.

Aber Tyndal ließ sich seine gute Laune nicht nehmen. »Nun, das heißt doch nur, daß sie vieles aus alter Zeit aufbewahrt haben, das anderswo verschollen ist«, widersprach er. »Und hast du gehört, was das kleine Mädchen gesagt hat? Sie haben ihr beigebracht, mit den Seelen zu sprechen. O Roisin! Denk nur, was man alles von den Verstorbenen lernen könnte!«

Roisin schwieg und starrte auf seine verschränkten Hände nieder. Ihm gruselte bei dem Gedanken an den kalten Nebelstreif, den er von seinem Fenster aus gesehen und dessen jämmerliches Klagen er gehört hatte. Nicht im Traum wäre es ihm eingefallen, hinunterzugehen und mit diesen bleichen Gespenstern zu sprechen! Er war gar nicht neugierig darauf, was sie zu erzählen hatten, selbst wenn sie alle Geheimnisse der sieben Sphären kannten. Aber Tyndal war da anders; Tyndal hätte sich kopfüber in jedes Abenteuer gestürzt, um sein Wissen zu vermehren.

Er fragte nachdenklich: »Wozu willst du soviel wissen, Freund, daß du nicht einmal davor zurückschaudern würdest, die Toten zu befragen? Nun bist du schon so gelehrt, der beste deiner Klasse und der Lieblingsschüler des Magister Elcarna – warum mußt du die Leute noch immerzu mehr beeindrucken?«

Tyndal schüttelte entschieden den Kopf. »Du mißverstehst das völlig, mein Lieber. Es geht mir nicht um den Ruhm. Selbst wenn niemand je erführe, was ich gelernt habe, und niemand mich rühmen möchte, würde ich immerzu lernen. Die Wissenschaft, Roisin, hat ihren eigenen Geschmack, und wenn du ihn einmal wirklich gekostet hast, kannst du nicht mehr davon lassen. Ich habe nicht zaubern gelernt, um ein Nashorn zu versteinern oder euch sonstwie aus der Patsche zu helfen. Das sind alles nur Nebenwirkungen. Die wahre Lust ist es, den Zauber zu erlernen, zu verstehen, wie das Gespinst der Sphären sich verändert, wenn eine magische Matrix darin entsteht.« Er blickte den Freund aus leuchtenden Augen an. »Was dem Musiker der Ton ist und dem Bildhauer der Marmor, das ist mir die Wissenschaft, Roisin. Und wenn ich ein Zauberbuch lese, dann weiß ich mich eins mit alle jenen, die vor mir von diesem Bann erfaßt wurden, die vor mir dasselbe erlebten wie ich. Ich sehe sie um mich stehen, ich höre ihre Stimmen, ich fühle mit, wie mühselig sie forschten und wie reich sie belohnt wurden, wenn sie die Thesis erstellten. Ein Narr, der zaubert, um Gewinn davon zu haben!«

Roisin legte mit einer hilflosen Geste die Hand auf Tyndals Arm. Er hörte die Worte des Freundes, aber er wußte, daß er ihn nicht verstand. Er sah den Glanz in seinen Augen und hörte das Beben in seiner Stimme, aber was Tyndal wirklich fühlte, blieb ihm verschlossen.

Der Zauberer spürte wohl, wie es ihm erging, denn plötzlich riß er sich aus seiner Versunkenheit los und lächelte Roisin warmherzig an. »Verzeih mir – ich schwatze viel zuviel von Dingen, die dir nichts sagen. Sieh, da kommen deine Frau und Fiana, wir wollen uns mit ihnen zusammensetzen.«

Die Sonne machte sich eben daran, hinter die höchsten Türme des Schlosses zu sinken, und die Höfe bedeckten sich langsam mit Schatten, als ihnen ein bekanntes Gesicht begegnete. Aus einer schmalen Pforte tauchte – in Gesellschaft eines Nachtwandlers – der Mann mit dem Feuermal auf.

Außer Roisin hatte niemand gewußt, daß er sich im Schloß aufhielt, und so gafften sie ihn alle verdutzt an. Er starrte mit offenem Mund zurück, und dann klammerte er sich plötzlich an den Ärmel des Nachtwandlers, der ihn begleitete, und kreischte auf: »Da! Sie! Sie!« Dabei richtete er mit ausgestrecktem Arm einen schmutzigen Zeigefinger auf Fiana Timerlan. »Böse!« geiferte er. »Grausam! Bööööse…«

Der Nachtwandler runzelte die Stirn und wandte ihm seinen trotz der Dämmerung blinzelnden Blick zu. »Was ist geschehen?«

Der junge Mann steigerte sich binnen weniger Lidschläge in eine solche Wut hinein, daß ihm der Schaum vom Mund flockte. »Sie!« schrie er mit gräßlich verzerrtem Gesicht. »Sie! Hat mir gestoßt! Hat mir geschlagt! Mir meine Hase weggenehmt! Mir mit die Speer gestoßt! Böse!«

»*Mich mit dem Speer gestoßen*«, korrigierte der Nachtwandler geistesabwesend, dann blickte er Fiana an. »Meine Dame?« fragte er mit deutlich vorwurfsvoller Stimme.

Fiana zuckte mürrisch die Achseln. »Ich konnte nicht wissen, daß er zum Haus gehört. In der Wildnis muß man vorsichtig sein.«

Der Bursche wollte von neuem aufschreien, aber

der Nachtwandler umschloß seinen Arm mit beinernen Fingern (in denen eine unerwartete Kraft steckte) und sagte: »Still, Ninian. Warum«, wandte er sich an Fiana, »habt Ihr ihm seinen Hasen weggenommen?«

»Wir haben ihn zurückgegeben«, verteidigte sich die Söldnerin.

Ninian funkelte sie giftig aus schmalen Augenschlitzen an. »Messer weggenehmt«, maulte er.

»Gebt ihm sein Messer zurück«, befahl der Nachtwandler.

Fiana fuhr mit der Hand in den Stiefelschaft, zog den Dolch heraus und reichte ihn dem Geflügelten, der ihn an seinen Gefährten weitergab. Ninian steckte das Messer zurück in den Hosenbund. Er kostete seinen Triumph voll aus, ebenso ungehemmt, wie er zuerst seiner Wut Ausdruck gegeben hatte. Er warf mit verzerrtem Gesicht den Kopf hin und her, schlang die Arme um die Schultern, rieb ein Bein am anderen und japste vor Freude und Befriedigung. Immer wieder schmiegte er die Wange an die knochige Schulter des Nachtwandlers und blickte ihn an, und Roisin sah erstaunt, daß Zärtlichkeit und Zuneigung in seinem Blick lagen. Plötzlich erschien er ihm viel mehr elend als bedrohlich. Vielleicht, dachte der Handelsmann, hängt es damit zusammen, daß der Geflügelte ihn beim Namen genannt hat. Ein Wesen, das einen Namen hatte, war immer nur halb so schlimm wie ein namenloses.

»Ich bin Sedrach, und er ist mein Schüler«, bemerkte der Nachtwandler, wohl um zu erklären, woher er seine Autorität nahm.

Tyndal tat einen Schritt auf ihn zu. »Das ist zweifellos eine große Herausforderung«, sagte er mit gerunzelter Stirn. Damit meinte er natürlich: *Was wollt Ihr dem Schwachsinnigen schon beibringen?* Aber Ninian schien sich geschmeichelt zu fühlen, daß man ihn eine Herausforderung nannte, brach in ein rauhes Lachen aus und warf mit einer großartigen Geste das Haar aus der Stirn.

»Ja, das ist es«, stimmte der Geflügelte zu. »Wir fanden ihn im Wald, als er etwa vierzehn Jahre alt war … Man hatte ihn zusammen mit einer toten Katze in einen Sack eingenäht und in der Wildnis liegengelassen, den Bären und Wölfen zum Fraß. Wir erfuhren durch unsere Späher davon und retteten ihn. Wir haben ihm einiges beigebracht, und er bedankt sich mit frischen Kaninchen – er ist ein geschickter Fallensteller.«

Ninian hatte diese Erzählung mit einer erstaunlichen Abfolge von Grimassen begleitet. Auf seinem zuckenden, verunstalteten Gesicht malten sich Angst und Wut, dann Trauer, dann Erleichterung und Freude, und zuletzt klammerte er beide Hände um den Arm des Nachtwandlers und drängte sich an ihn, wohl um zu sagen, daß sie unzertrennlich seien.

»Habt Ihr Magie angewandt, um ihn zu unterrichten?« fragte Tyndal neugierig.

Roisin ließ den Blick von einem der beiden Männer zum anderen gleiten und dachte: Wie ungleich die Götter doch ihre Gaben verteilen! Da war Tyndal Sandström, schön und hervorragend begabt, und dort diese arme schwachsinnige Kreatur mit dem entstellten Gesicht. Wer mochte verstehen, warum die Götter sie so und nicht anders geschaffen hatten?

Der Nachtwandler beantwortete Tyndals neugierige Frage mit einem Kopfschütteln. »Nein, Magie ist da nicht empfehlenswert. Es läßt sich auch ohne Magie bewerkstelligen. Man muß nur auf den Herzschlag eines Menschen horchen, dann unterrichtet man ihn richtig … Als er hierherkam, konnte er kaum sprechen und schlief da und dort in den Winkeln, wo ihn die Müdigkeit überkam. Heute kann er sprechen und weiß, daß er seine eigene Kammer hat, die niemand außer ihm betreten darf. Er schmückt sie aufs seltsamste mit den knöchernen Schädeln und den Bälgen der Hasen, die er erbeutet, aber wir lassen ihn tun, was er für gut hält. Er ist ein lieber Junge.« Seine Skelettfinger drückten freundlich Ninians Arm, und der junge Mann brach von neuem in ein heiser bellendes Lachen aus und wischte sich die klebrigen Haarsträhnen aus den Augen. »Aber nun müßt Ihr uns entschuldigen, Herr Adeptus, wir haben heute noch einige Lektionen durchzugehen.« Damit nickte er den Reisenden gemessen zu und zog Ninian, der immer noch sehr gut gelaunt schien, mit sich durch eine der düsteren Pforten des Schlosses.

Tyndal starrte ihm kopfschüttelnd nach. »Das soll einer begreifen!« bemerkte er. »Da sind diese Wesen die klügsten Geschöpfe von Dere – und dann vergeuden sie ihre Zeit damit, einen Halbidioten zu unterrichten! Was wollen sie dem Burschen schon beibringen? Welch eine Verschwendung!«

»Es ist aber gut und göttergefällig von ihnen, daß sie sich um ihn gekümmert haben«, protestierte die weichherzige Jule. »Wie grausam, ein Kind in einem Sack im Wald auszusetzen!«

»Ja, gewiß … ich sage ja auch nicht, daß sie ihn hätten liegenlassen sollen«, murmelte Tyndal beschämt. »Aber wozu *unterrichten* sie ihn?«

Es sah fast aus, als fühle er sich persönlich gekränkt, daß die geheimnisvollen Lehrer, von denen er soviel erwartete, sich mit jemandem wie Ninian abgaben – beinahe, als stünden sie auf derselben Stufe!

»Nun«, mischte sich Herr Raskal ein, »er hat doch einiges gelernt, nicht wahr? Die Nachtwandler unterrichten jeden, der willens ist, von ihnen zu lernen, jeden nach seinem Vermögen. Sie hatten auch einige kleine Orken zu Schülern, von denen zumindest einer, soviel ich weiß, ein Priester des Tairach wurde.«

»Nun«, sagte Tyndal mit schmalen Lippen, »da befinde ich mich ja in der besten Gesellschaft!«

Irgendwann wurde es dann doch Abend. Ein Diener rief zum Essen.

Morgwyn saß diesmal nicht bei Tisch, aber kaum hatten sie sich gesetzt, als Herr Sedrach auftauchte, der seinen Schützling mit sich zog. Ninian schien nicht sonderlich glücklich darüber, er sträubte sich schwach bei jedem Schritt und kaute an einer Haarsträhne, so wie kleine Mädchen an ihren Zopfenden kauen.

Herr Sedrach sagte: »Wir haben es für gut befunden, daß ihr Menschen gemeinsam eßt. Ihr braucht euresgleichen zur Gesellschaft.« Damit drückte er Ninian in den hölzernen Stuhl nieder und blieb hinter ihm stehen, die Hände auf seinen Schultern, als wolle er ihn daran hindern, daß er aufsprang und davonrannte. Mit lauter, eindringlicher Stimme sagte er: »Sie sind nicht böse, Ninian. Sie wissen, daß du hier zu Gast bist, genauso wie sie selbst. Sie wissen, daß sie nicht böse zu dir sein dürfen. Jetzt iß.« Damit nickte er ihnen allen zu und ging.

Die Runde saß ein paar Lidschläge lang schweigend da. Dann griff Jule nach dem Brotkorb, lächelte Ninian an und schob ihm den Korb zu. »Nimm dir.«

Der Junge verzerrte vor Aufregung das Gesicht, fletschte gräßlich die Zähne und reckte den Hals wie ein Gehenkter, aber es war offenkundig, daß er nur seiner Angst und Unsicherheit Ausdruck gab, und die Gefährten taten, als hätten sie nichts Besonderes gesehen. Ein paar Lidschläge später beruhigte er sich wieder, stieß einen rauhen Laut aus, der wohl ein Dank sein sollte, griff nach einem der Brote und biß ab.

Roisin beobachtete ihn von der Seite und dachte, daß er gern reden wollte, es aber nicht wagte und aus der inneren Anspannung heraus solche schaurigen Grimassen schnitt. Er fragte sich, wie es sein mochte, jahrelang unter Nachtwandlern zu leben. Gewiß, sie waren ehrbare und gütige Geschöpfe, aber sie waren doch sehr absonderlich anzusehen mit ihren gefiederten langen Schwingen und den fleischlosen bleichen Gesichtern, die Totenköpfen so ähnlich sahen.

Jule schien dasselbe zu denken, denn sie wandte sich an Ninian. »Sind sie gut zu dir?« fragte sie.

Es dauerte eine Weile, bis der Junge sich soweit gesammelt hatte, daß er antworten konnte, aber dann nickte er. »Sind gut, ja«, sagte er, wobei er die Worte hervorstieß, als müßte er sie einzeln ausspucken. »Geben mir Fleisch zu essen … Brot … süßen Brei.« Er lachte und deutete auf die Karaffe mit dem Beerenschnaps. »Das macht froh … aber viel davon macht krank. Kopf krank, Bauch krank.« Immer noch lachend, fegte er mit der Hand vor dem Gesicht hin und her. »Ich nicht … ich will nicht, nein.«

Jule lachte mit ihm, und diese Freundlichkeit löste ihm die Zunge. Er redete, als ginge es um sein Leben. Alles, was er in den letzten Wochen und Monaten erlebt hatte, stürzte aus ihm heraus. Freilich, was er erzählte, waren alltägliche Kleinigkeiten, die ihm beim Fallenstellen oder beim Umgang mit den Nachtwandlern zugestoßen waren, aber es schien ihn sehr glücklich zu machen, daß er mit seinesgleichen reden konnte. Roisin fand es mühselig, seiner abgehackten, bellenden Rede zu folgen, denn Ninian legte nicht viel Wert darauf, die Dinge in der richtigen Reihenfolge zu erzählen; er schwatzte einfach dahin, wie es ihm gerade in den Sinn kam. Offenbar war er überaus erleichtert, daß die Fremden ihn nicht mehr bedrohten, und jetzt tat er sein Bestes, sich freundlich und gesellig zu zeigen.

Als Tyndal jedoch anfing, ihn nach seiner Vergangenheit auszufragen – *Wer sind deine Eltern? Wo hast du früher gewohnt?* –, da gab er auf jede Frage nur ein kurzes, mürrisches ›Weiß nicht‹ zur Antwort. Entweder konnte er sich tatsächlich nicht mehr daran erinnern, oder, was Roisin wahrscheinlicher erschien, er *wollte* sich nicht erinnern, so daß Tyndal es rasch wieder aufgab.

Fiana gegenüber war er immer noch feindselig, aber Jule mochte er sichtlich gern. Plötzlich knotete er eines der vielen dünnen Lederbänder los, die er ums Handgelenk trug, reichte es ihr über den Tisch hinweg und starrte ihr ins Gesicht wie ein Hund, der seinem Herrn die Pfote aufs Knie legt.

»Danke«, sagte Jule und lächelte. »Danke … das ist sehr freundlich von dir.«

Er lachte so sehr, daß er sich verschluckte, bedeckte die Augen mit beiden Händen und wurde so rot, daß das Feuermal sich kaum noch von seiner Haut abhob.

Wenig später erschien Herr Charmion. »Ich hoffe, ihr hattet einen erlebnisreichen Tag«, sagte er höflich. »Die Herren und Damen lassen jetzt bitten. Sie stehen euch und euren Fragen völlig zur Verfügung.«

Wieder wurden die Gefährten in den Saal mit den Gwen Petryl-Steinen geführt. Wieder saßen die Nachtwandler, wie Vögel in einem Schwarm, eng zusammengedrängt am dämmrigsten Ende und unterhielten sich in ihrer zischenden, raschelnden Sprache. Dann erhob sich einer von ihnen, eine würdevolle Gestalt mit grauen Haarflechten und mächtigen Flügeln. »Ich bin Churchemon«, sagte er mit heiserer, aber gut verständlicher Stimme, »der Sprecher meiner Brüder und Schwestern hier. Wir wissen, daß Ihr viele Fragen an uns habt, Tyndal Sandström, und Ihr auch, Roisin Bellentor.«

Kaum machte er eine Pause, platzte Tyndal dazwischen: »Der Meister Elcarna versprach mir, Ihr würdet mich unterrichten.«

Es war ein ungehöriger Zwischenruf, denn Herr Churchemon war noch nicht an das Ende seiner Rede gekommen, aber die Nachtwandler nahmen es nicht übel auf. Sie zischelten untereinander und betrachteten Tyndal mit wohlgefälligem Kopfnicken und Flügelrauschen. Offenbar gefiel ihnen seine Wißbegier.

»Ihr werdet mehr als befriedigt werden, Herr Adeptus«, versprach Herr Churchemon. »Aber zuerst zu der Sorge, die uns quält. Hat der Magister Elcarna zu euch davon gesprochen?«

Alle Anwesenden schüttelten im Chor den Kopf. Roisin wurde unbehaglich zumute. Während eines Großteils der Reise hatte er sich eingeredet, daß er nichts weiter zu tun habe, als Tyndal in das wilde Land zu begleiten, ja daß ihn die ganze Unternehmung eigentlich nichts angehe. Aber jetzt würde herauskommen, warum diese Spukgestalten ihn hierhergebeten hatten.

Herr Churchemon setzte sich, schlug mit zeremoniellen Bewegungen seine langen Kleider über den Knien zusammen und begann mit heiserer Stimme zu zitieren:

»Rastlos irret die Seele umher, denn verschlossen
sind ihr Borons, des Hüters, von Schatten
    verhangne Gemächer.
Uthars Pforte wandelt verdeckt im verborgnen.
Türlos ist der finstere Himmel. Jammernd
    umschwärmen
die Schatten der Toten das Tor, das

verschwund'ne. Thargunitoth lauert, die finstere
Herrin. Verlangen
treibt sie, die hilflose Schar zu verschlingen.
Da reute es Marbo, die Bleiche, daß sie den
Zugang verborgen,
und sie erbarmte sich herzlich der klagenden
Toten,
riß eine Pforte auf, tief in den Wurzeln der Berge,
wo in der Finsternis pochet das feurige Herz des
Gebirges.
Seufzend wallten die Schatten hinein in die
lichtlosen Schlünde,
fanden in Borons Hallen die Ruhe, die zitternd
ersehnte.
Lange Zeit lag die heimliche Pforte im Dunkeln,
nur Seelen,
bleich und verblichen, durcheilten die düsteren
Gänge.«

Seine Stimme verebbte, er blickte die Gäste aus düster
umschatteten Augen an. »Das ist ein Teil aus unserer
Familienchronik. Marbo ließ uns die Ehre zuteil werden, die heimliche Pforte in Borons Reich zu bewachen, die den Toten Eingang gewährt, solange Uthars
Pforte verschlossen ist, und viele Jahrhunderte taten
wir diesen Dienst. Nun aber ist ein Unheil über uns
gekommen, das die Pforte unpassierbar gemacht hat.
Vor zwei Jahren suchte uns während der Namenlosen
Tage ein Unwesen heim... eine Kreatur der Nacht,
halb Ogerweib, halb Dämonin, die in unsere tiefsten
Hallen eindrang, dort, wo das Herz des Gebirges
schlägt. Burzum ist der Name, den die Orken diesem
Schrecknis der Niederhöllen geben. Wir wandten unseren ganzen Zauber an, um sie zurückzudrängen in
die Schlünde, aus denen sie emporgestiegen ist, aber
eine böse Macht schützt die Kreatur, so daß unsere

Sprüche nichts gegen sie ausrichten konnten. Da wandten wir uns an unsere Ahnen, um ihren Rat zu erfragen, und sie gaben uns folgende Antwort: *Sucht einen Menschen, der von keinem Weib geboren wurde. In seinem Blut ist die Kraft, das Ungeheuer zu vernichten.*«

Roisin fühlte, wie ihm schwindelte. Dasselbe hatte der Magister Elcarna ihm auch gesagt, aber was hatte das alles zu bedeuten? Er war ein so gewöhnlicher Mensch, nichts weiter als ein Händler. Wie kam er dazu, in Dinge verstrickt zu werden, die den Höchsten und Mächtigsten der magischen Kunst Sorgen bereiteten? Und was bedeutete der Satz *in seinem Blut?* Bei allen Gehörnten, was hatten sie mit ihm vor?!

Herr Churchemon antwortete, als hätte er seine Gedanken gelesen. »Fürchtet nichts von uns, Herr Roisin! Wir stehen tief in Eurer Schuld, nachdem Ihr uns so tapfer zu Hilfe geeilt seid, obwohl Ihr zweifellos wichtige Dinge in Lowangen zu tun hattet. Wir werden Euch Eure Hilfe nach Kräften lohnen – wenn es Gold ist, das Ihr begehrt, sollt Ihr haben, soviel Euch gefällt.«

»Laßt mich erst sehen, was ich ausrichten kann, ehe Ihr von Belohnungen redet, Euer Magnifizenz«, antwortete Roisin. Am liebsten hätte er laut geschrien: Seht Ihr denn nicht, daß ich Euch nicht von Nutzen sein kann? Meine magischen Kräfte reichen gerade so weit, daß ich Geschirr zerschlagen und die Mägde erschrecken kann, und sonst verstehe ich nichts von den Geschäften der Zauberer und will auch nichts davon verstehen!

»Gewiß, gewiß«, sagte Churchemon, ohne die Abweisung in den Worten zu beachten. »Ihr seid sehr bescheiden, das kleidet Euch gut. Doch nun zu Euren Fragen, ich sehe, sie brennen Euch bereits auf den Lippen.«

Ehe Roisin noch ein Wort sagen konnte, hatte sich Tyndal zu Wort gemeldet. »Wie gelangte dieses Wesen, das Ihr nanntet, in euer Schloß? Es ist doch gewiß gut bewacht!«

»Es drang nicht von außen ein«, erwiderte einer der Nachtwandler, Barchon mit Namen. »Es schlief in den Tiefen des Berges, bis es erweckt wurde. Wir wissen nicht, ob das durch eine unglückliche Sternenkonstellation geschah oder am Ende gar durch den Ruf des Bösen, dessen ferner Schatten auch auf unser Land fällt – Borbarads, des Dämonenmeisters. Seit er die Macht im Osten an sich gerissen hat, erwachen schreckliche Dinge, die lange im Schlaf gelegen haben. Eins dieser Dinge ist das Ogerweib. Keine Waffe kann es besiegen, denn sein Leib ist aus lebendigem Stein, und kein Zauberspruch hat bislang vermocht, es zu vertreiben, obwohl wir die ältesten und kräftigsten Sprüche anwandten. Nun haust das Schrecknis in unserer tiefsten Halle, der Bibliothek, wo alle unsere Wissensschätze aufbewahrt sind, und Ihr, Roisin, seid unsere letzte Hoffnung, es zu vernichten.«

Roisin sah einen Hoffnungsschimmer. »Wenn es nur mein Blut dazu braucht, Ihr Herren« – er streckte den Arm aus und schob den Ärmel hoch –, »so laßt mich zur Ader und tut, was Euch beliebt.«

»Ach, wenn es so einfach wäre«, widersprach Churchemon betrübt. »Aber Ihr müßt frisches Blut geben, wie es aus einer Wunde springt.«

Roisin wurde kalt vor Entsetzen. »Ich kann nicht mit einem Ogerweib kämpfen«, protestierte er heftig. »Nicht einmal mit einem gewöhnlichen Oger und erst recht mit einem, der dämonische Kräfte besitzt. Wollt Ihr mich in den Tod schicken?«

Die Nachtwandler sahen einander an, raschelten und murmelten, dann meldete sich eine Stimme zu

Wort. Roisin hatte den Eindruck, daß es eine Frau war, die diesmal sprach – ihre Stimme klang eine Spur heller und milder als die der Gefährten. Aber es konnte genauso ein jüngerer Mann sein. »Wir wollen Euch nicht verhehlen, daß es Euer Ende bedeuten kann«, sagte die Stimme traurig. »Aber bedenkt, diese Gefahr droht nicht nur uns allein. Das Oger-weib wütet auch unter den Orken, die hier herum hausen. Die Korogai haben den Verlust vieler Kinder zu beklagen, die es ihnen entrissen und verschlungen hat, denn das Ungeheuer ernährt sich vom Fleisch der Zweibeiner. Am schlimmsten aber trifft es die Seelen, die durch diese Pforte den Eingang in Borons Reich suchen – sie wagen sich nicht mehr herein und irren klagend und jammernd umher, daß es einem das Herz zerreißen möchte.«

Roisin preßte unwillkürlich die Faust an den Mund. Er wünschte, er könnte diesem absonderli-chen Gespenst sagen, daß es ihm gleichgültig war, wie viele Orkenjunge das Monster verzehrte, daß ihn auch die Sorgen der irrenden Seelen herzlich wenig kümmerten, daß er nichts anderes wollte, als wieder daheim in seinem Haus in Lowangen zu sein, am be-sten in der Speisekammer. Aber natürlich konnte er das alles nicht sagen. So biß er sich nur auf die blut-leeren Lippen und ballte die Fäuste.

Das Wesen, das vielleicht eine Frau war, sprach in mitleidigem Ton weiter. »Es ist eine harte Prüfung für Euch, das sehe ich Euch an, und eine, die Euch unge-recht erscheint. Aber seit der Schatten im Nordosten Gestalt angenommen hat, ist niemand mehr sicher, weder die Wehrhaften noch die Hilflosen, weder Krieger noch Händler. Er sendet seinen Schrecken über uns alle. Wir sind alle gleichermaßen davon be-troffen. Heute sucht uns ein Unheil heim, morgen mag Borbarad eines in Eurer Heimatstadt erwecken.

Wir leiden mit Euch, Roisin, aber gewiß werden Eure Götter Euch ein tapferes Herz schenken.«

Seltsamerweise hatte Roisin bei diesen Worten das Gefühl, daß der Fuchs auf seinem Oberarm kribbelte und pochte, wie er es getan hatte, während die Tätowierung abheilte. Seine Gedanken flogen zu Phex. Ja, jetzt steckte er in einer der Zwickmühlen, mit denen nur der göttliche Fuchs fertig wurde! Er sandte ein lautloses Stoßgebet zur Zitadelle der Götter empor. Dann atmete er tief durch und sagte ruhig: »Ich will tun, was ich kann.«

Darauf folgten allseits heftiges, beifälliges Kopfnicken und Flügelschlagen; beinerne Hände klatschten zustimmend. Herr Churchemon sprach: »Wir danken Euch. Stärkt jetzt Euren Mut durch Gebete und Anrufungen, denn Herr Charmion wird Euch an den Rand des Abgrunds führen.«

Das Herz des Gebirges

Herr Charmion reichte jedem der Reisenden einen Gwen Petryl-Stein, um ihnen zu leuchten. Dann führte er die Gefährten seltsame Wege, erst durch fensterlose Zimmerfluchten und Korridore, die nur unzulänglich vom matten Schein der Gwen Petryl-Steine erhellt wurden, dann eine Treppe hinab, die in noch tiefere Bereiche des Berges führte – roh behauene Gänge, die zweifellos aus natürlichen Höhlen stammten. Überall wimmelte es von Fledermäusen, deren gespenstische Schatten im schwachen Licht sichtbar wurden. Sie umschwirrten den Nachtwandler, ließen sich auf seinem Haar und seinen Schultern nieder und schienen ihm Botschaften zuzuflüstern, ehe sie mit der ihnen eigenen unheimlichen Lautlosigkeit wieder davonhuschten

»Es führt natürlich auch ein anderer Weg zum Herz des Gebirges«, erklärte Herr Charmion. »Ein breiter und prächtiger Weg durch die Wurzeln der Berge, den die Angroschim den Königsweg nannten, aber wir können ihn nicht mehr benützen, denn er ist hoch und breit genug, um die Ogerin durchzulassen … wir müssen auf schmalen und engen Wegen gehen.«

Roisin schritt dahin wie im Traum. Immer wieder meinte er, daß er hochschrecken und aufwachen müßte, daß die Finsternis um ihn zerflattern müßte und er in seinem eigenen Zimmer und seinem eigenen Bett erwachen werde, triefnaß vor Schweiß und mit klopfendem Herzen, ansonsten aber heil und gesund. Er konnte nicht glauben, daß er wirklich hier war, daß er mit jedem Schritt tiefer in die Finsternis der Mine Abbadon hinabstieg. Treppen folgten einander in endloser Reihe: einmal eine gewundene, dann wieder eine gerade, die in schwindelerregendem Sturz in das Kellerdunkel hinabführte. Dazwischen wanden sich Gänge, krumm und niedrig gewölbt, vom Tropfen unsichtbarer Wasser erfüllt. Es wurde immer kälter, bis er sich die Hände reiben mußte, damit sie ihm nicht erstarrten. Wie Spukgesichte zogen merkwürdige Bilder an ihm vorbei – Öffnungen in den Felsmauern, die in pechschwarze tiefe Kammern führten, steinerne Balustraden, die den Ahnungslosen davor bewahrten, in Schlünde und Schächte zu stürzen, Karfunkelsteine, die wie matte blaue Lampen an den Felswänden leuchteten.

Mit der Zeit gewöhnten seine Augen sich an das trübe Licht der Gwen Petryl-Steine, und es fiel ihm leichter, dem raschen, trippelnden Schritt des Nachtwandlers zu folgen, aber dann schien es ihm wieder, daß die halbe Dunkelheit seine Augen narrte – er meinte da und dort einen flackernden Widerschein rötlicher Flammen zu sehen, als lodere tief unten im Herzen des Berges ein gewaltiger Brand, der durch winzige Ritzen und Spalten hindurchleckte. Stumm und verängstigt folgte er dem Führer, der wie ein gewaltiger Schatten vor ihnen her glitt, und bemühte sich krampfhaft, nicht zu stolpern und an keinen der vorspringenden Felszacken anzustoßen, die sich heimtückisch aus der Dunkelheit reckten.

Auch seine Ohren, so schien es ihm, erlagen einer seltsamen Täuschung – waren es unterirdische Wasser, die einen Schall hervorbrachten, als hämmerten Meißel und Schlegel mit dumpfem Schlag an den Felsen? Aus den Gängen, die seitwärts abzweigten und in die Tiefe hinabführten, scholl es herauf, ein fernes

Hämmern und Pochen, ein Tappen und Scharren wie von unsichtbarer Geschäftigkeit in den Abgründen. Roisin fürchtete schon, die Finsternis habe alle seine Sinne gleichermaßen verwirrt, da blieb Tyndal plötzlich stehen, hob die Hand und fragte mit gedämpfter Stimme: »Was ist das, Herr Charmion – dieses Pochen und Trappen? Arbeitet ihr in den Tiefe der Berge?«

Der Nachtwandler schüttelte den Kopf. Im grünlichen Licht der Steine, die ihn nun von allen Seiten beleuchteten – denn alle waren mit ihren steinernen Lampen stehengeblieben und warteten darauf, seine Antwort zu hören –, sah er aus wie eine grünspan-überzogene alte Statue. »Was ihr hört«, sagte er leise, »sind die Geister der Zwerge, die ihr Verderben hier fanden. Bis ans Ende der Zeiten müssen sie hämmern und meißeln, die Unglückseligen, deren Seelen Ingerimm sich anzunehmen weigerte. Aber habt keine Furcht; sie kommen nicht herauf. Sie wühlen sich immer tiefer nach unten, in die Wurzeln der Erde, in die abgründigen Finsternisse jenseits der tiefsten und schaurigsten Stollen.«

Wie ein kalter Hauch ging es über die Gefährten hin, als sie dem unheimlichen Klang lauschten, aber da sagte Herr Charmion schon: »Kommt weiter. Achtet nicht auf ihr Hämmern.«

Etwas später – Roisin erschien es wie Stunden – zwängten sie sich durch eine schmale Pforte und standen am Eingang eines finsteren Raumes. Das Licht der Gwen Petryl-Steine reichte nicht weit, aber ein hohler Hall verriet, daß es ein großer Raum war. Hoch wie ein Tempeldach wölbte sich die rauhe steinerne Decke über ihnen, von der eisige Wasser herabtropften. Und seltsamerweise widerhallte das Tropfen der Wasser von *unten* her, als stünden sie auf einem Balkon über unergründlichen Tiefen und blickten in einen Abgrund hinunter, in dem gefangenes Wasser tobte wie eine Bestie im Zwinger. Herr Charmion gebot ihnen mit einer Handbewegung, nicht weiterzugehen.

»Hier müßt ihr vorsichtig sein«, warnte er. »Denn nur in der Mitte führt ein Pfad durch diese Halle, die wir die Schachtbrückenhalle nennen. Wie eine Brücke schwingt er sich über atemberaubende Tiefen. Hütet euch wohl, daß euer Fuß nicht stolpert und strauchelt! Haltet die Hand fest auf dem Seil, das zu eurer Sicherheit dort gespannt ist, und laßt es nicht los!«

Roisin fühlte, wie das Herz ihm im Hals hämmerte. Das Licht fiel auf einen steinernen Pfad, kaum breiter, als sein Arm lang war, und links und rechts davon gähnte onyxschwarze Finsternis, aus der ein Murmeln und Mahlen heraufdrang, als stürzten die unsichtbaren Wasser dort unten über Mühlräder!

Tyndal ging als erster – die Neugier, welche Geheimnisse hier zu entdecken sein mochten, überwand sein Unbehagen. Mit festem Schritt setzte er den Fuß auf die schmale Brücke und griff nach dem Seil. Fiana schloß sich ihm an, und Roisin – der nicht der letzte sein wollte – folgte ihr mit allem Mut, den er aufbieten konnte. Hinter ihm kamen Jule und Raskal, dann als letzter der Nachtwandler. Das Seil war straff gespannt, dennoch zitterte und ruckte es in seiner Hand, als wolle es jeden Augenblick nachgeben, und jeder seiner Schritte hallte dumpf in der mahlenden Tiefe wider. Den Blick fest auf Fianas ledergepanzerten Rücken gerichtet, tappte er vorwärts, eine Hand auf dem Seil, in der anderen den leuchtenden Stein. Eisige Kälte wehte empor aus den Schlünden; er sah, wie sein Atem eine kleine Wolke vor dem Mund bildete.

Roisin konnte es kaum glauben, als Fiana sich nach einer Weile umdrehte und mit gedämpfter Stimme flüsterte: »Vorsicht – haltet Euch hier an der Felszacke fest, ich gebe Euch die Hand – so – nun sagt Phex Dank, denn Ihr habt es geschafft!«

Durch schweißverklebte Wimpern blinzelnd sah er, daß Tyndal wartend auf einem Felsblock saß und Fiana sich eben auf einem weiteren Block niederließ. Er hatte es tatsächlich geschafft. Aber es dauerte noch Minuten, bis das krampfhafte Zittern in seinen Beinen nachließ und sein Herz wieder einigermaßen ruhig schlug.

Wenig später erreichten sie einen unbehauenen Gang, so schmal und niedrig, daß sie gerade noch darin kauern konnten. Herr Charmion hieß sie innehalten, dann wies er auf einen waagrechten Spalt im Gestein, etwa so lang und breit wie der Arm eines Mannes, in dem sich ein rötliches Licht und ein unerklärliches Glitzern zeigten. »Hier«, sagte er mit gedämpfter Stimme, »könnt ihr hinuntersehen, ohne von unten gesehen zu werden. Aber schweigt, während ihr schaut; das Ungeheuer hat wachsame Ohren.«

Roisin fühlte, wie ihm halb von der Anstrengung des Kletterns, halb vor Erregung die Schweißtropfen über den Rücken sickerten. Er preßte die Lippen zusammen, als er sich zwischen Tyndal und Fiana nahe an den Spalt heranschob und hindurchspähte.

Zuerst blendeten ihn das flackernde rötliche Licht und der metallische Glanz, die von unten heraufdrangen, aber allmählich gewöhnte er sich daran. Er sah, daß der Schlitz sich im Dach einer riesigen steinernen Halle befand, die noch größer war als jene, die sie auf der Schachtbrücke durchquert hatten. Diese Halle war jedoch sorgsam behauen und gemeißelt. Geschmückt wie ein Tempel erhob sie sich auf dem tiefsten Grund des Gebirges. Zweifellos war sie einst ein Tempel der Angroschim gewesen: Auf dem Boden waren, wie in einem Theater, in ansteigenden

Reihen steinerne Sitze aus dem Granit gehauen, die alle den Blick auf den Schacht in der Mitte des Kreises freigaben. Ein feuriger Brunnen öffnete sich dort, ein bodenloser runder Abgrund, gute vier Schritt im Durchmesser, aus dem glühende Lohe heraufblakte. Und nicht nur Licht stieg daraus auf, sondern auch ein Geräusch, ein schweres, rhythmisches Pochen, als bebe dort unten im steinernen Leib des Gebirges ein feuriges Herz. Roisin erinnerte sich an Raskals Erzählung von der Stadt Umrazim und den Feuerschächten, in die die Zwerge – als sie noch göttergefällig gewesen waren – ihr Gold gestürzt hatten, dem Ingerimm zum Opfer. Ein solcher Feuerschacht mußte es sein, in den er hier hinabblickte. Aber in welchem Zustand befand sich dieser einstmals so wohlgehütetete Tempel des Feuers!

»Dies«, krächzte Herr Charmion gedämpft, »ist das Herz des Gebirges … und hier befand sich einst unsere Bibliothek.«

Und nun sah Roisin auch, was ihm über den Schrecken des Feuerschachtes entgangen war: Die Nischen an den Mauern, die früher als Aufbewahrungsort für edles Metall und Gestein gedient hatten, waren gedrängt voll mit Dokumenten, von behauenen Stein- und geritzten Tontafeln bis hin zu gewaltigen Büchern in metallenen und ledernen Einbänden und hohen versiegelten Tonkrügen, die wohl Schriftrollen enthielten. Das Gold der Zwerge war den Nachtwandlern gleichgültig gewesen, es lag noch da, wie sie es beiseite gefegt hatten, um für einen in ihren Augen größeren Schatz Raum zu schaffen. Kniehohe Haufen gemünzten und ungemünzten Goldes funkelten da, die achtlos aufgeschüttet in den Nischen und in dem freien Raum um den Brunnenschacht lagen. Ihr Glanz blendete das Auge. Roisin sah, zu Haufen geworfen wie wertlosen Plunder, Kronen und Halsbänder aus edlen Metallen, perlenstarrende Armringe und Stirnreifen, kristallene Pokale und Becher von unermeßlichem Wert, verführerisch funkelnd im Glanz zahlloser Edelsteine ... aber keine menschliche Hand würde es jemals wagen, nach diesen aufgehäuften Schätzen zu greifen.

Das Scheusal, das hier hauste, war nirgends zu sehen, aber der gesamte unterirdische Raum trug seine Spuren.

In dichtem, stinkendem Gewirr war der ganze Boden des Saales mit ungeheuerlichem Unrat bedeckt, der sich mit dem Gold und den Juwelen vermischte – einem filzigen Durcheinander von Knochen und Haaren, abgerissenen, mumifizierten Händen und Füßen und verschrumpften, struppigen Pelzknäueln, in denen Roisin mit atemlosem Entsetzen abgezogene Orkenhäute erkannte. Die steinernen Sitze waren gesprenkelt von eingetrocknetem Blut. Blut und andere vertrocknete Überreste klebten auch an den Säulen, als hätte das Monstrum seine Opfer mit den Schädeln gegen die Wand geschmettert.

Das schlimmste jedoch, so schien es Roisin, waren die einfachen häuslichen Utensilien, die nahe an einem kleineren Feuerschacht – einem bloßen Spalt im Gestein – standen: ein mächtiger Hackstock, aus dem Wurzelstrunk eines Riesenbaumes zurechtgehauen, an dem eine Axt lehnte, und ein Kessel auf drei Beinen, der über dem Feuerspalt stand und offenbar mit Wasser aus hölzernen Zubern gefüllt wurde, von denen zwei daneben auf dem Boden standen. Der Hackstock war schwarz von Blut und Fett, und an den Rändern des Kessels klebten die eingetrockneten Überreste einer grausigen Suppe. Ein fürchterlicher Gestank drang von unten herauf, ein Gestank nach faulenden Häuten und verwesenden Gliedmaßen. Atemlos starrte Roisin hinunter. Neben sich hörte er Fianas zitternde Atemzüge und Tyndals gemurmelten Fluch.

Er zog sich zurück und gab Jule den Platz frei, damit sie auch hinuntersehen konnte. »Wo ist es jetzt?« wandte er sich flüsternd an Herrn Charmion, der abseits auf einem Felsblock saß.

»Es jagt… draußen«, erwiderte der Nachtwandler. »Es jagt die Korogai und, wenn es welche findet, auch Menschen, aber die Menschen sind hier rar geworden. Es waren nie viele… Fallensteller, Pelzjäger, ein paar Goldsucher. Einen Teil von ihnen hat Burzum verschlungen, die anderen sind fortgezogen, nach Phexcaer hinüber, wo sie sicherer sind.«

Roisin wollte eben noch weiterfragen, als Jule einen dumpfen Schreckenslaut in der vorgehaltenen Hand erstickte und von der Ritze zurückfuhr. »Sieh, Roisin, sieh nur!« zischte sie.

Er drängte sich hastig hin und spähte von neuem hinunter in den rötlichen Glast. Ein Schatten fiel über die Lohe. Und dann, mit dem bedächtigen Schritt eines vollgefressenen Schlingers, erschien Burzums grauenhafte Gestalt in der Höhlung, durch die einst Scharen andächtiger Zwerge den Tempel des Feuers betreten hatten.

Roisin war erst erstaunt, wie leise sich die plumpe, vier Schritt hohe Ogerfrau bewegte, aber dann sah er, daß sie auf nackten Füßen ging. Überhaupt war sie nackt bis auf ein einziges Kleidungsstück, eine roh genähte lederne Schürze, die um den Hals hing und Brüste, Bauch und Beine bedeckte. Darunter ragten wie Keulen die mißfarbenen nackten Arme hervor. Die Nachtwandler hatten gesagt, ihre Haut sei aus Stein, aber sie hatte eher das Aussehen, als sei sie – genau wie die Schürze – aus Häuten zusammengeflickt oder aus Borke gemacht, so rauh und unregelmäßig war sie. Das Gesicht unter dem kahlen Kopf

zeigte kaum andere erkennbare Züge als zwei rötliche Augenlöcher und ein riesiges Maul voll Tiger-
zähne, die krumm und schief in den Kiefern steckten.

Das schrecklichste an diesem Ungeheuer jedoch
war, so schien es Roisin, daß es geschmückt war –
überreichlich geschmückt mit goldenen Stirnbändern
und Halsketten, die es als Armreifen trug, und juwe-
lenstarrenden goldenen Gürteln, die es sich um den
Hals gehängt hatte. Bei jedem Schritt funkelte und
glitzerte es, bei jedem Schritt sandte es aber auch eine
Welle von leichenhaftem Gestank aus, die bis zu den
heimlichen Spähern oben unter der Decke hinaufstieg – einen betäubenden Gestank, dessen gelbliche
Schwaden beinahe mit Händen zu greifen waren.

Dann blieb das Ogerweib plötzlich stehen, grunzte
laut und zog etwas unter der Lederschürze hervor,
das erbärmlich zu quieken begann. Ein Orkenjunges
war es, das so kläglich schrie – aber nicht lange. Burzum packte es an den Beinen, und mit einem einzigen
fürchterlichen Hieb schmetterte sie das Unglücksge-
schöpf an die Wand, daß der Schädel barst wie eine
Eischale. Augenblicklich zog sie es wieder heran und
hob den im Tod erschlafften Körper mit den beiden
Vorderpranken hoch, um das Gehirn auszusaugen.
Dann bückte sie sich, fuhr mit einer messerscharfen
Kralle über den Rücken des Kadavers und schlitzte
den Balg auf. Gleich darauf hatte sie den Ork abgehäutet, so leicht und geschickt, als zöge sie ihm ein
loses Kleidungsstück aus, und biß knurrend in das
blutige Fleisch. Rot und klebrig sickerte es über ihre
vom trockenen Blut vieler Opfer geschwärzten Ober-
arme, während sie mit gräßlichem Appetit fraß und
schmatzte.

Roisin wandte sich ab und preßte die Hand auf den
Mund. Er merkte, daß auch Raskal würgte, der Tyndals Platz an dem Ausguck eingenommen hatte. Aber

es war nicht nur die monströse Erscheinung der Ogerin, die ihn so über die Maßen entsetzte, daß nur wenig fehlte, und er wäre ohnmächtig vor der Ritze zusammengebrochen.

Burzum war Schlimmeres als ein Ungeheuer: Sie war ein daimonides Wesen. Der faule Hauch der Finsternis strömte von ihr aus, so mörderisch, daß Roisin meinte, es müsse seinen Tod bedeuten, von diesem Anhauch des Verderbens getroffen zu werden. Im Äußeren war sie ein Wesen, das seine Zeit überlebt hatte und als schauerliches Fossil uralter Zeiten auf Dere herumkroch, im Innern aber war sie erfüllt von der Macht der Siebenten Sphäre. Roisin verstand augenblicklich, daß die Zaubersprüche der Nachtwandler an diesem Turm aus niederhöllischer Bosheit abgeprallt waren. Eine zermürbende Schwäche überkam ihn; er fühlte, wie ihm die Knie weich wurden; rötliche Punkte flirrten ihm vor den Augen, und er fühlte sich so überwältigt, als hätte Burzum bereits einen ihrer klauenbewehrten Arme nach ihm ausgestreckt. Eine Woge der Verzweiflung überschwemmte ihn, als er das Unwesen sah. Es gab nichts, womit er gegen diese Greuel der Finsternis ankämpfen konnte. Wenn er in diesen verlassenen und entweihten Tempel hinabstieg, dann nur um zu sterben – einen grausamen und schmählichen Tod zu sterben. Und das Schlimmste daran war, daß ihm bewußt war, wie grotesk sein Sterben aussehen würde: Er würde zwischen diesen krummen Zahnreihen enden als die fetteste Mahlzeit, die Burzum seit langem genossen hatte!

Entkräftet und entmutigt sank er auf dem Boden der Höhle nieder und verbarg das Gesicht in den Händen. Aber fast im selben Augenblick berührten zwei Händepaare zugleich seine Schultern, und als er aufblickte, sah er Jule zu seiner Linken und Tyndal zu seiner Rechten stehen. Beide blickten ihn im grünen Licht der Gwen Petryl-Steine zärtlich und mitleidig an. Jule sagte: »Ich lasse dich nicht allein gehen, Roisin.« Und fast im selben Augenblick sagte Tyndal: »Ich gehe mit dir.« Und noch während er sie anstarrte, noch schwankend, ob er Freude oder Verblüffung über ihre Worte empfinden sollte, meldete sich Fianas harte Stimme zu Wort: »Ihr braucht jemanden, der wirklich kämpfen kann. Ich komme mit.«

Tyndal wehrte sofort ab. »Euer Mut in Ehren, aber das ist nicht Eure Aufgabe, Söldnerin. Ihr seid nicht mitgekommen, um mit uns dieses Unheil zu bekämpfen. Ihr solltet uns nur auf der Reise beschützen – und, so die Götter wollen, auch auf der Rückreise, wenn wir sie jemals antreten.«

»Kümmert Euch um Euren eigenen Kram, Magier«, fuhr sie ihn barsch an. »Wenn Euer Freund lebendig zurückkehren soll, braucht er einen besseren Schutz als die Hutnadel, die Ihr da an der Seite tragt. Ich bin...«

»Ich flehe euch an«, murmelte Roisin schwach, »streitet nicht. Ihr seid beide verrückt, daß ihr mitkommen wollt.« Er wischte sich mit beiden Händen die Schweißperlen von der Stirn. Plötzlich war ihm bewußt geworden, daß er in diesem Tempel da unten sterben würde, aber – seltsam – der Gedanke verstörte ihn nicht, sondern gab ihm eine ganz eigene, neue Kraft.

Er sah sein Leben vor sich wie die Bilder auf der Leinwand eines Moritatensängers, und wie diese Bilderfolgen endete es schrecklich, aber zum ersten Mal seit langem hatte er das Gefühl, daß es einen Sinn haben mochte. Seine zweiundzwanzig Lebensjahre lang hatte er nichts Gescheiteres getan, als sich den Bauch vollzuschlagen, es mit Jule zu treiben und sich die Zeit um die Ohren zu schlagen. Plötzlich ging ihm das Lied des Schelms durch den Kopf:

Oh, wenn ich tät, was ich nicht tu,
und könnt, was ich nicht kann,
was wär – potztausend Element –
ich für ein wack'rer Mann!

Nun bekam er die Gelegenheit, etwas zu tun, das richtig und wertvoll war, und es machte keinen Unterschied, daß es das letzte war, was er jemals tun würde. Sein Körper erstickte beinahe in der würgenden Umklammerung der Angst, aber sein Kopf war klar, und er sah seinen Weg unmißverständlich deutlich vor sich. Er würde in den Tempel der Angroschim hinuntersteigen und sich dem Ogerweib stellen, sie würde ihn töten, aber sie würde an seinem Blut sterben. Es war ihm so klar, als hätte er einen Blick in die verborgenen Bücher der Götter getan. Zweiundzwanzig nutzlose Jahre seines Lebens hatte er nur darauf gewartet, hier in der Halle des Feuers, wo das Herz des Gebirges schlug, getötet zu werden, und dieser Tod würde die Waagschalen ausrichten. Er würde nicht als Held sterben – es war nichts Heldenhaftes daran, abgehäutet und von Hauern zerfleischt zu werden –, aber er würde immerhin als ein wackerer Mann sterben.

Jule meinte, daß das Entsetzen ihm die Rede verschlagen hatte; sie kauerte sich an seiner Seite nieder, rieb seine eiskalten Hände und blickte ihm mitleidig in die Augen. »Ich weiß, wie du dich fühlst. Aber schau, Tyndal ist da, und ich bin da, und Fiana – wir sind nicht ganz ohne Hoffnung.«

Er blickte in ihre aufrichtigen blauen Augen und lächelte matt. »Sprich keine leeren Worte, liebe Jule. Wenn Heldenmut und Waffenkunst dieses Monstrum besiegen könnten, hätten die Nachtwandler einen anderen gerufen. Und ich will nicht«, wandte er sich an seinen Freund, »daß du mitkommst, Tyndal. Du bist mit soviel Hoffnung hierhergekommen. Und nicht nur du allein, auch der Magister Elcarna erwartet, daß du hier studierst und als ein berühmter Gelehrter wiederkommst. Du darfst dein Leben nicht sinnlos aufs Spiel setzen.«

Tyndal drückte ihm mit kräftigem Griff die Schulter. »Du hast mir keine Befehle zu erteilen, mein Guter. Wenn du mir nicht erlaubst, mit dir zu kommen, werde ich dir einfach nachlaufen.«

Roisin versuchte die Tränen zurückzuhalten, aber es gelang ihm nicht. Er zog Tyndals Kopf zu sich herab und vergrub schluchzend das Gesicht in seinem langen seidigen Haar. »Besinn dich, Liebster«, flehte er. »Es ist kein großer Schaden, wenn ich sterbe, aber du bist klug, du bist wißbegierig, du kannst eine Zierde der Gilde werden, wenn du von den Nachtwandlern lernst, und ... und ich will einfach nicht, daß dir etwas Böses zustößt.«

Tyndal schlang die Arme um ihn, und eine Weile saßen die Freunde stumm aneinandergeklammert da. Sie sahen erst auf, als Herr Raskal sich vorbeugte, sie sanft berührte und flüsterte: »Wir sollten das alles an einem Ort besprechen, wo wir sicherer sind. Burzum hat Ohren und kann hören, wenn wir hier sprechen.«

Nun stand auch der Nachtwandler auf. Mit raschelnden Kleidern kam er, unter der niedrigen Decke des Ganges gebückt, zu ihnen. »Ich stimme Herrn Raskal zu«, sagte er leise. »Laßt uns hier fortgehen. Wir können alle diese Dinge auch anderswo besprechen.«

Roisin wußte kaum, wie er durch die von Fledermäusen wimmelnden langen Gänge des Schlosses wieder in den Ratssaal der Nachtwandler zurückgelangte, aber schließlich fand er sich wieder dort. Die Nacht war weit fortgeschritten, das Licht eines vollen Mondes fiel durch die spitzbogigen hohen Fensteröffnungen herein und sprenkelte die Versammlung mit Flecken weißen Lichts. Die Morghulai fühlten sich zu der späten Stunde ersichtlich wohl; sie waren alle sehr lebhaft – sie trippelten auf und ab und gestikulierten, während sie redeten, so daß sie wirkten wie ein Schwarm Vogelscheuchen im Sturm. Roisin, der körperlich und geistig todmüde war, konnte sie nicht mehr auseinanderhalten. Alle hatten dieselben Nachtfalteraugen, dieselben entfleischten spitzen Gesichter, dasselbe strähnige lange Haar. Sie umdrängten ihn, und er entnahm ihrem Geraschel, Gezischel und ihren Gesten, daß sie um ihn besorgt waren und ihn zu trösten versuchten.

»Verzeiht mir«, sagte er matt, »aber ich… bin einfach nicht mehr bei Kräften. Wollt mir erlauben, mich zurückzuziehen. Morgen stehe ich euch dann gern zur Verfügung.«

»Gewiß, gewiß«, zischelte es von allen Seiten. »Wir vergaßen, daß Menschen nachts müde werden. Ruht Euch nur aus, Herr Bellentor.«

»Ich bleibe hier!« rief Tyndal rasch, als hätte er Angst, ebenfalls zu Bett geschickt zu werden. »Wenn ihr erlaubt – es gibt da einiges, das ich euch gern fragen möchte.«

»Fragt nur, fragt nur!« Augenblicklich umdrängten ihn zwei oder drei der geflügelten Gestalten und nötigten ihn auf einen der Sitze, wo sie ihn in die Mitte nahmen. »Wir stehen Euch zur Verfügung. Was wollt Ihr denn wissen?«

»Ihr sagtet«, begann Tyndal ein wenig stockend, »es gäbe da gewisse alte Zaubersprüche, die ihr gegen das Wesen angewandt hättet und die nicht in den gängigen Zauberbüchern verzeichnet stünden…

Ich wüßte zu gern, von welchen Sprüchen die Rede ist und wo ich sie nachschlagen kann… wenn es nicht allzu vorwitzig ist, danach zu fragen…«

Roisin blickte sich aus brennenden Augen um und sah, daß er bereits vergessen war. Die gesamte Nachtwandlerschar hockte um den jungen Zauberer herum und schien nur zu gern bereit, seine wissenschaftlichen Probleme zu lösen.

»Komm, mein Liebling.« Jules feste Hand umfaßte seinen Ellbogen. »Wir legen uns schlafen.«

*　*　*

Als Roisin am nächsten Morgen – oder besser gesagt, am nächsten frühen Nachmittag, denn er hatte lange geschlafen – erwachte, erschien ihm die Begegnung mit Burzum erst wie ein böser Traum. Tatsächlich hatte er die ganze Nacht von der stinkenden Unholdin geträumt, wie sie inmitten frischer und verwester Leichen in ihrem Lager hockte und brummend an den Knochen der unglückseligen Orken nagte. Er mußte erst eine Weile den Kopf schütteln und sich im Haar kratzen, ehe ihm klarwurde, daß dieses alptraumhafte Wesen Wirklichkeit war, daß es zur selben Stunde nicht allzuweit von ihm entfernt in seiner Höhle hockte und entweder seine schauerlichen Mahlzeiten verdaute oder einen neuen Jagdzug vorbereitete. Ein eisiger Schauder überlief ihn, als diese Bilder in sein Bewußtsein drangen. Ein paar Lidschläge lang überkam ihn eine so furchtbare Schwäche, daß er beim Aufstehen beinahe hilflos hingesunken wäre. Seine Knie waren wie Wasser, das Blut rauschte ihm in den Ohren, daß er kaum etwas anderes hörte. Dann fiel ihm plötzlich wieder das Lied des Schelmen ein, das ihn einst so geärgert hatte, und – seltsam! – es machte ihm Mut, wie einem Soldaten im Felde das Rollen der Trommeln und das Klingen der Pfeifen Mut machen. Er war weiterhin fest überzeugt davon, daß er sterben würde, aber das minderte seinen Mut nicht. Er schwankte ein wenig auf den Beinen, aber er hielt sich aufrecht und zog sich an, als wäre nichts weiter geschehen.

Jule warf ihm gelegentliche Blicke von der Seite zu; sie merkte, daß ihr Mann sich verändert hatte, aber sie wußte noch nicht genau, was es war, und wollte keine Bemerkung darüber machen. In sein mürrisches rundes Gesicht hatte sich ein neuer Zug eingegraben, etwas Hartes, das sie bislang nicht an ihm gesehen hatte und ihm auch nie zugetraut hätte. Der Blick seiner wasserblauen Augen, der immer so träge und verschwommen gewirkt hatte, war viel klarer geworden. Sie dachte erstaunt: Er ist tatsächlich entschlossen, gegen dieses Monstrum anzukämpfen!

Für Jule, die in Thorwal geboren und aufgewachsen war, gehörte der Kampf zum Leben. Kaum war sie alt genug gewesen, sich auf eigenen Beinen zu halten, hatte sie sich mit den anderen Thorwaler Kindern gebalgt und geprügelt, und ihre Kämpfe waren immer härter geworden, je älter sie wurde, bis sie mit sechzehn Jahren einem Burschen beim Ringkampf beide Arme gebrochen hatte – dabei war es ein freundschaftlicher Kampf gewesen! Sie hatte sich nur schwer daran gewöhnen können, daß die Leute in Lowangen einen Kampf keineswegs als einen erfrischenden Zeitvertreib betrachteten, sondern nichts davon hören und sehen wollten – ihr Schweinchen schon gar nicht. Aber jetzt hatte er das Kinn auf eine Art vorgeschoben und die Lippen auf eine Art eingekniffen, die sie in höchstes Staunen versetzte.

Sie tat jedoch, als hätte sie nichts bemerkt und ging wie gewohnt mit ihm zum Frühstück.

Diesmal war nicht nur Ninian da – der förmlich

barst vor freudiger Erwartung –, sondern auch die kleine Prinzessin. Die beiden kannten übrigens keine Rangunterschiede, sie schienen die besten Freunde zu sein. Wie die Besucher während der Mahlzeit erfuhren, hatte Ninian Morgwyn nicht nur einen lebenden jungen Hasen mitgebracht, den er mit beträchtlicher Mühe gefangen hatte, er hatte sie auch damit beeindruckt, daß er erstaunlich weit und zielsicher spukken konnte. Wenn er sich wirklich anstrengte, konnte er eine Fliege auf zwei Schritt Entfernung von der Wand spucken.

Ninian verschluckte sich beinahe vor Entzücken, als diese Heldentat berichtet wurde. Er fühlte sich mit jeder Minute heimeliger im Kreis der neuen Gäste (nur Fiana schloß er nach wie vor von seiner Zuneigung aus). Stotternd vor Aufregung und unter vielen grausigen Grimassen erzählte er ihnen, daß am frühen Morgen etwas Besonderes vor sich gegangen war: Orken waren im Schloß eingetroffen, viele Orken in prächtigen Rüstungen, die den Herrschaften einen Besuch machten und auch die Gäste besuchen wollten.

»Es stimmt«, klärte Morgwyn seinen einigermaßen verworrenen Bericht auf. »Heute in aller Morgenfrühe kamen Korogai, an die zwanzig Mann, und sie haben einen Priester des Tairach bei sich, einen Mann, der in seiner Jugend ein Schüler der Herren war.«

»Was wollen sie hier?« fragte Tyndal, der in Erinnerung an die Lowanger Besatzungsmacht mißtrauisch gegenüber solchen Besuchern wurde.

Morgwyn wies, alle guten Sitten vergessend, mit dem Brotmesser auf Roisin. »Sie sind gekommen, um ihn zu sehen. Sie freuen sich, daß er gekommen ist, um die Ogerin zu vernichten.«

Roisin schluckte. Es gefiel ihm gar nicht, daß die Korogai ihn als Helden betrachteten. Erstens mochte er überhaupt keine Orken, ob sie nun freundlich oder feindlich gesinnt waren, und zweitens hatte er das unangenehme Gefühl, daß er ihren Vorstellungen nicht ganz entsprechen würde. Die Schwarzpelze stellten hohe Erwartungen an einen Helden; ganz sicher wären sie enttäuscht, wenn sie einen sehr rundlichen und etwas kurzatmigen jungen Mann mit weichen Gesichtszügen vor sich sahen! Wenn sie nun enttäuscht waren und zornig wurden? Oder (was ihm beinahe noch schlimmer erschien) über ihn lachten? Er senkte den Kopf und murmelte: »Ich hoffe, sie erwarten nicht zuviel von mir.«

»Ach was!« rief Tyndal. »Da siehst du, wie dich verständige Leute einschätzen, denn von Krieg und Kampf verstehen diese Schwarzpelze etwas. Und gefällt es dir nicht, daß sie eigens hergekommen sind, um dich zu bewundern?«

Einen Augenblick lang dachte Roisin an seinen Vater, der ihn immer wie einen kleinen Jungen behandelte. Der Alte wäre umgefallen vor Staunen, hätte er hören können, daß eine ganze Abordnung Orken seinen Sohn aufsuchte, um ihn zu bewundern! Freilich, wenn Roisin ihm das erzählte (sofern er jemals wieder nach Lowangen kam), hätte er es wohl nicht geglaubt; er hätte sicherlich gedacht, daß Roisin sich am Beerenschnaps betrunken und wirres Zeug geträumt hatte!

»Da bewundern sie wohl den Falschen«, murmelte er.

»Seht, wie bescheiden er ist!« widersprach Tyndal. »Aber sehe ich nicht etwas in deinen Augen, lieber Freund, das gestern noch nicht da war – ein Blitzen, ein Funkeln wie von einem stählernen Schwert! Nein, tatsächlich«, rief er, ernst werdend, »du bist anders geworden, Roisin! Der Anblick dieses ungeheuerlichen Weibes hat etwas in dir hervorgebracht, das sonst nicht da war. Du bist stark geworden.«

Ninian, der dem Gespräch folgte, so gut er konnte, schlug in die Hände und schrie begeistert: »Mach's tot! Mach's tot!« Er griff unter sein Hemd, zog den Dolch heraus und leckte ihn mit der Zunge ab. Seine Augen strahlten, als er wiederholte: »Mach's tot!« Dann steckte er das Messer zurück, packte Roisin am Handgelenk und starrte ihm so tief in die Augen, daß dem Handelsmann unbehaglich wurde. Der Junge hatte graugrüne Augen, die auf eine merkwürdige Weise mit Gold gesprenkelt waren wie das Wasser eines Bergsees. Ein wilder Blick brannte darin, als er Roisins Handgelenk mit seinen knöchernen Fingern preßte und zwischen den Zähnen hervorstieß: »Ich komm mit dir. Mach sie tot.«

Roisin starrte ihn hilflos an, aber Morgwyn klatschte in die Hände und rief vorwurfsvoll: »Ei, Ninian, das möchtest du gern! Aber das wird Herr Sedrach dir niemals erlauben.«

Der Junge schmollte. »Will sie totmachen«, wiederholte er wie ein Kind, das sich auf ein Abenteuer gefreut hat und statt dessen ins Bett geschickt wird.

»Du weißt doch«, sagte Morgwyn ernst, »daß du bei mir bleiben und auf mich aufpassen mußt.«

Ninian zögerte. Offenbar war die Aufgabe, Morgwyn zu bewachen, sehr reizvoll für ihn, und er ließ sie ungern im Stich. Ein paar Lidschläge lang schwankte er. Dann holte er tief Atem, überwand sich und sagte: »Bleib bei dir.«

»Du bist ein lieber Junge, Ninian.« Die kleine Prinzessin griff nach seiner Hand und drückte sie. »Komm, ich will dir einen Kuß geben.« Sie beugte sich über den Tisch und küßte ihn auf die Wange, ohne das gräßliche rote Feuermal zu beachten.

Er lachte verlegen. Es sieht aus, dachte Roisin, als wüßte er nicht genau, ob er von einem kleinen Mädchen oder einer hohen Herrin geküßt worden ist.

Dann senkte er den Kopf und machte sich wieder an seinem Essen zu schaffen.

Morgwyn erzählte mittlerweile, wie die Gruppe Korogai im Morgengrauen ins Schloß gekommen war und die Herren gerade noch vor dem Zubettgehen erwischt hatten. Sie hatten gehört, daß die Besucher – die sie längst erwartet hatten – angekommen waren, und hatten daraufhin sofort einen Tairachpriester mit militärischer Begleitung und ein paar Sklaven gesandt, um den Ungeborenen in Augenschein zu nehmen. Roisin erfuhr, daß nicht nur die Nachtwandler, sondern auch die Korogai angespannt auf sein Kommen gewartet hatten und große Hoffnungen auf ihn setzten. Er dachte an das Orkenjunge, das Burzum unter der Lederschürze hervorgezogen und an den Felsen geschmettert hatte. Die Orken mochten ein unerfreuliches Volk sein, aber immerhin waren sie menschenähnliche Wesen, und im Augenblick hatten sie einen gemeinsamen Feind.

Er wandte sich an Morgwyn: »Die Herren werden erwarten, daß ich sie begrüße.«

»Ja, gewiß«, sagte die kleine Prinzessin, die ihre Rolle als offizielle Vertreterin der schlafenden Nachtwandler sehr zu genießen schien. »Aber erst abends. Im Augenblick sind sie alle auf ihren Zimmern und schlafen – sie sind die Nacht durchmarschiert und wollen ausruhen. Am Abend werden die Herren euch alle gemeinsam empfangen.«

Roisin fühlte sich etwas beruhigt, als er hörte, daß er den Orken nicht allein gegenübertreten mußte. Er hätte wirklich nicht gewußt, wie man sich einer Schar hochrangiger Schwarzpelze – einer von ihnen ein Priester! – gegenüber zu verhalten hatte.

Nach dem Frühstück – das eigentlich ein spätes Mittagessen war – begaben sie sich wie gewohnt in die Höfe des Schlosses, wo Roisin sich an den Rand des Brunnens mit der Sphinx setzte. Tyndal kam und setzte sich zu ihm. Er war froh, den Freund bei sich zu haben. »Was sagst du zu alledem?« fragte er, während er seine dicke Hand auf die feingliedrige Rechte des Magiers legte. »Ist das alles nicht zu seltsam? Mir ist, als befände ich mich in einem wirren Traum. Nun kommen auch noch Korogai, um mich anzustarren!«

»Das ist eine große Ehre«, sagte Tyndal ernst. »Und ich meine wirklich, du hast sie verdient, denn ich sehe etwas in deinem Gesicht, das früher nie dort war. Es ist, als seien deine Augen anders geworden – so klar, so hart. Was ist mit dir geschehen?«

»Ich habe mich damit abgefunden zu sterben«, erklärte Roisin schlicht. »Höre, Tyndal, du darfst nicht mit mir dort hinuntergehen. Du mußt am Leben bleiben, um für Jule zu sorgen. Du mußt sie heil wieder nach Lowangen zurückbringen ... oder wohin immer sie gehen will. Und wenn du selbst nach Lowangen zurückkehrst, so geh in Vaters Haus und nimm dir von meinen Sachen, was dir gefällt. Es wird ja nicht viel sein, aber ich erinnere mich, daß dir die rot-blaue Mütze mit der Goldstickerei gut gefiel und ...«

»Ei, du Narr, machst du etwa dein Testament?« rief Tyndal erschrocken.

»Es ist an der Zeit«, antwortete Roisin in demselben schlichten, ernsthaften Ton. »Wie gesagt, die rotblaue Mütze und alles, was dir sonst noch gefällt. Ich habe ...«

Tyndal packte ihn am Arm. »Hör auf, so zu reden. Burzum ist es, der der Tod geweissagt wurde, nicht du!«

»Ja, aber ich bin ganz gewiß, daß ich auch sterben werde«, sagte Roisin. »Es wird mein Herzblut sein, das sie tötet. Deshalb dürft ihr nicht mit mir kommen – ihr könnt nichts gegen sie ausrichten. Ich allein bin ihr Tod, wie die Weissagung verkündete. Und weißt du, Tyndal«, fügte er vertraulich hinzu, »es ist gar nicht so übel, daß es so kommt. Ich hätte mir das nie träumen lassen, aber seit gestern weiß ich es. Ich war doch mein Leben lang zu nichts nütze – war nie mehr als ein Faulpelz, ein Fresser, Säufer und Lüstling.«

»Mir warst du immer zu etwas nütze«, widersprach Tyndal mit feuchten Augen, während er fest beide Hände Tyndals ergriff. »Du warst und bist mein bester Freund.«

»Es freut mich, daß du das so siehst«, sagte Roisin gerührt. »Wirklich, es freut mich, obwohl ich glaube, du überschätzt mich. Aber ich war nie der Meinung, daß ich viel wert bin, es sei denn… Nun, es sei denn, die Prophezeiung erfüllt sich und ich vernichte dieses Ungeheuer. Wäre das nicht ein viel besseres Ende, als ich verdient habe?« Er lächelte schwach. »Ich finde es zwar nicht sonderlich heldenhaft, abgehäutet und aufgefressen zu werden, aber wenn es Burzums Tod ist, kann ich auch das ertragen. Bei Phex, Tyndal, ich wußte niemals, was eine wahre Scheußlichkeit ist! Ich dachte immer, das Schlimmste, was ich je zu sehen bekäme, seien die Orken in Lowangen. Aber als ich diese Unholdin sah, da war es mir, als stünden die Niederhöllen offen vor mir und spien ihr Gezücht aus! Vielleicht hat mich das so verwandelt.«

»Ja, vielleicht«, stimmte Tyndal zu. Er legte den Arm um den Freund und zog seinen Kopf an die Schulter. Zärtlich sagte er: »Ich kann dir ein wenig nachfühlen, was du empfindest, aber ich hoffe doch, du kehrst heil und gesund aus diesem furchtbaren Loch zurück. Willst du denn wirklich nicht, daß wir dich begleiten?«

»Nein«, sagte Roisin entschieden. »Weder du noch Jule oder Fiana. Ihr könnt nichts ausrichten. Verstehst du denn nicht? Was hier geschieht, ist die Erfüllung einer alten Weissagung. Ihr könnt mit all eurem Mut und eurer Kraft nichts dazu beitragen. Das hier ist allein meine Sache.«

»Ich verstehe, was du meinst«, sagte Tyndal. »Aber es stimmt mich traurig, daß du uns nicht erlaubst, mit dir zu gehen.«

Ein schwaches Lächeln trat auf Roisins Lippen. »Ihr habt mich während der ganzen langen Reise hierher behütet«, sagte er, »und ihr könnt mich gern wieder behüten, wenn es uns geschenkt wird, nach Lowangen zurückzureisen. Aber jetzt müßt ihr mir meinen Willen lassen.«

Tyndal gab keine Antwort darauf; er drückte den Freund nur fest an sich und streichelte sein blondes Haar.

* * *

Als die Schatten länger wurden, kehrten sie ins Schloß zurück. Früher als gewöhnlich – die Sonne war noch kaum hinter den Firunswall gesunken, und ihr Abglanz lag noch rosenrot auf den weißen Hörnern der Berge – wurden sie in den Saal mit den Gwen Petryl-Steinen gebeten. Die Nachtwandler waren da, und wenig später erschien die Abordnung der Orken.

Roisin fühlte, wie ihm ein Schauder über den Rücken lief. Die Orken in Lowangen waren ihm immer sehr stark und haarig erschienen, aber gegen diese Kerle, die da hereingestampft kamen, wirkten jene geradezu drollig! Sogar für einen Außenseiter war deutlich erkennbar, daß der Stamm seine vornehmsten Recken aufgeboten hatte, um den Priester zu den Nachtwandlern zu begleiten. Sie waren nur wenig kleiner als Menschen, mit kurzen krummen Beinen und mächtigen Oberkörpern, von denen lange Arme herabhingen. Rote, graue und schwarze Augen funkelten gefährlich in den plattnasigen Gesichtern mit den weit vorspringenden Unterkiefern. Gekleidet waren sie in Leder, das mit vielen kleinen Gegenständen – Fibeln, Knöpfen, Spiralen – aus geschmiedetem Eisen verziert war, waren die Korogai doch die Meister der Schmiedekunst unter den Orken. Sie hatten alle lange Mähnen und dichtes schwarzes, bei den Älteren graues Körperhaar. Am meisten fiel Roisin der strenge Geruch auf, den sie ausströmten, ein Geruch, wie ihn schwitzende Pferde an sich haben. Er fuhr sich unwillkürlich mit dem Handrücken über die Nase.

Der Priester oder Schamane war ein leicht krummrückiger kleinerer Ork mit grauem Körperpelz, funkelnden gelben Augen und spitzen Ohren, die dicht am Kopf anlagen. Obwohl sein Gesicht so platt war wie das der anderen, machte er einen klugen und gewitzten Eindruck. Er trug das traditionelle rotbraune Gewand der Tairach-Priester und eine Kupferscheibe – das Symbol des ›Roten Mondes‹ – an geflochtenen Lederriemen um den Hals. Seine Hände waren feiner als die seiner Gefährten, fast unbehaart, mit sehr langen Nägeln daran. Roisin hörte überrascht, daß er ein kehliges, aber durchaus verständliches Garethi sprach. Dann fiel ihm ein, daß dies wahrscheinlich der Ork war, den die Nachtwandler erzogen hatten. Der Umstand beruhigte ihn etwas – er gab Anlaß zu der Vermutung, daß der Alte (der Khochrai genannt wurde) einigermaßen kultiviert war.

Die Nachtwandler, allen voran Herr Charmion, übernahmen es, die Besucher einander vorzustellen. Beide Parteien wußten nicht so genau, welche Höflichkeiten angebracht waren, also begnügten sich alle mit angedeuteten Verbeugungen, als der Nachtwandler ihre Namen nannte. Die Ork-Krieger starrten vor

Waffen, aber als man sich zum Gespräch niedersetzte, legten sie sie nach sanfter Ermahnung der Nachtwandler in einem Winkel ab.

Roisin fand seine Umgebung noch alptraumhafter als zuvor. Draußen war es dämmrig geworden, und nur der grüne Schein der leuchtenden Steine erhellte den Saal. Da und dort zeichnete sich ein grobknochiges Orkengesicht oder – bleiche Totenschädel eines Nachtwandlers vor dem Halbdunkel ab, glänzte ein wenig Licht auf den eisernen Ornamenten an der Kleidung der Krieger und den Schwingen der Chimären. Der junge Händler entdeckte, daß auch Ninian anwesend war, aber er schlief, wie ein Kätzchen auf einer steinernen Bank zusammengerollt, den Kopf im Schoß seines Lehrers, Herrn Sedrachs. Wieder wunderte er sich, mit welcher Rücksichtnahme, ja fast Ehrerbietung die Geflügelten dieses arme Geschöpf behandelten, das unter den Menschen so wenig zählte.

Zweifellos war dies eine wichtige Besprechung, und doch ließ man Ninian – der vermutlich auch in wachem Zustand nicht einmal die Hälfte verstanden hätte – daran teilnehmen! Roisin fand, daß die Nachtwandler doch ein seltsames Volk waren.

Dann merkte er, daß alle ihn ansahen, und er fühlte sich wie ein Kalb auf dem Viehmarkt, als Herr Charmion seinen Arm ergriff und ihn nicht ohne Stolz der Versammlung vorführte.

»Dies«, sagte der Nachtwandler feierlich, »ist Herr Roisin Bellentor aus Lowangen, ein Sohn aus vornehmer alter Familie und ein intuitiver Magier, der Ungeborene, von dem die Weissagung spricht.«

Wie er erwartet hatte, starrten die Korogai ihn mit rötlich glitzernden Augen an, in denen Zweifel geschrieben stand. Neben ihren kriegerischen Gestalten sah er geradezu absurd weibisch und verweichlicht aus mit seinem langen blonden Haar, seinem weichen Gesicht und dem üppigen Bauch! Aber der Nachtwandler fuhr mit gleichmäßiger Stimme fort, als hätte er die Blicke nicht bemerkt: »Er ist es, der nach den Worten der ehrwürdigen Alten die Ogerin vernichten wird, denn sein Blut bedeutet ihren Tod.«

Roisin merkte, daß der Orkenpriester ihn mit seinen schlau funkelnden gelben Augen musterte, und hatte das Gefühl, daß sie tief in sein Inneres drangen. Aber das flache graubraune Gesicht mit den starken Brauenhöckern blieb unbewegt, als der Schamane ihn in seinem kehligen Garethi fragte: »Habt Ihr die Aufgabe angenommen, die Euch übertragen wurde – frei und freiwillig?«

»Ja«, erwiderte Roisin mit fester Stimme, obwohl ›frei und freiwillig‹ vielleicht etwas zuviel gesagt war.

Der alte Ork fuhr fort: »Wir wollen Tairach ein Opfer bringen, damit er seinen Segen zu Eurem Vorhaben gibt.«

Daraufhin verließ die ganze Gesellschaft – samt Ninian, der sich schlaftrunken die Augen rieb – den Saal und stieg die Treppen hinunter in den Hof des Gebäudes, wo die Sklaven der Korogai mittlerweile einen Brandaltar aus Holzscheiten aufgebaut hatten. In einem Winkel der Mauern drängten sich einige Schafe und Kühe, die kläglich durcheinander blökten und muhten, als ahnten sie ihr Schicksal.

Die Nachtwandler ließen sich mit unbewegten Gesichtern auf dem Boden nieder, wo sie hockten, die Knie bis ans Kinn herangezogen, die Schwingen auf dem Rücken gefaltet. Roisin und die anderen Menschen setzten sich ebenfalls. Das Madamal war aufgegangen und goß sein silbriges Licht in den Schloßhof.

Khochrai gab seinen Begleitern geschäftig Anweisungen. Das Feuer wurde angezündet, und der Orkenschamane umschritt murmelnd und singend den

Brandaltar, während seine Gehilfen – zwei jüngere Orken, die Kupferspangen an der rotbraunen Kleidung trugen – ein Tier nach dem anderen schlachteten. Die Flammen blakten hoch und warfen seltsame rote Lichter auf die Zinnen und die grotesken, weit vorspringenden Wasserspeier an den Türmen des Schlosses. Der schwere Geruch nach frischem Blut und nach schmorendem Fleisch und Fett erfüllte den Schloßhof. Roisin konnte dem Ritual – das auf Ologhaijan abgehalten wurde – nicht folgen; er sah nur, wie Khochrai kurze Tänze einlegte, wenn ein neuer blutiger Kadaver auf den flammenden Holzstoß gehievt wurde. Dabei sprang er mit kleinen Schritten auf der Stelle hin und her und schwang zwei Knochenrasseln, die er am Gürtel trug, während sein Gesang anschwoll und den vom Feuer erleuchteten Hof erfüllte.

Roisin erschrak, als er merkte, daß Khochrai das Blut jedes geschlachteten Tieres in eine Kupferschüssel rinnen ließ, die er danach unter den Anwesenden herumreichte. Jeder, so sah er, tauchte Zeige- und Mittelfinger ein und berührte mit den blutigen Fingerspitzen die Lippen – auch die Nachtwandler. Es blieb ihm nicht erspart, dasselbe zu tun, obwohl sich ihm der Magen umdrehen wollte, als ihm die Schüssel mit dem stockenden Blut gereicht wurde. Nicht nur einmal, sondern viele Male mußte er die Finger in die klumpige Masse tauchen und seine Lippen damit berühren, die einen widerwärtig süßlichen Geschmack annahmen. Er sah, daß auch die anderen angewidert waren, aber natürlich blieb ihnen nichts anderes übrig, als an dem grausigen Ritual teilzunehmen. Der einzige Mensch, der es offensichtlich genoß, war Ninian. Hellwach, mit weit aufgerissenen Augen saß er da, und als ihm die Schüssel gereicht wurde, fuhr er mit beiden Händen hinein und leckte sich gierig das Blut von den Fingern. Sein Gesicht nahm einen Ausdruck lüsternen Entzückens an, bei dem es Roisin schauderte.

Endlos dauerten die Gesänge und Tänze des alten Schamanen. Immer wieder schickte er laut heulende Anrufungen Tairachs in das Dunkel der Nacht hinauf, in dem die kalten Sterne des Orklandes brannten. Die Kupferscheibe hüpfte glänzend an seinem Hals, wenn er tanzte. Hin und wieder beantworteten die anderen Orken seine Beschwörungen mit einem langgezogenen, wölfischen ›Woouu‹, das so etwas wie eine Bekräftigung sein mußte. Hinter ihm ragten schaurig die geschwärzten Beine und Schädel der brennenden Tierkadaver aus dem Feuerstoß, fetter Rauch stieg auf und wehte über den Türmen des Schlosses davon.

Roisin sah das Madamal aufsteigen und sinken, und immer noch dauerten Gesänge und Tänze an, aber wenigstens mußte er jetzt kein Blut mehr lecken, und es waren auch keine Tiere zum Schlachten mehr da. Erst als der Holzstoß gänzlich zu glühender Asche herabgebrannt war, neigte sich die Zeremonie allmählich ihrem Ende entgegen; das Singen und Tanzen wurden langsamer, das bekräftigende Wolfsgeheul der Orken war seltener zu hören. Khochrai hob einige Hände voll heißer Asche und streute sie symbolisch über die Anwesenden.

Roisin warf Ninian einen Blick zu und sah, daß er in einem Winkel des Hofs auf der Erde lag. Herr Sedrach stand unbeweglich neben ihm. Erst erschrak Roisin, es schien ihm, daß der Junge einen Krampfanfall hatte, aber als der Feuerschein sein Gesicht beleuchtete, wurde ihm plötzlich klar, daß er sich in wollüstigen Zuckungen wand. Sein Gesicht war blutbeschmiert, und er leckte immer noch an seinen Händen, die bis zum Gelenk hinunter klebrig rot waren.

Roisin war froh, als alles zu Ende war und er ins Bett gehen konnte. Jule legte sich neben ihn, aber sie sprachen nicht miteinander. Sie nahmen einander nur um die Schultern, so fest, so innig, wie sie es in der hitzigsten Leidenschaft noch nicht getan hatten, und schliefen eng aneinandergeschmiegt ein.

* * *

Als Roisin erwachte, war ihm klar, daß der letzte Tag seines Lebens angebrochen war. Er hätte es noch eine Weile hinauszögern, noch ein paar Tage warten können, aber er mochte nicht mehr. Eine seltsame Begierde war in ihm erwacht, sich dem Ungeheuer zu stellen. Immer wieder ging ihm das Lied des Schelms im Kopf herum:

> *Oh, wenn ich wär, was ich nicht bin,*
> *und tät, was ich nicht kann,*
> *was wär – potztausend Element! –*
> *ich für ein wackrer Mann!*

Nun, heute abend würde er ein wackerer wenn auch ein toter Mann sein.

Jule wußte sofort, was er vorhatte, als sie die Augen aufschlug und in sein Gesicht blickte. Mit gepreßter Stimme fragte sie: »Du willst es heute schon tun, nicht wahr?«

»Ja.«

Sie betrachtete ihn lange, dann sagte sie: »Dann sollten wir jetzt Abschied voneinander nehmen, solange wir noch ohne die anderen sind.«

Sie liebten sich in dem breiten Bett der Nachtwandler, unter den staubigen Decken, dann küßten sie einander, und Jule sagte: »Ich wußte nicht, daß du so tapfer bist. Verzeih mir ... ich habe dich nie richtig zu schätzen gewußt.«

Roisin, der nicht wußte, was er darauf antworten sollte, murmelte: »Laß uns essen gehen.«

Wieder war der Tisch in dem holzgetäfelten Raum gedeckt, wieder waren alle anwesend, auch Ninian, der sich von seinen nächtlichen Ekstasen erholt hatte und freundlich drauflos plauderte. Roisin fühlte einen leichten Schauder des Widerwillens, als er auf die mageren Hände des Jungen blickte, die jetzt freilich säuberlich gewaschen waren – dafür hatte wohl schon Herr Sedrach gesorgt. Sie brachen in aller Unschuld das kräftige, würzige Orkenbrot, aber Roisin hatte nicht vergessen, wie rot von Blut sie in der vergangenen Nacht gewesen waren.

Als er Roisin sah, murmelte Ninian glücklich: »Du machst sie tot. Heute nacht.«

Niemand stellte eine Frage. Alle schienen zu wissen, welchen Entschluß Roisin gefaßt hatte. Sie sprachen wenig und beschäftigten sich hauptsächlich mit ihrem Essen.

Auch Roisin hatte keine Lust, sich zu unterhalten. Es schien ihm, als wären alle diese Menschen, die ihm doch mehr oder minder nahestanden, jetzt durch eine unsichtbare Barriere von ihm getrennt, so daß er kaum noch hören konnte, was sie sagten, und nicht hoffen durfte, daß sie seine Worte verstanden.

Nach dem Essen trennte er sich von ihnen und wandelte allein durch die seltsam geschmückten halbdunklen Gänge und Treppenhäuser des Schlosses. Manchmal betete er zu Phex (der ihn zu hören schien, denn der tätowierte Fuchs auf seiner Schulter juckte kräftig), manchmal versank er in Gedanken, aber er kam rasch zu dem Schluß, daß es in seinem vergangenen Leben nichts gab, was des Bedenkens wert war. Lieber richtete er seine Gedanken auf die Zukunft. Er hatte Angst, das war ihm klar, Angst vor den mörderischen Bissen dieser gelben, schief in den Kiefern steckenden Hauer, Angst vor den Klauen, die seine Kleider und sein Fleisch wie Dolche aufschlitzen konnten. Aber zugleich wuchs mit jeder Stunde seine Begierde, sich dem Unwesen entgegenzustellen und ein einziges Mal etwas zu tun, das sein Leben rechtfertigte.

Er war eben – ohne richtig wahrzunehmen, wo er sich befand – einen der langen Korridore entlanggegangen, als eine Tür geöffnet wurde und Morgwyn auf den Flur heraustrat. Sie trug eine Kerze in der Hand. Als sie in dem schwachen Licht Roisin erkannte, sagte sie: »Ich habe Euch gesucht, Herr Bellentor.«

Roisin sah, daß sie den Meckerdrachen auf der Schulter trug, und das ärgerte ihn; er war nicht in der Laune, sich die Frechheiten des Drachen anzuhören. Aber als er näher hinsah, merkte er, daß das Tier auch nicht in der Stimmung war, Unsinn zu reden. Wie eine kleine weiße Skulptur saß es auf der Schulter des Mädchens, die glitzernden Perlaugen mit einem seltsam verständigen Blick auf Roisin gerichtet.

Morgwyn sagte: »Ich dachte, wir könnten vielleicht ein wenig miteinander reden… wenn Ihr es wollt. Mir ist es ja nicht anders ergangen als Euch.«

Als er sie fragend ansah, schickte sie sich an, langsam den Flur entlangzugehen, während sie redete. »Für mich«, sagte sie, »war es auch schwer zu verstehen, daß ich auserwählt bin. Ich wußte, daß ich eine Prinzessin bin, aber sonst war ich ein ganz gewöhnliches kleines Mädchen, das mit der Hüpfschnur und dem Kreisel spielte. Ich war wie versteinert, als Herr Barchon kam und mich holte. Es war schrecklich, so durch die Luft zu fliegen, über alle Dächer von Tiefhusen hinweg, über den Fluß und durch die finstere kalte Nacht. Ich dachte, ein Dämon habe mich geholt, so unheimlich war er mit seinen Krallen und seinen Flügeln. Er suchte mich zu trösten, aber ich hörte kein Wort davon, so laut schrie und weinte ich, und als wir dann hierherkamen, kroch ich in meinem Zimmer unter das Bett und wollte nicht hervorkommen.«

Roisin nickte. »Ja«, sagte er. »So ähnlich ist mir auch zumute.«

Morgwyn fuhr fort: »Ich kam erst unter dem Bett hervor, als ich vor Hunger und Durst sterben zu müssen glaubte. Die Ziegenmilch, die man mir hingestellt hatte, schmeckte wie Galle und wie Strohballen, die kleinen Kuchen, die der Koch eigens für mich gebacken hatte, so verzweifelt war ich. Dann kamen die Herren und Damen einer nach dem anderen herein, und alle redeten sehr freundlich mit mir. Es dauerte aber trotzdem eine ganze Weile, ehe ich meine Furcht vor ihnen verlor. Sie erklärten mir, warum sie mich geholt hatten. Sie erzählten mir von der Weissagung, die sie von ihren Ahnen erhalten hatten, und daß Marbo selbst es gewesen sein mußte, die diese Weisung erteilt hatte. – Kommt, wollen wir uns hier ein wenig setzen?«

Sie war in ein Zimmer getreten, eines der wenigen, die Fenster hatten. Durch die spitzen Bogen dieser Fenster leuchtete das Licht der Nachmittagssonne, das schräg in einen engen Hof fiel. Gepolsterte Stühle standen in dem Raum, alle zerschlissen und staubig. Morgwyn setzte sich, und Roisin nahm ihr gegenüber Platz. Der Drache sprang von der Schulter des Mädchen, lief die Lehne des Stuhls entlang und setzte sich auf den Knauf. Dort blieb er artig sitzen und lauschte mit klugen Äuglein dem Gespräch.

»Es dauerte lange«, fuhr Morgwyn fort, »bis ich verstand. Ich hatte wohl gelernt, an die Götter zu glauben, aber ich konnte mir nicht vorstellen, daß sie sich wirklich mit dem Schicksal einzelner Menschen befaßten – schon gar nicht mit dem Schicksal eines kleinen Mädchens. Es erschien mir ganz unglaublich, daß die hohe Marbo meinen Namen genannt hatte. Aber die Herrschaften bestätigten mir immer wieder, daß es so geschehen sei … und allmählich glaubte ich daran.«

Roisin fragte mit erstickter Stimme: »Hast du dir nie gewünscht, du könntest nach Tiefhusen zurückkehren und einfach wieder Prinzessin Morgwyn sein, nicht mehr die Hüterin der Schwelle?«

Ihre großen Augen – viel zu ernst und weise für die Augen eines zwölfjährigen Mädchens – blickten ihn an. »Aber gewiß. Sogar sehr oft. Manchmal weinte ich, wenn ich im Turmzimmer saß und daran dachte, daß fern hinter diesen Felsen und Wäldern Tiefhusen lag, meine Vaterstadt. Ich erinnerte mich an alles, was mir noch einfallen wollte. Ich weinte sogar, wenn ich an Fräulein Schröterdink dachte, obwohl ich sie nie gemocht hatte. Es war alles so fremd und seltsam … daß ich mein Leben lang hier bleiben würde, daß ich lernen würde, mit den Seelen der Toten zu sprechen und die Botschaften der Fledermäuse zu verstehen, daß ich immer nur die wenigen Menschen sehen würde, die als Diener im Schloß lebten, und sonst nur noch Ninian und die Nachtwandler. Mir war zumute, als wäre ich ein Handschuh, der von innen nach außen gedreht wird, so verwirrt war ich. Die Herren und Damen verstanden mich. Sie schalten mich nie, wenn ich weinte und klagte. Sie wußten alle, daß es wirklich sehr schwierig ist, vom Schicksal auserwählt zu sein. Ich weiß, daß es auch für Euch sehr schwierig ist, Herr Bellentor.«

Er nickte schwerfällig. »Das stimmt. Und trotzdem – noch während ich die Aufgabe fürchte, die mir gestellt worden ist, sehne ich mich danach, sie auszuführen. Ich weiß, ich werde dort unten den Tod finden, aber ich werde das einzige tun, das meinem Leben einen Sinn gibt.«

Sie streckte eine kleine magere Hand aus und legte sie auf seine Rechte. »So habe ich es schließlich auch verstanden. Es ist eine schwere Pflicht, die mir bevorsteht, aber noch schwerer wäre es, zu leben und zu wissen, daß ich diese Pflicht versäumt habe.«

Roisin hatte ganz vergessen, daß er mit einem zwölfjährigen Kind sprach. Die Worte drängten einfach aus ihm heraus. »Ich war nie zu viel nütze, weißt du. Mein Vater erlaubte mir nicht zu arbeiten, also habe ich mir mit Essen und Rahjadiensten die Zeit vertrieben und wurde von Tag zu Tag dicker und verdrossener. Ich bin den Göttern dankbar, daß sie mir einen Weg gezeigt haben, wie ich meinem Leben noch einen Sinn geben kann, auch wenn ich dieses Leben dabei verliere.«

Eine Weile saßen sie beide still da und hielten einander an den Händen, während der Drache sie betrachtete. Dann begann das Tierchen plötzlich mit seiner dünnen Stimme zu singen – ein Kinderlied, das man im ganzen Svellttal kannte.

»Schlaf wohl, mein Kindchen – auf jede Nacht
folgt wieder ein goldener Morgen.
Schlaf ein, mein Kindchen, der Götter Macht
bewahr dich vor Gram und Sorgen.
Schlaf fleißig, mein Kindchen, die Zeit verrinnt,
rasch sind die Stunden vergangen.
Schlaf still, mein Kindchen. Es weht der Wind
und rötet der Schlafenden Wangen.«

Roisin lauschte mit Tränen in den Augen. Er wußte selbst nicht warum, aber er fühlte sich von den kunstlosen Versen und der schlichten Melodie getröstet. Als das Lied verklang, sagte er leise: »Das war sehr schön, Zito.«

Der Drache raschelte mit den Flügeln, gab aber keine Antwort.

Als es an der Zeit war, daß die Nachtwandler erwachten, ging Roisin Bellentor mit den anderen hinauf in den Saal mit den Gwen Petryl-Steinen. Seltsam, alle schienen zu wissen, daß er es schon in dieser Nacht tun wollte, obwohl niemand ihm eine Zeit gesetzt hatte. Die Orken saßen stumm da und kauten auf ihren lederigen schwärzlichen Lippen. Das zweifelnde Glitzern in ihren Augen war erloschen, sie blickten Roisin beinahe ehrfürchtig an. Die Nachtwandler versammelten sich raschelnd. Dann war es soweit. Herr Churchemon erhob sich und sprach ihn ohne lange Vorreden an: »Roisin Bellentor, wollt Ihr heute nacht gehen?«

»Ja«, hörte Roisin sich selbst mit fester Stimme sagen, »und ich will allein gehen. Ich dulde nicht, daß mich jemand begleitet.«

Tyndal, Jule, Fiana, alle erhoben sie noch einmal protestierend die Stimme, aber der alte Nachtwandler gebot ihnen Schweigen. »Wenn es sein Wille ist, dann müßt ihr ihn allein gehen lassen«, sagte er. »Er ist der Ungeborene. In ihm erfüllt sich die Weissagung.«

Tyndal stand mit Tränen in den Augen auf und trat an den Freund heran. »Wenn du mir schon nicht erlaubst, mit dir zu gehen«, sagte er, »so kann ich dir wenigstens mitgeben, was in meiner Macht steht. Es hätte keinen Sinn dich unverwundbar zu machen, aber ich kann dich zum mindesten davor bewahren, daß das Ungeheuer dich mit dämonischem Zauberspuk blendet. Während der nächsten Stunde wirst du unter magischem Schutz vor aller Gaukelei und Verwirrung stehen.«

Er schloß die Augen, als er sich konzentrierte, dann deutete er mit beiden Händen aufs Roisins Kopf und murmelte die Formel *Arcano psychostabilis.*

Der junge Mann hatte kurz das Gefühl, daß seine Kopfhaut prickelte, und eine Gänsehaut überlief ihn, als der Freund den Zauber auf ihn legte, aber sonst empfand er nichts – wofür er sehr dankbar war; er hatte immer Angst davor gehabt, Zielscheibe eines Zaubers zu werden.

Tyndal schlug die Augen auf, zog Roisin in die Arme und küßte ihn zärtlich. »Mögen die Zwölfe dich beschützen«, flüsterte er mit belegter Stimme.

»Das habt Ihr gut gemacht, Tyndal«, lobte Herr Churchemon. Dann wandte er sich an Roisin. »Ihr habt, was Ihr an Waffen braucht?«

»Ja«, sagte Roisin und wies ihm die Lederpeitsche. Er wußte nicht, was sie ihm nutzen sollte – er wollte einfach nicht mit leeren Händen gehen. Zumindest das Nasenbein wollte er diesem Scheusal einschlagen, bevor es ihn zerriß.

»Gut«, antwortete Churchemon. »Dann kniet jetzt nieder, um den Segen des Tairach-Priesters entgegenzunehmen.«

Wieder gehorchte Roisin, obwohl er nicht gedachte, den unheimlichen Gott der Orken um seinen Schutz anzuflehen. Wenigstens war es eine unblutige Zeremonie. Khochrai schritt eine Weile um ihn herum, rasselte mit seinen Knochenrasseln, fuhr ihm mit den Handflächen über Kopf und Gesicht und spuckte sich schließlich auf die Fingerspitzen, um damit seine Stirn zu berühren, während er einen gellenden Schrei ausstieß, offenbar eine dringliche Bitte an Tairach, sich des Menschen anzunehmen.

Danach sagte Herr Churchemon: »Herr Charmion wird Euch den Weg führen, den Ihr schon kennt, und danach einen geheimen Weg, der in das Lager des Ungeheuers hinab führt. Mögen die Götter Euch beschützen.«

Ein bekräftigendes Gemurmel stieg aus den Reihen der Nachtwandler auf.

Roisin dankte ihnen. Er umarmte und küßte noch einmal seine Frau und alle seine Gefährten, sogar Herrn Grabensalb, und machte sich dann mit einem Gefühl seltsamer Leichtigkeit mit seinem Führer auf den Weg.

Sie sprachen kein Wort miteinander, während sie im Licht eines Gwen Petryl-Steines die Fluchten licht-loser Zimmer durchschritten und immer tiefer zu den Wurzeln des Berges vordrangen. Herr Charmion war sichtlich tief in Gedanken. Sie durchquerten die Schachtbrückenhalle und stiegen durch den engen, von Felszacken bedrohten Gang, der sie zu dem Schlitz im Dach des Feuertempels gebracht hatte. Roi-sin war froh, daß er seinen Gefährten verboten hatte, ihm bis dorthin zu folgen. Er wollte nicht, daß sie sahen, welches gräßliche und groteske Ende er nahm. Sie sollten ihn so in Erinnerung behalten, wie sie ihn gekannt hatten.

Zuletzt verabschiedete sich auch Herr Charmion von ihm. Er reichte ihm den Gwen Petryl-Stein und wies auf einen Spalt in der grob behauenen Fels-wand. »Dort«, flüsterte er, »führt der Weg in das Lager des Ungeheuers hinunter. Ich werde hier auf Euch warten, um Euch wieder zurückzuführen.«

Roisin dachte, daß es damit keine Not haben werde, aber er dankte nur freundlich und zwängte sich entschlossen in den Gang.

Schon nach der ersten Biegung des Höhlenganges – der gerade breit genug war, ihn durchzulassen – drang ihm der Gestank in die Nase, der von unten heraufstieg, dieser dumpfe Aasgestank, der den alten Tempel erfüllte. Er horchte, ob er irgendeine Bewegung des Ungeheuers hörte, aber alles blieb still, nur das Zischen des lodernden Feuers in der Tiefe war hörbar. Lautlos schob er sich weiter, den Stein in der ausgestreckten Hand, der wie ein winziger Mond leuchtete. Grünlich-bleiches Licht fiel auf die zackigen Höhlenwände ringsum. Der Gang war größtenteils eine natürliche Höhle, nur selten waren die Spuren von Hammer und Meißel erkennbar. Entweder hatten die Zwerge nicht vorgehabt, ihn häufig zu benutzen, oder sie waren vom Unheil unterbrochen worden, ehe sie ihre Arbeit weiterführen konnten. Roisin mußte sich an mehreren Stellen mit dem Rükken flach an die Wand pressen, um sich hindurchzuzwängen.

Er fühlte, daß seine gewaltige innere Erregung nicht ohne Folgen blieb. Nie war ihm seine verpatzte Zauberkraft so lästig gewesen wie in diesem Moment, denn überall fielen Steine von der Decke des Ganges, und das Geröll, über das er sich vorwärtskämpfte, war ebenfalls in Bewegung geraten. Wie durch ein Wunder blieb er zwar von Verletzungen verschont, aber er erschrak doch immer wieder heftig, wenn ein faustgroßer Stein sich aus der Höhlendecke löste und knapp vor oder hinter ihm aufprallte.

Da stand plötzlich jemand vor ihm – eine halbdurchsichtige Gestalt, deren Füße eine Spanne hoch über dem Boden schwebten. Ein Jüngling war es mit feinen Zügen und lockigem Haar. Ein mitternachtsblauer Mantel hing um seine Schultern, der sich wie in einem schwachen Wind blähte. Roisin prallte zurück und glaubte schon, Burzum versuche ihn mit irgendeinem niederhöllischen Zauber zu blenden. Aber einen Herzschlag später erkannte er seinen Schutzgeist wieder.

»Du bist es«, stammelte er. »Kommst du mir zu Hilfe?«

Der schöne Jüngling blickte ihn traurig an. »Ich will tun, was ich kann, Roisin, aber ich bin kein sehr starker Geist. Ich bin nur dazu da, dich zu beschützen, wenn du auf der Straße stürzt oder ein Wagen dich zu überfahren droht – oder wenn Steine auf dich herabfallen. Gegen die Schrecken der siebenten Sphäre kann ich nichts ausrichten. Burzums Macht ist um ein vielfaches größer als meine. Aber ich wollte dich nicht gehen lassen, ohne mich dir zu zeigen... ich hoffe, es tröstet dich.«

Roisin nickte langsam. »Wir sind beide nicht sehr stark, nicht wahr? Ich glaube nicht, daß ich diesen Kampf überleben werde. Aber ich danke dir, daß du mir erschienen bist, es hat mich wirklich ein wenig getröstet.«

Der Geist lächelte und verblaßte.

Roisin holte tief Atem und schlich weiter. Er mußte sich häufig bücken, um den scharfen Felszacken auszuweichen, die von der Decke herabragten, und ein Stück weit mußte er sogar auf allen vieren kriechen, so niedrig war der Gang. Zuletzt erreichte er einen Schlitz in der Felswand etwas oberhalb des Feuerschachtes, und kaum hatte er, eng an den Felsen gepreßt, hinausgespäht, sah er das Ogerweib in dem mächtig gewölbten Portal stehen, mit dem der Königsweg endete.

Burzum war eben von einem Jagdzug heimgekehrt. Auf nackten Beinen, so dick wie Bäume, stand sie da und betrachtete mit gefletschten Zähnen ihre unglückselige Beute, die sie an den Fußknöcheln hinter sich hergeschleift hatte. Kein Ork war es diesmal, sondern ein Mensch, ein struppiger Goldgräber oder Fallensteller, der halb bewußtlos auf dem unratbedeckten Boden lag. Burzum packte ihn mit einer Hand, hob ihn hoch und schälte mit geschickten Griffen ihrer hornigen Klauen die schlaffe Gestalt aus den

Kleidern. Ein bleicher Leib kam zum Vorschein, dürr und knotig, denn ein orkländischer Fallensteller wurde kaum fett, war aber immer noch fleischig genug, um den unersättlichen Appetit des Ungeheuers für eine Weile zu stillen. So splitternackt, wie er war, warf sie ihn zu Boden und umwand ihn mit mehreren Längen eines starken Stricks, den sie um den Leib getragen hatte. Eine Weile beklopfte und betastete sie ihn, wie ein Metzger ein Lamm prüft, kniff da und dort in sein Fleisch und roch voll speichelnder Vorfreude an ihm, dann setzte sie den Gefesselten in den Kessel und füllte den schmutzüberkrusteten Behälter mit Wasser, das sie an einer Quelle in der Felsmauer holte.

Bei dem Übergießen mit eiskaltem Wasser erwachte der Fallensteller, und augenblicklich wurde ihm bewußt, daß ihm das gräßliche Schicksal bevorstand, lebendig gesotten zu werden. Er stieß einen fürchterlichen Schrei aus, der aus den Tiefen seiner Brust kam, riß Mund und Augen auf und versuchte verzweifelt, sich zu befreien – umsonst, die Ogerin hatte den Strick grausam fest um seine Glieder verknotet. Sie wandte sich um, als sie sein Geschrei hörte, und grunzte ärgerlich, rührte sich aber nicht weiter.

Der Mann – der das Wasser im Kessel rasch heißer werden fühlte – warf sich mit puterrotem Gesicht und gesträubtem Haar hin und her. Seine Augen schienen glotzend aus den Höhlen zu quellen, seine Zunge hing aus dem Mund wie die eines hechelnden Hundes. Gurgelnd vor Entsetzen versuchte er aus dem Kessel zu fliehen, den die Glut des Feuerschachts immer weiter erhitzte. Von der Kraft der Verzweiflung getrieben, schnellte er sich trotz seiner Fesseln in die Höhe. Aber kaum tauchte sein von Stricken umschnürter und vom heißen Wasser geröteter Oberkörper über dem Kesselrand auf, da fiel er auch schon wieder platschend zurück und heulte von neuem auf, wenn sein Körper mit dem glutheißen Metall auf dem Kesselboden in Berührung kam.

Erst kümmerte Burzum sich nicht weiter um ihr elendes Opfer, aber dann, als das Gebrüll des Mannes in seiner Todesqual nicht aufhören wollte, ergriff sie plötzlich die Axt und schlug ihm damit den Schädel ein, so schnell und leicht, als hätte sie einen Hühnerschädel zerquetscht. Blutig gefärbtes Wasser schwappte über den Kesselrand. Der Leichnam ging in dem Kessel unter und kam wieder hoch, aber diesmal verkehrtherum, so daß die beiden weißen Beine mit den Füßen nach oben herausragten.

Burzum zog und zerrte ein Weilchen an ihm, offenbar versuchte sie ihn ganz unter Wasser zu bringen, aber immer wieder kamen entweder die Beine oder der Schädel an die Oberfläche. Zornig grunzend zog sie ihn schließlich heraus, schleifte den triefenden Körper zum Hackstock und schlug ihm mit der Axt Arme, Beine und den Kopf ab. Blut quoll hervor und überzog ihre Lederschürze mit einer glänzenden Schicht. Blut troff auch über ihre Arme und Beine, als sie den Rumpf in zwei Teile hackte und als das Herzblut des Unglückseligen in schwerfälligem Strahl aus den Adern rann. Sie warf alle Teile bis auf den Kopf in den Kessel und rührte den grausigen Sud, unbekümmert um das mittlerweile kochende Wasser, mit nackten Armen um. Den Kopf stieß sie mit der Fußspitze achtlos beiseite, so daß er unter den anderen Unflat rollte und dort liegenblieb.

Roisin war so erstarrt vor Entsetzen gewesen, daß er einfach nur dagestanden und die schreckliche Szene beobachtet hatte. Aber nun erwachte das Leben in ihm.

Er wußte, daß er keine Pläne zu schmieden

brauchte. Er mußte nur hinuntergelangen, bevor das Ungeheuer die grausige Suppe verzehrt hatte; er mußte ihr unter die Augen treten, solange sie noch hungrig und voll Mordgier war. Er war der giftige Köder, der sie vernichten würde, nichts weiter.

Mit starkem Schritt trat er aus dem Felsspalt und stieg vorsichtig auf den schlüpfrigen Boden hinunter.

Seine nutzlose Zauberkraft ließ ihn auch hier nicht in Ruhe. Von der Decke des Feuertempels, die hoch über seinem Kopf im Zwielicht verschwand, fielen kleine Steinbrocken herab. Um ihn herum summte und wimmerte es wie der Wind in einem Kamin. Kleine bleiche Flammen loderten bei jedem seiner Schritte auf. Er kümmerte sich nicht darum, sondern schritt weiter auf das Ungeheuer zu.

Burzum bemerkte ihn nicht, sie stand mit dem Rücken zu ihm und rührte in ihrem Kessel. Erst als er laut mit der Peitsche schnalzte, wandte sie sich um – erstaunlich schnell für ein so klobiges Wesen – und glotzte ihn aus bösen Augen an. Sie schien sich nicht die geringsten Gedanken darüber zu machen, wie er in ihr Lager geraten war. Mit dem dumpfen Dunkelsinn der Oger erfaßte sie nur, daß er Fleisch war – viel Fleisch! *Das* begriff sie rasch. Ihr Blick flog zwischen den kläglichen Überresten im Kessel und dem Berg frischen jungen Fleisches, der da vor ihr stand, hin und her. Sie grunzte, zog die wulstigen Lippen zurück und bleckte ihre Hauer. Ein Schwall fauliger Luft wehte auf Roisin zu, als sie sich bewegte, ein Geruch nach gestocktem Blut und alten Gebeinen, der ihm beinahe den Atem nahm. Breitbeinig kam sie auf ihn zu und streckte die Hand nach ihm aus – eine Hand, groß wie ein Wagenrad, gelb und haarig, mit zollangen Klauen an den Fingerspitzen.

Roisin sah sie kommen, und ein Instinkt, der stärker war als alle heldenhafte Entschlossenheit, trieb ihn zurück, fort von dieser abscheulichen Klaue. Er sprang nach hinten, schneller, als er es je für möglich gehalten hatte, und schlug in blindem Entsetzen mit der Peitsche nach dieser Hand. Die dicke Lederschnur traf auch mit einer Wucht, die einem Menschen die Haut vom Fleisch gerissen hätte, aber Burzum zuckte nicht einmal. Sie stierte ihn nur böse an und kam einen weiteren Schritt auf ihn zu.

Roisin war nie ein Kämpfer gewesen, aber jetzt erweckte der schiere Selbsterhaltungstrieb eine List und Kaltblütigkeit in ihm, von der er nie gewußt hatte. Er begriff, daß die Peitsche ihm völlig nutzlos war, es sei denn, er konnte die einzig verwundbare Stelle treffen, die selbst dieser Turm aus Hornhaut und steinernem Fleisch haben mußte – die Augen. Wenn es ihm gelang, ihr die Augen auszuschlagen, dann gab es Hoffnung für ihn. Freilich mußte er dazu warten, bis sie sich bückte, sonst hätte er sie bei ihrer Größe von vier Schritt nicht einmal erreicht – aber sie *mußte* sich bücken, um ihn zu fassen.

Er stieß einen lauten und völlig sinnlosen Schrei aus, etwa wie ›Fang mich, wenn du kannst!‹ und schoß mit aller Behendigkeit, deren er fähig war, nach links davon. Burzum fuhr herum – es sah aus, als drehe sich ein Felsblock um seine Achse –, und ihre dicken Arme streckten sich nach ihm aus wie zwei riesige Zangen. Als sie sich vorbeugte, um ihn zu packen, holte er mit der Peitsche aus und schlug nach ihrem Gesicht.

Die Lederschnur zischte wuchtig, aber wirkungslos über die hornigen Wangen.

Burzum tappte danach wie nach einer lästigen Fliege, schwang herum und versuchte von neuem zuzugreifen.

Wieder entwischte ihr Roisin, wieder schlug er zu,

traf aber nur die Stirn. Mehr als einmal wiederholte sich dieses schreckliche Spiel, bei dem er jedesmal nur knapp den Klauen entging, doch er wußte, daß sie ihn zuletzt packen würden. Immer wieder fuhr die dreifach geflochtene Peitschenschnur mit grausamem Schwung über das Gesicht des Monstrums, traf aber immer nur das unangreifbare Fleisch. Burzum war in Zorn geraten, als die verlockende Beute ihr mehrmals hintereinander entwischte. Sie hatte jetzt wirklich gewaltigen Hunger und war entschlossen, diesen fetten Wicht ungehäutet und ungesotten zu fressen, wenn sie ihn in die Finger bekam.

Einmal hätte sie ihn fast gehabt. Roisin war zwar ausdauernder und gewandter, als er je zu Hause gewesen war, aber ein Athlet war er noch lange nicht, und das Hin- und Herspringen machte ihm Mühe. Als er sich schnaufend und keuchend unter der haarigen Pranke wegduckte, fuhr sie plötzlich blitzgeschwind in die Höhe und versuchte ihn einfach von oben herab breitzuschlagen. Burzum hätte ihn erwischt – aber da war plötzlich ein Geräusch hinter ihr zu hören, und sie fuhr herum. Ihr Hieb ging daneben. Roisin entkam ihr im letzten Augenblick, nachdem ihm beinahe das Herz vor Schrecken stehengeblieben wäre. Ein paar Lidschläge lang standen sie beide reglos da, der Mann und das Ungeheuer, und starrten zu der Pforte des Königsweges hinüber, durch die einst die Zwerge den Tempel betreten hatten.

Dort stand – eine jämmerliche Erscheinung im rötlichen Licht des Feuerschachtes – Ninian und fuhr mit der Zunge über die Klinge seines Messers. Seine Augen strahlten vor Begeisterung, er sprang von einem Fuß auf den anderen, sichtlich entzückt darüber, daß er doch noch seinen Willen bekommen hatte. Vermutlich war er Herrn Sedrach mit der sprichwörtlichen List der Beschränkten entwischt.

Als er merkte, daß Roisin ihn ansah, nahm er das Messer aus dem Mund und johlte: »Ich komm zu dir. Mach sie tot!« Dann stürmte er unbekümmert quer durch den Raum auf Roisin zu.

Burzum glotzte eine Weile stumpf vor sich hin und begriff offensichtlich nur mühsam, daß jetzt zwei Mahlzeiten – oder zwei Feinde – zur Hand waren. Ninian, der kaum wußte, worauf er sitzen sollte, war keine große Versuchung, also wandte sie sich wieder dem appetitlichen Fleischberg zu. Ein Strom stinkender Luft drang wie Dampf aus ihren Nasenlöchern, als sie dumpf schnaubend die Hände nach ihm ausstreckte. Aber das Geschrei der spinnenbeinigen Kreatur hinter ihrem Rücken störte sie doch, also versuchte sie nach zwei Seiten gleichzeitig zu schlagen, und das war entschieden zuviel für ihr winziges Hirn. Sie stand einfach da, drehte sich mit baumelnden Armen nach allen Seiten und stieß ein böses, hungriges Grollen aus.

Ninian mußte noch weit beschränkter sein, als Roisin bislang gedacht hatte, denn er versuchte allen Ernstes, das Monstrum mit seinem Messer anzugreifen. Wild entschlossen sprang er sie immer wieder an und stieß den Dolch – der gerade zum Abhäuten von Hasen taugte – gegen das wie mit Eisenplatten beschlagene Fleisch. Er war offensichtlich vergnügt und guter Dinge dabei. Als er wieder einmal abrutschte und zu Boden fiel, wobei einer der riesigen Füße ihn um ein Haar zu Tode getrampelt hätte, schrie er Roisin jubelnd zu: »Ich mach sie tot!«

Der einzige Nutzen, den Roisin von ihm hatte, war die Tatsache, daß er die Kreatur der Finsternis ablenkte. Langsam schien es Burzum lästig zu werden, daß beständig etwas hinter ihrem Rücken herumsprang und ihr harmlose Kratzer beibrachte. Sie versuchte gleichzeitig nach vorn und hinten zu sehen, bückte sich – und geriet mit einem tiefliegenden rötlich glänzenden Auge in die Ziellinie von Roisins Peitsche.

Er sah nur, wie etwas Weiches, Klebriges durch den Raum spritzte, aber er hörte das schmerzerfüllte Aufheulen des Ungeheuers, dem er das Auge glatt aus der Höhle geschlagen hatte. Burzum faßte mit beiden Pranken nach der blutigen Augenhöhle, drehte sich im Kreis und brüllte, daß es von den Felswänden widerhallte. Aber der Schmerz betäubte sie nicht lange. Schneller als erwartet fuhr sie von neuem auf Roisin los und wandte den Kopf ruckartig hin und her, als sie versuchte, mit nur einem Auge zu sehen, was sie bislang mit zweien gesehen hatte.

Er war erschöpft. Schweißtriefend sprang er ein paar Schritte zurück. Burzum setzte ihm mit einem Riesenschritt nach. Ihre Pranke fuhr im Halbkreis herum – und diesmal erfaßte sie ihn.

Roisin spürte, wie ihm das Wasser in heißem Strahl in die Hose lief, als das seit langem Gefürchtete geschah und die klobigen Riesenfinger seinen Bauch quetschten. Ein paar Lidschläge lang war er nahe daran, in Ohnmacht zu sinken. Dann fiel ihm wieder ein, daß er ja deshalb gekommen war. Wie sollte er sie töten, wenn sie ihn nicht tötete? All dieses Hin- und Herspringen hatte doch keinen Zweck. Sie mußte ihn zu fassen bekommen und sein Blut trinken, damit sie starb.

Burzum packte mit beiden Pranken zu. Ihre Nägel gruben sich selbst durch die lederne Fuhrmannskleidung hindurch schmerzhaft in Roisins Fleisch, als sie ihn hochhob und mit dem einen verbliebenen Auge anstierte. Es war wie das Auge eines Hechts, rötlich, schillernd und ohne wirklichen Blick. Er verlor beinahe die Besinnung, als er den Gestank einatmen mußte, der von dem Riesenleib ausging; es war, als hätte er sich über ein offenes Grab gebeugt. Halb ohnmächtig hing er im Griff der Riesenpranken – da beugte Burzum sich über ihn und biß ihn in die Brust. Wild vor Hunger und Gier, hatte sie ganz vergessen, ihn auszuziehen, aber ihre Hauer gruben sich durch die Lederjacke hindurch ins Fleisch und bissen tief in seine Brust, unmittelbar über dem Herzen. Links und rechts fuhren die Krallen wie eiserne Zangen an ihn heran, zerschlitzten seine Lederjacke, zogen lange blutgefüllte Spuren durch sein Fleisch. Mit einem Grunzen preßte Burzum die wulstigen Lippen auf ihn und sog in tiefen Zügen das Blut, das überall aus seinem Körper quoll.

Der Schmerz war so fürchterlich, daß Roisin ihn gar nicht spürte. Er merkte nur, wie ihm eisig kalt wurde, als wäre er vom Kopf bis zu den Füßen gefroren. Eisige Kälte und eine eigentümliche Leichtigkeit, das war alles, was er spürte, als er Burzums blutiges Maul sah. Er dachte: *Ich habe es geschafft. Ich habe sie vergiftet, und jetzt kann ich sterben.*

Und tatsächlich, noch während er hinstarrte, sah er, wie der blutige Streifen um Burzums Lippen sich veränderte. Das Fleisch wurde blasig, blubberte förmlich, während Schaum aus den Mundwinkeln quoll. Die Riesin wankte hin und her, und das verbliebene Auge schien aus dem Kopf zu quellen. Dann schwankte und fiel sie, ließ Roisin jedoch nicht los, sondern umklammerte ihn wie ein Kind seine Puppe, während sie sich mit ihm auf dem unratbedeckten Boden hin und her wälzte.

Er fühlte, wie heiße und kalte Schauder ihn überliefen, wie der Blutverlust ihn schwindeln machte, und versuchte vergeblich, sich aus der tödlichen Umklammerung zu lösen, ehe sie ihn erwürgte. Dicht neben ihm zischte der Feuerschacht. Da sprang es plötzlich herbei wie ein Schatten – Ninian. Mit seinem Dolch fuchtelnd und vor Vergnügen brüllend, stürzte er sich auf die gefällte Riesin, warf sich ritt-lings über ihren Hals und stieß ihr das Messer ins Ge-sicht – tief in das aufgewölbte Nasenloch und durch das Stirnbein hindurch ins Gehirn!

Burzum bäumte sich mit einem grausigen Muhen auf, schleuderte beide Männer von sich, daß sie schwer und schlaff auf dem Boden aufschlugen, und begann zu zucken, als erschüttere ein Erdbeben den steinernen Boden unter ihr. Ninian wollte noch ein-mal zustechen, obwohl sein Messer bis zum Heft im Nasenloch des Monstrums steckte, aber die fürchter-liche Veränderung, die mit dem Riesenkörper vor sich ging, ließ auch ihn auf der Stelle erstarren. Auf allen vieren hingekauert, starrte er ebenso entsetzt wie Roisin das Unglaubliche an.

Es war, als explodiere die Ogerin von innen heraus wie durch Fäulnisgase. Sie schwoll an, bis sie beinahe das Doppelte ihres Umfangs erreicht hatte, und ver-färbte sich zu einem Schwarz, wie stockfleckige alte Lumpen es an sich haben. Das Fleisch bildete kleine Krater und platzte auf, bis ein Brei grünlicher Verwe-sung aus jedem Krater rann. Die Zunge quoll, dick wie ein Männerarm, aus dem Mund. Aus dem ver-bliebenen Auge sprühte ein Strahl roten Haßfeuers, als sie sich mit einer letzten wilden Bewegung zu-sammenkrampfte, um die eigene Achse rollte und in die Tiefe des Feuerschachts stürzte, der sie aufbrül-lend verschlang.

Roisin verlor das Bewußtsein.

* * *

Tyndal Sandström saß in einem der gewölbten Zim-mer des Schlosses am Krankenlager seines Freundes und wartete, daß Roisin aus seiner Ohnmacht erwachte. Ein bittersüßer Geruch nach Heilkräutern und scharfen Essenzen hing in der Luft. Nur eine winzige Lampe brannte aus Rücksicht auf die Nachtwandler, die immer wieder kamen, um nach dem Verletzten zu sehen. Auch Jule hatte Stunden an seinem Bett verbracht, erst vor kurzem hatte sie den Raum verlassen, um ein wenig zu essen und zu ruhen.

Die Nachtwandler hatten mit einem *Balsamsalabunde* Roisins zerfleischten Leib geheilt, so daß nicht einmal eine Narbe an seinem Körper zurückgeblieben war, aber seine Schwäche hatte auch ihre Zauberkunst nicht heilen können. Die Berührung des Ungeheuers hatte ihn schrecklicher erschöpft als der Blutverlust und die klaffenden Wunden. Die dämonische Fäulnis, die von ihr ausströmte, hatte ihn ausgelaugt, so daß er nun bleich wie ein Toter und nur schwach atmend auf seinem Bett lag. Die Nachtwandler hatten den Zauber *Ruhe Körper, ruhe Geist* über ihn gesprochen, damit er wenigstens schlafen konnte, aber darüber hinaus konnten alle nur hoffen, daß seine kräftige Natur sich durchsetzen und ihn wieder auf die Beine bringen werde.

Draußen im Haus hörte der Magier Ninians Toben. Der Verrückte rannte durch die Gänge und schrie alle nasenlang gellend auf: »Ich! Mit meine Messer! Ich hab ihr totgemacht! Ich ganz allein!« Herr Sedrach hatte ihm eine Tracht Prügel verabreicht, weil er ihm davongelaufen war, aber die hatte ihn eher angestachelt, als daß sie ihn gedämpft hätte. Er war wie toll vor Freude über den Tod des Ungeheuers und die Rolle, die er dabei gespielt hatte. Vielleicht, dachte Tyndal mit einer gewissen Bitterkeit, hat der arme Narr den besseren Teil gewählt – er hat sich nicht abhalten lassen zu kämpfen.

Der Magier wandte sich an Herrn Charmion, der

im Halbdunkel neben dem Bett saß und die Stirn des Kranken mit einem duftenden nassen Tuch abwischte. »Ich wünschte«, sagte er, »ich wäre mit Roisin hinuntergestiegen, auch gegen sein ausdrückliches Verbot. Dieser närrische Bursche ist tapferer als ich.«

Herr Charmion blickte ihn kurz aus seinen unergründlichen Augen an. »Er ist nicht tapfer. Er ist einfach zu einfältig, um die Gefahr zu begreifen. Er dachte, wenn er einen Hasen umbringen kann, kann er auch eine Ogerin umbringen. Das ist kein Mut, das ist bloße Dummheit. Mutig ist man dann, wenn man Angst empfindet und dennoch kämpft – wie Euer edler Freund.«

»Ja«, sagte Tyndal leise und griff nach der todblassen Hand, die auf der Überdecke lag. »Mein edler Freund. Das habt Ihr recht gesagt. Wißt Ihr, daß ich ihn immer ein wenig für einen Dummkopf gehalten habe? Lieb und gut, ja, aber ein Dummkopf.« Er blickte in Roisins Gesicht, das so fremd wirkte in seiner Blässe und Reglosigkeit, mit dem schlaffen Mund und den blauen Schatten unter den Augen, und empfand ein brennendes Mitleid mit ihm.

»Man unterschätzt solche Menschen leicht«, sagte Herr Charmion milde.

Tyndal zögerte, dann stellte er die Frage, die ihm die ganze Zeit schon das Herz abdrückte: »Er wird doch wieder auf die Beine kommen, oder?«

»Ich denke«, sagte der Nachtwandler leise. »Da es ihm bestimmt war, diesen Kampf zu überleben, ist es ihm wohl auch bestimmt, wieder gesund zu werden. Aber es wird eine Weile dauern. Er hat viel Blut verloren und noch mehr von seiner *essentia* ... seiner Seelenkraft. Solche Ungeheuer zu bekämpfen, fordert der Seele mehr ab als dem Körper.« Dann sah er Tyndal ins Gesicht, und ein rätselhafter Ausdruck, der vielleicht ein Lächeln war, malte sich auf seinen spitzen bleichen Zügen. »Aber ich denke, es wird Euch hier nicht langweilig werden, Herr Adeptus.«

»Nein, gewiß nicht«, stimmte der Magier ihm zu.

»Man wird Euch«, fuhr Herr Charmion mit diesem schwer deutbaren Gesichtsausdruck fort, »ein Buch bringen, damit Ihr Euch die Zeit vertreiben könnt, während Ihr darauf wartet, daß Herr Bellentor erwacht ... Er wird viel schlafen in nächster Zeit, und es lohnt nicht, daß Ihr derweilen die nackten Wände anstarrt.«

Tyndal errötete bei dieser Rede, denn der Nachtwandler hatte ihm tief ins Herz gesehen. Einerseits machte er sich aufrichtige Sorgen um Roisin, andererseits waren seine Gedanken beständig bei der Bibliothek, die nun – sobald die Diener den ganzen Unrat in den Feuerschacht gefegt und den Raum ausgeräuchert hatten – wieder benutzbar wäre. Das eine oder andere Zauberbuch könnte man gewiß jetzt schon heraufholen. So hatte Tyndal gedacht, jedoch nicht gewagt, etwas zu sagen, aus Angst, man könnte ihn für roh und herzlos halten. Aber – so dachte er jetzt – der Magister Elcarna hatte ganz recht, sie sind wirklich sehr feine und verständnisvolle Leute, diese Nachtwandler, so wunderlich sie auch aussehen mögen!

Es dauerte nicht lange, und ein anderer Nachtwandler (eine Frau, wie Tyndal annahm) kam mit einem verheißungsvoll aussehenden Buch, ganz in braunes Kalbsleder gebunden und mit einem Schloß daran. »Für den Anfang«, sagte Herr Charmion, »etwas Einfaches, das Euch nicht allzusehr ablenkt, aber sicher genügt, Euch die Zeit zu vertreiben.«

Tyndal griff gierig nach dem Buch, schlug es auf und riß die Augen auf, als er sah, daß es eine Sammlung von Zaubersprüchen enthielt, die in der *Encyclo-*

paedica Magica zwar erwähnt, aber als ›sehr selten, vielleicht verschollen‹ bezeichnet wurden. Er stieß einen leisen Schrei des Entzückens aus und blätterte in dem Band. Dann trug er ihn zu der Lampe, setzte sich und las.

Es war wunderbar, einfach wunderbar. Die alten Zaubersprüche waren in einer poetischen Sprache abgefaßt, nicht in der trockenen Diktion der Akademielehrbücher, die Tyndal kannte. Wirklich, sie lasen sich wie Gedichte, sie beschworen eine ganz besondere Stimmung herauf! Er versenkte sich in den Band mit der Begeisterung eines Dichters, der die Werke eines der begnadeten Barden studiert. Die Zeit verging ihm wie im Flug, er merkte gar nicht, daß er bereits zwei Stunden gelesen hatte, als Herr Charmion mit einem leisen Zuruf seine Aufmerksamkeit erweckte.

»Euer Freund wacht auf«, flüsterte er.

Tatsächlich, Roisins Lider zitterten, und seine Lippen bewegten sich. Er murmelte unverständlich vor sich hin, dann schlug er die Augen auf, sah sich mit schwimmendem Blick um und erkannte schließlich den Magier. »Tyndal!« murmelte er mit schwerer Zunge. »Was ist mit mir? Bin ich krank? Und wo ist Jule?«

Tyndal ließ sich rasch an der Seite des Lagers nieder und streichelte Roisins Hand. »Ja, du bist krank, aber du wirst bald wieder gesund sein. Jule war vor kurzem noch an deiner Seite und wird bald wiederkommen. Wie geht es dir?«

Roisin seufzte. »Ich hatte einen furchtbaren Traum, Tyndal. Mir ist jetzt noch ganz übel davon.«

»Am besten«, sagte der Magier rasch, »vergißt du ihn wieder. Sieh, hier brennt die Lampe, und ich bin hier, und Jule wird auch bald kommen. Du bist wach und kannst deine Träume vergessen. Willst du etwas trinken?«

Roisin nickte. Mit Herrn Charmions Unterstützung flößte der Magier ihm ein wenig von dem aromatischen Trank ein, den die Nachtwandler in ihrer Apotheke gebraut hatten, einem Trank, der nicht nur den Durst des Leibes, sondern auch den der Seele stillte. Augenblicklich stieg ein wenig Farbe in die bläulich-bleichen Wangen des Kranken, er atmete tief und brachte sogar ein Lächeln zustande. »Jetzt geht es mir besser«, sagte er mit schwacher Stimme. »Du bleibst doch noch ein Weilchen hier, Tyndal, nicht wahr?«

»Ja, gewiß«, versprach der Zauberer. »Ich bleibe hier.«

Und er hielt Wort. Er saß beinahe Tag und Nacht im Zimmer des Kranken, studierte die Zauberbücher, wenn Roisin schlief, und setzte sich zu ihm, wenn er für kurze Zeit wach war.

Jule wachte ebenfalls am Bett ihres Mannes. Sie, die Kämpferin, wußte, was ihn trotz der heilsamen Zauber der Nachtwandler niedergestreckt hatte. »Wir Thorwaler«, sagte sie zu Tyndal, »nennen es den Schwarzen Hauch, wenn ein Krieger von dämonischem Übel angeweht wird. Es ist eine schreckliche Krankheit … es ist, als wäre die Seele selbst von Fäulnis befallen.«

Tyndal bemühte sich, sie zu trösten. »Roisin ist von Natur aus kräftig und voll Leben, er wird die Plage überstehen.«

Sie beugte sich über den reglos Daliegenden und küßte sanft seine Wange. »Weißt du, Tyndal«, sagte sie leise, »ich habe ihn nie so richtig verstanden. Als ich ihn heiratete, da lachte ich über ihn. Ich war ein bitterarmes Mädchen, und es war sein Gold, das mich bewog, seiner Werbung nachzugeben. Ich liebte ihn weder, noch achtete ich ihn. Er war für mich ein Pfeffersack, einer der fetten, verweichlichten Männer, für die unsere Recken nur Spott übrig haben. Aber nun habe ich gesehen, daß er einer gewaltigen Kraft fähig ist.«

Tyndal nickte. »Ich weiß, was du meinst«, stimmte er zu. »Ich muß dir gestehen, daß ich auch immer ein wenig auf ihn hinabgesehen habe. Ich dachte nicht, daß er eines Tages eine so gewaltige Heldentat vollbringen würde.«

Noch ein Besucher kam regelmäßig – Ninian.

Erst war Tyndal entsetzt gewesen; er hatte nicht die geringste Lust gehabt, sich das Geplapper des Schwachsinnigen anzuhören, statt in seinen Zauberbüchern zu lesen. Aber Ninian verhielt sich ganz erstaunlich ruhig. Er kam herein, setzte sich neben dem Bett auf den Boden und blieb oft stundenlang so sitzen, ohne mehr von sich hören zu lassen als seine rauhen, unruhigen Atemzüge. Nur wenn er kam oder ging, sagte er jedesmal mit funkelnden Augen: »Ich! Ich hab ihr totgemacht. Mit *meine* Messer!«

Dieser Meinung waren übrigens – wie Tyndal bald erfuhr – auch die Orkenkrieger. Es schien ihnen weitaus überzeugender, daß man jemanden mit einem Messer zu Tode brachte als durch die magische Kraft des Blutes, und so neigten sie – mit Ausnahme ihres Schamanen – dazu, Ninian als den eigentlichen Helden zu betrachten. Sie wußten genau, daß er verrückt war, aber das machte die Sache für sie noch wahrscheinlicher: Verrückte waren den Göttern nahe, genossen deren besonderen Schutz, es war kein Wunder, wenn sie auch besondere Taten vollbrachten. Ninian fand sich bald im Besitz vieler Geschenke – eiserner Schmuckknöpfe und -spangen, geschmiedeter Armbänder, verschiedener Kleidungsstücke aus Leder, geflochtener Lederschnüre, von Schmuck aus Steinen, Federn, Tierknochen und Zähnen. Er raffte alles an sich, was er bekam, und nahm ein geradezu halborkisches Aussehen an. Nie zuvor war er so geachtet und geschätzt worden, und die Folge war, daß er sich beinahe völlig vernünftig benahm.

* * *

Kurz darauf erschien Herr Charmion bei Tyndal und lud ihn ein, Zeuge einer wichtigen Feierlichkeit zu sein. »Wir verdanken es Eurem edlen Freund, Herrn Bellentor, daß die heimliche Pforte in Borons Reich wieder offensteht«, sagte er. »Daher wollen wir Euch auch zur Einweihung bitten.«

Außer Tyndal war auch Jule geladen, zweifellos damit sie ihrem Mann später erzählen konnte, was sich während seiner Krankheit ereignet hatte. Die beiden betraten den von Gwen Petryl-Steinen erleuchteten langen Saal und fanden dort eine Schar von Nachtwandlern vor, die alle in lebhafter Erregung waren. Klauenscharren und Flügelrauschen erfüllten den halbdunklen Raum. Tyndal sah, daß auch Prinzessin Morgwyn Westak-Tiefhusen anwesend war, die zukünftige Hüterin der Pforte. Sie war ganz in Schwarz gekleidet und saß mit einem feierlichen, abwesenden Ausdruck auf dem Kindergesicht etwas abseits auf einem Steinwürfel. Um ihre Schultern lag ein viel zu langer Mantel aus einem wie Vogelfedern schillernden Material, in dessen Tuch sonderbare Symbole eingewebt waren.

Ninian kauerte zu ihren Füßen. Der Wahnsinnige war in letzter Zeit so etwas wie ein orkischer Heiliger geworden: Die Schwarzpelze – die ihn gern mit sich genommen hätten – waren seit seinem Sieg über Burzum überzeugt, daß es Glück und den Schutz Brazoraghs bringe, das Feuermal in seinem Gesicht zu berühren, und nicht selten kam jetzt ein pelziger Jäger oder Krieger ins Schloß der Nachtwandler, um

Ninian Geschenke zu bringen und seinen Segen zu erbitten. Die Nachtwandler hatten auch ihn eingeladen, an der Zeremonie teilzunehmen – schließlich hatte er keine geringe Rolle dabei gespielt, die Pforte wieder zu öffnen.

Als alle beisammen waren, erhob sich Herr Churchemon und begab sich an der Spitze der versammelten Nachtwandler feierlichen Schritts in die Krypten des Schlosses. Tyndal konnte bald nicht mehr zählen, wie viele Treppenstufen sie in die Bergesfinsternis hinabstiegen, in die der Fleiß – und die Goldgier – der Zwerge endlose Stollen getrieben hatten. Dumpf hallten die Schritte der Menschen in der Tiefe des Berges, während die Klauen der Nachtwandler leise kratzend darüberglitten. Heiser krächzende Stimmen murmelten durcheinander, während der Zug tiefer und tiefer hinabstieg in den lichtlosen Schlund. Nur der Glanz der Gwen Petryl-Steine erhellte den Weg.

Tyndal sah den grotesken Schmuck an Säulen und Schlußsteinen und bemerkte, daß nicht alle diese Ornamente von Zwergenhand stammten. Manche – sie waren so alt, daß der Fels bröckelte – sprachen von einer anderen Kultur, einer anderen Rasse. Das im Zwielicht der Zeiten verschollene seltsame Volk der Füßler fiel ihm ein, das einst – in Zeitepochen, deren sich nur noch die Götter entsannen – in diesen Bergen gelebt hatte. Nichts war von diesen Wesen erhalten geblieben als da und dort ein absonderlicher, kaum noch kenntlicher behauener Stein, ein halb zerfallener Schnörkel. Von unermeßlichem Alter waren die Hallen, deren Bogengänge sich in labyrinthischer Folge einer in den anderen öffneten. Zu beiden Seiten ragte behauenes, zerbröckelndes Felsgestein düster auf. Vor und hinter ihnen schloß sich die immerwährende Nacht wie etwas körperlich Fühlbares.

Tyndal spürte, wie Jules Hand sich um seinen Arm

preßte. Er wußte, was sie empfand. Auch ihn bedrückte diese jahrtausendealte Finsternis, in der die
Lichtlein hingen wie Sterne an einem unermeßlichen
Himmel. Dann erreichten sie in einer der tiefsten und
schwärzesten Krypten die Begräbnisstätte der Nachtwandler.

Die Chimären verhielten den Schritt und neigten in
Ehrfurcht die Häupter. Eine neben der anderen hingen dort, kunstvoll an den steinernen Mauern befestigt, die Mumien ihrer Vorfahren. Das Licht der
Gwen Petryl-Steine, die die Besucher in Händen trugen, erhellte hier eine staubige Augenhöhle, dort
ein raffzähnig grinsendes Mundloch. Schatten glitten
schwach und durchsichtig über die zerzausten, räudigen Flügel und vom Alter unberührten Klauenfüße
der Toten.

Wenig später erreichte der Zug das tiefste und innerste der Grabgewölbe, in dem die Weisen und Heiligen der Chimären bestattet wurden. Herr Charmion
schob sich an die Seite des Zauberers und Frau Jules
und erklärte ihnen, was sie im blassen grünlichen
Licht sahen: Hier ruhte Omruchaz, der Älteste der
Ahnen, der fast schon legendäre Urvater der Sippe im
Firunswall. In einer mit einem Glasdeckel verschlossenen polierten Vitrine hockte er, in einen Zeremoni-
enmantel aus Vogelfedern gehüllt, auf einem hölzernen Sitz. Das lange Haar war noch vollständig vor-
handen; es hing in armlangen grauen Strähnen über
die Schultern hinab. Die staubbedeckten Flügel überragten den Toten. Um ihn herum lagen und saßen
in ähnlichen Glassärgen andere bedeutende Vertreter
der Sippe.

Die Chimären waren unter Klauenscharren und
Flügelrascheln hereingekommen und versammelten
sich im Halbkreis vor dem Glassarg Omruchaz' des
Großen. Herr Charmion schob die vier Menschen in

einen Winkel, wo sie das Geschehen beobachten konnten, ohne zu stören. Im bleichen Schein der Gwen Petryl-Steine begann nun ein sonderbares, von einer langlebigen Generation zur anderen überliefertes Ritual. Es bestand hauptsächlich aus einem langen Gesang in der Sprache der Nachtwandler, den Herr Churchemon anstimmte, worauf die anderen von Zeit zu Zeit respondierten. Tyndal blieben ein paar oft wiederholte Worte in Erinnerung:

Ay sür emon su plachenes
ay Marbo sür ewan
ya dona Boron kish neho
ah na plané de süra.
Zand tellar mochim tefrenes
ay Boron nefre tan
ay sür dün Omruchaz henoi
kor wesram techewan ...

Natürlich verstand er kein Wort davon, aber die Erwähnung der Namen Marbos und Borons verriet ihm, daß es sich um ein religiöses Ritual handelte. Er wußte, daß die Nachtwandler borongläubig waren und insbesondere die bleiche Marbo verehrten, aber ihre Religion fand keinen anderen Ausdruck als in diesen Gesängen. Da ihre zarten knöchernen Hände völlig ungeschickt zu jeder handwerklichen Arbeit waren, gab es in ihrer Kultur weder Bilder noch Statuen oder sonstige liturgische Gegenstände. Nicht einmal einen Schrein hatten sie aufgestellt. Das einzige religiöse Requisit, das Tyndal erkannte, war der schillernde Mantel um Morgwyns Schultern, und auch dieser war nicht von den Nachtwandlern hergestellt worden, sondern in ihrem Auftrag von einem elfischen oder menschlichen Schneider.

Nachdem sie eine Weile gesungen hatten, führten zwei Nachtwandler Morgwyn zu einem viereckigen

Stein am hintersten Ende des Gewölbes, an dem Tyndal Spuren von Ornamenten entdeckte, die zweifellos noch von den Füßlern stammten. Es schien ein Krönungssitz zu sein. Morgwyn ließ sich darauf nieder, bleich vor ehrfürchtiger Anspannung. Herr Churchemon legte ihr beide Hände auf den Scheitel und erhob die Stimme in einer lauten, unverständlichen Anrufung, in die die anderen einfielen.

Tyndal hielt den Blick fest auf das Gesicht des Mädchens gerichtet und begriff, als er in ihre Augen sah, daß dieses Kind für die Welt verloren war. Morgwyn Westak-Tiefhusen hatte ihren Platz in den Geschicken Deres gefunden, und dieser Platz war der einer Hüterin der heimlichen Pforte.

Und jetzt sah Tyndal auch die Pforte selbst, denn zwei der Nachtwandler hielten ihre Gwen Petryl-Steine hoch und beleuchteten sie. Ein feiner Riß in der steinernen Wand war es, zwei Schritt hoch und so dünn, daß kein Finger hineingepaßt hätte. Als das Licht darauf fiel, glänzten die Ränder in einem schwachen goldenen Schimmer. Der junge Magier schauderte bei dem Gedanken, daß auf der anderen Seite dieser Pforte Borons Reich lag, die tiefe, stille Dunkelheit. Die Worte aus dem Buch der Nachtwandler kamen ihm in den Sinn, die Herr Churchemon zitiert hatte:

Da reute es Marbo, die Bleiche, daß
sie den Zugang verborgen,
und sie erbarmte sich herzlich der
klagenden Toten,
riß eine Pforte auf, tief in den
Wurzeln der Berge,
wo in der Finsternis pochet das
feurige Herz des Gebirges.
Seufzend wallten die Schatten hinein in

die lichtlosen Schlünde,
fanden in Borons Hallen die Ruhe,
die zitternd ersehnte.
Unbekannt lag die heimliche Pforte
im Dunkeln, nur Seelen,
bleich und verblichen, durcheilten
die düsteren Gänge.

Da wehte es ihn plötzlich an wie ein kalter Hauch. Jule an seiner Seite fröstelte und umklammerte seinen Arm noch fester. Ninian stieß einen dumpf schnaubenden Laut aus. Selbst die Nachtwandler wichen mit rauschenden Flügeln zurück, als es weiß wie Herbstnebel durch die Finsternis der Krypta zog: Die Seelen der Toten kamen!

Tyndal sah nicht mehr als einen blassen Schimmer, der dann und wann menschliche Formen annahm. Eine Menschenmenge schien es zu sein, die lautlos herbeidrängte, von einer solchen Kälte umgeben, daß der Zauberer zu erstarren meinte. Langsam wehte der weiße Hauch an den Mumien der verstorbenen Nachtwandler vorbei, näherte sich Morgwyn, die in starrer Feierlichkeit dasaß, und zog an ihr vorbei – und dann verschwand der Nebelstreif in der Pforte. Jedesmal, wenn der Hauch den Riß im Felsen berührte, sah Tyndal einen Lidschlag lang von einem schwachen Glühen umgeben eine menschliche Gestalt, sobald eine Seele die Erinnerung an ihre äußere Hülle abstreifte und ins Reich der Stille und Dunkelheit hinüberhuschte. Blaß und verschwommen erschienen Krieger und Kriegerinnen vor seinen Augen, Bürger und Bauern, Männer und Frauen in reichen Kleidern, dann wieder in Lumpen; kleine Kinder, die wie Flämmchen aufflackerten und wieder erloschen; alte Weiblein und krumme Großväter; blühende junge Menschen... und sie alle wallten wie

Nebel daher und verschwanden in der Pforte, während die Nachtwandler sie mit ihrem melancholischen, in seltsamen Kadenzen hallenden Gesang begleiteten.

Schließlich war auch der letzte verschwunden. Die Chimären verharrten noch eine Weile in stillem Gebet vor den Schreinen ihrer Ahnen. Dann sammelten sie sich allmählich wieder und bedeuteten den Menschen, ihnen zu folgen.

Tyndal fühlte sich erleichtert, als sie die Krypta verließen, denn angesichts der ewigen Finsternis hier unten schauerte ihm. Zugleich war er tief ergriffen, denn nicht viele Menschen hatten diese verborgene Begräbnisstätte gesehen. Er fühlte sich eingeweiht in die Geheimnisse der Nachtwandler. Und was gab es auf Dere Großartigeres zu entdecken als die Geheimnisse dieses uralten Volkes?

* * *

Es dauerte viele Wochen, bis Roisin, liebevoll gepflegt von seinen Gefährten und den Nachtwandlern, wieder bei Kräften war. Inzwischen war der Winter hereingebrochen, der im Orkland kalt und bitter ist, und fürs erste war an die Rückreise nicht zu denken. Tyndal mißfiel das ganz und gar nicht. Er vergrub sich in der Bibliothek, ständig begleitet von einem oder mehreren der freundlichen Herren, die seine Wißbegier lenkten, ihm zeigten, was er lesen sollte, und ihn prüften, ob er auch alles richtig verstanden hatte.

Die Nachtwandler nahmen es sehr genau damit, wenn sie jemandem etwas beibrachten. Sie hatten aus der Erziehung eines Schülers eine wahre Wissenschaft gemacht, die strengen Regeln folgte. »Niemals«, erzählte Tyndal voll Bewunderung seinem Freund, »würden sie einem neugierigen Frager den einen oder anderen Zauberspruch verraten, nach dem zu fragen ihm gerade in den Sinn käme. Nein, sie bauen sorgfältig auf, was sie lehren, wie ein Baumeister einen Turm baut, erst das Fundament, dann die Mauern, zuletzt das Dach. O Roisin, meinetwegen kann der Winter hier im Lande jahrelang dauern!«

Roisin lächelte ihn an, gab aber keine Antwort. Er war des Nachtwandlerschlosses, wenn er ehrlich war, reichlich überdrüssig. Zwar waren alle sehr lieb und gut zu ihm, aber er sehnte sich nach einer Umgebung, in der nicht jeder ein Zauberer oder ein seltsames Wesen war. Am liebsten wurde ihm allmählich Herrn Grabensalbs Gegenwart, denn mit ihm konnte er am besten über Lowangen sprechen.

»Ich möchte heim«, vertraute er dem Agenten an, als sie eines Abends im Firun gemeinsam vor dem Kaminfeuer saßen. »Alle diese Chimären und Zauberer und dieser Verrückte, den die Orken verehren wie einen Heiligen, machen mich krank. Ich will auf die Straße gehen und nichts weiter sehen als ganz normale Männer, Frauen und Kinder.«

»Ihr müßt noch ein wenig Geduld haben«, tröstete ihn Herr Grabensalb. »Sobald der Schnee schmilzt, machen wir uns auf den Weg.«

In der Nacht, die auf dieses Gespräch folgte, erwachte Roisin aus tiefem Schlaf und sah im Mondlicht seinen Schutzgeist stehen. Die Gestalt des Jünglings schillerte, von silbernem Licht umflossen, als sähe er ihn durch ein klares Wasser hindurch. Seine Rechte war segnend ausgestreckt, und seine Lippen lächelten.

»Was willst du?« flüsterte der junge Mann.

»Du hast getan, wozu du berufen bist«, sprach der Geist mit zarter Stimme, »und du hast es gut getan. Nun bist du wieder frei zu gehen, wohin du willst.«

»Ich will nirgends anders hin als nach Lowangen«, sagte Roisin rasch.

Der Geist lächelte, bewegte aber den Kopf hin und her, als zweifle er an diesen Worten. Mit bedeutungsvoller Stimme wiederholte er: »Nun bist du wieder frei zu gehen, *wohin du willst.* Ich werde stets an deiner Seite sein. Leb wohl.«

Damit verblaßte er und verschwand.

Roisin lag nach diesem Erlebnis noch eine ganze Weile wach. Die merkwürdigen Worte, die der Geist gesprochen hatte, gingen ihm nicht aus dem Sinn. Wohin sonst sollte er denn gehen, wenn nicht nach Lowangen? Das war seine Heimat, dort stand das Haus seines Vaters. Er hatte die Pflicht erfüllt, die ihm das Schicksal auferlegt hatte, und konnte wieder in sein gewöhnliches Leben zurückkehren.

In Gedanken sah er den Marktplatz mit seinem vertrauten Getriebe vor sich, den Travia-Tempel, das würdige Kaufmannshaus mit seinen Ziergiebeln und der breiten Einfahrt. Dorthin gehörte er.

Oder doch nicht?

Der Gedanke an Lowangen hätte ihn mit Heimweh erfüllen sollen, statt dessen empfand er ein Gefühl der Unruhe und Unzufriedenheit, eine unbestimmte Sehnsucht nach anderen, größeren Städten, nach Orten, von denen die reisenden Händler erzählten, wenn sie bei Grimjan Bellentor zu Gast geladen waren.

Er warf sich im Bett hin und her, und es dauerte lange, bis er wieder richtig einschlafen konnte.

Die Rückreise

Roisin hatte den Eindruck, daß noch nie ein halbes Jahr so langsam verstrichen war wie dieses, aber eines Tages war es dann tatsächlich soweit. Der Schnee war geschmolzen und der Boden so weit getrocknet, daß die Maultiere darauf gehen konnten, ohne bis über die Fesseln im Schlamm zu versinken. Es war immer noch sehr kalt, aber die Sonne schien, und der Himmel war klar. Die Nachtwandler hatten in weiser Voraussicht bei den Orken ein paar Pelzmäntel bestellt, die den Reisenden jetzt sehr zupaß kamen, auch wenn sie unangenehm nach Ork rochen. So packten sie ihre Bündel, legten die Bärenpelze an und verabschiedeten sich von den Herren des Schlosses und von Morgwyn.

»Willst du nicht wenigstens deine Eltern grüßen lassen?« fragte Jule, als sie sah, daß die Kleine um keinen Preis das Schloß verlassen wollte.

»Nein«, sagte Morgwyn entschieden. »Diese Zeit ist vorbei.« Ihre Augen waren die einer Erwachsenen, als sie Jule anblickte. »Ich habe eine Aufgabe, Frau Jule. Für meine Eltern bin ich tot. Ich bin nicht mehr Prinzessin Morgwyn Westak-Tiefhusen. Ich bin die neue Hüterin der Schwelle.«

Ninian – der im vollen Schmuck eines Orkenkriegers prangte und seit seiner Heldentat das Haar orange gefärbt trug – verabschiedete sich ebenfalls von ihnen, wobei er nur Fiana überging. Offenbar hatte er ihr noch immer nicht verziehen, daß sie ihn

›mit die Speer gestoßt‹ hatte. Zu Roisin sagte er: »Du hast es gut gemacht, hast der Ogerin ein Auge ausgeschlagen. Aber *ich* hab sie totgemacht!«

Roisin widersprach nicht.

Die Nachtwandler brachten ein struppiges Orkenpony herbei, das schwer mit Gold beladen war. »Wir wissen, daß ihr Menschen das Gold gernhabt«, sagten sie – nicht ohne eine gewisse Herablassung. »Daher haben wir euch soviel davon gegeben, wie ein Pony tragen kann, und wenn einer von euch mehr haben will, so mag er kommen und es sich holen, wir haben genug davon.«

Roisin konnte es kaum glauben, aber plötzlich war alles vorbei, und sie waren wieder unterwegs – nach Hause! Das Land, das im Winter so abschreckend gewirkt hatte, sah jetzt, im Ingerimm, beinahe lieblich aus. Die Birken waren in einen Schleier grüner Blätter gekleidet, auf dem Boden wuchs moosgrünes Gras, kurzstengelige Blümchen blühten darin. Die Maultiere, die einen sehr bequemen Winter verbracht hatten, waren fett und bestens bei Kräften und freuten sich der ungewohnten Bewegung. Mit flotten Schritten trabten sie dahin und trugen die Reisenden durch die Überreste der Zwergenstadt, an den Flanken der Berge entlang durch das breite Tal.

Roisin, der die finstere Enge des Nachtwandlerschlosses zuletzt schon als atembeklemmend empfunden hatte, genoß die frische, kalte Luft, die von den Bergen herabströmte, und den hellen Frühlingssonnenschein, der auf dem Wasser der Bäche glitzerte und das zarte Laub goldgrün fleckte. Immer wieder atmete er tief durch. Zu Raskal, der neben ihm ritt, sagte er: »Ich will ja nicht unhöflich sein, aber ich fühlte mich in diesem Schloß allmählich wie ein Gefangener in seinem Kerker. So gut sie auch zu mir waren, auf die Dauer wäre das nichts für mich, alle diese staubigen Bücher und dunklen Räume. Ich sehnte mich schon richtig nach ein wenig Licht und Luft.«

Der Agent stimmte ihm zu. »Man muß dazu geboren sein, in einem solchen Schloß zu leben, und das seid Ihr nicht. Euch ist eine Aufgabe gestellt worden, und Ihr habt sie erfüllt. Nun seid Ihr wieder frei und könnt gehen, wohin Ihr wollt.«

Roisin lachte und sagte: »Ich will nirgends anders hin als heim nach Lowangen.« Aber noch während er den Satz aussprach, überkam ihn von neuem die Unzufriedenheit. Das Nachtwandlerschloß war ihm beklemmend erschienen, aber nun dachte er mit demselben Gefühl der Beklemmung an Lowangen. Ihm fiel ein, wie oft Jule geklagt hatte, sie fühle sich in der Stadt wie in einem Käfig, und zum ersten Mal verstand er, was sie damit gemeint hatte.

Mit einem unterdrückten Seufzer fragte er: »Seid Ihr selbst weit gereist, Herr Grabensalb?«

Der Agent zuckte die Schultern. »Wie man es nimmt. Ich war in Wehrheim, in Trallop und Baliho. Aber ich sähe gern einmal das Meer; das war mir bisher noch nie beschieden.«

Roisin nickte. »Meine Frau spricht auch immer wieder vom Meer. Sie stammt aus Olport – wo die großen Schiffe liegen. Die sähe ich gern ... sie erzählt soviel davon.«

»Warum tut Ihr es nicht?« fragte Raskal. »Ihr würdet Eurer Frau gewiß eine Freude damit machen, und Euch gefiele es wohl auch, einmal etwas ganz Neues zu sehen.«

Roisin gab keine Antwort darauf.

Nichts störte ihre ruhige Reise. Kein Feind zeigte sich, kein beutegieriges Ungeheuer. Nur einmal wurden sie heftig erschreckt, als sie über den Bergen einen fliegenden Lindwurm entdeckten. Sie sprangen von den Maultieren und warfen sich flach ins Gras. Die Bestie kümmerte sich aber nicht weiter um sie – entweder hatte der Wurm sie mit seinen kleinen roten Augen nicht gesehen, oder er war zu satt, um sich um weitere Beute zu kümmern. Er kreiste kurz über dem Tal, dann drehte er ab und verschwand in den Bergen.

Einmal schien es Roisin, daß in der Dämmerung, als sie ihr Lager aufschlugen, ein geflügeltes Wesen durch die sinkende Nacht schwebte und sich in einiger Entfernung auf einem Baum niederließ. Er meinte zu erkennen, daß es ein Nachtwandler war. Er fragte sich, ob die Chimären sie im Auge behielten. Der Gedanke störte ihn ein wenig. Er schämte sich dafür, denn sie meinten es zweifellos gut, aber er hatte fürs erste genug von Zauberwesen.

Tyndal hatte das Wesen auch gesehen. Als sie an diesem Abend am Lagerfeuer saßen, sagte er: »Die Nachtwandler sind sorgsame Gastgeber, sie wachen über unsere Sicherheit auch nachdem wir uns von ihnen verabschiedet haben.« Vorwurfsvoll fügte er hinzu: »Und ihr habt einmal eine Menge dumme Fragen gestellt, ob sie nicht vielleicht böse seien!«

Fiana – die sich von dieser Bemerkung am meisten getroffen fühlte – sagte kurz angebunden: »Vorsicht und Mißtrauen sind durchaus angebracht, wenn man unbekannten Geschöpfen begegnet. Aber nachdem ich die Nachtwandler kennengelernt hatte, wußte ich auch, daß wir ihnen vertrauen können.«

Eine Weile saßen sie alle da und starrten in das fröhlich prasselnde Feuerchen, während über ihnen die kalten Sterne des Orklandes ihre Bahnen zogen. Roisin wurde schläfrig. Immer wieder ließ er den Kopf auf die hoch gezogenen Knie sinken. Während er so zwischen Traum und Wachen schwebte, vermengten sich die Eindrücke der letzten Wochen in seinem Kopf zu einem wilden Durcheinander. Es fiel ihm schwer, damit zurechtzukommen, daß er ein anderer Mensch geworden war. Seine Freunde hatten es viel früher bemerkt als er; sie hatten ihm schon vor dem Kampf mit der Ogerin angesehen, daß sich etwas in seinem Herzen verändert hatte. Er selbst spürte es erst jetzt allmählich. Er merkte, daß er sich richtig wohl fühlte an diesem kleinen Lagerfeuer inmitten der weiten finsteren Hochebene – es machte ihm geradezu Spaß, obwohl die Nacht kalt und das Essen (Kaninchen mit Wildkräutersalat) seit Tagen dasselbe war. Er hatte nie gedacht, daß es ihm einmal Freude machen würde, inmitten der tiefsten Wildnis an einem Feuer zu sitzen und den unheimlichen Geräuschen der Nacht in den Bäumen zu lauschen – Geräuschen, die ihn vor einem Jahr noch zu Tode erschreckt hätten.

Halb im Traum hörte er Raskal fragen: »Was werdet Ihr denn mit Eurem Anteil des Goldes anfangen, Fiana?«

Tyndal lachte, als er die Frage hörte. »Sie wird ihrem Pferd Falmen einen goldenen Stall mit silberner Tränke erbauen. Ist es nicht so, Söldnerin?«

Fiana antwortete schnippisch: »Falmen hätte einen goldenen Stall viel eher verdient als Ihr einen goldenen Palast! Aber ich denke, ich werde ein paar Söldnerinnen anmieten und eine Schutztruppe aufstellen, die Händler auf gefährlichen Reisen begleitet. Das ist entschieden einträglicher, als selbst als Söldnerin zu arbeiten.«

»Ein großartiger Einfall!« rief Raskal. »So werdet Ihr Euer Gold gewiß vermehren. Und Ihr, Frau Jule?«

»Das muß ich erst mit meinem Mann bereden«, antwortete Jule. »Ich will nichts ohne sein Einverständnis tun. Fragt Roisin.«

»Das ist nicht möglich – er schläft tief und fest«, antwortete der Agent. »Aber erzählt, Frau Jule, was tätet Ihr gern?«

»Nach Olport reisen«, sagte sie mit einem kleinen Seufzer. »Es scheint mir so lange her, seit ich meine Verwandten zum letzten Mal gesehen habe. Wir Thorwaler sind Klansleute und trennen uns nicht gern von unserer Familie. Vor allem aber möchte ich die großen Schiffe sehen ... und damit fahren. Ach, einmal noch mit geblähten Segeln auf die wilde See hinausfahren!«

»Ich glaube«, sagte Raskal, »das gefiele Eurem Mann ebenfalls. Erst vor kurzem machte er eine Bemerkung darüber, daß er gern nach Olport führe.«

»Tatsächlich?« rief Jule erfreut. »Ich kann es fast nicht glauben! Roisin will nach Thorwal! Es ist, als wäre er verzaubert, so kühn und männlich ist er jetzt! Wirklich, er ist ein halber Thorwaler geworden!«

»Ja«, stimmte Tyndal zu, »es hat wohl immer in ihm gesteckt, aber jetzt ist es herausgekommen, jetzt sieht man, welch ein Mann er ist!«

Roisin brannten bei diesem Lob die Wangen. Er war froh, den Kopf auf den Armen liegen zu haben, so daß niemand seine Röte sehen konnte. Sein Herz klopfte heftig, als er hörte, wie Jule ihn rühmte. Am liebsten wäre er aufgesprungen und hätte sie in die Arme genommen, aber er wollte nicht zugeben, daß er sie belauscht hatte, und so stellte er sich weiterhin schlafend.

Am Morgen danach war der Himmel bedeckt, und schwere Sturmwolken standen über dem Firunswall, der weit in die Ferne gerückt war. Die Reisenden warfen diesen Wolken besorgte Blicke zu, aber Raskal, der sich gut mit dem Wetter auskannte, sagte, es werde nur in den Bergen schneien.

»Ich staune immer wieder, was Ihr alles wißt, Herr Raskal«, bemerkte Tyndal. »Was man auch braucht, Ihr habt es!«

»Ja«, erwiderte der Agent mit einem kleinen Grinsen, »das ist das Motto meines Geschäfts. Ich stamme aus armer Familie und habe früh gelernt, daß ich meinen Verstand einsetzen muß, um es in der Welt zu etwas zu bringen, und so habe ich mich umgesehen und gelernt, was ich lernen konnte. Irgendwann, dachte ich, wird es mir schon nützlich sein. Desgleichen kaufe ich vielerlei auf, das man mir anbietet, denn irgendwann wird einer kommen, der gerade das braucht.«

Wenig später entdeckten sie, als sie langsam dahinritten, ein trauriges Etwas neben dem Weg. Es war eine kleine tote Kreatur, etwa so groß wie ein Goblin, aber fast haarlos, mit einer bleichgrünen Haut, verhornten Fußsohlen und abscheulich langen Fingern. Die Augen waren groß wie Hühnereier und standen weit aus dem Kopf. Er sah so greulich aus, daß Roisin erst dachte, die Verwesung hätte ihn so entstellt, aber Raskal sagte: »Es ist ein Minensklave der Korogai. Wahrscheinlich haben sie ihn tot aus den Stollen geworfen und ein Fuchs oder Marder hat ihn bis hierher verschleppt.«

Als Roisin ihn fragend ansah, erklärte er: »Die Korogai schätzen zwar die Schmiedekunst, aber sie verachten die Arbeit in den Erzminen, daher halten sie sich Goblinsklaven. Eine Goblinsippe zu unterjochen, stellt für die Orken keine Schwierigkeit dar – sie werden einfach zusammengetrieben und in Netzen gefangen. Dann müssen sie in den Minen des Firunswalles nach Erz schürfen. Manche dieser elenden Kreaturen haben noch nie das Licht der Praiosscheibe erblickt, und so haben sich über mehrere Generationen hinweg Wesen entwickelt, die kaum noch etwas mit den ursprünglichen Goblins gemeinsam haben... Wesen wie dieses Häufchen Elend hier.« Er stieg vom Maultier, ergriff einen herumliegenden Ast und schob den Toten damit vom Wegrand weg, in die Tiefe des Dickichts, wo er ungesehen verrotten konnte.

»Wie grausam!« rief Jule leidenschaftlich aus und setzte hinzu: »Auch wenn es nur Goblins sind...«

Tyndal bemerkte nachdenklich: »Sagt man nicht auch, die Nachtwandler seien aus Menschen entstanden, die lange in der Finsternis eines Kerkers schmachteten?«

»Ja«, erwiderte Raskal, »aus Gefangenen des Blutkaisers Fran-Horas. So sagt man, aber Genaues weiß niemand. Sicher ist nur, daß sie nicht aus schwarzmagischen Experimenten entstanden sind wie andere Chimären, die einen wirren Verstand und ein böses Wesen haben. Aber was sie nun tatsächlich sind und wie sie zustande kamen, das wissen allein die Götter.«

Roisin sagte mit einem beklommenen Blick auf das Dickicht, in dem der Kadaver verschwunden war: »Ich stelle es mir schrecklich vor, immer im Finstern zu leben. An die Erzminen wage ich gar nicht zu denken; mir erschien schon Schloß Abbadon wie eine riesige Gruft. Alle diese stockdunklen Räume! Es war, als wäre man lebendig begraben!«

»Solange ich mit einer Lampe und einem Buch begraben werde«, sagte Tyndal mit einem Seufzer, »stört es mich nicht.«

»Was werdet Ihr denn mit Eurem Gold tun, Herr Adeptus?« fragte Fiana neugierig. »Werdet Ihr Bücher kaufen?«

»Ich weiß noch nicht«, antwortete Tyndal kurz angebunden. Aber es klang, als habe er sich schon längst entschieden und wolle nur nicht, daß die Gefährten von seinen Plänen erführen.

Bis fast zum Hilval hinunter verlief die Reise ruhig und ereignislos. Hin und wieder stießen sie auf die Fährte eines Raubtiers, aber weder Bär noch Wolf wagte es, eine so gut bewaffnete Gesellschaft anzugreifen. Von den Orken hatten sie nichts zu befürchten, denen galten sie als unverletzlich, und Räuber gab es entweder nicht im Wald, oder sie hielten sich sorgfältig von den bewaffneten Reisenden fern.

Sie ritten von Sonnenaufgang bis knapp vor Sonnenuntergang, dann suchten sie sich ein Lager, schlugen die Zelte auf und machten es sich bequem für die Nacht. Roisin mußte wie alle anderen auch Wache halten, aber es machte ihm nichts mehr aus, allein unter den Sternen zu sitzen und in die Finsternis zu spähen. Was war die Dunkelheit der Nacht gegen den niederhöllischen Schrecken, den er in Burzums Lager ausgestanden hatte!

Das Essen, das Pippin jagte und Herr Grabensalb zubereitete, bedeutete ihm längst nicht mehr soviel wie früher. Er aß mit gutem Appetit, aber seine Gedanken kreisten nicht mehr stundenlang darum, was es zum Frühstück gegeben hatte und was es zum Abendessen gäbe. Statt dessen besah er sich die Landschaft und ertappte sich immer öfter bei dem Gedanken, was wohl hinter jenem Gipfel verborgen sein mochte oder wohin man gelangte, wenn man diesem Pfad folgte. Nie zuvor war ihm bewußt geworden, wie riesig Aventurien war. Sie waren so lange unterwegs gewesen, und doch hatten sie nur ein Eckchen des Kontinents bereist – ›erforscht‹ konnte man nicht einmal sagen! Wie es wohl sein mochte, wenn man einfach einer Straße folgte und abwartete, wohin sie führte?

Er mußte an all die Geschichten denken, die Herr Raskal ihnen abends am Lagerfeuer erzählte: von den Kindern der Echse, den Tiefzwergen und anderen seltenen und seltsamen Geschöpfen im Orkland, aber auch von den Regionen, den Städten und Wesen anderswo auf Dere, bis hin zum sagenhaften Güldenland und den unbekannten Ländern hinter dem Ehernen Schwert.

Es mußte wunderbar sein, diese fernen und abenteuerlichen Orte kennenzulernen. Und dann, eines Nachts beim Wachehalten, kam ihm ganz unerwartet der Gedanke: Warum tat er es nicht? Was hielt ihn fest? Er hatte jetzt Gold genug, er konnte sich mit Jule auf einen Wagen setzen und ins Blaue hinausfahren, wohin es ihm beliebte, nach Trallop oder Greifenfurt oder Wehrheim, ja sogar in die Kaiserstadt Gareth. Einen Augenblick lang schauderte ihn bei diesem Gedanken vor dem eigenen Mut, aber dann übte er einen seltsamen Reiz auf ihn aus. Er liebte Lowangen, aber nach allem, was er erlebt hatte, konnte er einfach nicht ins Haus seines Vaters zurückkehren und sich weiterhin von ihm schikanieren lassen – er, der gegen die daimonide Ogerin gekämpft hatte!

* * *

Dann lag von neuem der Schwarze Wald vor ihnen, mit dem sie auf der Hinreise so unheimliche Erfahrungen gemacht hatten. Trotz des Sonnenscheins wirkte dieser Wall aus Bäumen finster und abweisend. Roisin sah sich besorgt um, als sein Maultier zwischen den traschbärtigen, von zottigen Lianen umschlungenen Stämmen dahin trabte. Ein übler Geruch nach faulem Holz und verrottenden Blättern lag in der Luft. Das Böse, das diesen Wald heimsuchte, war beinahe mit Händen zu greifen.

Roisin meinte in jedem Hauch des Windes das schauerliche hohle Pfeifen des Wimmerlaik zu vernehmen, der hier auf seine Opfer lauerte. Auch die anderen waren bedrückt. Sie wechselten kaum ein Wort, während sie hintereinander den von fauligen Blättern überhäuften schmalen Pfad entlangritten. An diesem Tag machten sie viel früher als gewöhnlich Rast. Sie hatten einen gut geeigneten Ort dafür gefunden – eine seichte Grotte in einer Felsmauer, die ihnen als Rückendeckung dienen würde. Vor der Grotte erstreckte sich eine kleine grasige Lichtung, auf der sie alle freier atmeten als im Dickicht des Schwarzen Waldes.

Rasch wurden die Maultiere auf die Weide gebracht – Roisin sah, wie sie mißmutig in den Haufen alter Blätter nach einem frischen Grashalm wühlten – und ein Feuer angezündet. Das eintönige Essen wurde zubereitet. Die fünf Reisenden aßen gedankenlos; ihre Aufmerksamkeit war auf den Wald rundum gerichtet, dessen böser Wille sie zu umzingeln und einzukreisen schien. Roisin fragte sich, ob der Wald so unheimlich war, weil der Wimmerlaik darin hauste, oder ob der unheimliche Wald den Wimmerlaik hervorgebracht hatte. Er fragte sich auch, ob er dieses Unwesen jemals zu sehen bekäme – wenn es überhaupt sichtbar war! Vielleicht jagte es durch die Dunkelheit wie ein Wirbelsturm, riß seine Opfer an sich und schleppte sie in die sturmtosenden Höhen hinauf.

»Meint Ihr«, wandte er sich mit gedämpfter Stimme an Raskal, »daß es tatsächlich ein böser Gott der Echsen ist, der diesen Ort heimsucht?«

»Ich weiß es nicht«, erwiderte der Agent, der in seinen Bärenpelzmantel gewickelt neben ihm saß und in dieser struppigen Umhüllung wie ein kleines Pelztier wirkte – ein Tierchen mit dunklen Augen und blitzenden weißen Zähnen. »Man erzählt es so. Aber Ihr wißt selbst, wie das mit Erzählungen ist – einer übernimmt sie vom anderen, und keiner weiß letzten

Endes, wo sie herkommen und was sie zu bedeuten haben. Dere ist alt, und viele Wesen leben darauf, von denen nur die Götter wissen, wer sie sind und woher sie stammen. Vielleicht ist es wirklich ein alter Gott, der hier vergessen haust, ein Gott wie Levthan oder Satuaria, die ferne von der Zitadelle Alveran in der sechsten Sphäre wohnen. Vielleicht ist es ein böser Elementargeist – oder das verrottete Herz dieses Waldes nimmt Gestalt an und peinigt die Reisenden. Was es auch ist, wir werden uns heute nacht gut festknoten.«

Das taten sie auch. In einer Reihe nebeneinander saßen sie, aneinandergefesselt wie Galeerensklaven, an der Felswand; das Ende des Seils war um einen kräftigen Felszacken geschlungen und mit zwei strammen Knoten daran befestigt. Jule, die sich auf Schifferknoten verstand, hatte dafür gesorgt, daß sie so zuverlässig gesichert waren wie ein verankertes und vertäutes Schiff.

Als es dämmrig wurde, sah Roisin im Feuerlicht Augen zwischen den Baumstämmen auftauchen – schwefelgelbe und giftgrüne Augen, die sie mit beunruhigender Aufmerksamkeit beobachteten. Er wünschte, er könnte sicher sein, daß es nur die Augen von Tieren waren, die der Geruch des bratenden Kaninchens angelockt hatte, aber sicher war er keineswegs. Auch schienen in der Dunkelheit Stimmen zu murmeln, die unfreundlich klangen. Von allen Seiten wurden die Reisenden beobachtet. Vielleicht waren es Goblins, die gekommen waren, die kühnen Reisenden zu besehen, vielleicht Kobolde. Er fragte Raskal danach, ob im Orkland Kobolde wohnten.

»O gewiß«, antwortete der Agent. »Vor allem aber lebt hier im Orkland ein seltsames Völkchen, das man die Grolme oder Zehnteler nennt. Sie haben einen

Körper wie etwa sechsjährige Kinder, tragen aber dicke Köpfe mit runzligen Gesichtern auf den Schultern, so daß sie wie Greise aussehen. Sie leben in versteckten Siedlungen in abgelegenen Tälern und dunklen Wäldern und werden von ihren eigenen Königen oder Bürgermeistern regiert.«

»Sind sie gefährlich?« fragte Fiana argwöhnisch und umklammerte ihren Speer fester.

»Nein, das wohl kaum«, antwortete Raskal. »Aber sie sind unter Händlern und Reisenden gefürchtet für ihre Geschäftstüchtigkeit, weswegen man sie auch die ›Feilscher‹ nennt. Zu diesem Zweck haben viele von ihnen die Sprache der Menschen erlernt. Ich erinnere mich, daß ich auf einer Reise einmal an zwei Grolme geriet, die mir unbedingt mein Pferd und meine Waren abkaufen wollten. Sie setzten alle Mittel ein, sogar Magie...«

»Was!« rief Jule. »Sie beherrschen die Zauberkunst?«

Tyndal mischte sich ein: »Wir haben an der Akademie über sie gelernt, als wir die magiekundigen Nichtmenschen durchnahmen. Sie beherrschen gewisse Spielarten der Magie, vor allem die Kunst, Gegenstände zu verwandeln. Und wie Herr Raskal eben sagte, sie trachten nach der Herrschaft über den Geist der Menschen.«

»Ja«, bestätigte der Händler. »Hätte ich nicht ein wirksames Amulett des Phex um den Hals hängen gehabt, so hätten die kleinen Schelme mir alles abgehandelt, Pferd und Waren und meine Kleider dazu, und ich hätte nackt und mit leeren Händen weiterziehen müssen. Es gibt unter uns Händlern ein Sprichwort: ›Man kann mit jedem Geschäfte machen, nur nicht mit einem Feilscher.‹ Sie sind im übrigen ganz skrupellos, sie haben keine Hemmungen, einen Sklaven zu kaufen und in ihr Dorf zu entführen, und auch vor geweihten Gegenständen schrecken sie nicht zurück, denn sie ehren die Götter nicht.«

»Pfui über sie!« rief Fiana energisch. »Welch abscheuliches Völkchen! Wenn ich einen sähe, ich würde ihn verprügeln!«

Raskal lachte. »Da müßtet Ihr aber flink wie eine Katze sein, Söldnerin, denn die kleinen Leute sind gut zu Fuß, sie verschwinden schneller, als Ihr schauen könnt.«

Roisin lauschte mit halbem Ohr dem Gespräch über die Grolme und fragte sich, ob es ihre Augen waren, die da im Zwielicht leuchteten. Der Wald schien genau der richtige Ort zu sein, um einem geldgierigen und götterlosen Völkchen Unterschlupf zu bieten. Der junge Händler war froh, daß sie die Grotte gefunden hatten. Wenigstens konnte sich nichts hinterrücks an sie heranschleichen. Den Rücken an den rauhen Stein gelehnt, saß er da und starrte die Augen an, die gefährlich glitzernd zurückstarrten, bis ihm schwindlig wurde. Im Unterholz raschelte es wie von der Gegenwart vieler neugieriger Wesen, aber nichts ließ sich blicken. Was immer dort lauerte, schien Respekt vor bewaffneten Reisenden zu haben.

Es war längst vollständig finster geworden, aber keiner von ihnen hatte Lust, das Feuer erlöschen zu lassen und sich im Zelt zum Schlaf hinzulegen. So oft das Feuer niederbrannte, legte einer einen trockenen Ast auf und blies in die Glut, bis es wieder hellauf loderte. In ihre Pelzmäntel gewickelt, lehnten sie in der Grotte an der Felswand, spähten und lauschten.

Roisin hatte den Blick von den seltsamen Augen abgewandt und sah in den Nachthimmel hinauf, als er plötzlich zwei Sterne erlöschen sah und dann drei weitere. Er stieß einen leisen Ruf aus. Irgend etwas bewegte sich in großer Höhe und verdeckte die Sterne!

»Was ist los?« flüsterte Fiana alarmiert.

»Ich weiß nicht genau. Etwas hat das Licht der Sterne verfinstert. Vielleicht ein fliegender Lindwurm.«

Sie kniff die Augen zu schmalen Schlitzen zusammen und versuchte mit ihren scharfen Blicken das Zwielicht zu durchdringen.

Da sah Roisin es wieder. Es war wie eine Blase aus Finsternis, ein formloser Klecks in der Luft, der sich unregelmäßig nach allen Richtungen bewegte. Das Ding oder Wesen sank rasch tiefer und war bald so groß wie ein Boot – und eben, als Roisin es auf die Wipfel des Waldes herabschweben sah, hörte er sein Pfeifen, dieses widerliche, dämonische Pfeifen!

Unwillkürlich hob er die Hände und deckte sie vors Gesicht, aber da war der Wimmerlaik schon auf sie herabgefahren. Er brauste wie ein Wirbelsturm, so daß sie alle blind und taub wurden und die Funken des Feuers nach allen Richtungen flogen. Roisin riß es den Atem vom Mund weg; er meinte zu ersticken, als die fürchterliche Schwärze ihn überfiel. In seinen Ohren gellte das Pfeifen des Unholds, bunte Flecken wirbelten ihm vor den Augen. Nur einmal hatte er so etwas empfunden – als Burzum ihn mit ihrer Klauenhand gepackt und vier Schritt hoch gehoben hatte!

Auch jetzt wurde er hochgehoben, aber von körperlosen und unsichtbaren Händen. Schreiend vor Entsetzen und strampelnd wie ein Gehängter hing er in der leeren Luft, während etwas ihn zerrte und drängte und ein eiskalter, übler Hauch ihn aus der umgebenden Finsternis anwehte. Nur undeutlich hörte er durch das Tosen der Windsbraut die Jammerschreie der Gefährten, die wie er in die Höhe gerissen und herumgewirbelt wurden. Dann wurde er plötzlich gewaltsam zu Boden geschmettert und meinte, er müßte alle Knochen gebrochen haben, so schmerzhaft war der Aufprall. Die stinkende Finsternis zog sich zurück, das Pfeifen und Tosen verebbte. Roisin fand sich und seine Gefährten in einem wirren Knäuel auf dem Gras liegen und hörte das Ächzen und Stöhnen der anderen, die genau so unsanft zu Boden geschleudert worden waren wie er selbst.

Der Wimmerlaik war so plötzlich verschwunden, wie er aufgetaucht war. Die Sterne leuchteten hell und klar, und nur der faulige Hauch des Schwarzen Waldes war noch zu spüren.

Tyndal rappelte sich fluchend hoch. »Hat einer von euch einen Arm oder ein Bein gebrochen?« fragte er.

Zum Glück war das nicht der Fall, sie waren alle nur rundum voll blauer Flecken. Aber nach dem erschreckenden Erlebnis war an Schlaf überhaupt nicht mehr zu denken. Bleich und angespannt kauerten sie alle an der Felswand und warteten, ob der Unhold sich noch einmal auf sie stürzen würde.

»Nur das Seil hat uns gerettet«, flüsterte Raskal heiser. »Sonst hätte er uns alle in die Lüfte geschleppt. Swafnir sei Dank für Eure Schifferknoten, Frau Jule!«

Die übrigen stimmten ihm zu.

Sie brachen auf, sobald das erste blasse Grau im Osten dämmerte und es hell genug war, um den Pfad zu sehen. Schweigend und in aller Eile ritten sie vorwärts, nur noch darauf bedacht, den unheimlichen Wald so rasch wie möglich hinter sich zu lassen.

Sie atmeten alle leichter, als die traschbärtigen Bäume hinter einem Hügelkamm verschwanden und die offene, nur von einzelnen Bäumen und Büschen bewachsene Hochebene wieder vor ihnen lag. Aber sie alle waren müde, nachdem sie in der Nacht kaum geschlafen hatten, und so ritten sie schweigend dahin, jeder in seine eigenen Gedanken versunken.

Tyndals Gedanken flogen voraus nach Lowangen.

Er bebte innerlich, wenn er sich vorstellte, wie er dem Magister Elcarna zu Füßen sinken und ihm erzählen wollte, was er in den Hallen der Nachtwandler alles gelernt hatte. Und dabei war er nur so kurz dort gewesen! Ihm schwindelte bei dem Gedanken, was er erst alles lernen konnte, wenn er noch einmal zurückkehrte. Welche ungehobenen Schätze magischen Wissens lagerten noch in dieser unterirdischen Bibliothek, in der jedes Buch, jede Schriftrolle ein Quell ungeahnter Erleuchtungen war!

Der junge Zauberer wußte, daß er vor einem Scheideweg stand. Wenn er in Lowangen blieb, dann hatte er eine glänzende akademische Laufbahn vor sich. Elcarna würde ihn fördern, er würde alle anderen Magi an Wissen und Gelehrsamkeit übertreffen. Die vornehmsten Familien der Stadt würden darum wetteifern, dem Lieblingsschüler des berühmten Elcarna ihre Töchter zur Frau zu geben – und darunter waren wahrhaftig schöne Mädchen! Ein, zwei Jahre noch, und er würde ein hoch angesehener Magus sein, würde seine eigenen Schüler ausbilden und die Freuden einer Familie genießen – ja, vielleicht würde er eines Tages, wenn Elcarna (wie er gelegentlich angedeutet hatte) sich aus der Akademie zurückzog, dessen Nachfolger werden ... Träume über Träume – und einer schöner als der andere!

Aber Tyndal Sandström wußte bereits, daß diese Träume nichts für ihn waren. Die Leidenschaft des Wissenschaftlers hatte ihn gepackt. Die Würfel waren gefallen. Sobald er nur konnte, würde er in das Schloß der Nachtwandler zurückkehren, um sein Leben im Kreis der düsteren Chimären zu verbringen. Es kümmerte ihn nicht, daß er einsam bleiben würde, ohne andere menschliche Gesellschaft als die des wahnsinnigen Ninian und der rätselhaften kleinen Morgwyn. Wie es einen Trinker nach Schnaps verlangt, so verlangte es ihn nach den Ekstasen des Wissens. Weder Ruhm noch Geld oder die Liebe einer Frau konnte ihn so entzücken, wie es ihn entzückt hatte, in den tiefgründigen, altertümlichen Geheimnissen jener längst verschollenen Bücher zu forschen, geführt und angeleitet von den weisesten Magiern Deres. Er wußte, daß er bald aufhören würde, im Licht des Tages zu leben, daß er sich an die Nacht gewöhnen würde, um die Gesellschaft dieser geheimnisvollen Geschöpfe auskosten zu können.

Er begriff jetzt, warum alle jene Kinder, die die Nachtwandler an sich gelockt oder kurzerhand entführt hatten, keinen Gedanken daran verschwendet hatten, ihren Entführern zu entfliehen. Ob Ork, Elf oder Mensch, sie waren demselben Zauber verfallen, der jetzt ihn in seinen Bann geschlagen hatte!

Nichts hinderte ihn am Gehen. Seine Eltern waren tot, er hatte keine Braut und keine engen Freunde. Der einzige Mensch, den er wirklich vermissen würde, war Roisin. Aber der würde nicht mehr lange in Lowangen bleiben. Tyndal kannte den Freund gut und wußte, was seine sehnsüchtigen Blicke in die Ferne, seine halblaut hervorgestoßenen Seufzer bedeuteten. Auch Roisin hatte eine Leidenschaft gepackt. Er hatte die Süße des Lebens gekostet, als er es beinahe verloren hatte, und nun zog es ihn in die Ferne hinaus, in die Weiten Aventuriens, in denen Abenteuer und Questen auf ihn warteten.

Der Magier seufzte leise. Er und Roisin waren so gute Freunde gewesen, von den Tagen an, als sie gemeinsam in dem breiten Bett aus Walnußholz in Roisins Kammer im Handelshaus in Lowangen geschlafen hatten. Nun riß das Schicksal sie auseinander. Das tat weh. Aber wenigstens wußte er, daß Roisin ein glückliches Leben vor sich hatte. Seine Frau – diese kühne junge Frau, die erst nur sein Geld geheiratet hatte – sah ihn mit ganz anderen Augen an, seit er die Ogerin vernichtet hatte. Sie würde ihm eine gute Gefährtin sein, wenn sie zusammen in die Welt hinauszogen.

Elcarna, dachte Tyndal, würde ihn verstehen, wenn er darum bat, ein Schüler der Chimären werden zu dürfen. Jeder ernstzunehmende Magier kannte diesen unstillbaren Durst nach immer noch tiefgründigerem Wissen. Seit er in den Büchern der Nachtwandler gelesen hatte, erschien Tyndal alles, was er an der Akademie gelernt hatte, als Stümperei. Er durfte sich Adeptus nennen, aber in Wirklichkeit war er nichts als ein Novize, der gerade seine ersten tastenden Schritte in der Welt der Magie machte! Wie stolz war er auf seine Zaubersprüche gewesen – stolz wie ein Knabe, der mit einem Holzschwert spielt, bevor er einen Krieger in voller Rüstung zu sehen bekommt. Ein Scharlatan war er, ein prahlerischer Gaukler! Ein einziges dieser Bücher, die dort unten im Tempel des Feuers lagerten, wog sein ganzes studiertes Wissen auf. Demütig und bescheiden würde er ganz von vorn anfangen, ein einfacher Zauberlehrling. Aber wie beglückend war diese Erniedrigung!

Gegen Mittag dieses Tages überquerten sie eben eine Lichtung, als sie auf einen seltsamen Gegenstand stießen. Es war ein zerrissener Schuh, aber ein Schuh von so erschreckender Größe, daß sie alle zurückwichen und stumm das ungeheuerliche Artefakt betrachteten.

Roisin fühlte, wie er im hellen Sonnenschein schauderte. »Gibt es denn hier im Lande Riesen?« fragte er besorgt.

»Ja, einige«, erwiderte Herr Raskal, wobei er sich nach allen Seiten umsah, als könnte gleich ein solches Ungeheuer hinter den nächsten Bäumen auftauchen.

»Heute abend am Lagerfeuer will ich euch von ihnen erzählen, aber jetzt laßt uns zusehen, daß wir von hier verschwinden, falls der Besitzer dieses Dings« – er wies auf den riesigen Fußsack – »noch irgendwo in der Nähe ist.«

Niemand widersprach. Sogar die Maultiere, so dumm sie auch waren, hatten gewittert, daß hier Gefahr lauerte, sie legten von selbst eine schnellere Gangart ein. Hastig verließen sie den Ort, an dem der Riese sich aufgehalten hatte, und zogen weiter, dem Rand der Hochebene entgegen.

Roisin wußte nur wenig über Riesen. Frau Sandström hatte ihm und ihrem Sohn Tyndal seinerzeit von ihnen erzählt, aber er wußte nicht mehr, ob es Tatsachen oder Ammenmärchen waren, was sie erzählt hatte. Die meisten Riesen waren längst ausgerottet worden, denn trotz ihrer Größe und Kraft fehlte es ihnen an Klugheit, so daß sie den kleineren und schwächeren, aber listigeren Menschen zum Opfer fielen. In der menschenleeren Wildnis des Orklandes allerdings hatten einige der alten Riesen überlebt, von Menschen und Orken unbehelligte Söhne der unberührten Natur, eher Teil der Landschaft als ihre Bewohner, eher Naturgewalten als Lebewesen.

Als die Gefährten abends in einer kleinen grasbewachsenen Mulde ums Lagerfeuer saßen, erzählte Raskal ihnen von den Riesen. Vermutlich waren es nur noch drei, die in den Weiten des Orklandes lebten – was freilich schwer zu überprüfen war, denn niemand hatte Lust, loszuziehen und Riesen zu zählen.

»Der bekannteste aller Riesen«, erzählte Raskal, während er mit untergeschlagenen Beinen bequem am Rand des Feuers saß, »ist wohl jener, den wir unter dem Namen Orkfresser kennen. Er soll in der Nähe der Stadt Phexcaer wohnen und…«

»Frißt er wirklich Orken?« unterbrach ihn Jule.

»Gewiß. Alle Riesen haben die Schwarzpelze auf ihren Speisezettel gesetzt – uns Menschen übrigens auch, wenn Ihr es schon wissen wollt, Frau Jule. Sie fressen jedes Lebewesen, das halbwegs nahrhaft ist, nur um die Greifen machen sie einen weiten Bogen. Der Riese Neunfinger, so genannt, weil ihm ein tapferer Thorwaler einst einen Finger abschlug...«

»Da seht ihr, wozu ein Thorwaler imstande ist!« rief Jule stolz und sah sich um, als hätte sie persönlich die Heldentat begangen.

Raskal schnitt ein etwas eigentümliches Gesicht. »Nichts für ungut, Frau Jule, aber man sagt, es sei bei diesem Kampf – nun, vielleicht nicht ganz rondrianisch zugegangen...«

»Was wollt Ihr damit sagen?« rief Jule empört.

Raskal hob abwehrend beide Hände, denn Jule schien durchaus bereit, sich auf ihn zu stürzen um die Ehre eines thorwalschen Kriegers zu verteidigen. »Ich war nicht dabei! Ich kann nur wiedergeben, was man so erzählt...«

»Papperlapapp! Wer schwatzt solchen Unsinn – doch nur die Schwarzpelze!« rief Jule verächtlich. »Aber erzählt weiter! Es gibt noch einen dritten Riesen, sagtet Ihr?«

»Ja, den mächtigsten unter den dreien. Man nennt ihn Glantuban, und er soll irgendwo in den höchsten Gipfeln des Firunswalles in den unzugänglichen Felsklippen hausen. Zahlreiche Sagen ranken sich um ihn. Er ist so mächtig, daß einige Orkhorden der Umgebung ihn tatsächlich als Gottheit oder zumindest als Verkörperung des Brazoragh verehren. Der Grund dafür sind nicht nur seine ungeheure Größe und Stärke, sondern auch besondere Kräfte, wie wir sie sonst von keinem Riesen kennen. Die Orken erzählen davon, daß Glantuban auf einem Regenbogen von seiner unerreichbaren Behausung über den Wolken herabsteigt, aber niemand weiß, ob das Legenden oder wahre Berichte sind.«

Jule, die nachdenklich mit einem Stöckchen im Feuer gestochert hatte, warf ein: »Ich erinnere mich, daß meine Mutter mir als kleinem Mädchen von einem Riesen namens Wolkenkopf erzählte, der mit dem Walgott Swafnir kämpfte und dabei unterlag.«

Raskal nickte. »Ja, so erzählt man es sich in Thorwal, doch es gibt vielleicht eine viel prosaischere Erklärung für sein Ende. Es heißt, daß der einsame Junggeselle in unstillbarer Liebe zu der Riesin Yumuda entbrannte, die auf einer fernen Insel wohnte. So verließ er seine Heimat in der Großen Olochtai und machte sich auf den Weg, zu ihr zu waten. Aber bald wurde ihm das Wasser zu tief, und da er des Schwimmens unkundig war, ertrank er. Sein Todeskampf war jedoch so lang und schrecklich, daß einige zufällig vorbeisegelnde Thowaler meinten, sie würden Zeugen eines Kampfes zwischen dem Riesen und ihrem Walgott Swafnir! So entstand die Mär, Wolkenkopf habe Swafnir töten wollen und sei von diesem im Kampf besiegt worden.«

Fiana, die bislang damit beschäftigt gewesen war, Pippin mit den Überresten des Abendessens zu füttern, warf ein: »Man sagt, alle diese Riesen seien nur kümmerliche Abkömmlinge der uralten Riesen, die einst im Norden Aventuriens hausten ...«

»Nun, mir genügen sie«, bemerkte Raskal mit schiefem Grinsen, »und wenn ich so sagen darf, Söldnerin Fiana, so wäre der Kochtopf aller heutigen Riesen immer noch groß genug, um uns fünf darin zu Suppe zu kochen. Aber früher mögen sie tatsächlich noch viel größer gewesen sein. Inmitten des Orklandes, so heißt es, hat man ein Riesengrab gefunden, einen gigantischen Steinwall, in dessen Mitte das Skelett eines Riesen liegt. Der soll mindestens achtzig Schritt groß gewesen sein, denn sein Brustkorb und sein Schädel sind so gewaltig, daß eine ganze Goblinsippe darin Raum findet... aber das alles mag auch nur ein Ammenmärchen der abergläubischen Orken sein.«

»Das hoffe ich sehr«, lachte Tyndal, »denn mit einem achtzig Schritt großen Riesen würde sich nicht einmal unsere wackere Söldnerin anlegen. Was sagt Ihr, Fiana?«

Fiana zögerte, dann gab sie zu: »Es wäre ein gewaltiger Gegner.«

Roisin bemerkte mürrisch: »Mir würde schon ein ganz gewöhnlicher Riese genügen. Ich möchte dem Burschen, der seinen zerlumpten Schuh weggeworfen hat, nicht gern begegnen.«

Die anderen nickten zustimmend. In dieser Nacht hielten sie zu zweit Wache, aber kein Riese ließ sich blicken. Wahrscheinlich war er auf seinen Beinen, die so lang wie Baumstämme waren, längst meilenweit davongewandert.

* * *

Das Ende der Hochebene war bereits in Sicht, und alle freuten sich darauf, schon bald in wärmere Gefilde zu kommen, wo sie die stinkenden Orkpelze ablegen konnten. Ihr Weg führte erst durch einen lichten Wald, dann über grünes Moos, an einem Bach entlang, der fröhlich über die Steine plätscherte. Die Reisenden waren gut gelaunt, nicht einmal Tyndal und Fiana dachten daran, miteinander zu streiten. Da traf es sie wie ein Blitz aus heiterem Himmel: Hoch über ihnen huschte ein geflügelter Schatten dahin – kein Vogel, sondern eine mißgebildete Kreatur mit Frauenkopf und Vogelleib! Sie stieß einen schrillen, die Ohren beleidigenden Ruf aus.

Fiana sprang mit einem Aufschrei aus dem Sattel,

ehe ihr überraschtes Maultier noch richtig zum Stehen gekommen war. »Hütet euch, ihr Männer!« rief sie. »Harpyien sind hier!«

Kaum war ihr Ruf verhallt, als die Chimäre sich auch schon im Sturzflug näherte, als wolle sie ihre Krallen den Anwesenden ins Gesicht schlagen. Herr Raskal zog den Bogen ans Ohr und schoß einen Pfeil ab. Er traf nicht, aber er erschreckte das Untier. Die Harpyie stieß einen weiteren grellen, halbmenschlichen Schrei aus und änderte rasch ihre Flugbahn, bevor sie immer noch schreiend entfloh. Bald war sie nur noch ein Punkt am Himmel, aber die Reisenden ahnten, daß ihnen keine Ruhe vergönnt war – vermutlich war sie nur fortgeflogen, um ihre Schwestern zu holen.

Roisin schauderte. Er hatte zwar Angst vor den Klauen der Kreaturen, aber noch heftiger schüttelte ihn der Ekel. Ihm graute bei dem Gedanken, diesen Vogelleib mit dem Menschenkopf zu berühren. Er hatte nie zuvor eine lebende Harpyie gesehen – wofür er Phex dankbar war –, aber er hatte gehört, daß sie alle halb irre waren. Als mißratenes Ergebnis eines magischen Experiments waren sie weder Mensch noch Tier und hatten weder menschlichen Verstand noch tierischen Instinkt; sie waren brünstig, zügellos und bösartig. Roisin wußte nicht, ob es ein Märchen war, daß die Harpyien Männer in ihre Horste verschleppten, sich von ihnen begatten ließen und die Unglücklichen dann in die Tiefe stürzten – vielleicht erzählte man sich das nur, weil man noch nie männliche Harpyien gesehen hatte, die Geschöpfe aber auch nicht besonders alt wurden. Irgendwie mußten sie sich fortzeugen, und ihr Wesen ließ vermuten, daß sie das auf eine abwegige Art taten. Auf jeden Fall wollte Roisin nicht abwarten, ob sie ihn verschleppen würden oder nicht.

»Nun, auf in den Kampf!« rief Herr Raskal, der noch den Bogen in der Hand hielt. »Ich denke nicht daran, in einem Harpyienhorst zu enden.«

Aber Tyndal trat vor und schüttelte den Kopf. »Hört, Freunde«, sagte er, »es bringt keine Ehre, gegen die Kreaturen zu kämpfen. Sie mögen gefährlich sein, vor allem aber sind sie elend und töricht. Wir wollen sehen, daß wir uns ihrer auf andere Weise entledigen können.«

»Nachdem sie uns Männer gesehen haben, werden sie uns meilenweit verfolgen. Beim Anblick von Männern werden sie wie toll vor Brunst«, wandte Raskal ein.

Der Zauberer grinste schelmisch. »Dann dürfen sie uns eben nicht sehen! Kommt hierher, Herr Raskal, und du auch, mein Freund Roisin.« Er streckte beide Hände aus, um die Gefährten links und rechts an der Hand zu fassen.

»Was hast du vor?« fragte Roisin mißtrauisch. »Du willst uns doch nicht etwa verzaubern?«

»Aber gewiß doch. Es tut nicht weh, komm nur her. Ich werde uns drei unsichtbar machen. Wenn die Harpyien nur Frauen vorfinden, wird es ihnen bald langweilig werden.«

»Ein guter Einfall«, lobte Raskal.

Tyndal warnte: »Ihr müßt ein wenig frieren, denn der Zauber wirkt nicht auf Kleider und Waffen – ihr müßt euch also entkleiden.« Er zog bereits den Mantel aus. »Beeilt euch, damit wir unsichtbar sind, ehe das Geziefer wiederkommt.«

Roisin warf gehorsam seinen Bärenpelz ab und nestelte die Kleider auf, obwohl er sich unbehaglich fühlte. Zum einen war ihm kalt, als er da so nackend im frischen Wind stand, und zum anderen hatte Fiana Timerlan sich mit einem Gesichtsausdruck abgewandt, als hätte sie auf etwas Saures gebissen. Roisin hörte, wie sie vor sich hinmurmelte: »Narrenpossen! Zauberspuk!«

Tyndal ergriff die beiden anderen an den Händen. »Ihr dürft mich nicht loslassen«, warnte er, »sonst verliert der Zauber seine Wirkung. Seid ihr bereit?«

Herr Raskal – dessen magerer Körper in der Kälte zitterte wie Espenlaub – nickte, und Roisin gab ebenfalls seine Zustimmung. Der Zauberer konzentrierte sich. Er murmelte *Visibili vanitar – Zauber mach mich unsichtbar* und nickte dazu mit dem Kopf.

Roisin sah erschrocken, wie die Gestalt des Freundes neben ihm erst durchscheinend wurde und dann völlig verschwand. Herrn Raskal erging es ebenso, und als Roisin an sich hinunterblickte, sah er entsetzt, daß seine Füße verschwunden waren, genauso wie sein Bauch und seine Arme! Er umklammerte angstvoll Tyndals Hand.

»Sind wir – sind wir noch da?« rief er mit bebender Stimme.

Aus der leeren Luft neben ihm antwortete Tyndals vertraute Stimme: »Aber ja – hab keine Angst. Halt mich nur fest, sonst stehst du als nackter Mann vor einem Schwarm Harpyien.«

Roisin umklammerte Tyndals Finger mit verzweifelter Kraft. Er haßte es, verzaubert zu werden, aber noch schlimmer war der Gedanke, daß der Zauber plötzlich aufgehoben würde und die Harpyien ihn sähen.

Sie suchten alle fünf mit den Blicken den hellblauen Himmel ab, ob die Ungeheuer zurückkehrten. Es dauerte nur ein paar Minuten, dann schrie Fiana, die die schärfsten Augen besaß, laut auf und wies mit ausgestreckter Hand nach Nordwesten. »Da kommen sie!«

Gleich darauf sahen es auch die anderen. Unter einer der hellen Wolken, die da und dort im Nachmittagshimmel schwebten, tauchten sie auf, drei groteske Mißgestalten, die beim Fliegen Mühe hatten, die zu schweren Köpfe im Gleichgewicht zu halten. Rasch kamen sie näher. Roisin sah die drei Weibsgesichter unter verfilztem Lockenhaar, sah irre glänzende Augen in umschatteten Höhlen und hörte ihre lärmenden Schreie. »Ihr Schönen!« kreischten sie. »Kommt her und liebt uns! Wir lieben euch! Was seid ihr stark und schön, junge Herren! Kommt, schenkt uns eure starken Schäfte!« Dabei flatterten sie auf und ab, schlugen mit den Schwingen und wackelten in eindeutiger Aufforderung mit dem hoch erhobenen Hinterteil.

»Verschwindet von hier, schwarzmagisches Gezücht!« rief Fiana zornig und stieß mit der Pike nach ihnen. »Hier gibt es keine Männer!«

Das hatten die Harpyien inzwischen auch bemerkt. Flügelschlagend und schnatternd ließen sie sich auf einem Felsblock nieder und drehten sich wie von Sinnen im Kreis, um die Verschwundenen zu erspähen. »Wo sind sie?« gellten sie durcheinander. »Was habt ihr mit ihnen angestellt? Wo sind sie? Wir wollen sie haben! Bringt sie zurück!«

Jule hatte Roisins lange Peitsche aufgehoben und ließ geschickt die Spitze vor den drei Unwesen schnalzen, so daß sie hochfuhren wie aufgescheuchte Hühner und in der Luft herumflatterten. »Hier gibt es keine Männer, dummes Volk!« rief sie.

Die Harpyien glotzten einander an. Eine von ihnen – gewiß diejenige, die sie als erste erspäht hatte – rief: »Es waren aber welche da! Drei schöne starke Männer!«

»Jetzt sind aber keine da!« kreischte eine andere. »Wo – wo sind sie? Sucht, sucht!«

Sie flatterten aufgeregt durcheinander und kreischten schrill. Als sie niemanden entdecken konnten, gerieten sie sich in die Haare. Die Harpyie, die die Reisenden als erste gesehen hatte, beharrte darauf, es seien Männer dagewesen, die beiden Späterkommenden meinten, sie habe sie zum Narren gehalten. Ein wildes Gekreisch erscholl, und gleich darauf flogen die Federn, als sie über einander herfielen.

Jule knallte mit der Peitsche, daß sie erschreckt auseinanderfuhren. »Verschwindet! Hier sind keine Männer!«

»Wo sind sie denn?« kreischte eine.

Jule wies aufs Geratewohl mit ausgestreckter Hand in Richtung Westen. »Dort, dort sind sie hingegangen!«

Die Chimären mußten wirklich erstaunlich dumm sein, denn sie flatterten alle drei auf und schossen pfeilgeschwind in die Richtung, die Jule ihnen gewiesen hatte. »Wir kommen, wir kommen!« schrillten sie. »Ihr schönen Männer, wir kommen! Wir lieben euch!«

Sobald sie am Himmel verschwunden waren, ließ Tyndal mit hörbarem Keuchen die Hände der beiden Gefährten los. Augenblicklich wurden sie sichtbar, und dann erschien auch der Magier wieder vor ihnen. Er atmete schwer und sah erschöpft aus.

»Was ist mit dir?« fragte Roisin besorgt.

Tyndal rieb sich mit Daumen und Zeigefinger die Nasenwurzel. »Dieser Zauber ist ziemlich anstrengend, wenn man ihn auf drei Menschen ausübt«, sagte er. »Ich hätte ihn nicht mehr lange durchhalten können. Ein Glück, daß die Kreaturen dumm wie Bohnenstroh sind – wahrscheinlich werden sie das Land bis zum Firunswall nach uns absuchen.«

Roisin nickte nur und raffte zähneklappernd seine Kleider zusammen. Er atmete auf, als er sich in den Bärenpelz hüllen konnte, und auch die beiden anderen waren erleichtert.

Fiana sah sie erst wieder an, als sie alle drei in den

haarigen Hüllen steckten. Mißfallen brannte in ihrem Blick, als sie bemerkte: »Ein weniger lächerlicher Zauber ist Euch nicht eingefallen?«

Tyndal vollführte eine kleine spöttische Verbeugung. »Vielleicht beliebt es Euch, in eine Blaue Unke verwandelt zu werden, Söldnerin Fiana?«

Fiana warf ihm einen langen finsteren Blick zu, aber offenkundig war sie nicht sicher, ob er sie nicht tatsächlich in eine Blaue Unke verwandeln konnte, denn sie zuckte nur mürrisch die Achseln und befahl: »Wir reiten weiter. Darauf warten, ob die Kreaturen am Ende zurückkommen, will wohl niemand.«

* * *

Einen Tag darauf stießen sie in der Abenddämmerung auf eine alte Bekannte. Sie trat ihnen aus einem lichten Gebüsch entgegen – eine rundliche Gestalt in Wildleder, über dem das abgeschnittene Brokatkleid prangte. Ihr daumenkurz geschnittenes Haar leuchtete rot im letzten Licht der Sonne.

»Bären-Benja!« rief Jule und winkte. »Den Göttern zum Gruß!«

Die Jägerin eilte herbei. Ihr Hund folgte kläffend, während der schwerbeladene Esel stehenblieb und ein melancholisches *I-aa* hören ließ. »Den Göttern zum Gruß!« rief sie mit heiserer Stimme. »Sieh einer an! Da kommen die edlen Herrschaften wieder zurück! Ich hätte nicht erwartet, euch lebend wiederzusehen!« Sie trat an Tyndal heran und klopfte ihm anerkennend auf den Hintern. »Du hast dich wacker gehalten, mein schöner Magier! Wie war's denn bei den Nachtgestalten?«

»Wir haben viel gelernt«, sagte Roisin.

Die Frau kniff die kleinen Augen noch enger zusammen. »Wie mir die Vögel zuzwitscherten, habt Ihr mehr getan als nur gelernt, Roisin Bellentor. Aber ich sehe, davon wollt Ihr nicht reden. Kommt! Zur Feier Eurer Rückkehr wird euch Benja einen Braten bereiten, wie Ihr noch keinen gegessen habt. Hinter diesem Gebüsch liegt ein junger Bär, dessen Keulen nur darauf warten, gebraten zu werden!«

Die Reisenden nahmen die Einladung gern an, und bald saßen sie vor einer Mahlzeit, wie sie schon lange keine mehr gegessen hatten: frische gebratene Bärenkeule mit Wildkräutern. Der Bär war zwar ziemlich mager gewesen, wie Bären im Frühling nun einmal sind, aber fetter als ein Kaninchen war er immer noch, so daß sie sich alle den Mund wischten und die Finger ableckten. Benja, die sich sichtlich über die Gesellschaft freute, plauderte drauflos und erzählte ihnen die Geschichte ihres berühmten Schlapphutes, an dem die Ohren zahlreicher Bären steckten. Roisin hatte den Eindruck, daß diese Geschichte mit jedem Erzählen länger und spannender wurde, aber zweifellos hatte Benja wirklich viele Kämpfe mit den braun- und weißpelzigen Riesen bestanden.

»Ein Bär ist so gefährlich«, erklärte sie, »weil er immer denselben Gesichtsausdruck hat. Jedes andere Tier warnt dich, bevor es über dich herfällt – jeder Hund, der dich angreifen will, fletscht die Zähne, jede Katze macht einen Buckel. Aber der Bär sieht immer gleich aus. Immer dieselben kleinen harten Augen, das ausdruckslose Pelzgesicht, die schwarze Schnauze. Er sieht dich friedlich an und ist doch schon entschlossen, dich in Stücke zu reißen. Du kannst es ihm nur mit gleicher Münze zurückzahlen und ihn anschauen, als könntest du kein Wässerchen trüben, während du heimlich den Jagdspeer zückst.« Sie knabberte genießerisch an dem knusprig braun gebratenen Fleisch. »Dieser hier war jung und unerfahren. Aber als ich einmal im Firunswall unterwegs war, da stand plötzlich einer vor mir …«

Nachdem sie ihren haarsträubenden Kampf mit einem zwei Schritt hohen Firunsbären geschildert hatte, stand sie auf, kramte in den Packen herum, die der Esel getragen hatte, und zog eine bauchige Flasche heraus. »Da«, sagte sie zu ihren Gästen, »das wird euch erfrischen. Probiert ein Becherlein voll, Herr Magier.«

Tyndal kostete etwas mißtrauisch von dem dickflüssigen Rübenschnaps, dann sagte er beeindruckt: »Das ist echter Salzatraner! Wo habt Ihr den her?«

Benja grinste. »Oh, wir Waldläufer verstehen es, uns die Einsamkeit zu versüßen … diese Flasche war meine Gefährtin in vielen einsamen Stunden. Ich habe einem Südthorwaler Händler ein ganzes Fäßchen abgekauft, das jetzt in meiner Hütte liegt. Ihr könnt also trinken, bis die Flasche leer ist.«

Roisin lauschte mit halbgeschlossenen Augen. Er war schläfrig vom üppigen Essen und dem langen, anstrengenden Ritt und sehnte sich danach, ins Zelt zu kriechen und zu schlafen. Aber Benja war unerbittlich. Sie traf selten einen Menschen und nutzte jede Begegnung bis zum letzten aus, das heißt, sie ließ die Leute nicht eher schlafengehen, als bis sie im Sitzen einschliefen – was Roisin schließlich auch tat. Vor sich hindösend hörte er wie aus weiter Ferne die Stimme der Jägerin: »Da habt ihr also Tsathalan getroffen, sieh einer an! Hätte ihn das Unwetter nicht in jene Höhle getrieben, so hättet ihr ihn gewiß nicht unter die Augen bekommen – er ist ein menschenscheuer und einsamer Bursche. Wie ich höre, verfällt er langsam dem Schnaps. Ein elendes Schicksal! Nun, da alle diese Schwarzpelze über die Menschenwelt herfallen, ist er wohl nicht mehr der einzige Halbork. Arme Geschöpfe! Aber erzählt mir noch ein wenig von Tiefhusen. Ich war schon eine ganze Weile nicht mehr dort… Es wird Zeit, daß ich wieder einmal in der Apotheke einkaufe; langsam gehen mir die Schönheitsmittelchen aus!«

Roisin dachte erst, sie habe einen Scherz gemacht, aber dann hörte er erstaunt, daß sie es völlig ernst meinte. Sie gab einen beträchtlichen Teil des Geldes, das sie mit dem Verkauf von Bärenpelzen verdiente, für allerlei quacksalberische Tinkturen und Salben aus und war offenbar überzeugt, daß sie sich damit ganz erheblich verschönerte. Sie mußte eine ungeheuer eitle Frau sein, denn plötzlich knuffte sie Tyndal vertraulich in die Rippen und flüsterte: »Herr Magier, hört… man sagt, es gebe einen Spruch, der das Haar verschönert. Könnt Ihr mir nicht den Gefallen tun und ihn aufsagen?«

Tyndal sah sie verdutzt an. Dann antwortete er: »Ich weiß schon, was Ihr meint, und ich beherrsche den Spruch. Aber ein Zauberer kann ihn leider nur auf sich selbst anwenden, nicht auf andere.«

Benja sah tief enttäuscht aus. Sie verzog das Gesicht wie ein schmollendes Kind und sagte betrübt: »Ach, nun habe ich mir so schöne Hoffnungen gemacht, da ich Euch getroffen habe!«

Tyndals Augen blitzten, sein Gesicht nahm einen schelmischen Ausdruck an. »Bekümmert Euch nicht, Bären-Benja«, sagte er mit gedämpfter Stimme und beugte sich zu der Jägerin hinüber, als wolle er nicht, daß die anderen mithörten. »Es gibt noch ein anderes Mittel. Das dürfte ich Euch eigentlich gar nicht verraten, da es nur unter den Magiern bekannt sein darf – aber da Ihr uns eingeladen und so gut bewirtet habt…«

Die Frau packte eifrig seinen Arm. »Sagt es mir!«

Er sprach in feierlichem Tonfall weiter. »So hört! Beim nächsten Vollmond schneidet Ihr Euch ein kleines Büschel Haare ab. Dann müßt Ihr eine Eiche finden, zwischen deren Wurzeln Ihr das Haarbüschel vergrabt – zusammen mit einem Zahn aus einem Kamm oder ein paar Borsten aus einer Bürste. Aber habt acht, daß es auch wirklich eine Eiche ist!« Er sah Benja streng an. »Habt Ihr Euch das auch gut gemerkt? Nur eine Eiche!«

»Ja, gewiß, gewiß«, stammelte sie beeindruckt. »Eine Eiche, nichts anderes. Und was tue ich dann?«

»Dann«, sagte Tyndal mit unbewegtem Gesicht, »müßt Ihr auf der Stelle, wo Ihr das Haarbüschel vergraben habt, reichlich Wasser lassen. Wenn der Boden gut durchfeuchtet ist und der volle Mond darauf scheint, beginnt der Zauber zu wirken. Drei oder vier Tage später werdet Ihr feststellen, daß Euer Haar so schön ist wie nie zuvor. Der Zauber wirkt etwa ein halbes Jahr lang, dann müßt Ihr die Prozedur wiederholen.«

»Ihr seid ein Schatz, Herr Magier.« Benja beugte sich zu ihm und küßte ihn ungeniert auf die Wange. »Ich werde auch keinem verraten, daß Ihr mir den Spruch gesagt habt, da könnt Ihr ganz beruhigt sein!«

In dieser Nacht schliefen sie neben dem Lagerfeuer der Jägerin. Am Morgen verabschiedeten sie sich von ihr und ritten weiter.

Sobald sie außer Hörweite waren, sagte Tyndal: »Sie ist ja eine sehr beeindruckende Frau, aber ich erschrak doch, als sie erwog, mit uns nach Tiefhusen zu reisen – ihre Erscheinung ist doch ein wenig, äh, ausgefallen.«

»Ja«, stimmte Raskal zu, »sie paßt zweifellos besser in die Gesellschaft von Bären als in die feine Gesellschaft von Tiefhusen!« Dann fragte er augenzwinkernd: »Dieser Zauberspruch, Herr Adeptus, den Ihr der Jägerin gesagt habt ... da habt Ihr Euch doch ein wenig über sie lustig gemacht, oder?«

Tyndal zeigte ein breites spitzbübisches Lächeln, aber er sagte: »Ihr könnt mir glauben, Raskal, sie wird überzeugt sein, daß ihr Haar nach dem Zauber viel schöner ist als zuvor. Auch das ist Illusionsmagie, mein Freund, nur wird die wackere Frau Benja selbst es sein, die sich die Illusion erschafft. Sie wird so zufrieden sein, als hätte ich ihr einen echten Zauber verraten.«

»Ich werde mich ganz seltsam fühlen, wenn wir wieder in einer Stadt unter Menschen sind«, bemerkte Jule. »Ich habe mich so daran gewöhnt, unter den Nachtwandlern in der Einsamkeit zu hausen.«

Raskal nickte, dann sagte er: »Ich denke, wir sollten uns nicht zu lange in Tiefhusen aufhalten. Mir ist nicht geheuer bei dem Gedanken, König Arion könnte irgendwie erfahren, daß wir seine Tochter gesehen haben. Er würde es uns zweifellos sehr übelnehmen, daß wir die kleine Prinzessin nicht befreit haben ... und es wird schwer halten, ihm zu erklären, daß sie gar nicht befreit werden wollte!«

Die anderen waren ganz seiner Meinung. Sie beschlossen, in Tiefhusen nur eine kurze Rast einzulegen und dann so rasch wie möglich nach Lowangen zurückzukehren.

Es ging jetzt immerzu bergab, manchmal flache Böschungen hinunter, manchmal so steil, daß sie absteigen und die Maultiere führen mußten, und bald merkten die Reisenden, wie die Kälte der Hochebene hinter ihnen zurückblieb und die dunstige Wärme des Flußtales sie umfing. Roisin hatte seinen Pelzmantel geöffnet und fragte sich, ob er es bereits wagen konnte, ihn ganz auszuziehen. Es wäre ihm eine Freude gewesen, den Orkgeruch aus der Nase zu kriegen. Er schlüpfte aus dem Mantel und band ihn hinter sich auf den Sattel des Maultiers, und ein tiefer Atemzug hob seine Brust, als er merkte, daß die

Sonne tatsächlich so warm schien, daß er auf den Pelz verzichten konnte.

Auch die anderen entledigten sich erleichtert ihrer Hüllen. Fiana sagte: »Nun wird uns wenigstens nicht mehr jeder Köter von Tiefhusen ankläffen, weil wir nach Ork riechen. Daß den Schwarzpelzen nicht vor sich selber graust!«

Jule lachte. »Für Orken riechen Orken wahrscheinlich gut.«

Roisin fiel ein: »Nach den Burschen, die wir im Schloß der Nachtwandler gesehen haben, werden mir die Orken in Tiefhusen und Lowangen geradezu menschlich erscheinen. Das waren Kerle! So groß wie Menschen, mit Hauern wie Wildschweine! Ich bin wirklich froh, daß wir ihnen im Ratssaal von Schloß Abbadon begegnet sind. Wären wir im Wald auf sie gestoßen, ich wäre tot umgefallen vor Schreck!«

Raskal nickte. »Der Orkensturm«, sagte er, »hat etwas zur Folge gehabt, was die Orken selbst wohl nie erwartet hätten, was aber immer geschieht, wenn ein Heer in besetztem Land steht. Viele Schwarzpelze haben jetzt täglich mit den Menschen zu tun und nehmen immer mehr deren Sitten an. Noch werden Orken, die Kleider tragen oder baden, von ihren Gefährten belächelt, aber wenn sie noch zehn Jahre im Svellttal bleiben, werden sie alle in Hosen, Mänteln und Stiefeln herumlaufen. Und wenn diese Krieger nach Hause zurückkehren, werden sie ihren Stämmen diese Sitten mitbringen.«

Jule brach in Gelächter aus. »Ei, Herr Raskal, ich sehe die Schwarzpelze richtig vor mir, wenn sie wie Vinsalter Stutzer daherkommen, geschminkt und parfümiert und die Mähnen zu Locken gedreht!«

Raskal lachte mit, sagte aber: »Leider nehmen auch die Menschen orkische Sitten an, wenn auch nicht so stark wie umgekehrt. Ich habe schon mehr als einen gesehen, der sich das Haar brandrot oder orange färbte und mit Honigwasser zu einem Kamm stärkte, und das Tätowieren wird auch immer beliebter.«

Als er das sagte, mußte Roisin an Ninian denken, den nur noch seine haarlose Haut – und der Umstand, daß er Hosen trug – von einem Ork unterschied. Wie seltsam das Schicksal dieses Burschen verlaufen war! Nun war er nicht nur ein Held, er war ein Heiliger. Er rief Achtung und Bewunderung hervor. So war sein Los zuletzt um vieles besser gewesen, als wenn er bei seinen Eltern in irgendeiner orkländischen Jägerhütte oder im Zelt eines Fallenstellers geblieben wäre. Böse Menschen hatten geplant, ihn eines elenden Todes sterben zu lassen, aber die Götter hatten ihn errettet und hoch erhoben… Wie wunderbar waren die Wege der Zwölf!

* * *

Bald darauf überquerten die fünf Reisenden auf der Fähre den Svellt und gelangten nach Tiefhusen.

Beim ersten Aufenthalt in der Königsstadt war Roisin in Gedanken so mit der bevorstehenden Reise beschäftigt gewesen, daß er kaum einen Blick an seine Umgebung verschwendet hatte. Erst jetzt, auf der Rückreise, sah er sich um.

Als Handelsmann wußte er Bescheid über Entstehung und Geschichte aller wichtigen Städte im Svelltal und seiner Umgebung. Er wußte auch, daß Tiefhusen einen eher kuriosen Ursprung hatte. Die Stadt am Zusammenfluß von Ror und Svelltt war von einem Kaufmann, Radher Westak, gegründet worden, der hohen politischen Ehrgeiz gehabt hatte – und außerdem der Ansicht gewesen war, daß es weitaus vergnüglicher sei, Steuern einzuziehen als zu bezahlen. Er hatte sich selbst zum König ausgerufen und seine Angestellten zu seinen Untertanen gemacht. Man hielt ihn allgemein für verrückt, aber da er gut bezahlte, fand er immer wieder Siedler, die bereit waren, die neue Stadt aufzubauen, und bald blühte Tiefhusen, wie man die Stadt nach ihren im Tiefland gelegenen Häusern nannte. Als Radher Westak starb – als glücklicher Mann, dessen schönster Traum in Erfüllung gegangen war, trat seine Tochter Irina bereits als geachtete Königin sein Erbe an. Ihr folgten Könige und Königinnen bis zu Arion III. von Westak-Tiefhusen, dem gegenwärtigen Herrscher der Stadt.

Während sie durch die Straßen ritten, blickte Roisin wiederholt zu der Feste hinauf. Von außen machten die trutzigen Mauern aus grobem Stein einen eher kargen Eindruck, aber jeder Handelsmann wußte, daß Arion ein guter Kunde aller Verkäufer von Luxuswaren war. Man hatte, so berichteten Reisende, eher den Eindruck, ein Schlößchen im Lieblichen Feld zu betreten als eine windumtoste Trutzburg im kalten Norden: Die Burg war mit Möbeln ausgestattet, die fein gedrechselte Beine und raffinierte Verzierungen hatten, an den Wänden hingen Teppiche, die teils religiöse, teils weltliche Motive zeigten. Auch das Handelshaus Bellentor hatte das eine oder andere hübsche Stück an König Arion geliefert.

Freilich war der blutige Orkensturm der vergangenen Jahre nicht spurlos an Tiefhusen vorbeigegangen, aber die Stadt hatte Glück gehabt. Nachdem die Schwarzpelze sie erobert hatten, war ihnen klar geworden, daß es klüger wäre, die Kuh zu melken, als sie zu schlachten. Sie hatten sich mit hohen Tributzahlungen begnügt, statt die Stadt zu brandschatzen. König Arion wurde anstelle seiner bis dahin hundert Krieger nur noch eine Wache von zwanzig Mann zugestanden, und die Schwarzpelze patrouillierten schwerbewaffnet in den Straßen, aber im großen und ganzen konnte man doch sagen, daß Tiefhusen glimpflich davongekommen war.

Die Gefährten hatten kaum die Fähre verlassen, als ihnen auch schon eine Orkenpatrouille entgegenkam – sechs breitschultrige Kerle mit Armen, die wie die Arme der Sumpfrantzen beinahe bis zum Boden reichten. Sie trugen, wie es bei Orken Brauch ist, Schärpen um den haarigen Leib und Helme aus hartem Leder; bewaffnet waren sie mit ihren breitblättrigen kurzen Wurfspeeren. Vor den fünf Reisenden hielten sie an, und ihr Anführer – der das Haar in einem mächtigen rotgefärbten Hahnenkamm trug – fragte in stockendem Garethi, was sie in Tiefhusen zu schaffen hatten.

Fiana übernahm es, für die ganze Gruppe zu antworten. »Wir kehren aus dem Orkland zurück, wo wir Handel getrieben haben, und wollen einen Tag in Tiefhusen ruhen, ehe wir weiterziehen in unsere Heimatstadt Lowangen.«

Der Ork grunzte mißtrauisch und betastete den Bärenfellmantel, der hinter dem Sattel auf dem Maultier hing. »Was ist das?« fragte er unnötigerweise.

»Mäntel, mit denen wir uns gegen die Kälte des Hochlandes schützten«, entgegnete Fiana.

Jetzt starrten auch die übrigen Orken gierig die Bärenfelle an. Einer nach dem anderen betastete die Pelze mit gierigen Händen, bis der Anführer plötzlich sagte: »Diese Pelze sind beschlagnahmt. Nehmt sie vom Sattel.«

Es blieb ihnen nichts anderes übrig als zu gehorchen, und die fünf schönen Bärenfellmäntel gingen in Orkhände über. Der Anführer der Patrouille hatte sogar die Unverschämtheit, einen Mantel an Ort und Stelle anzuprobieren, ob er ihm paßte. Dann befahl er in bellendem Tonfall: »Zieht weiter, lungert hier nicht herum!«

Roisin atmete auf, als sie weggeschickt wurden. Nicht auszudenken, wenn die Orken auf den Einfall gekommen wären, ihr Gepäck zu durchsuchen! Das Gold der Nachtwandler wäre dann gewiß ebenfalls ›beschlagnahmt‹ worden. So waren sie nur der Mäntel beraubt worden, mit denen sie ohnehin nichts anfangen konnten, weil sie so beißend nach Ork stanken.

Seit sie wieder in besiedelte Gegenden gekommen waren, hatten sie sich Sorgen um die beiden schweren Säcke mit Gold gemacht, die das Orkenpony geduldig schleppte. Reichtum mochte in der Wildnis gefährlich sein – unter Menschen war er zweifellos noch gefährlicher. Seit dem Orkensturm hatten viele Svelttaler den Glauben an Recht und Gesetz verloren. Überall herrschte Verwirrung, und so war es kein Wunder, daß vielerorts das Verbrechen blühte. Im ganzen Land machten Räuberbanden Wege und Pfade unsicher. Raskal hatte daher den Vorschlag gemacht – der bereitwillig angenommen wurde –, das Gold aufzuteilen, damit jedes Maultier nur eine kleine Menge davon trüge, und es in Ledersäcke abzufüllen, die sie oben mit Lebensmitteln vollstopften. So lag es unter Dörrwurst und getrockneten Früchten verborgen.

Nachdem die Reisenden das Gold der Nachtwandler quer durch das wilde Land geschleppt hatten, waren sie der Meinung, daß sie nun durchaus auch etwas davon ausgeben durften. Sie quartierten sich in der Herberge *Goldschatz* ein, die zu den besten in Tiefhusen zählte. Roisin genoß es von Herzen, wieder einmal ein warmes Bad in einem richtigen Zuber zu nehmen, statt sich fröstelnd in einem eiskalten Bächlein zu waschen. Er genoß es auch, in einem der gemütlichen Betten zu schlafen, die der Herbergswirt Rupert

Groppel seinen Gästen bereitstellte, anstatt sich auf dem buckligen Boden eines Zelts herumzuwälzen, und von einem Tischtuch zu essen, statt seinen Napf auf den Knien zu balancieren. Fiana betrachtete das als verweichlichtes Gehabe, das einer Kriegerin unwürdig war, aber Roisin (und auch seine Gefährten) waren sehr froh, wieder in gesitteter Umgebung zu leben.

Dennoch beherzigten sie Raskals Rat. Nach einer kurzen Rast setzten sie sich in einem der hübschen Zimmer der Herberge zusammen und beugten sich über die Karte, die der Wirt ihnen zur Verfügung gestellt hatte. Sie hatten eine Weile überlegt, ob sie auf dem Svellt zurückkehren sollten, wie sie gekommen waren, aber stromaufwärts war die Reise langwierig und mühselig, so daß sie beschlossen, über Land nach Lowangen zu ziehen. Ihr Weg führte dabei zuerst nördlich des Svellt am Fluß entlang nach Svellmia. Von dort gab es dann zwei Möglichkeiten: Entweder konnten sie über Ansvell reisen oder die Straße nehmen, die südwärts nach Arsingen führte, und dann auf einem Pfad das dünnbewaldete Gebiet in den Ausläufern der Thaschberge queren.

Von diesem Weg riet Raskal ihnen allerdings ab. Sie sollten sich besser so weit wie möglich von den Thaschbergen im Südwesten fernhalten, denn – wie der Agent ihnen erklärte – dieser Höhenzug, der sich wie eine steile Barriere zwischen Nord und Süd erhob, stand in üblem Ruf. Nur wenige Wege führten durch das rauhe Gebirge, in dem ein namenloser Schrecken zu hausen schien.

»Ich bin einmal auf diesem Weg gereist«, sagte er, »aber ihr könnt mir glauben, ich werde es nie wieder tun. Schon die bewaldeten Berge selbst hatten etwas an sich, etwas Finsteres, Drohendes, das mir die Lust vertrieb, in ihrem Schatten zu reiten. Mein Pferd empfand genauso wie ich. Sonst ein frommes, nicht leicht zu erschreckendes Tier, schnaubte es unablässig, rollte die Augen und wollte bei jedem kleinsten Geräusch mit den Vorderhufen in die Höhe. Je tiefer ich in die Thaschberge kam, desto deutlicher wurde mir, daß mich jemand beobachtete – aus übelwollenden Augen beobachtete, ohne daß ich ihn meinerseits sehen konnte. Es war, als hingen Augen in der leeren Luft über mir. Keine meiner Bewegungen blieb unbemerkt. Ich spürte: Was immer sich hinter diesen Augen verbarg, suchte mich zu vertreiben – oder zu vernichten, wenn ich nicht leicht zu vertreiben war. Immer wieder rollten Steine den Hang herab, an dessen Saum ich entlangritt, immer wieder krachten traschbärtige Äste hinter mir zu Boden, die mich nur knapp verfehlten. Schließlich sank mir der Mut, ich hielt mein Pferd mitten im Wald an und schrie wie ein Narr: ›Ich gehe ja schon! Ich gehe ja schon, nur laß mich in Frieden ziehen!‹ Darauf hörten die Angriffe mit Steinen und Ästen auf, und ich konnte unbehelligt meines Weges ziehen, aber ich sage euch, so schnell war mein Pferd noch nie!«

Seit ewigen Zeiten, so erzählte Raskal ihnen, trotzten die finsteren Berge jeder Besiedlung. Weder Orken noch Menschen, weder Elfen noch Zwergen war es je gelungen, hier Fuß zu fassen, obwohl es nicht an Versuchen gefehlt hatte. Ein schauriges Beispiel für das Unheimliche, das im Thasch sein Unwesen trieb, war das Schicksal der Stadt Thaschkamm, die vor etwa hundert Jahren an der Paßstraße von Andergast nach Lowangen erbaut worden war: Schon im ersten Jahr starb oder verschwand mehr als die Hälfte der Siedler, nicht wenige davon aus verschlossenen Räumen. Die übrigen flohen aus dem Ort, dessen leerstehende und verfallende Häuser heute noch den Reisenden aus ihren hohlen Fensterhöhlen und Türöffnungen mit düsterem Spott anzustarren schienen.

Manche Legenden machten die Existenz eines Schwarzmagiers für diesen bösen Einfluß verantwortlich, doch hatte sich nie jemand gefunden, der solche Legenden auf ihren Wahrheitsgehalt überprüfen wollte. Was auch der Grund für den finsteren Schrecken sein mochte – wer durch die Thaschberge mußte, tat dies mit eiligen Schritten und achtete darauf, nicht von der Nacht überrascht zu werden.

»Außerdem kämen wir auf diese Art in Kaiser Renos Gebiet am Svall.« Raskals Zeigefinger glitt über die Karte. »Und das ist auch nicht gerade günstig.«

»Dieser Narr!« bemerkte Fiana verächtlich. »Ein verrückt gewordener Pelzhändler ist er, weiter nichts!«

»Das mag sein«, widersprach Raskal, »aber seit dem Orkensturm gibt es immer mehr Leute, die Kaiser Reno I. ernstnehmen.«

»Wovon redet ihr?« mischte Jule sich neugierig ein. »Wer ist dieser Kaiser Reno? *Kaiser?* Das kann doch nur ein Scherz sein?«

Raskal nahm einen Schluck von seinem Wein – auch der Wein mundete den Gefährten ausgezeichnet, nachdem sie monatelang nur scharfen Beerenschnaps und frisches Quellwasser getrunken hatten – und stimmte zu: »Ich bin derselben Meinung. Kaiser Reno ist ein Verrückter. Vielleicht ist ihm sein Reichtum zu Kopf gestiegen. Eigentlich war er ja nur ein Pelzhändler und der reichste und damit angesehenste Mann des kleinen Dörfchens Svallmund, wo er unbestreitbares Ansehen besaß. Man fragte ihn gern bei kleinen Streitigkeiten um Rat. Eines Tages aber verwirrte sich sein Verstand auf die erstaunlichste Weise: Er erschien im selbstgeschneiderten Hermelinmantel in seiner Lieblingskneipe und erklärte sich zum ›Kaiser des Svelltschen Bundes‹!«

Tyndal lachte laut auf. »Und da hat man ihn nicht sofort in das nächstgelegene Kloster der Noioniten gesteckt?«

»Ach, woher denn! Die Svallmunder merkten rasch, daß es sich bei ihrem neuen Kaiser um einen harmlosen Irren handelte, und ließen ihn gewähren, selbst als er anfing, Proklamationen herauszugeben, und den Schankwirt, bei dem er ein guter Kunde war, zum Großherzog erhob. Sie unterstützen ihn sogar noch, indem sie die Durchreisenden aufforderten, um Audienz bei Hofe nachzusuchen. Mehr als einem Kaufmann widerfuhr es so, daß er als ›Exzellenz, hochlöblicher Gesandter Unseres Bruders und guten Freundes, des Kaisers‹ empfangen und mit Orden ausgezeichnet wurde.«

»Nun, so gehen wir hin und holen wir uns ein paar Orden ab!« rief Tyndal immer noch lachend.

Aber Fiana schüttelte warnend den Kopf. »Jetzt, nach dem Ansturm der Orken, ist aus dem Spiel Ernst geworden. Immer mehr Fremde strömen zusammen, die sich in Zeiten der Not von diesem selbsternannten Kaiser Heil und Rettung erhoffen. Sogar manche Söldner sind bereit, in seinem Heer zu dienen und seinen Befehlen zu gehorchen – zumindest solange er sie bezahlt.«

»Die Schwierigkeit dabei ist nur«, ergänzte Raskal, »daß Kaiser Reno damit völlig überfordert ist und total unfähig, ihre Hoffnungen zu erfüllen. Er hält sich zwar für einen begnadeten Herrscher und den Liebling des Praios, aber in Wirklichkeit hat er von Politik und Strategie ebenso viel Ahnung wie ein Nivese vom Kamelreiten. Er verbringt seine Zeit damit, unsinnige Attackepläne zu schmieden, diplomatische Briefe zu schreiben und irgendwelche Leute, die er

281

noch nie gesehen hat, in den Adelsstand zu erheben und mit Ländereien zu beschenken, die ihm nicht gehören.«

»Dann meint Ihr«, fragte Roisin vorsichtig, »es sei gefährlich, durch sein Land zu reisen?«

Raskal wiegte bedächtig den Kopf hin und her. »Nun, es heißt zwar, er sei in harmloser Narr, aber in letzter Zeit hat sich viel heimatloses Volk in Svallmund gesammelt. Die meisten sind gewiß nur arme Tröpfe, die nach jedem Strohhalm der Rettung greifen, aber es ist auch allerlei dahergelaufenes Gesindel darunter, dem man besser nicht in die Hände fällt – schon gar nicht wenn man so viel Gold mitführt wie wir.«

Raskal fuhr mit dem Zeigefinger das Band der Straße entlang, die ab Svellmia südlich des Svellt nach Answell und dann durch ein schwach besiedeltes, von vielen kleinen Seen durchzogenes Land nach Lowangen führte. »Abseits der Straße«, erklärte er, »gibt es kaum eine Möglichkeit, Lowangen zu erreichen. Vom Svall bis Lowangen ist das Land von Feuchtigkeit durchzogen, morastig, an manchen Stellen eher ein Sumpf als ein festes Gelände. Das Svalltermoor, das sich am westlichen Rand der Sümpfe zu beiden Seiten des Svall erstreckt, gilt als eines der gefährlichsten und tückischsten Moore Aventuriens. Ständig wechseln dort sicherer Boden und tiefe Moorlöcher. Viele Menschen haben in diesem Sumpf ein elendes Ende gefunden. Sogar ortskundige, erfahrene Führer sind schon im Svalltermoor verschollen.«

»Nun, dann doch lieber die Straße!« rief Tyndal. »Auch wenn wir da und dort fürchten müssen, daß ein Wirt uns nachts die Kehle durchschneidet, um an unser Gold zu kommen!«

»Wir werden wachen, wie wir im Orkland gewacht

haben«, sagte Fiana barsch. »Das soll nur einer versuchen, uns jetzt um unseren Lohn zu prellen!«

Tyndal knuffte sie lachend in die Rippen. »Ihr seid doch nicht etwa goldgierig, Söldnerin?«

»Das bin ich nicht«, erwiderte Fiana in ihrer gewohnt steifen Art. »Aber ich habe mir einen Lohn verdient, meint Ihr nicht auch?«

Es klang so zornig, daß Jule sie rasch besänftigte. »Gewiß habt Ihr den verdient. Ohne Euch wären wir nicht einmal bis zum Hilval gekommen.«

»Laßt uns morgen früh aufbrechen«, schlug Raskal vor. »Ich denke, wir haben es alle eilig, nach Hause zu kommen.«

* * *

Tyndal hätte gern noch den berühmten Hesindetempel in Tiefhusen besucht, dieses großartige Heiligtum der Göttin, die er verehrte, aber er wollte die anderen nicht aufhalten, also sagte er nichts. In der ersten Morgendämmerung standen sie auf, wuschen sich mit warmem Wasser – das ab jetzt wieder eine Zeitlang rar sein würde – und zogen sich an; dann machten sie ihre Maultiere reisefertig. Die Praiosscheibe guckte eben über den Horizont, als sie den *Goldschatz* verließen und durch die stillen Straßen der Stadt ostwärts ritten.

Tyndal fröstelte in der Morgenkühle. Mit einem leisen Ruck am Zügel lenkte er sein Maultier neben das von Roisin, als sie eben durch das Lowanger Tor auf die Landstraße hinausritten. Es war ein guter Tag zum Reisen, kühl und bedeckt, aber trocken. Die beiden Freunde ritten nebeneinander, ohne viel zu reden; jeder war tief in seine eigenen Gedanken versunken.

Das Land zu beiden Seiten bot nicht viel Abwechslung. Zu ihrer Rechten strömte der breite Fluß dahin, auf dessen Wassern die Morgensonne glitzerte, zur Linken erstreckte sich Marschland, das von kleinen Wäldern durchzogen war. Je höher die Praiosscheibe in den Himmel stieg, desto mehr belebte sich die Landstraße. Immer wieder rollten behäbige Bauernkarren an ihnen vorbei, aber auch die Kaleschen von Handelsherren, die in Tiefhusen ihren Geschäften nachgegangen waren. Die Schenken entlang der Straße waren zwar nicht prächtig, aber sauber und ehrbar, so daß sie furchtlos in flohfreien Betten schlafen konnten.

* * *

Sie näherten sich bereits dem freundlichen Städtchen Svellmia, als Tyndal bemerkte, daß mit Fiana Timerlan etwas nicht stimmte. Die Söldnerin wirkte mürrisch und in sich gekehrt, sprach kaum ein Wort und verzog beständig das Gesicht, als kaue sie an etwas Bitterem herum. Schließlich wunderte Tyndal sich so sehr über dieses Gebaren, daß er rundheraus fragte: »Was ist mit Euch? Ihr macht ein Gesicht wie ein Bär mit Kopfweh.«

Fiana warf ihm einen finsteren Seitenblick zu. »Es ist nichts.«

»Und für nichts seht Ihr so finster drein? Sagt, was Euch bedrückt! Vielleicht betrifft es auch uns, und wir können helfen.«

»Es betrifft euch nicht, und ihr könnt auch nicht helfen«, knurrte die Söldnerin. Aber als nun auch die anderen anfingen, sie zu bedrängen, gab sie schließlich nach und bekannte die Ursache ihrer üblen Laune: Sie hatte Zahnweh.

»Das ist kein Problem!« rief Tyndal erleichtert. »Ich kann Euch mit einem *Balsamsalabunde*...«

»Bleibt mir vom Leib mit Euren Zaubersprüchen!« schrie Fiana auf. »Eher beiße ich mir den Zahn aus, als daß ich mich von einem Magier behandeln lasse! Es wird schon von selbst wieder gut werden.«

Es wurde aber nicht von selbst wieder gut, und Fianas Miene wurde immer gequälter. Sie warf kaum einen Blick zur Seite, als sie in die Hauptstraße von Svellmia einritten, und kümmerte sich weder um die Kinder, die den fremden Reitern neugierig nachliefen, noch um die bunten Fassaden der Hütten, die zu beiden Seiten der Straße aufgereiht standen. Den Kopf tief gesenkt, hockte sie auf ihrem Maultier und rieb sich in einem fort die Backe, die deutlich angeschwollen war.

Da erschien es wie ein Wunder, als sie auf den Hauptplatz von Svellmia ritten und dort die Bevölkerung um einen grellbunt bemalten Planwagen stehen sahen. Eine gellende Frauenstimme hallte quer über den Platz. »Hier werden Brüche geschient und Wunden verbunden, hier werden auch Zähne gezogen, hier werden aber vor allem die weltberühmten Tinkturen verkauft, wie sie nur eine herstellt, die unvergleichliche Doctora Hierosebia Damicilia Pantalogereon, die berühmteste Heilkundige Deres, deren Kunst von den höchsten Herrschaften geschätzt wird! Kommt und kauft! Hier werden Brüche geschient und faule Zähne gezogen ...«

Fianas Gesicht leuchtete auf. »Zähne gezogen!« rief sie.

Tyndal packte ehrlich erschrocken ihren Arm. »Söldnerin! Euer Weh in allen Ehren, aber wißt Ihr, wer das ist? Die Frau ist gemeingefährlich! Wenn sie nicht betrunken ist, so ist sie von ihren eigenen Essenzen benebelt, und in diesem Zustand operiert sie!«

Aber Fiana hörte nicht. Sie trieb ihr Maultier durch die Menge, und den anderen blieb nichts übrig, als ihr zu folgen.

Jetzt sah Tyndal die selbsternannte ›Medicynische

Doctora‹, von der alle Hesindegefälligen des Svellttlandes mit Schaudern sprachen, vor sich. Unter dem Schriftzug ›Medicynische Behandlungen & Wunderwirckende Elixire‹, der in goldenen Lettern auf die Seite ihres Wagens gemalt war, stand sie da, eine nicht mehr ganz junge Frau in einem reich mit Fransen und Pelzstreifen besetzten pfauenbunten Gewand, das besser zu einem Jahrmarktszauberer gepaßt hätte als zu einer Ärztin. Auf dem Kopf trug sie einen breitkrempigen, mit einer Hahnenfeder geschmückten Hut, wie ihn die Hirten zum Schutz gegen die Staubwinde aus dem Orkland tragen und wie er im übrigen Aventurien als ›typisch svelltisch‹ gilt. Sie winkte mit ausgestrecktem Arm, in dem sie eine Flasche hielt, während ein kleiner buckliger Gehilfe alle Hände voll zu tun hatte, das Verlangen einer ganzen Truppe Schwarzpelze nach den wunderwirksamen Elixieren zu befriedigen. Bei den Orken stand die Doctora hoch im Kurs, was sie einem eher kuriosen Zufall verdankte: Sie war eines Tages von Orken überfallen worden, als sie gerade vom Kosten ihrer eigenen Tinkturen stockbetrunken war. Laut fluchend hatte sie die Schwarzpelze mit Peitschenhieben zu vertreiben versucht und galt ihnen seither als eine Frau von kühnem Mut.

Jetzt brüllte sie mit heiserer Stimme: »Die wunderbaren Tinkturen! Sie bringen köstlichen Schlaf, sie vertreiben jeden Schmerz, sie befördern die Manneskraft und die Fruchtbarkeit der Frauen, sie… Was wollt Ihr?«

Fiana hatte ihr Maultier knapp vor dem Planwagen angehalten. »Ich will mir einen Zahn ziehen lassen!« rief sie laut.

Hierosebia beugte sich leicht schwankend vor. »Einen Zahn wollt Ihr ziehen lassen! Warum auch nicht! Wenn Ihr drei Taler habt…«

»Die habe ich.«

»Dann nur herauf!« rief die Doctora, von der Aussicht auf die Silberstücke beflügelt. Sie zog eilends einen Schemel herbei. »Da, setzt Euch hin! Und nun trinkt das hier!«

»Sie wird das doch nicht wirklich trinken?« rief Jule entsetzt, als die Quacksalberin aus einer bauchigen Flasche ein gelbgrünes Gebräu in ein Becherlein goß.

Aber Fiana kannte keine Furcht. Sie griff zu und schluckte das Zeug hinunter, obwohl ihr die hellen Tränen in die Augen sprangen.

Die Bürger von Svellmia drängten neugierig herbei. Zuzusehen, wie jemandem ein Zahn gerissen wurde, war fast so gut wie eine öffentliche Hinrichtung. Und Hierosebia sorgte dafür, daß die Leute auf ihre Rechnung kamen. Mit lauter, heiserer Stimme lockte sie weitere Zuschauer an, während sie – für alle deutlich sichtbar – ihre furchterregenden Instrumente bereitlegte. Dabei leerte sie einen Becher nach dem anderen von dem giftgrünen Zeug, das wohl ein von ihr selbst destillierter Kräuterschnaps war.

»Seid Ihr bereit?« rief sie, nachdem sie sich hinreichend Mut angetrunken hatte.

Fiana antwortete mit Todesverachtung: »Ich bin bereit.«

Tyndal schluckte, als er sah, wie die Wunderdoktorin Fianas Kopf packte und unter den Arm klemmte. Ihre von Tinkturen fleckige Linke zwang der Söldnerin sperrangelweit den Mund auf, die Rechte fuhr mit einer krummen Zange hinein. Fiana verdrehte vor Schmerz die Augen, als die Zange zupackte und an ihrem entzündeten Zahn riß und drehte, aber sie gab keinen Laut von sich. Nur die Tränen, die ihr über die Backen liefen, verrieten, wie weh es tat.

Hierosebia werkte mit aller Kraft, sie spannte die

Muskeln an und hebelte mit der Zange, daß es krachte. Blut und Speichel rannen aus Fianas weit aufgerissenem Mund. Die Doctora legte noch einmal alle Kraft in ihren Arm – es knirschte, und heraus war der Zahn!

Triumphierend hielt sie das blutige Ding hoch, während Fiana auf dem Schemel in sich zusammensackte. »Da!« rief sie. »Da ist der Bösewicht! Nun, Söldnerin, wie geht es Euch? Frisch wie der junge Morgen, hoffe ich! Ja, das ist eine Wonne, wenn der Schmerz nachläßt! Hier, nehmt noch ein Schlückchen zur Säuberung der Wunde!« Damit öffnete sie Fiana mit Gewalt den Mund und kippte ihr noch eine Portion des grünen Kräuterschnapses in den Hals. Danach zog sie sie hoch und nahm mit würdiger Miene die drei Silbertaler entgegen.

Fiana fiel beinahe vom Wagen, so benommen war sie vom Schmerz der Prozedur und dem fürchterlichen Gebräu, das Hierosebia ihr aufgezwungen hatte. Aber sie lächelte tapfer. »Nun, seht Ihr?« sagte sie ein wenig nuschelnd zu Tyndal. »Es brauschte Eure Schbrüche gar nischt!«

»Es hätte Euch gewiß weniger weh getan, von mir geheilt zu werden«, erwiderte Tyndal kopfschüttelnd. »Aber jeder ist seines Glückes Schmied, wie man so sagt. Und nun kommt, laßt uns eine Herberge suchen.«

Sie fanden Unterkunft in der Schenke von Svellmia, einem sauberen kleinen Haus, das *Zum Wachslicht* hieß. Tyndal wurde geradezu warm ums Herz, als die altvertrauten Svellttaler Speisen auf den Tisch kamen: Rübenbrei und Gemüse mit gebratenem Speck, dazu Roggenbrot und die berühmte ›saure Wurst‹ aus kleingehackten Fleischstücken (die bösen Zungen zufolge aus dem Abfall besteht, den der Wirt abends in der Küche zusammenfegt). Dazu gab es dünnes Bier.

Den als Premer Feuer angepriesenen Schnaps lehnten die Gefährten vorsichtshalber ab; zu groß war die Gefahr, am nächsten Morgen mit einem Brummschädel zu erwachen. Nur Fiana bestellte eine Flasche voll und spülte damit die blutende Wunde in ihrem Kiefer, so gründlich, daß sie nach einer Weile am Tisch einschlief.

Das *Wachslicht* war ein gemütliches Haus, in dem es echt svelltisch zuging. An groben Holztischen in der niedrigen Stube saßen die Leute beisammen, tranken Bier, das sie mit Schnaps aufbesserten, kauten Gulmondkraut, wie es im Svellttal Sitte ist, und spuckten zielsicher in die überall aufgestellten Spucknäpfe. Als das Madamal in den Himmel hinaufstieg, begannen einige zu singen: einfache Hirten- und Trinklieder, die Tyndal nach der Zeit in der Fremde unerwartet ans Herz gingen. Er seufzte leise bei dem Gedanken, daß er das alles verlassen sollte, um in die Einöde zu den Nachtwandlern zu ziehen. Aber was konnte ein Mann gegen sein Schicksal ausrichten?

Zu später Stunde kam der Wirt vorbei und erkundigte sich freundlich, ob die Reisenden Gefährten für die Nacht wünschten; es gebe ein paar fröhliche Dirnen im Hause und für die Damen zwei Hurenknaben, die jedem Rahja-Tempel in der Großstadt Ehre gemacht hätten. Sie lehnten jedoch mit dem Hinweis ab, daß sie lange geritten und zu müde für rahjanische Spiele seien, und begaben sich in die Schlafkammer. Fiana stolperte ungewohnt schwerfällig die Treppe hinauf und fiel, vom Hausgebrannten des Wirtes überwältigt, ins Bett, ohne sich auch nur die Stiefel auszuziehen.

Tyndal träumte eben von einem in gehämmertes Gold gebundenen mächtigen Buch, das mit vielen

Schlössern verschlossen war und alle Zaubersprüche Deres enthielt, als ihn Lärm weckte. Er setzte sich benommen auf und horchte. Tatsächlich – draußen auf der Straße hallte Geschrei! Und jetzt verstand er auch ganz deutlich, was gerufen wurde: »Räuber! Zu Hilfe!« Rote Lichter flackerten in der Schwärze der Nacht.

»Bei den gehörnten Dämonen!« fluchte er mit einem Blick auf die Söldnerin. »Jetzt, da wir sie am dringensten brauchen, ist sie besoffen!« Er sprang mit einem Satz aus dem Bett, rannte zum Waschtisch, packte den Krug und übergoß Fiana mit dem kalten Wasser.

Sie fuhr schnaubend und schimpfend hoch. »Die Duglumspest über Euch, verfluchter Magier! Was fällt Euch ein?«

Aber noch während sie schrie, hörte sie den Lärm draußen und begriff. In erstaunlich kurzer Zeit wurde sie munter, versetzte Roisin, der eben aufzuwachen begann, mit dem gestiefelten Fuß einen Tritt in den Hintern, um ihn aufzumuntern, schrie den anderen zu: »An die Waffen!« Dann stürmte sie schon die Treppe hinunter. Tyndal folgte ihr, ohne sich lange mit Anziehen aufzuhalten, nur in seine Stiefel schlüpfte er und rannte im flatternden Hemd auf die Straße.

Draußen herrschte ein wildes Getümmel. Im flammenerhellten Zwielicht sah der Zauberer erst gar nicht, wer eigentlich gegen wen kämpfte, er hörte nur Gebrüll und Wehgeschrei, sah Waffen blitzen und hörte den Lärm von Pferdehufen. Eine der zahlreichen Banden von Mordbrennern, die das Svellttal unsicher machten, mußte den Ort überfallen haben. Tyndal stand noch mit der blanken Waffe in der Hand da, als ein Bursche – seiner Kleidung nach ein Bauer – plötzlich auf ihn zusprang und brüllte: »Ha, Schurke!

Rondra strafe dich!« Dabei schwang er einen dornigen Knüttel über dem Kopf.

Tyndal als geübtem Fechter wäre es ein leichtes
gewesen, ihn aufzuspießen, aber er begnügte sich
damit, die harte Stiefelspitze mit einem kraftvollen
Tritt zwischen die Beine des Angreifers zu setzen. Der
Bauernjunge sprang hoch, gurgelte wie ein Ersticken-
der und wand sich dann heulend vor Schmerz auf
dem Boden. Tyndal rief ihm zu, während er an ihm
vorbeirannte: »Sieh dir die Leute erst an, bevor du sie
niederschlägst, Bauerntölpel!« Dann stürmte er auf
die Hauptstraße.

Ganz Ansvell schien auf den Beinen. Männer und
Frauen wehrten sich mit vereinten Kräften gegen die
Räuber, die den Ort überfallen hatten. Ein Haus stand
bereits lichterloh in Flammen, und im Feuerschein
sah Tyndal einen riesigen pockennarbigen Kerl, der
mit seiner stachelbewehrten Keule eben eine Frau
niederschlagen wollte. Tyndal sprang hinzu und stieß
dem Mann sein Magierflorett durch den Hals – von
hinten, was Fiana ihm zweifellos sehr verübelt hätte,
aber im Augenblick war er nicht geneigt, auf rondria-
nische Regeln zu achten. Er sah, wie die Frau, die sich
mit einem Dreschflegel zur Wehr setzte, den stolpern-
den Räuber niederschlug, und wandte sich auch
schon zur anderen Seite.

Von dort kam eine Frau auf ihn zu, ein schönes
Weib, aber mit Augen, die wie Stahl im Feuerlicht
glitzerten. Ihr Mund war vor Wut und Angriffslust zu
einem Viereck verzerrt. Sie schwang einen Säbel, aber
Tyndal gelang es, ihren Hieb zu unterlaufen. Sein
Stich traf ihren Unterarm. Aufschreiend ließ sie den
Säbel fallen. Tyndal setzte nach, drängte sie mit gezo-
gener Waffe zurück. Es wäre ihm nicht schwergefal-
len, sie zu töten, aber es lag ihm nicht, einen un-
bewaffneten Gegner niederzustechen, nicht einmal

dann, wenn es eine Mordbrennerin war, die es auf sein Leben abgesehen hatte. Er begnügte sich damit, die Frau Schritt für Schritt zurückzutreiben, bis zwei Bauersfrauen auf die Szene aufmerksam wurden und sich fäusteschwingend auf die Räuberin stürzten. Als er sah, daß die Frauen sie packten und auf sie einschlugen, zog er sich zurück und sah sich nach neuen Feinden um.

Mittlerweile waren auch die anderen Gefährten auf die Straße gestürmt, alle mehr oder minder bekleidet und mit gezogenen Waffen. Eisen klirrte auf Eisen, hölzerne Knüttel und Dreschflegel wirbelten durch die Luft. Die Leute von Svellmia waren nicht leicht einzuschüchtern; obwohl der Überfall sie mitten in der Nacht aus den Betten gerissen hatte, stürzten sie sich voll Kampfesmut auf die Räuber. Gefangene wurden nicht gemacht. Wer den wütenden Bürgern in die Hände fiel, wurde an Ort und Stelle erschlagen oder erdrosselt. Es hätte auch kein Gericht mehr gegeben, das gefangene Räuber abgeurteilt hätte. Die Gerechtigkeit lag in den Händen von Richtern, die ihren Spruch fällten, noch während sie kämpften: »Macht sie nieder!«

Fiana hatte sich völlig vom Hausgebrannten ernüchtert und schlug mit dem Schwert drein, daß zwei Räuber zugleich vor ihr zu Boden sanken. Jule kämpfte an ihrer Seite, im Hemd, aber mit ihrer ›Krötenhaut‹ bekleidet. Ihr Säbel zischte durch die Luft, und noch während Tyndal hinsah, fuhr er geradewegs durch den Hals eines Räubers, so glatt, daß der abgeschlagene Kopf für einen Augenblick auf dem Halsstumpf sitzenblieb, ehe er herabfiel. Jule stieß einen wilden Schrei aus und setzte einer Räuberin nach, die bei ihrem Anblick in Panik die Flucht ergriff.

Überhaupt war den Mordbrennern rasch die Lust vergangen. Sie waren es gewohnt, über schlafende Bürger und Bauern herzufallen wie Füchse über den Hühnerstall und sie in ihren Betten zu erschlagen. Daß ihnen Widerstand geleistet wurde, nahm ihnen den Mut. Sie versuchten, sich zurückzuziehen, und wurden von der wütenden Bevölkerung mit Knüppeln und Säbeln verfolgt. Ein halbes Dutzend blieb tot auf der Hauptstraße von Svellmia liegen, die anderen flohen auf flinken Pferden in die Wildnis.

* * *

Von da an verlief die Weiterreise ohne besondere Ereignisse. Die Reisenden kamen in das idyllische Ansvell, ein Nest, das sich stolz als Stadt bezeichnete, und erreichten wenig später ihr heimatliches Lowangen. Roisin stieß einen Jubelschrei aus, als er von ferne die mächtige Feste auf der von Wehrmauern umgebenen Insel im Fluß sah. Die Tränen traten ihm in die Augen, er zog Jule an sich und umarmte und küßte sie. »Wir sind wieder daheim!« rief er laut. »Wir sind wieder da!«

Bald ritten sie über die Fuchsbrücke von Norden her in die Stadt, an dem grimmigen Borontempel vorbei, dann auf der altertümlichen Regenbogenbrücke über den Seitenarm des Svellt, der von den Lowangern ›Svelltje‹ genannt wurde. Wie es üblich war, legten sie ein symbolisches Tsa-Opfer von einem Kreuzer in die Opferschale, als sie die Brücke überquerten.

Roisin fuhr gedankenvoll mit der flachen Hand über die Stelle an seinem Oberarm, wo der tätowierte Fuchs saß. Er sagte zu den Gefährten: »Ich will, noch ehe ich etwas anderes tue, in den Tempel des Phex gehen und Ihm Dank opfern für die Hilfe und den

Schutz, die Er mir erwiesen hat. Ihr kommt doch mit, Herr Raskal?«

Der Agent nickte eifrig. Auch die anderen wollten mitkommen, denn in Lowangen herrschte die eigentümliche Sitte, Phex auch dann zu verehren, wenn man einem anderen Gott oder einer Göttin – wie Rondra oder Hesinde – mehr zugetan war.

Im Tempel, den man durch einen Bogengang von der Markthalle aus erreichte, herrschte den ganzen Tag über ein reges Treiben. So hoch angesehen war der Gott der Händler, daß der örtliche Phex-Geweihte ständiges Mitglied des Lowanger Gildenrates war.

Die Gefährten brachten ihre Opfer im Tempel dar, dann verabschiedeten sie sich voneinander. Sie wollten sich erst einmal ausruhen und erfrischen und danach beim Magister Elcarna vorsprechen.

Roisin und Jule ritten langsam über den Marktplatz, dem Haus der Familie Bellentor zu. Roisin sah sich um und verspürte eine seltsame Enttäuschung. Während der ganzen Rückreise hatte er sich darauf gefreut, den Marktplatz wiederzusehen, die vertrauten Gebäude wie den orangefarbenen Travia-Tempel am Westende des Platzes oder das berühmt-berüchtigte Wirtshaus *Hammer und Amboß*, die Bettler und Dirnen und das bunte Gewimmel der Bürger, die ihren Geschäften nachgingen. Aber jetzt, da er wieder zu Hause war, erschien ihm Lowangen schal und langweilig.

Er sagte zu Jule: »Findest du nicht, daß die Stadt sich verändert hat, während wir weg waren? Es scheint mir, daß alles viel schöner war, als wir von hier wegzogen. Jetzt sieht alles so … so klein und schäbig aus.«

Die Thorwalerin warf ihm einen vielsagenden Blick zu. »Die Stadt ist dieselbe geblieben, aber du hast dich verändert, Roisin.«

Er holte tief Atem, dann sagte er: »Jule – ich dachte daran, mich in der Welt ein wenig umzusehen. Wir haben jetzt Geld genug und ...«

Sie ließ ihn gar nicht ausreden, sondern griff nach seiner Hand und drückte sie leidenschaftlich. »O Roisin!«

»Macht es dich glücklich?« fragte er, obwohl ihr feuchter Blick Antwort genug war.

»Ja, gewiß. Wo wollen wir als erstes hin?«

»Wohin du willst.«

Der alte Grimjan Bellentor – der nicht erwartet hatte, Sohn und Schwiegertochter lebend wiederzusehen – war so erfreut über ihre Rückkehr, daß er die beiden ganz gegen seine Gewohnheit in die Arme schloß.

Dann zeigte Roisin ihm das viele Gold, das er von den Nachtwandlern bekommen hatte. Grimjan stürzte sich darauf und wühlte mit beiden Händen darin. »Mein Junge!« krächzte er. »Das macht uns zum größten Handelshaus am Platz!«

Roisin schüttelte entschieden den Kopf. »Da irrst du dich, Vater. Dieses Gold ist nicht für das Handelshaus Bellentor bestimmt. Ein Zehntel davon gehört Phex, wie ich es versprochen habe, der Rest gehört mir.«

Der Alte fuhr auf. »Willst du mir Konkurrenz machen?«

»Nein, Vater. Ich sage es dir am besten gleich: Jule und ich, wir gehen fort. Wir wollen erst ihre Verwandten in Thorwal besuchen, und dann reisen wir ... wohin der Wind uns weht.«

»Aber das Gold! Das Gold! Willst du das etwa mitnehmen?« Der alte Mann kreischte beinahe bei dem Gedanken, daß sein Sohn all das glänzende Gold wieder forttragen könnte. Das war unmöglich! Das durfte nicht sein!

»Es ist *mein* Gold, Vater«, sagte Roisin sanft. »Ich habe Blut dafür gegeben.«

Grimjan sah ihn an, und dann wich er vor dem Blick dieser blauen Augen zurück. Widerwillig ließ er die Münzen aus den Händen gleiten. »Wie du meinst«, murmelte er. Er warf noch einen Blick auf Roisins Gesicht, dann verließ er kopfschüttelnd das Zimmer. Phex bewahre mich, dachte er. Wenn er mich noch einmal so anschaut, dann ist es mir lieber, er geht – mitsamt seinem Weib und seinem Gold!

In dieser ersten Nacht in Lowangen genoß Roisin die ganze Üppigkeit, mit der sein Vaterhaus ihn umgab. Er nahm – gemeinsam mit Jule – ein langes warmes Bad in dem Holzzuber in der Badestube. Als er seine junge Frau so nackt und rosig im Wasser sitzen sah, wurde ihm erst bewußt, wie lange sie beide schon keine Gelegenheit mehr gehabt hatten, Rahja einen Dienst zu tun, und er fühlte, wie sein Schaft sich kräftig regte.

»Mein Weibchen«, flüsterte er zärtlich und nahm sie unter Wasser in die Arme. »Wann haben wir uns das letzte Mal geliebt? War das nicht in diesen staubigen Nachtwandlerbetten?«

Ihre Lippen preßten sich auf seine Wange. »Ich glaube ja. Es wird an der Zeit, nicht wahr?«

»Laß mich...«

»Warte doch, bis wir im Bett sind!«

Roisin sprang mit einem Satz aus dem Zuber und wickelte sich in das vorgewärmte Badetuch. »Ich bin schon im Bett!«

Sie sprang ebenfalls aus dem Wasser, daß es spritzte, und rannte ihm lachend nach. Noch feucht vom Bad, mit nassem Haar fielen sie in ihr daunengepolstertes Bett, krochen unter die Decke und umarmten einander mit einer Leidenschaft, wie sie sie nie zuvor empfunden hatten. Roisin ahnte es nur, aber Jules Glut rührte daher, daß sie nun einen Mann liebte, den sie achtete, ja vor dem sie so etwas wie Ehrfurcht empfand, denn sie, die Kämpferin, wußte nur zu gut, was er in Burzums Höhle ausgestanden hatte. Er spürte ihre Hochachtung – und es befriedigte ihn zutiefst zu wissen, daß sie nie wieder ›mein Schweinchen‹ zu ihm sagen würde.

* * *

Am nächsten Tag machten sie sich alle fünf auf den Weg zur ›Akademie der Verformungen‹, um dem Magister Elcarna von ihrer Reise zu berichten.

Der Magier empfing sie in seinem Arbeitszimmer, wo er, umgeben von seinen weißen Katzen, in einem Lehnstuhl saß. Tyndal kniete nieder und küßte ihm die Hand, die anderen verneigten sich höflich.

Elcarna lächelte sie an. »Setzt euch. Auf der Anrichte stehen Wein und Backwerk, nehmt euch nach Belieben. Ich denke, ihr habt mir viel zu erzählen.«

Das hatten sie auch. Elcarna mußte mehrmals aufstehen, um die Lampe mit Öl nachzufüllen, so lange saßen sie beisammen. Als sie mit ihrer Geschichte zu Ende gekommen waren, sah er Roisin an und sagte: »Die Weisen Deres werden sich an Euch erinnern, Herr Bellentor, als einen Mann, der Großes getan hat. Ihr habt es ermöglicht, daß die irrenden Seelen wieder zur Ruhe gelangen... ganz zu schweigen von dem Dienst, den Ihr den Nachtwandlern geleistet habt. Ich will Euch meinen Dank erweisen, so gut ich kann.«

Roisin neigte etwas verlegen den Kopf.

Der Magier fuhr fort: »Es gibt nicht viel, das ich Euch schenken könnte, aber ich kann etwas von Euch nehmen – etwas, das Euch ärgert und belästigt, da es nicht mehr in geordnete Bahnen zu lenken ist. Wenn Ihr wollt, so werde ich Euch von Euren magischen Kräften befreien.«

Roisin atmete tief durch. »Das könntet Ihr tatsächlich?«

»Ja, das kann ich.«

Der junge Mann errötete ein wenig. »Es wäre mir sehr lieb, edler Meister, wenn Ihr diese verpatzte Gabe von mir nehmen könntet. Ich habe es satt, daß es bei mir im Hause hämmert und pocht und die Teller aus den Schränken springen, sobald ich mich nur ein wenig aufrege.«

Elcarna lächelte. »So will ich Euch befreien, aber den besonderen Schutzgeist, den die Magie-Dilettanten haben, den sollt Ihr behalten, denn Ihr werdet ihn bei Euren zukünftigen Reisen und Abenteuern noch brauchen. Kommt, kniet nieder.«

Roisin kniete vor dem Magier nieder. Elcarna legte ihm die Hand segnend auf den Kopf. Dann griff er nach dem Edelstein, den er um den Hals trug – diesem geheimnisumwitterten Juwel, um das sich so viele Legenden rankten –, und drückte ihn ihm auf die Stirn. »Hinfort«, sagte er mit klangvoller Stimme, »sollt Ihr durch die Macht dieses Juwels frei sein von den verdorbenen magischen Kräften, die Euch nur Beunruhigung schaffen. Euer Schutzgeist jedoch soll bei Euch bleiben und Euch auf allen Euren Wegen behüten.«

Als er so sprach, flammte der Stein in einem schwachen, aber wundersamen Licht auf, das den Raum wie Abendsonnenschein erhellte, und allen Anwesenden schien es, daß sie einen Augenblick lang einen Jüngling in isabellfarbener Kleidung und einem mitternachtsblauen Mantel hinter Roisin stehen sahen, der die Hände beschützend über den Scheitel des jungen Mannes hielt. Aber gleich darauf

war der Glanz erloschen und die Erscheinung verschwunden.

Elcarna nahm den Stein zurück und bedeutete Roisin aufzustehen.

Dann sagte der Magier: »Ihr habt mir einen großen
Dienst erwiesen – ihr alle. Ich danke euch dafür. Geht
mit meinen guten Wünschen!«

Zu Tyndal aber sagte er: »Ich möchte noch mit dir
sprechen.« Er streckte die Rechte aus und ergriff die
Hand des jungen Zauberers. »Ich fühle, daß du eine
weitreichende Entscheidung getroffen hast. Erzähl
mir davon.«

So gingen die Gefährten, und nur Tyndal blieb zurück und sprach noch lange unter vier Augen mit seinem Meister – worüber, das wissen nur sie beide.

Anhang

Begriffe, Namen, Orte

Nachtwandler – kleines, für seine Weisheit berühmtes Chimärenvolk im nordwestlichen Aventurien

Boron – der Gott des Schlafes, des Todes und des Vergessens

Uthar – der Wächter der Pforte ins Totenreich

Marbo – Halbgöttin, Tochter Borons; als Fürbitterin für das Wohlergehen der Seelen verehrt

Thargunitoth – eine Erzdämonin, Herrin der Untoten

Dere – die aventurische Welt

Thorwal – Region im Nordwesten Aventuriens, Heimat eines kühnen Seefahrervolkes

Schwarzpelze, Orken – menschenähnliche Rasse mit dichtem schwarzen Pelz, sehr kriegerisch

Rahja – die Göttin der Liebe und des Rausches

Adeptus – Magier, der seine Ausbildung an einer Magierakademie abgeschlossen hat

Windstag – Wochentag, entspricht dem Dienstag

Praios – der Oberste der Zwölfgötter, der Gott des Lichtes und der Ordnung

Praiosscheibe – die aventurische Sonne

Hesinde – die Göttin der Heilkunde und der Magie

Norbarden – Steppennomaden im nördlichen Aventurien

Ehernes Schwert – unbezwingbares Gebirge, das Aventurien im Osten begrenzt

Oger – menschenähnliche Rasse riesenhafter Menschenfresser

Zwölfe – die zwölf Götter des aventurischen Pantheons

Ologhaijan – die Sprache der Orken

Kloster der Noioniten – Irrenhaus (Noioniten: wohltätiger Orden, der sich um die Geisteskranken kümmert)

Phex – der Gott der Händler und der Diebe

Orkengalle – sehr starker, minderwertiger Schnaps

Rondra – die Göttin des Krieges und des Sturms

Echsen – menschenähnliche Reptilienrasse, zumeist im Süden beheimatet

Difar – ein Dämon, der für seine Geschwindigkeit berühmt ist

Siebente Sphäre – äußerste der Sphären, das Reich der Dämonen

Erdtag – Wochentag, entspricht dem Donnerstag

Tairach – ein Gott der Orken, vergleichbar mit Boron

Brazoragh – Höchster Gott der Orken, der Gott der Jagd und des Krieges

Goblins – menschenähnliche Rasse, kleinwüchsig, mit rotem Pelz

Traschbart – Baumschmarotzer, der bartähnliche lange Flechten bildet

Tsa – die Göttin des Lebens und der Erneuerung

Das Schwarze Auge

Das Schwarze Auge

Weitere Bände in Vorbereitung